Emma McLaughlin i Nicola Kraus
POSVETA

Emma McLaughlin i Nicola Kraus
Posveta

Naslov izvornika
Dedication

Copyright © 2007 by Italics, LLC

Prevela s engleskoga
Božica Jakovlev

Ilustracija na naslovnici
Fanny Diurez
www.fdesignlesite.com

Urednica
Tamara Perišić

Nicola Kraus
Emma McLaughlin

Posveta

Zagreb, listopad 2008.
prvo izdanje

*Za Joela
i
Davida,
s dubokom ljubavlju i zahvalnošću*

1
22. prosinca 2005.

"Ovdje je."

"Laura?" pitam u telefon ne znajući gdje sam, glasa hrapava od sna.

"Kate."

"Aha", mrmljam, a glava mi zajedno sa slušalicom sve dublje tone u jastuk.

"On je ovdje", ponovi ona. "U Crotonu."

Njezine mi riječi napokon dopru do mozga i oči mi se širom otvore. Uspravim se.

"Jesi sad budna?" pita ona.

"Da." Pogledam u noćni stolić pa se pružim da pogledam preko hrpe knjiga. Svjetleće brojke na satu pokazuju 4:43. "Kako—"

"Mike je povraćao – nekakva želučana viroza, čitaj prežderavanje slatkišima s bebisitericom. Pogledam kroz kupaonički prozor, a kad ono kuća njegove majke svijetli kao Betlehem. Nazovem šerifov ured i oni potvrde. Ovdje je. On je *ovdje*, Kate."

Zbacim pokrivač sa sebe. "Dolazim." Ubacim bežični telefon u njegov metalni stalak i njihajem prebacim obje noge na glatki parket spavaće sobe.

On je ovdje – tamo. Jake Sharpe. Naravno da nije subota i nije tri popodne. Naravno da se ponovno pojaviš u gluho doba noći poput nekakvog vampira.

Adrenalin mi šiklja.

Dohvatim sa stolca donji dio trenirke za vježbanje joge, navučem ga ispod spavaćice, a s okrugle kvake vrata dograbim crnu vesticu. Širom otvorim vrata ugrađenog ormara, podignem se na prste, noktima dohvatim rub ručke putnog kovčega tek toliko da on pokrene lavinu s police pa mi kozmetičke potrepštine za poslovna putovanja zarominjaju po glavi i otkotrljaju se po parketu. Razletim se na sve strane da pohvatam minijaturne bočice. Svilu moje kratke spavaćice natapa znoj košmarnog sna, samo što sam budna. A Laurina signalna raketa naposljetku se vinula u noćno nebo iznad snijegom pokrivenih brežuljaka našeg rodnog gradića.

Ojađenost mi osigurava pogonsku snagu pa bjesomučno otvaram ladice, trpam u kovčeg pune šake donjeg rublja, majica i pidžama, a misli mi se brzo okreću važnim stavkama – uskim trapericama, zavodničkoj vesti, visećim naušnicama i štiklama koje će me podići na visinu metar sedamdeset dva. Privjesci dvaju smičaka na kovčegu se sudare pa gurnem mjedeni lokotić kroz njihove rupice.

Dok kotrljam kovčeg niz hodnik, guram noge u tenisice, u prolazu strgnem baloner s vješalice, otvorim ulazna vrata – u mojoj ulici u predgrađu u ovaj se sat ne čuje ni zrika šturaka – zavučem ruku u džep da izvadim ključeve... Kvragu! Moja torbica! Strelovito se okrenem u zamračenom stanu, spazim je kako se skriva na kuhinjskom stolu među pakiranjima nenapisanih božićnih čestitaka, rola ukrasnog papira za zamatanje darova i laptopa. Ne treba mi laptop. Samo ću ponijeti spis sa sobom da mogu čitati u avionu. No onda možda počnem pisati izvješće. A onda bi mi mogao zatrebati laptop. Dakle, ipak ću ponijeti laptop. Pokušam ga otkvačiti s ležišta, ali samo petljam prstima. Upalim svjetlo i lecnem se od šoka kad me zaslijepilo. Ali ima to i svojih dobrih strana, da, nije loše, svjetlo pomaže.

Dakle, da vidimo na čemu smo. Zagledam se u svoj odraz u kuhinjskom prozoru: lice naborano od spavanja, oči podbuhle od neispavanosti, smeđa kosa smršena jer još spava kao top u zaboravljenoj kopči za konjski rep.

Ovo je ludost.

Ponovno ugasim svjetlo, odlučnom kretnjom zatvorim vrata stana, odvučem se natrag u spavaću sobu i svalim na krevet, navučem još topao pokrivač na sebe poput palačinke. Pustim da mi ključevi skliznu iz ruke, snagom volje usporim kolanje adrenalina pa počnem prizivati spokojni počinak pod čijim sam okriljem spavala kao klada do prije nekoliko minuta.

Spavaj, Kate. Ponovno... zaspi. U posljednje vrijeme radiš non-stop; ona konferencija, sastanci, četrdeset dva sata poslovnog putovanja u Argentinu i natrag. Jedino ti je ovaj krevet bio na pameti. Nije li ti udobno? Nisi li se opustila? Ne živiš li svoj život? Ne spavaš li u svom krevetu? Nije li lijepo biti odrasla osoba... koja se može zavući u svoj krevet... u vlastitom stanu... i zaspati... kad to njoj odgovara. Otkucaji srca mi usporavaju. A ne se prepustiti nekakvom glupavom... instinktivnom... pubertetskom... opsesivnom... suludom ponašanju... samo zato što se Jake napokon pojavio – konačno pojavio—

Uspravim se. Bez daha sam.

Za nekoliko minuta jurim autocestom i odbrojavam izlaze do zračne luke Charleston.

Izvučem kovčeg sa stražnjeg sjedišta, zaključam Prius dvostrukim piskom i još jedanput pogledam u natpis PARKIRANJE NA DUGI ROK. Zanemarim implikacije tog natpisa. Ta samo sam na proputovanju. Proputovanju dugom 1300 kilometara.

Nebo je još crno iza mojih leđa dok prolazim između kliznih staklenih vrata u cigleno korito nepodnošljivo zagušljivog zraka i još nepodnošljivije glazbe. Osamljena žena na šalteru za prodaju aviokarata s tri nijanse sjenila na očima i dojmljivo upadnim ružem za cik zore pozdravi me smiješkom. "Putujete?"

pita. Ja žmirnem ugledavši božićnu zvijezdu od grimizne folije pribodenu na njezinu uniformu. "Putujete?" ponovi.

"Da?" odgovaram nesigurno.

Ona upitno gleda u mene, a ja upitno gledam u nju. "Sigurni ste?"

"Da. Jesam. Idem u Croton Falls u Vermontu. Burlington je najbliže, ali pristajem na ono što mi date." Spustim torbicu na pult, a poslovnu aktovku otežalu od laptopa tutnem između gležnjeva.

"Molim vas osobnu."

Otvorim lisnicu i gurnem joj pod nos plastičnu karticu.

Ona se namršteno zagleda u nju. "Rješenja održivosti razvoja?"

"Oprostite." U zamjenu za uredsku iskaznicu pružim vozačku.

"A karta?"

"Zapravo je nemam, ali moram stići na prvi let. Što imate?"

Ona prstima preleti po tipkovnici i ja promatram kako ona napeto zuri u zaklonjeni zaslon i sve moguće rute do njega. "Da vidimo, *ima* jedno mjesto na lokalcu za Atlantu, tamo nakon dva sata presjedate, na LaGuardiju stignete do tri, a onda ponovno presjedate..."

"To je doista najranije što mogu stići?" Podignem kovčeg s kotačićima na metalnu vagu.

Ona otrgne staru oznaku odredišta s ručke kovčega. "Dva dana prije Božića – da."

"Imate pravo. Super. Hvala vam."

"Posluži li vas vrijeme, trebali biste stići u Burlington do šest navečer." Za gotovo dvanaest sati. Ludo i nezaboravno!

Uzmem kartu u koju su uključena dva presjedanja i jedna noga u prostoru za prtljagu, i krenem prema ulazu priželjkujući Starbucks, ali se zadovoljim kupnjom kod čovjeka koji prodaje suhu hranu iz smeđih plastičnih kolica.

Ubacim svoju aktovku u pretinac za ručnu prtljagu iznad sjedišta u 13. redu pa pojedem nagnječenu bananu i popijem veliku šalicu kave bez mlijeka. Ugodno se naslonim na plastičnu presvlaku i raspustim kosu iz improvizirane punđe navrh glave, vjeđe mi polako klonu i postanem nesvjesna ostalih putnika koji su sjedali na svoja mjesta.

"Poštovani putnici, kapetan nas je obavijestio da bismo mogli ući u područje turbulencija pa ćemo uključiti znak obvezatnog vezanja. Molim vas provjerite jeste li vezani." Refleksno otvorim oči da provjerim jesam li još vezana ispod zanemarenog spisa o revidiranim argentinskim propisima o onečišćenju. Pogled mi padne na naslov *US Weeklyja* koji čita moj suputnik. "Ekskluzivne snimke! Jake Sharpe i Eden Millay uhvaćeni u kupnji prstenja u St. Bart'su. Čujemo li to VJENČANA ZVONA?" Uletimo u zrakoprazni prostor, zrakoplov propadne, a meni se digne želudac.

"Poštovani putnici, uskoro ćemo se spustiti." Stopalom nagnem otvor svoje torbe prema sebi da se ne izvrne pa se pomolim Bogu da te riječi nisu proročke.

Navirim se kroz prozor i pokušavam uočiti nekakav orijentir – pistu, svjetla Burlingtona u daljini – ali tama je duboka i neprobojna. A onda se oblaci raziđu ispred punog mjeseca i snijegom pokrivena polja zabjelasaju kao osvijetljena bljeskalicama fotoaparata. Protrljam oči, a kotači zrakoplova dodirnu pistu.

Radnik koji radi na istovaru prtljage, obraza ištipanih hladnoćom, prođe kroz plastične preklope vukući za sobom metalna kolica i ostavljajući tragove susnježice na podnim pločicama. Iskipa sadržaj kolica pred nas i počne otimačina mnoštva ruku, začuje se prasak podižućih ručki kako moji suputnici uzimaju što je njihovo i odlaze. Trenutak se s nevjericom zagledam u prazna kolica. Sranje. "Gospodine?" Presiječem zračnom linijom do njega; on na bloku štrigulira dolazne letove. "To je sva prtljaga?"

"Oprostite, gospođo, nekakav je zastoj s prtljagom iz New Yorka. Ako vaša nije tamo, pitajte Velmu na šalteru. Ona će vam pomoći popuniti prijavu."

Pognem glavu. "Hvala."

Dok Velma i ja ispunjavamo formulare ona opetovano i široko se smiješeći obećava da će mi moj kovčežić s kotačićima biti dostavljen na kućni prag *čim* stigne u Burlington, *te minute*. Samo što, zaključi ona otresito dok uredno slaže slojeve formulara na šalter, Božić je i ne može ništa obećati. Kimam glavom, teška srca podignem svoje torbetine i ponovno ih prebacim preko ramena. Premrem od pomisli da ću morati u donjem dijelu trenirke pokušati navesti Jakea da požali što se rodio. Krenem prema kliznim staklenim vratima i – jebemtijebemtijebemti – u tenisicama protrčim kroz snježne nanose do šačice slobodnih taksija dimećih ispušnih cijevi. Zalupim vrata jednog, a ona zahrđalo zacvile. "'Večer, Croton Falls, molim."

"Croton!" zakašlje taksist i zalijepi cigaretu za usnu da bi ubacio u prvu. "S obzirom na blagdanske gužve, moglo bi potrajati sat vremena; znam to jer mi bratić živi u Fayvilleu."

"Znam i ja." Pustim da mi torbe skliznu s ramena na razderano najlonsko sjedište. "Platit ću vam povratnu vožnju." Ponovno prebrojim svežanj dvadesetica koje sam podigla na bankomatu na LaGuardiji. "Molim vas?"

"Kako želite." On dispečeru progunđa naše odredište na radio izolirbandom zalijepljenim za upravljačku ploču.

"Gospodine?" Odlijepim hladne i vlažne rubove trenirke od likre s golih gležnjeva. "Molim vas, zatvorite prozor."

Posežući za okruglim vrhom ručice za spuštanje prozora, on frkne žareći opušak na cestu. "Niste mislili da će snijeg?"

Skutrim se uz smeđi vinil i podvinem noge poda se u pokušaju da ugrijem vlažnu tkaninu. "Nisam mislila ni da će biti prosinac."

2

Šesti razred

Mamina desna ruka zgrabi mjenjač tako odlučno da joj se zglobovi zabijele iznad bakina prstena od oniksa. Poput kornjače pruža glavu da bi provirila kroz vjetrobran u oblake koji se valjaju preko još vedrog neba. "Čini se da bi mogla pasti kiša."

"Kišobran je u prtljažniku", kaže tata sa stražnjeg sjedišta; kao bivši učenik elitne britanske privatne škole, nema strpljenja za naše rastezanje.

Gledam pokraj majčinih puf-rukava u prazno parkiralište, iza redova ekstra-dugačkih parkirnih mjesta za autobuse kojima pristižu moji novi školski kolege, u jednokatni kompleks od oker cigle: niža osnovna, viša osnovna i srednja škola Croton. Javorov list dolepŕša na vjetrobran, peteljka mu zapne u brisačima i nakratko zablokira pogled na ulaz u osnovnu školu, a onda ga vjetar otpuše dalje. *"Ogromna* je", ponovim milijunti put otkad me mama odvela u razgledavanje sagovima obloženih hodnika koji povezuju učionice praznih klupa, a koje nagovještaju potpuno novi život za mene.

Majka svrne pogled sa školske zgradurine i pošteno me pogleda prvi put nakon što su budilice ujutro u našoj kući izazvale opću strku. Osjećam kako mi se u očima zrcali strah. Majka me gleda brižno. "Katie, ovdje će ti se jako svidjeti, obećavam."

Slegnem ramenima, napeta zbog svih tih novina.

"Da. Svima će vam ovdje biti divno. Ovo je raj, nirvana, najbolja državna škola na svijetu. Žao mi je što se već ovdje nisam zaposlio. A sad, Claire, *ravnateljice* Claire, pokreni se konačno." Tata se povuče naprijed uz pomoć naših naslona za glavu i kutom oka ugledam vrh njegova plavog sportskog sakoa od tvida kad ju je stisnuo za rame pa joj je bluza splasnula poput nabujka. "Do Fayvillea je sat vožnje. Moj je intervju u osam. *Moraš* izaći iz auta. Pogledaj, stižu ti prvi štićenici."

Žuti autobus iznikne kroz pukotinu u gustim zelenim živicama i u širokom luku skrene na parkiralište. Gledamo kako vijuga kroz iscrtani labirint parkirališta prema srednjoj školi.

"Sutra se vozim busom i ustajem kad i sav normalan svijet, može?" ponovno pitam. Mrzim to što prvi dan škole nije bilo po mojem; da sam sad u školskom autobusu, vidjela bih lica svojih novih kolega, možda već s nekim i razgovarala.

Harmonika-vrata školskog busa se otvore i bujica starijih dečki pospano se bauljajući iskipa iz njega. Ja utonem u sjedište, nosa u razini s pretincem za rukavice. "Sigurno sportaši." Mama se sagne da s otirača za noge dohvati svoju torbicu. "To mi je sad najmanja briga. U nižim razredima osnovne nema jutarnjih treninga."

"Nemaju perolaku nogometnu ligu ili nešto takvo?" nasmiješi se tata. "Nešto rabijatno da se mali Vizigoti ispušu?"

Majka spusti štitnik za sunce i na brzinu se pogleda u zrcalo pa rastegne usne da provjeri u kakvom su joj stanju zubi. "Spremna?" Naglim trzajem vrati štitnik na mjesto.

"Spremna", potvrdim, ustoptala srca.

Mama i tata se poljube i otvore vrata svaki na svojoj strani u sparinu izmaka ljeta: zapravo bih sad trebala plutati na zračnom madracu u bazenu svoje frendice Megan, pomislim. Posljednji put zatresem svojom novom bubi-frizurom do visine brade moleći se Bogu da je dobra – da se ovdje nose bubi-frizure do visine brade – i zavučem ruku ispod naramenice ruksaka, a mama spusti svoje štikle od lakirane kože na asfalt.

❋

"Hajd'mo, skok! *Skok!*" urla nastavnik tjelesnog odgoja u klorirani zrak. Skače s jedne ljigave podne keramičke pločice na drugu uz rub školskog bazena, ruke i suprotnog koljena podignutih prema fluorescentnim svjetlima. Zurim u njega iz žablje perspektive, još nepokretna od šoka što me se bacilo u ledeno hladnu vodu; neuobičajeno rani snijeg polegao je po većini prozora zgrade u kojoj se nalazi školski bazen.

"Ti." On se sagne i crvenim se licem unese u moje.

"Katie", susretljivo ću ja, nadajući se da će on primijetiti da sam poplavjela i da bih odmah trebala izaći iz vode i umotati se u topli ručnik.

"Katie! POKRENI se!" On pruži dlakavu ruku iznad plitkog kraja bazena poput voditelja vjerskog programa koji blagoslivlja druge dvanaestogodišnjake koji s različitim uspjehom sijeku vodu, ovisno o tome u kojoj su fazi svojeg naglog rasta. Blijedo se nasmiješim. *"DAJ* malo! Nitko ne ide odavde dok svi ne preplivate bazen barem osam puta, a nema naknadnog odrađivanja! A sad SKOK!"

"Da mi ga je skinuti golog, zagurati ga u santu leda pa da vidim kako bi on skakao."

Okrenem se prema zajedljivom glasu koji doplovi do mene slijeva; djevojčica u skupom ljubičastom kupaćem kostimu pipkavo drži svoje plave francuske pletenice iznad vode.

"Nema teorije da je ovo legalno", složim se.

"Nema teorije da je ovo tekuće", otpovrne ona. "Laura Heller."

"Katie Hollis." Mahnemo si staracki smežuranim prstima iznad nemirne vode.

"Tek si se doselila, je li?" upita ona pokušavajući svezati dugačke pletenice u čvor navrh glave.

"Aha." U meni zabubnja čežnja za poznatim Burlingtonom. "Zapravo u srpnju."

"NE VIDIM DA SKAČETE!"

"E pa, dobro došla u Croton Falls." Laura iskrivi lice i oprezno umoči naježene laktove u vodu. "Imamo i kuglanu s trinaest staza i Pizza Hut – *sa* salatama." Iznenada oslijepimo jer nas dva učenika svojski poprskaju.

"Lijepe bradavice", smijuckaju se.

"Kako si glup!" vikne Laura pa ona zalije njih.

"Laura!" zaštekće nastavnik tjelesnog. *"Manje priče, a više skakanja!"*

Stisnutih očiju, Laura prepusti svoje zlaćane pletenice nemirnoj struji i podigne šaku u zrak.

Ja solidarno podignem svoju. "U redu, na dva!"

"Daj meni." Odmaknuvši hrpu časopisa, Laura uzme pladanj s grickalicama i stavi ga na stakleni stolić u podrumskom boravku svoje roditeljske kuće. Ubaci narančastu viticu kose u usta, baci se na čupavac boje čokolade, a onda otkliže u horizontalu i neobuvenim nožnim prstom pritisne izlizanu tipku za uključivanje televizora. Sjednem pokraj nje po turski, neodlučna da li da legnem ili ne. "Znači, *nikad* nisi gledala *Santa Barbaru?*" ponovno će ona i rukom mi da znak da joj dodam školsku torbu. Ja to učinim, a ljigavi zvuci violine ispune sobu.

"Moja najbolja frendica u Burlingtonu, Megan, ima MTV, pa više-manje gledamo samo to—" Zašutim kad na obližnjem zvučniku zazvoni telefon.

Laura pruži ruku preko mene da se javi, oblizujući prste ljepljive od sira, narančastih kutova usta. "Halo?"

Iskoristivši taj trenutak da se diskretno osvrnem, počnem prstima prebirati po ljubičastoj grivi plastičnog ponija u zaboravljenom oboru na polici za knjige iza mene krcatoj igrama. Iznenada Laura s treskom spusti slušalicu, a ja se trgnem tako jako da sam srušila seriju šarenih konja. Ponovno ih složim gledajući Lauru; pljusnula je ukrasni jastučić u krilo, prignječila ga i zagledala se u televizor, ali kao da ga ne vidi. Trešti reklama za hotel Mount Airy Lodge; jedan si par nazdravlja u kadi u obliku vinske čaše pune pjene.

"Onda", počnem, ne znajući što se upravo dogodilo, kimajući glavom kao da smo usred razgovora. "Ovaj... dakle, Megan, u Burlingtonu, njezina teta gleda sapunice cijeli dan..." Zašutim kad se Laura strelovito okrenula prema meni. "Molim?" upitam, a moja antena nove učenice uspravi se u stavu mirno.

"Govoriš o Burlingtonu kao da si još tamo."

"Stvarno?" Pogledam u svoju čašu i sićušne mjehuriće koji se dižu na površinu i pucaju.

"Sigurno je teško ovdje Bogu iza nogu", trpko će ona.

"Nije ni Burlington nešto naročito", požurim se, pokušavajući zazvučati kao da to doista mislim. "Obožavam klizanje, a klizalište su nedavno zatvorili. A i moja soba ovdje dvaput je veća od one u Burlingtonu – trebala bi doći k meni", završim, podignem svoju Coca-Colu i otpijem dugački nervozni gutljaj.

Doklati se labrador bačvastog trbuha, onjuši pladanj i podigne bijele obrve. "Iš, Cooper." Razočaran, on pogne glavu i odcupka van.

Telefon ponovno zazvoni. "Da se ovaj put ja javim?" ponudim se, ali ona samo grli jastučić dok čovjek na televiziji koji ispod sakoa nosi dolčevitu urla o niskim, najnižim cijenama. Telefon prestane zvoniti. "Laura? Nešto nije u redu?"

Ona se dugo zagleda u mene, rastreseno vrteći rasporenu nit ukrasne rese jastučića. "Jeanine Matheson i ja bile smo najbolje frendice, a onda je krajem prošle godine prestala razgovarati sa mnom."

"Zašto?" Odložim čašu na pladanj pokriven kuhinjskim ubrusom. "Zašto bi tek tako prestala razgovarati s tobom?"

"Ne znam", ona će tiho, izvadi Oreo, polako zavrti gornji keks i glatko ga odvoji od bijelog punjenja. "Roditelji su joj se lani razveli. Tvoji su starci još zajedno?"

"Da", kažem shvativši da mi nikad nitko nije postavio to pitanje, sa strepnjom se pitajući što bih učinila da se, kao za Jeanine, odgovor odjednom promijeni.

"I moji. Dakle, bila je u bedu pa kad je doznala da će biti u ljetnom kampu s Kristi, potpuno je pošandrcala, čvrsto odlučila postati popularna i počela kovati plan kako da se probije u Kristinu kliku."

"Ali i ti si popularna."

"Ne kao Kristi Lehman i njezine cure." Ona lizne kremasto punjenje i zagleda se u tragove koje ostavlja jezikom. "Sviđaju se svim dečkima. Bez veze. Najobičnija glupost."

"Žao mi je. Sigurno te to—"

Ona mi naposljetku pogleda u oči. "Da. Jako." Utone bradom u smeđi jastučić i ulubi njegovu ukrasnu borduru u duboki trokut. "I, jesi li ti bila glavna u bivšoj školi?"

"Molim?" upitam rumeneći se.

"Ne znam", ona nagne glavu u stranu i spusti pogled. "Michelle Walker kaže da izgledaš kao Justine Bateman."

"Joj, hvala. Ali moja je škola bila *jako* mala. Škvadra mrzi – oprosti, mrzila *je,* prošlo vrijeme, mrzila bi i voljela drugu škvadru svaki drugi dan, jedno-dvoje ljudi bilo je popularno, ali ne i cijela nogometna momčad. Ovdje je sve zamršenije."

"Za razliku od Santa Barbare", kaže ona sjetno, iscrtavajući usne vrhom pletenice. "Selim se tamo čim maturiram. Rođena sam u skroz pogrešnoj klimi. Ideš sa mnom?"

"Nabavit ćemo kabriolet." Mahnem glavom prema televizijskoj reklami u kojoj dvije glatke noge škarasto lamataju na stražnjem sjedištu.

"Ružičasti." Ona ubaci cijeli keks u usta. "Nakon ovoga možemo gledati *Dinastiju*. Baka mi je snima na video." Telefon ponovno zazvoni i Laura se skameni. I ja se skamenim. "To je ona", Laura stiša glas. "One."

"Nazovu, a onda samo spuste slušalicu?" I ja stišam glas, jer se istog trenutka osjećam kao da one stoje iznad nas.

"Mislim da ih Kristi prisiljava na to, kao nekakvu provjeru. Vrište mi uvrede."

"Zezaš me."

Ona odmahne glavom tako prestrašena izraza lica da nisam to mogla izdržati. Pružim ruku i dohvatim slušalicu. "Halo?"

"*Laura je gadura!*" Začujem hihotanje. Pakosno.

Nepravednost ove uvrede podigne me na koljena i prizove majčin ravnateljski ton glasa. "Nažalost, Laura se trenutačno ne može javiti na telefon jer duboko razmišlja o tome kako zapravo kakate kvake. Ugodnu vam večer želim." Spustim slušalicu.

Laura bleji u mene, a licem joj se prelijeva veseli smiješak; meni postaje jasno da mi malo fali da se onesvijestim. "*Kakate*, to mi se sviđa."

"*Serete* bi bilo prejako."

"Slažem se." Ona razdvoji i drugi keks.

"Hvala." Naslonim se na podnožje kauča i sva sretna izvalim pokraj nje.

Lauri veseli smiješak ne silazi s lica. "Hej, hoćeš li mi biti partnerica za projekt iz sociologije?" Da mi jastučić da i ja nešto držim u krilu. "Mislim da do petka moramo reći s kime ćemo raditi."

"Naravno", kažem ravnodušno, premda se u sebi prekobacujem od sreće. Ne samo da sam možda našla nekog s kime ću se odseliti u Kaliforniju nego ta osoba želi biti moja prijateljica i 22. listopada, kada trebamo predati referate o renesansi.

❄

"Kako to misliš, nitko ti se ne sviđa? Svakome se netko sviđa", izjavi već spomenuta Kristi Lehman kao da sam rekla da su dva i dva pet. "Svakome." Skine znojnicu s glave, rastrese svoju zagasito plavu kosu, zabaci je naprijed-natrag i oblikuje besprijekornu krestu.

"Istina. Tako to ide", potvrdi Laura koja se guri meni s druge strane na tribinama dvorane za tjelesni odgoj. Laura i ja sklopile smo pakt da ćemo se brže-bolje izvući iz svake sportske aktivnosti kojom nas se pokuša zaskočiti. Što nije teško kad je riječ o graničaru.

"Zar ti se u bivšoj školi nije netko sviđao?" Jeanine proviri iza Kristi. Laura zakoluta očima. "Što imaš protiv? Ne smijem razgovarati s njom?"

"Ma baš me briga." Laura ponovno zagladi svoje nove šiške u kojima je trebala izgledati glamuroznije, ali joj zasad samo smetaju.

"Onda?" uporna je Kristi. Srcoliko joj lice nagrđuje srditost.

"Ma naravno." Pokušavam nonšalantno slegnuti ramenima. "Samo što dosad nisam ovdje upoznala baš puno dečki i tako... tko se tebi sviđa?"

"Benji Conchlin", ubaci Jennifer Prva koja nateže obruč gumenih narukvica. "A Jeanine se sviđa Jason Mosley."

"Njegov se brat nedavno odselio u New York. Da bude *plesač*", šapne Kristi držeći manikiranu ruku raširenih prstiju na kutu usta.

"Jako se teško nosi s time", potvrdi Jeanine. "Napisala sam mu pisamce. Otpisao mi je. Dopisujemo se", kaže ona kao da njih dvoje istom četkicom peru zube.

Jennifer Prva nastavi: "Dakle, Jennifer Drugoj sviđa se Todd Rawley, Michelle Walker sviđa se Craig Shapiro..." Ona redom nabroji cijelu vrstu učenica koje su brbljale na tribinama dok su se lopte uz glasni i potmuli udar odbijale od zidova, a povremeno i od trbuha i prepona dječaka koji su pokušavali preživjeti na terenu.

Pogledam u željeznom rešetkom obloženu zidnu uru iznad ploče s rezultatom da vidim hoću li uspjeti izmigoljiti odavde prije nego što smislim nekakvo ime, dobiti na vremenu da za blagdan Dana zahvalnosti u miru razmislim o kandidatima.

"Onda, tko ti se sviđa?" Jeanine se sagne i unese mi se u lice; osjetim miris *tacosa* koje je pojela za ručak. "Hajde, šapni."

Pogledom prelazim po kandidatima, dečkima koji su još u igri i koji se gladijatorski usredotočeno gađaju loptama, te onima izbačenima iz igre koji vidaju ranjeni ponos.

"No, pljucni njegovo ime! Ili me poljubi u dupe!" Spomenuto dupe izazovno zamigolji.

"To se traži! Pusa u dupe! Dupelizika!"

"Netko ti se mora sviđati", pridruži se i Laura. *Stvarno*, pomislim i poput kopca nastavim motriti što se nudi.

"Netko", poput jeke ponovi jedna od Jenniferica.

"Michael J. Fox?"

"U ŠKOLI!" uglas će one.

"Ako je bio na naslovnici *Tiger Beata*, to se ne računa", prekori me Kristi, znojnica joj sklizne s čela pa je morala ponoviti cijeli obred.

"Shvatila sam."

Kristi zavuče prste u kosu i podigne je nekoliko centimetara iznad znojnice kad joj nešto padne na pamet. "Nisi lezba, ha? Čujem da u Burlingtonu toga ima puno."

U tom bih trenutku – prema teoriji mojih roditelja – trebala Kristi održati predavanje o tome kako je ona jedna užasna osoba. Možda dogodine. Prvom prilikom. Ona i ja. Veliko predavanje o užasnim osobama. Donijet ću i dijapozitive.

"Onda?"

Pogled mi padne na nekog žgoljavog klinca mlitave smeđe kose koji rastreseno stišće loptu na prsima. Lagano kima glavom i čini se da... fućka.

"Onaj tamo." Pokažem glavom prema njemu. "Onaj s... ovaj..." Zaškiljim. "S palmama na tenisicama."

"Jake Sharpe?" Tko?

"Aha, nek' ti bude, no... Jake Sharpe. On mi se sviđa."

Laura me odobravajući potapše po ruci.

"On se dosad nikome nije sviđao", podsmješljivo će Jeanine.

"I... KRAJ!" Nastavnik zalomi svojim mesnatim rukama prema svlačionici. Jake Sharpe, očigledno u svom zviždećem svijetu, ne čuje ga.

Ustanem s ostalim učenicama i otarem nečist dvorane za tjelesni s kratkih hlačica. "E pa, sviđa se meni."

3

22. prosinca 2005.

Na iglama, naginjem se naprijed u taksiju i škiljim kroz mrazom zabrađeno staklo. Taksi skrene na snijegom pokriveni kolni prilaz roditeljske kuće, a prednja svjetla osvijetle pročelje u kolonijalnom stilu. Znala sam da su je prošle godine oličili u žuto, ali dio mene još se zgraža nad tom promjenom, kao da je vrijeme trebalo stati u znak poštovanja prema mojoj odsutnosti.

"To bi bilo pedeset tri dolara." Taksist isključi taksimetar i trzajem spusti štitnik za sunce; kutija cigareta Camel upadne mu u ruke.

Kad sam se pružila dohvatiti svoju naherenu aktovku koja se zaglavila na podu iza vozačeva sjedišta, opazim da iz snijega strši ploča sa zaštitnim znakom nekretnina Prudential. Zaškiljim u dubokom sumraku i na vrhu snježnog nanosa uspijem razaznati natpis PRODANO. Kako, molim?

"Gospođice? Pedeset tri dolara."

"Evo odmah…" Kopam po lisnici i usput u glavi vrtim posljednje mjesece telefonskih razgovora s roditeljima da bih odredila trenutak kad sam prečula da se kuća prodaje. "Hvala." Pružim mu sav novac koji imam i mašim se ručke na vratima zagledana u crne grane neboderski visokog kineskog javora koji su moji roditelji posadili kad sam položila malu maturu u Crotonu. Na kojem će se očigledno njihati *tuđi* unuci.

"Gospođice? Ne želite ostatak?"
"Oprostite? Ne, zadržite ga. Sretan Božić."
"I vama."

Pustim ručku vrata i kad sam njihajem izbacila noge iz taksija, ošine me studeni vjetar, snijeg mi obloži stopala, platno tenisica istog trenutka promoči i to otupi šok koji sam osjetila zbog prodaje kuće. "Hu! Hu! Hu!" pušem dok trčim prema roditeljskoj kući. U glavi mi bljesne prizor kako sam bosonoga drzovito istrčavala po poštu iz te iste kuće u dobi kad je neosjetljivost na zimu bio znak skuliranosti.

Zastanem kod drvene vrtne rešetke i mahnito počnem prekapati na mutnoj svjetlosti susjedovih božićnih žaruljica – sveudilj se glasajući "Hu! Hu! Hu!" – po nečemu što bi trebala biti gredica cinija. Opipam lijevo-desno, snijeg mi zabada iglice u gole ruke. Napipam kamen umjetno glatke površine. Izvadim ga i iz njegove plastične šuplje jezgre iščeprkam ključ. Zahvalivši Bogu što moji starci nisu stigli poboljšati sigurnosni sustav, jurnem uza prednje stube, otključam vrata i uđem u predvorje.

Zalupim vratima, spustim torbu na pod i zbacim s nogu mokre tenisice, pa čučnem da utjeram toplinu u nepokrivene nožne prste. Upalim svjetlo i automatski okrenem termostat na vrtoglavih dvadeset stupnjeva; ne mogu vjerovati da moji roditelji grijanje i struju još smatraju luksuzom, premda je još deset godina prošlo od njihova poratnog djetinjstva. Peć od centralnog zakloparavši oživi u podrumu i pridruži se postojanom kuckanju zidne ure. Obujmim se rukama, pokušavajući se prizemljiti, usidriti se, pomiriti se s činjenicom da je naša kuća prodana. Zavučem ruke ispod spavaćice, skinem donji dio trenirke i objesim ga na vješalicu za šešire pokraj izblijedjele venecijanske maske koju sam kao mala izradila u umjetničkoj ljetnoj radionici. Dotaknem njezin crvenim šljokicama posipan trokutasti nos pa se zagledam u sad šljokicama pokrivenu jagodicu prsta, dirnuta time što je dio mene još uguran u tatinu zbirku bejzbolskih kapica momčadi Red Soxa. Ali ispod vješalice za šešire na zidu bež boje vidi se tek tamni obris gdje bi trebalo visjeti veliko zrcalo. Pogledam u stubište; vidi se nekoliko tamnih mrlja gdje su visjele ilustracije iz kataloga biljnog sjemenja koje sam tati pomogla objesiti kad smo se uselili.

Teška srca krenem pokraj vrata blagovaonice, ali stanem kao ukopana: stola od orahovine nema, perzijski sag smotan, osovljen i naslonjen na zid, a pod zameten kutijama slika umotanih u folije-puckalice. Zavrnem potenciometar i kositreni luster žarko obasja ogoljene zidove. Kroz vrata blagovaonice vidim u dnevni boravak: police za knjige od borovine očišćene od svojega sadržaja pod kojim su nekoć stenjale i krivile se, sag je i ovdje umotan, pokućstva nema. Ugasim svjetlo.

Uzmaknem korak natrag u predvorje, zastanem kod klupice za cipele, sad zatrpane svakojakim drangulijama – prašnim indijanskim lutkicama ruku pod ruku s indijskim slonovima i postoljima svih božićnih drvaca koje smo ikad postavili, a na svakom tatinim vodootpornim flomasterom napisana godina koje je postolje poslužilo svojoj svrsi.

I tad mi sine da će tako biti i kad oni umru. Netko će me nazvati, ja ću neprimjereno odjevena odjuriti na avion da bih razvrstala tvorevine njihova naprasno prekinutog postojanja. Prestankom njihova života sve ovo, od korisnih predmeta (otvarača konzervi) do nužnih (bočica pilula) do tričavih (ružno drveno voće iz Gvatemale) izgubit će kontekst, uglavnom se prometnuti u kramu. Iznenada, dječje željno, poželim da su kod kuće.

Psihički se pripremivši, stupim u radnu sobu; na svu sreću ona je nepromijenjena. Vlažni baloner zamijenim vunenim pokrivačem omekšanim od starosti, ugnijezdim se na predebelo tapeciranom zelenom kauču da predahnem u toj zakrčenosti. Zidna ura otkuca sedam sati. Hladnjak jedva čujno zuji iz kuhinje. Ne uspijevam se trgnuti iz mračnih misli u koje sam se zaplela i mašim se telefona da nazovem Lauru.

"Ulo?"

"Mick?" Namatam žicu oko prsta jer nisam sigurna koji se od njezinih blizanaca javio. "Keith? Jesi li to ti?"

"Ulo?" ponovi trogodišnji glas. "Ja sam Keith. Mick *kremira* kolače."

"Ovdje tvoja kuma Kate—"

"Dobra vila!"

"Bok, Keith. Brat ti je bolje?"

"Povraćao je. Izgledalo je kao božićni ukrasi. Ali nije mirisalo božićno."

Nasmiješim se i omotam si noge pokrivačem. "Čula sam. Je li mama tamo—"

"Kate?" Laura preuzme telefon.

Ja raspustim konjski rep. "Kruže glasine da *kremirate* kolače."

"Radimo blagdanske brabonjke." Glas joj se utiša do urotničkog šapta. "Tu si?"

"Naravno. Sjela sam na prvi avion." Navučem crnu lastiku na zapešće. "Jesi li znala da su prodali našu kuću?" Podignem se na koljena.

"Prodali su kuću?"

"Aha. Moji su roditelji prodali svoju kuću", kažem polako da i ja dobro čujem.

"*Šališ* se." Njezina je nevjerica po običaju utješna. "Nisam ni znala da se prodaje. Kamo se sele?"

"Nemam pojma! Kutije na sve strane. Sablasno. Tako—"

"Potpuno nevažno u ovom trenutku. Pa nisi valjda avionom potegnula ovamo da razgovaramo o nekretninama i uštedimo na međugradskim telefonskim tarifama? Dragička, upali televizor da vidiš drugo Uzašašće."

Mašim se daljinca čije baterije na mjestu drži još samo selotejp. "Koji kanal?"

"Svaki. Počni s E!-om."

Prebacim na ženu u ružičastom vunenom kaputu koja stoji u našoj Glavnoj ulici ispod transparenta koji objavljuje DOBRO DOŠAO KUĆI, JAKE!

Osjetim gorak okus u ustima. "Ma nemoj me zajebavat."

"Nisi to vidjela?" pita Laura.

"Nismo prošli kroz grad, taksi je išao sporednim ulicama."

"E pa podigli su mu privremeni spomenik, prekrili Glavnu ulicu dugačkim crvenim sagom sve do njegove spavaće sobe, gradonačelnik je današnji dan proglasio Danom Jakea Sharpea, a na večerašnjem božićnom festivalu popušit će mu ga dvanaest vestalki. Ovaj je grad po-lu-di-o… Kate? Čuješ me?"

Odmahnem glavom, u nevjerici.

"Kate?"

Obješene vilice mijenjam kanale s vijestima, a na svima neka plavuša u kaputu pastelnih boja pokušava treptanjem otjerati snijeg dok ovdašnji žitelji u pozadini skaču držeći u rukama natpise BOK, MAMA! kao da su ispred studija u kojem se snima neka sapunica.

"Višestruko platinasta glazbena megazvijezda Jake Sharpe upravo je objavio—"

"U – ni više ni manje – nego svojem rodnom mjestu—"

"Zaruke s međunarodnom pjevačkom superzvijezdom Eden Millay—"

"MTV je prije šest mjeseci intervjuirao Jakea—"

"E! će vas uživo izvještavati o razvoju situacije—"

"Neki su zlobnici primijetili da se objava zaruka zgodno nastavlja na skorašnju premijeru njezina prvog filma i izlaska albuma njegovih najvećih hitova—"

"Mi s CNN-a sretni smo zbog Jakea i paru želimo jako sretan Božić—"

"Neki kažu da je ovo tek vrh ljubavne sante—" začuje se u stereo tehnici.

Ugasim televizor. "Jebiga."

"Misliš li da je *Titanik* potopila *ljubavna* santa?" Čujem limeni zveket tave za pečenje kolača kad je pala na pod, a blizanci počeli uglas kukumavčiti. "Moram ići. Budi jaka, veliki trenutak je kucnuo."

Nabrana čela, pritiskom na puce daljinca oživim televizijski ekran: gradsko središte samo nekoliko stotina metara ispred golemih prozora moje kuće pod opsadom je dok ja rešetam kanale...

"Jake Sharpe—"

"Jake Sharpe—"

"Jake Sharpe—"

"Halo?" zazove mamin glas s prizvukom zabrinutosti. *"Kate?"*

"Da, bok! Ovdje sam!" viknem.

"Nije valjda!" Ona doplovi do vrata, još u do poda dugoj jakni punjenoj perjem, obraza zažarenih od hladnoće. "Dovraga. Znala sam. Tko ti je rekao? Nisam ti namjeravala reći. Laura. Laura ti je rekla—"

Spremna za ovo od trenutka ukrcavanja na prvi avion, ustanem čvrsto stežući deku koju sam omotala oko ramena. "Mama, mogla si od svih stanovnika Crotona tražiti da ti potpišu izjavu da će držati jezik za zubima, a ja bih svejedno sad bila u teretani u Charlestonu i slušala detaljnu reportažu Andersona Coopera."[1]

"Šališ se." Ona zaobiđe televizor i zagleda se u ekran, a ja počnem mijenjati kanale da joj pokažem što želim reći. "Svijet je poludio." Ona mi uzme daljinski i ugasi televizor.

Jarost mi sijevne kroz donju čeljust poput žarne niti. "A vas dvoje?" optužujući pokažem kroz vrata u ogoljene zidove predvorja. "Zašto mi niste rekli?"

"Nismo to željeli učiniti telefonom. Ajme meni, pa ovdje je kao u kotlu." Majka rastrga kopče na jakni. "Mislili smo pričekati do našeg susreta na plaži."

"U redu. I to je strategija. *Kamo se* selite?" Zaškiljim u nju, a ona spusti pogled da otvori zatvarač podstave.

---

1 Anderson Cooper (1967.) slavni je novinar i izvjestitelj CNN-a.

"Ma, agent je rekao da će prodaja trajati mjesecima, a onda smo već prvi vikend dobili ponudu. Sve se dogodilo vrlo brzo." Ona otrese sivi kaput i baci ga na kauč. "Otac je dao otkaz u knjižnici—"

"*Što* je učinio?"

"Dozlogrdilo mu je. Potrebna mu je promjena okoline." Ona podigne ramena karakterističnom kretnjom kad želi u sebi proizvesti pozitivni naboj. "Spakiram ponešto svaki vikend; pomaže mi da se priviknem na tu pomisao."

"Pomisao na *što?*" Nagnem glavu. Nisam ih mogla zamisliti nigdje osim ovdje i da rade nešto drugo osim onoga što rade. Odnosno, što su radili.

"Na Sarasot. Živjet ćemo godinu dana u urbanoj vili pa vidjeti što će nam se raditi. Tati treba odmor od snijega." Ona mi se blijedo nasmiješi. "A ja se navikavam."

"Navikavam?" upitam, a tiha panika poput podmornice zabrunda ispod površine moje misije.

"Idem u penziju nakon sljedećeg semestra."

"U penziju…"

"Tako je!" klikne ona. "Sjedit ćemo na plaži i smišljati plan."

Okrenem se na peti začuvši tatu kako toptanjem skida snijeg s čizama u predvorju. "Lesi Cashmanovih ponovno nam je kopao po cinijama."

"Simon, ovdje sam!" vikne mama. "S tvojom kćerkom."

"Katie?" Otac uđe u sobu, a bademaste mu oči zaiskre. "Bože moj, Katie!" Dopustim mu da me umota u zagrljaj, a ja udahnem miris tintom umrljanih manšeta i novina. Potisnem svoja pitanja znajući da bi nakon izravnog ispitivanja slijedila izluđujuća zagonetna protupitanja. On se odmakne, držeći me za laktove. "Da te pogledam." S obzirom na novosti, i ja promotrim njega, njegov smireni izraz lica, besprijekornu obrijanost.

Mama položi ruke na naš klinč pa nas iznova probuđenom odlučnošću pogura prema vratima. "Ona može voziti, a ti možeš gledati u nju cijelim putem do aerodroma."

"*Mama.*"

"Nemoj ti meni mama. Sjest ćeš na prvi avion za nekamo i vidimo se u petak u Sarasoti kako smo se dogovorili."

"Ne." Zbacim pokrivač s ramena. "*Ovo* je Veliki trenutak. Ono što sam čekala."

"On nije vrijedan toga." Mama skine rubac od kašmira. "Ovdje je četrdeset stupnjeva. Simone, otvori prozor."

"Znam da nije vrijedan toga", ponovim ja skidajući joj kapu. Sijeda bubi frizura nakostriješi joj se od elektriciteta. Dam joj kapu. "Znam."

"A svejedno si prešla avionom više od šesto kilometara u spavaćici", frkne tata podižući uzdišuća okna dvokrilnog prozora.

"*Ovo* je moj Alamo. Čekala sam *trinaest* godina na prednost domaćeg terena."

"Što javljaju za Kirgistan?" Tata zavrne rukave veste boje burgundca i maši se daljinskog upravljača. "Na radiju National Public rekli su da je danas tamo u glavnom gradu ubijeno trideset osoba."

"Nisi ti ništa *čekala*", mama nastavi moju temu. "Vodiš vrlo sretan, uspješan—"

"Da", potvrdim ja dok se skandiranje *JakeSharpeJakeSharpeJakeSharpe* ponovno razliježe u pozadini. "No stvar je u tome da je kucnuo veliki trenutak."

"Ništa? Možda će javiti na BBC America", mrmlja tata, vireći iznad ruba žičanih okvira svojih naočala.

"Prema posljednjim podacima, četrdeset dva tijela leže na središnjem trgu."

"To je bolje—"

"SIMONE, DAJ TO UGASI!" Iz mame progovori ravnateljica Hollis.

Tata ugasi televizor i baci daljinski upravljač na otoman. Obje gledamo kako opipava džepove u potrazi za lisnicom. "Idem po bor. Očekujem da vas dvije do mog povratka postignete dogovor o akcijskom planu." Smiješeći se, on lagano uštipne majku za nos na putu prema predvorju.

Mama mi brzo priđe. "Ne možeš to učiniti", reče prigušeno ali odlučno.

"Pa... tri aviona i dva presjedanja kažu da mogu."

"Ne pravi se duhovita." Ona me uhvati za ruku. "Ne možeš to učiniti, ne sad."

"Zar bih mu trebala reći da se vrati u neko bolje vrijeme? Kad vama odgovara?"

"Ovo je tvoja obitelj, Kathryn. Dovodiš obitelj u nezgodan položaj."

Njezina me drskost ostavlja bez teksta.

"Kathryn."

"Ja dovodim ovu obitelj u nezgodan položaj?" uspijem procijediti i izvući se iz njezina stiska, a onda viknem pokraj nje: "Tata, ne treba nam bor!" On se vrati i stane na pragu sobe. "A još manje dogovor." Njezino mi je zgranuto lice na marginama vidokruga. "Jer će ovo potrajati dvadeset minuta. Uvrh glave. Samo trebam svratiti do njega kako bi on požalio što se rodio. Vratit ću se do večere, sjesti na prvi jutarnji let za Charleston i u petak ćemo piti koktele na Floridi." Tata uzmakne u predvorje. "Gdje ću vam održati prezentaciju PowerPoint na temu zašto to što neplanski odlazite u mirovinu i prodajete kuću—"

"Požalio što se rodio?" Izbjegavši moju optužbu, tata me prekine u pola rečenice. Donio je vješalicu pa podigne majčin ogrtač s kauča.

"I još će mi ostati devetnaest minuta za laganu šetnju do kuće", nagonski podlegnem njegovu ležernijem tonu kojim želi umanjiti napetost. "Jeste li *vidjeli* zbog čega bi sve trebao požaliti?"

"Sigurna sam da će MSNBC u devet emitirati dvosatnu emisiju o tome." Mama ode do prozora, gurne glavu van, duboko udahne, vrati glavu u sobu pa zatvori prozor. "A nakon toga će prikazati petominutnu reportažu o Kirgistanu", promrmlja spuštajući zasun.

"Idem se presvući u svoju sobu." Krenem prema stubama i s poda podignem svoju dostavljačku torbu i torbicu.

"Zašto ne bi otrčala tamo kakva jesi? Izgledala bi suludo, u skladu s cijelim ovim planom", drekne mama za mnom.

"Hvala", doviknem ja ravnodušno. "Zahvaljujem na podršci. Odužit ću vam se dok školjkom budete ocrtavali konture idućih trideset godina svojeg života."

Stojim, čekam da oni izađu u hodnik i počnu se braniti, dokazivati mi, da progutaju mamac. Umjesto toga čujem kako se televizor uz tihi škljocaj ponovno upalio, ton naglo pojačao, a broj žrtava državnog udara nastavio rasti.

4

Sedmi razred

Prinesem ispucane vrhove kose nosu; muka mi je od slatkastog smrada proizvodne linije Salon Selectivesa iz kozmetičke zalihe majke Michelle Walker kojima sam se poprskala, zalila i namazala u posljednja dva sata naizmjeničnog ravnanja i uvijanja kose. "Kosa mi je kao slama za metle", promrmljam Lauri koja bezvoljno podiže i spušta plitice iz profesionalnog nesesera na rasklapanje.

"Koliko je uopće sati?" Ona spusti tubicu tuša za oči na radnu ploču umrljanu zlatnim sjenilom u podrumskoj kupaonici koju je gospođa Walker preuredila u svoj frizerski salon. "Ovdje je svjetlo tako jako da bi moglo biti i podne." Škilji na blještavoj svjetlosti okruglih žarulja kojima je uokvireno zrcalo kao da je riječ o holivudskoj garderobi i kao da se gospođa Walker zapravo ne dotjeruje stiješnjena između ulubljene perilice za rublje i progorene daske za glačanje.

Jennifer Druga obriše još jedan sloj ruža i ja refleksno obližem usne ugledavši nekakvu šugu oko njezinih usta. "Dvadeset do tri."

"Dvadeset do tri ujutro?" upita Laura, a val iscrpljenosti preplavi bućkuriš u mom želucu koji je nastao miješanjem pizze, karamel-kokica, Coca Cole i rođendanske torte.

"Aha", Jennifer kimne glavom pa joj se dva viklera zaklate preko lica.

"Film je dosad *sigurno* završio." Isključim sušila i uvijače za kosu kojima su se zabavljale one među nama koje nisu željele gledati treći zaredom horor-film iz sedamdesetih ili *ponovno* podrobno pregledavati hrpu *Penthousea* gospodina Walkera.

Iznenada Stephanie Brauer grune kroz vrata. Skakuće u svojoj dugoj majici stisnutih koljena. "Mičitesemičitesemičite, moram piškiti!" Zvuk turiranja motorne pile uvuče se za njom prije nego što je zatvorila vrata i zavijugala između nas do salunskih vrata na drugoj strani sobe.

"Je li film pri kraju?" Klonula Laura protrlja oči našminkane poput Kleopatrinih.

"Ups." Uprem prstom u crne poteze po njezinu licu kao u ragbijaša. "Bubba, to ti nije bilo pametno."

Ona umorno podigne kažiprste i zagleda se u njihove umrljane jagodice. "Sranje."

"Bljak", zastenje Stephanie. "Tamo unutra vise gaće Michelleinog tate. Bljak", ponovi ona iznad školjke kad je pustila vodu.

"Iselio se a ostavio gaće?" upita Laura, a Stephanie se progura kroz salunska vrata. "Čudno. Vi ljudi ne mislite da je to čudno?"

I dok Stephanie ponovno sjeda ispred zrcala, Laura drži jedno krilo salunskih vrata otvoreno da bi se nas tri nagurale u zahodsku nišu. Doista, na bijeloj plastičnoj rešetki iznad umivaonika visi pet bokserica, suhih do ukrućenosti.

"Curke, dođite." Jennifer Druga izađe i počne ubacivati ruževe u njihova plastična kućišta. "Vratimo ovo na mjesto ili će je šlagirati."

"Je li Michelle naslutila nešto?" upita Stephanie. Jennifer Druga, samozvana Michelleina zaštitnica, zastane ruke pune spiralnih spužvastih uvijača napola uguranih u pripadajuću kutiju. "Kako?" Stephanie napeto zuri u Jeninu pognutu glavu. "Koji je bio znak?"

"Odvojeni kreveti?" Laura gurne glavu u sobu. "Odvojene sobe?"

Oglušivši se na nju, Jennifer Druga nastavi slagati šarene spužvaste uvijače, ali se Stephanie znatiželjno postavi pred nju. "Jesu li se svađali?" Ružičasti platneni povez sklizne joj s kose. "Jesu li? Reci mi, Jenny."

"Stalno."

Stephanie usuče obraze, kimne glavom samoj sebi pa podigne povez s poda i dvaput ga omota oko zapešća. Jedini zvuk je brbot kotlića koji se ponovno punio. Jennifer Druga se nakašlje: "Cure, nemojte reći Michelle da sam nešto rekla." Ustane i putem do vrata prostrijeli nas pogledom. Prvi put ove noći zvuk filmskog pokolja tinejdžera u trapez-hlačama ne odbije se od lamperije u naše utočište obavijeno maglicom laka za kosu. Umjesto toga dopru prigušeni tonovi napetih pregovora. Gazeći si po petama u želji da što prije izađemo, hodamo za Jennifer Drugom preko vreća za spavanje razbacanih po narančastom tepihu. Ona prekorači preko ushrkanih blizanki Dunkman; rođendanska je proslava u nekoj vrsti pat-pozicije ispred kliznih vrata koja vode u dvorište. Od glave do pete istovjetno i tip-top odjevene u isprani traper, Kristi i njezine prijateljice leđima su okrenute staklenim vratima.

"Onda, ostaješ?" Kristi pita činjenično, odlučno nanoseći sloj svjetlucavog sjajila za usne koje potom proslijedi svojim prijateljicama. Jeanine zine da će nešto reći, ali ne zna što. Gleda čas u Kristi, čas u Michelle.

"Koji ti je vrag?" Jedna od Kristinih udvorica se probahatila. "Naći ćemo se s dečkima kod vodopada da zapalimo koju, a ne da orgijamo."

Kristi se razvali od smijeha.

"Ozbiljno, cure, stvarno se morate brzo vratiti", preklinje Michelle. "Probudi li se moja mama—"

"Aha, naravno." Kristi otvori vrata i pusti u kuću svježi jesenski zrak. "Ne zaboravi Jeanine staviti pampersice kad je pospremiš u krevet."

"Nemoj dobiti čir." Jedna druga Kristina sluganica zatvori klizna vrata i odsiječe nas od vanjskog svijeta.

Gledamo kako kulerice iščezavaju izvan kruga dvorišnog reflektora i na trenutak se jedino čuje ono hrkanje iza nas. Michelle se okrene izbezumljena pogleda. "Najebala sam! Ko žuta! Rođendan mi je, jebote, a sad sam *naježila!*"

"Zašto si morala pozvati Kristi?" promrmlja Laura.

"Baš ti hvala!" Michelle sikne na nju. "Hvala ti ko sestri, drapačozo!" Progura se između nas pokušavajući protrčati kroz stisku vreća za spavanje prema kupaonici, ali zapne o jednu Dunkmanicu i gledamo kako lamata rukama kao na usporenom filmu – udovi su joj kao u neposlušne marionete – a onda uz potmuli udar tresne na sag. Skamenjene, stojimo usta poklopljenih rukama: je li mrtva? Dana Dunkman nekako grgljavo napola zahrče pa se okrene na drugu stranu i nastavi spavati kao top. Ošamućena, Michelle se podigne u sjedeći položaj. Laura si čvrsto poklopi usta rukom, ali joj se ramena tresu od borbe sa smijehom. Ja se istog trenutka počnem smijuckati. Laura se uhvati za trbuh i čučne, toliko se jako smije. "Oprosti. Znam… da… nije… smiješno. I nije."

Jennifer Druga pritrči Michelle i pomogne joj ustati. Michelle se drži za nos, još iznenađeno iskolačenih očiju. "Ajme meni, pa njoj curi krv iz nosa", objavi Jennifer Druga. "Kladim se da je dobila potres mozga."

"Led", uspijem protisnuti kroz smijeh.

"Donesi joj leda." Laura dlanom obriše oči i ustane.

"Probudit ćete mi mamu odete li gore u kuhinju!" Michelle usplahireno zatuli kad je izviđački odred jurnuo prema stubama. Netko dohvati ružičaste sokne obrubljene volančićem da upije krv koja je Michelle curila iz lijeve nosnice.

"Odvedimo je u kupaonicu." Jennifer Prva pomogne Michelle da ustane i njihova moćna gomilica napola odnese a napola odvuče Michelle na drugu stranu podruma.

"Laura", začujemo Jeaninein glas iza leđa.

Strelovito se okrenemo. Jeanine je još gledala kroz tamno staklo kliznih vrata, zagledana u osvijetljeni klin trave posute lišćem. "Pođimo", kaže ona.

"Jesi li ti pri sebi? Ne možemo", podsjetim je.

Jeanine se okrene, ružna izraza lica. "Tko tebe što pita? Govorim Lauri. Obriši to s lica pa krenimo za njima."

Pogledam u Lauru, očekujući da će je Laura otkantati. Ali ona to ne učini. Jeanine skine donji dio pidžame, navuče traperice i ugura noge u tenisice. "Doći će Rick Swartz. Druži se s Jasonom, bili su ljetos zajedno u nogometnom kampu." Skine gornji dio pidžame i ugledamo njezin iznošeni sportski grudnjak koji je vjerojatno naslijedila od sestre. Posrami se pa brzo progura glavu kroz izrez pulovera. "I zato dođi."

"Jeanine, a da ostaneš ovdje?" Od nesigurnosti u Laurinu glasu nešto me stegne u prsima. "Znaš da će te mama ubiti."

"Moram." Jeanine iz džepa izvuče sjajilo za usne, nanese ga na usne pa ga razmaže protrljavši usne jednu o drugu.

"Ne moraš. Tamo su samo četiri cure. A ovdje ih je još... koliko? Trinaest."

"Trinaest koje će se do kraja sedmog razreda igrati šminkanja." Jeanineine se oči suze.

"Zašto moraš učiniti sve što Kristi kaže?" Laura naposljetku upita ono što je tako dugo željela upitati. "Nije čak ni zabavna ni... Hoću reći, sjedila je ovdje cijelu noć u kutu i od dosade se kreveljila. Ona je... ne znam. Pa što ako joj je mama direktorica šoping-centra i ona dobiva svu tu odjeću s markicom—"

"Zabavna je. Jako. A ja ne želim sjediti s curicama koje s dečkima ne razgovaraju ni telefonom i koje se cijelu noć igraju medicinske sestre s Michelle Walker. Onda, ideš ili ne ideš?"

Laura gleda u pod. "Ne idem", kaže tiho.

Jeanine se zažari u licu i ono poprimi riđu boju njezine kose. "Stvarno se nadam da ćete vas dvije biti sretne jedna s drugom. Ali me ne morate pozvati na vjenčanje."

"Jebi se", kažem i samu sebe iznenadim.

"Jebite se obje." Ona bešumno zatvori klizna vrata za sobom.

Laura zaprepašteno gleda u mene. "Čekaj", kaže. I ja se psihički pripremim za trenutak za koji sam znala da će kad-tad kucnuti nakon što mi je Laura ispričala o svađi s Jeanine: trenutak kad će Jeanine shvatiti da je učinila najveću pogrešku u životu kad je odbacila najbolju frendicu koju neka djevojčica može imati i da će ponovno prisvojiti Lauru. Trenutak kad će Laura otići. Jer su zajedno proživjele mnogo toga. Idu zajedno u školu od prvog razreda. Imaju zajedničke uspomene koje ja nikad neću— "Tko sam ja?"

I zabije lice u najbližu vreću za spavanje.

"Prestani", Laura mi strogo naredi nijemo mičući ustima, no time postigne samo to da više nisam mogla obuzdati smijeh.

Shrvana smijehom, tresnem slušalicom. "Ajoj, upišat ću se." Valjam se po sagu boje maline na pragu sobe Laurinih roditelja, dokle sam uspjela nategnuti žicu njihova telefona.

"Katie!" Laura zastenje s druge strane hodnika, dokle je ona nategnula žicu bratova telefona tako da vidimo jedna drugu za Prvog telefonskog poziva.

"O... oprosti." Hvatam zrak. "Ne znam što je tako jako smiješno."

Laura sjedi prekriženih nogu u svojoj "trudničkoj" haljini i mozga. "No dobro, možda to i nije bila dobra ideja, to da me možeš vidjeti. Možda bi trebala ući u sobu."

"Možda uopće i ne bih trebala biti na vezi. Hoću reći, zašto uopće jesam?"

"Da bi mi mogla reći kako sam zvučala. I kako je on zvučao. Biti svjedok."

"Svjedok", uzdahnem. "Nazovimo Harrisona Forda." Uhvati me novi napad hihotanja.

"Koja si ti kretenuša. Ne znam zašto sam te uopće angažirala za ovaj posao."

Duboko udahnem i uspravim se. "OK. Mogu ja to. A i ti. Danas nazivamo dečke. Počni." Mahnem joj rukom i ponovno prislonim slušalicu na uho. "Zovi."

Laura polako istisne zrak iz pluća i strogo upre prstom u mene pa nazove broj Ricka Swartza. Kad je telefon zazvonio, srce mi ubrza.

"Halo? Tko zove?" iznenada upadne zbunjeni glas Laurine majke.

"SPUSTI SLUŠALICU!" Laura baci telefon i zadere se u podnožje stuba. "O BOŽE MOJ! MAMA! SPUSTI SLUŠALICU!" Obje jurnemo s naših mjesta i nađemo se kod rukohvata, skamenjene od užasa.

"Ovdje Martha Heller. Tko je tamo? Ne, nisam vas ja zvala. U tom slučaju, *vi* spustite slušalicu... zbogom."

"Ja... ja..." Laura zamuca poput zombija. *"Moja majka* nazvala je Ricka Swartza. Jeanine će... svi sedmi razredi će... *Moja majka* nazvala je Ricka Swartza!"

"Laura, slušaj." Okrenem njezino lice prema svojem. "Ponovno ga nazovi i reci da je... ovaj... tvoja mama već duže vrijeme jako bolesna i da ima... ovaj... visoku temperaturu i da... ovaj... naziva brojeve bez veze i da... ovaj... bunca." Puna nade kimnem glavom.

"Stvarno?"

"Da."

"Ali kako znam da ga je ona nazvala ako nisam prisluškivala?" Laura me zdvojno pogleda plavim očima.

Ugrizem se za usnu. "Reci da si ušla u njezinu sobu, a ona je nešto frfljala o tome da je nazvala Ricka Swartza kao što inače bulazni zbog bolesti. Hajde, Lor, gubimo dragocjeno vrijeme. Samo nazovi."

"MAMA! NE DIŽI SLUŠALICU!"

Gospođa Heller pojavi se u podnožju stuba. Na jednoj ruci ima žutu gumenu rukavicu, a drugom ponovno štipaljkom povezuje kosu da joj ne pada na lice. "Zar ti u ovoj kući plaćaš račune?"

Laura se objesi na rukohvat. "Mama, *molim te,* preklinjem, daj nam samo pet minuta. *Molim lijepo?*"

"Nazivamo dečke?" Ona položi ruke na bokove svojih hlača s gumicom na pojasu.

"Mama", zastenje Laura.

"Laura", mama uzvrati istom mjerom. "U redu, ali prihvatite se knjige, molim vas."

"OK!" zapojim ja i mi ponovno zauzmemo svoje strateške položaje. Čim joj se majka maknula, Laura nazove Rickov broj. Utisnem dlan u dovratak kad je telefon zazvonio.

"Halo?" javi se Rick.

Laura se oduzme. Ja nogama izvedem škare da je trgnem iz obamrlosti.

"Rick?"

"Daaa?"

"Bok. Ovdje Laura Heller." Ručicama tako čvrsto steže slušalicu da su joj zglobovi pobijeljeli.

"Daaa?"

"Eto, nazvala sam samo da ti kažem da moja mama ima jako visoku temperaturu. Jako je bolesna i ni sama ne znam, mislimo da možda ima malariju jer je oblijeva znoj i nije pri sebi i…" Ja se ponovno ritnem. "Dakle, izvodi svašta jer… ovaj… bunca. Moramo je cijelo vrijeme držati na oku i moj je brat trebao paziti na nju, ali je morao na probu školskog orkestra pa je ostala sama i ona je… mislim da je podigla slušalicu i nazvala te i govorila gluposti. Zbog malarije. A ja to znam jer sam ušla u njezinu sobu dok je ona mumljala tvoje ime pa sam pomislila… ovaj… Bože moj, moram te nazvati i objasniti da ona radi gluposti jer je bolesna i bez veze naziva ljude i zato… zato sam nazvala."

"U redu."

Ostavši bez "štofa", Laura sva očajna slegne ramenima. Ja zabacim glavu pokretom pretjerane nonšalantnosti da je podsjetim da se ne da smesti.

"Onda... ovaj... što se radi?" Laura se zgrbi.

"Samo malo, tko je to?"

"Laura. Laura Heller."

"Tvoja mama nije nazvala mene."

"O!" Laura pocrveni do užarenosti. "A... dobro onda... ovaj... bok."

"Bok."

Laura pažljivo odloži slušalicu, a onda se svali na pod. "Šit. Na kvadrat."

I ja spustim slušalicu i otrčim do nje, kleknem, pa je pomilujem po glavi. "Možda neće nikome reći."

Ona me pogleda kroz kosu. Lice joj je kuckalo od stida. "Kao na primjer kome nikome? Jasonu i ostalim frajerima? Koji će reći Kristi, a ona i njezina klika sve će to pantomimom dočarati na sljedećoj školskoj priredbi?" Rukama protrlja obraze i zajauče. Na trenutak sam bez riječi pri pomisli na tu vrlo realnu mogućnost.

"Poriči", zaključim.

"Molim?"

"Poriči. Pita li te tko jesi li nazvala Ricka i rekla da ti mama ima malariju, reci da ne znaš o čemu oni govore. Kao da su oni ludi što te takvo što uopće i pitaju."

"Ne mogu reći da je *Rick Swartz* to izmislio." Ona izdahne. "U redu, sad si ti na redu."

"Molim? Jesi luda?"

"Katie, ja sam svoje učinila, moraš i ti."

"Aha, i super je ispalo."

"Začepi. Odnesimo imenik u ostavu i potražimo broj Jakea Sharpea."

"Ne." Ja ću činjenicu da mi se on navodno sviđa jer sam tako rekla na satu tjelesnog nastaviti nositi zajedno s iskaznicom za knjižnicu, s potvrdom Crvenog križa da mogu biti bebisiterica i s ključem od kuće.

"Zarekle smo se!" Laura se podigne na koljena. "Rođendanski zavjet!"

"*Ti* si to poželjela kad si ugasila *svoje* svjećice! To nije isto. Laura, još moramo naštrebati zemljopis do kraja. Tata će uskoro doći po mene." Ustanem.

"Uh."

"Kako molim? Vulkani su baš fora. Dođi." Pružim joj ruku da je klackavo podignem na noge. "Pomoći ću ti. Zavoljet ćeš vulkane dubinski."

"Može, ali drugi put najprije ti zoveš Jakea Sharpea."

❄

Vratim sendvič na plastičnu vrećicu u koju je bio umotan i kucnem po Laurinu netaknutom jogurtu, a glas mi nadjača graju krcate kantine. "Nije dobar?"

Ona pokaže u srebrne žice na svojim zubima. "Ovo nije dobro." Zguri se i odgurne svoj kašasti ručak za bezube. "Ne mogu vjerovati da su mi ovo morali staviti baš ovaj tjedan kad…"

"Pomakni se, Malarija." Benjy Conchlin bubne u Laurin stolac dok plovi prema svom stolu. Crvene kovrče strše mu iznad oznake veličine njegove bejzbolske kapice.

"Kad i ovo."

Uto Jennifer Treća baci svoj pladanj na stol, a zapanjeni izraz na njezinu licu ušutka cijeli stol.

"Nešto nije u redu?" upita Laura, odbijajući se dati uvući u Jenniferino dramatiziranje.

Jennifer pošuti još trenutak dok se nije uvjerila da uživa našu nepodijeljenu pozornost. "Po Jeanineinim. Bijelim hlačama. Raširila se ovolika crvena mrlja. U školskoj radionici."

Mi kolektivno iznenađeno udahnemo.

"To bi *moralo* zasjeniti tvoju telefonijadu s Rickom Swartzom."

Svi potvrdno kimnemo glavama. Nakon ove vesele vijesti malo manje smrknuta Laura lati se svog jogurta. Ja joj ponudim krišku jabuke. "Cuclaj je.".

"Prignječi je jezikom na nepcu", uputi je Michelle, učenica s najduljim stažom u nošenju zubnog aparatića.

"Eno i nje." Jennifer pokaže u dvokrilna vrata kantine i mi se okrenemo da vidimo je li Jeanine još živa ako se, naravno, uopće može preživjeti to da procuriš u prostoriji punoj frajera.

Jeanine na sebi ima kratke hlačice za tjelesni – dobar potez. No svejedno se gotovo sve glave okrenu prema njoj. Premda je gadura kakve nema, užasno mi je zbog nje. Pogledi nam se sretnu i ja joj se suosjećajno nasmiješim. Ona kimne glavom. Na sreću, proći će kroz labirint okruglih stolova i sjesti s družbom čudakinja koja ju je prigrlila nakon što ju je Kristina grupa odbacila i... ali ona ne krene nikamo. Zabaci svježe pocrnjenu kosu preko ramena i osvrne se.

"Što to izvodi?" šapne Laura.

Mi sve slegnemo ramenima, pogleda prikovana za Jeanine.

Jeanine ode ravno do najbližeg stola i nagne se – pokazavši nam pritom svoju neumrljanu stražnjicu – i reče nešto dok cijela kantina gleda – Jakeu Sharpeu. On pogledom preleti po stolovima, a tad Jeanine pokaže prstom. Ravno u mene.

A onda... se svi okrenu, cijela se kantina okrene. Pogledaju u mene, pa u Jakea Sharpea, koji je ustao da bolje pogleda. U mene.

"Božemoj."

"Božemoj", ponovi Laura kao jeka.

"Govori tipu koji ti se sviđa da ti se sviđa", reče Jennifer Treća u stilu sportskog komentatora dok mi zurimo jedna u drugu u napetom iščekivanju. Uto se oglasi školsko zvono i označi kraj ručka i mojega života. Učenici se ponovno pokrenu. Ali Jake i njegovi frendovi ostanu sjediti. I čekati. Jer sjede pokraj izlaza. Učenici neskriveno zure dok se polako vuku prema policama prljavog posuđa.

"Ići ćemo zajedno." Laura ustane i baci svoju vrećicu u obližnji koš.

"Ne," začujem se kako govorim, "moram... ja ću jednostavno..." A onda se pokrenem poput natjecateljice u brzom hodanju: bubuljičava lica mutno promiču pokraj mene. Čvrsto privijam svoju vrećicu s ručkom i knjige na prsa i ne skidam pogled sa svjetleće oznake izlaza iznad vrata, nošena valovima pogleda i šapata. Ali onda začujem: "Hej, Hollisova!" i automatski se okrenem prema glasu Randyja Brysona. Kao u najusporenijem usporenom filmu ugledam Jakeovo četvrtasto lice, kosu koja mu pada u zelene oči, glavu nagnutu glavu na način Laurina labradora dok motri jelena kroz dvorišni prozor. A onda ponovno gungula i stiska hodnika kroz koji nastavljam hodati... kamo? Pogledam u vrata parkirališta. Proljetni pljusak pere cement. Mogla bih tako danima hodati. No umjesto toga me bujica učenika ponese uza stube prema kabinetu za etiku.

"To je ona."

"Trza na Jakea Sharpea."

"Katie voli Jakea Sharpea, želi se udati za njega i roditi mu djecu."

Osvanem na svojem mjestu i zavučem klecave noge pod klupu. Uđe profesorica Sandman i stropna se svjetla treperavo upale.

"Katie želi fafati Jakeu Sharpeu", šapne netko u redu iza mene. Vidim da ću ostatak školovanja u ovoj školi biti poput dečka iz filma "Maska" dok će Jeanine svaki dan ušetavati u razred s *maxi* higijenskim ulošcima zalijepljenima na lice, a na to nitko neće ni trepnuti: "Fafati, fafati—"

"Profesorice Sandman?"

"Da, Katie?" Ona odloži šalicu kave na katedru i zaviri kroz naočale u plan sata.

"Rado bih nešto objavila." Doista? Sa slikom Krystle Carrington u glavi stajem na svoju narančastu plastičnu stolicu pa na klupu kao da ću ispraviti ružnu glasinu koja se poput vihora proširila plesnom dvoranom. A onda zabacujem kosu preko ramena svoje svjetlucave bluze, ramena naglašenih jastučićima. "Dakle... ovaj... uvjerena sam da ste svi čuli da mi se sviđa Jake Sharpe. Samo bih željela stati na kraj tim glasinama. Da, meni, Katie Hollis, sviđa se Jake Sharpe. Eto. Sad svi možemo nastaviti normalno živjeti." Siđem s klupe, polako, korak po korak, u Bassovim mokasinkama.

Gospođa Sandman trepće i gleda u mene. Moji školski kolege trepću i gledaju u mene. Popravim svoju majicu i ponovno sjednem. Primjećujem da se nisam srušila mrtva i nisam još sigurna je li to dobro.

"*Ne*moguće", Laura će tiše.

"Što je?" pitam, skidajući sir sa sendviča. Čvrsto ga zamotam pa odgrizem jedan kraj, uživajući u tome što su svi napokon prestali buljiti u mene kao da bih svakog trenutka mogla skočiti na stol i objaviti da mi se i *oni* sviđaju.

"Tvoj Jake Sharpe sjedi s Jasonom i ostalim sportašima." Laura trzne glavom prema obližnjem stolu za kojim je sjedila muška teška artiljerija.

Preklopim ostatak sira u ustima. "Nije moj. Nismo se još ni pozdravili."

"Bio je dovoljno tvoj da staneš na klupu i zabeziraš ga."

"Nisam to *tako* zamislila. Osim toga, to je bilo tako davno i bilo bi mi drago kad bismo mogle prestati o tome. Usto, ne zaboravi čiji sam skandal tjedna izbacila s top-liste, gospođično Malarija."

Laura slegne ramenima, već malo vještije konzumirajući jabuku. "Samo sam mislila da bi te moglo zanimati da je nakon tvoje velike objave njegov ugled u školi naglo skočio. Tvoj teatralni čin lansirao ga je u sam vrh školske ljestvice popularnosti."

"Znači, zato se osjećam kao da je netko mnome obrisao pod."

Nevoljko žvačemo dok se cika i hihot oko nas odbijaju od zidova boje metvice i *uzdižu* – novousvojeni pojam – do zaglušujuće razine. Nakon što četiri dana izbjegavam i pogledati otprilike u njegovu smjeru, dopustim da mi pogled ležerno odbludi do najbučnijeg stola. I doista, sebi u bradu fućkajući krelac Jake Sharpe pijucka sok iz srebrne vrećice između Benjyja Conchlina i Todda Rawleyja.

Laura škilji dok oprezno isisava koru jabuke iz žica zubnog aparatića. "Ne čini ti se da se ošišao?"

Iza svoje papirnate vrećice virnem prema stolu za kojim sjedi Jake. "Čini se da jest, da, izgleda nekako... nekako drukčije." Živopisnije. Kao mlađi brat Rivera Phoenixa. "Ne znam! Ne zagledavam ga. Samo pokušavam ublažiti negativne posljedice cijelog slučaja."

Jeanine se zaustavi ispred našeg stola i podigne poklopac svoje posudice za mlijeko. Gelom učvršćeni šiljci njezine kose danas izgledaju osobito naježeno. Učenice oko nas zašute, pogledavajući u nju pa u mene. Ja udahnem i pokušam s maminim prijedlogom. "Hej, Jeanine, a da sjedneš za naš stol?" Smiješim se najiskrenije što mogu i zadovoljno gledam kako joj se licem prevlači zbunjenost. "Jen, a da se ti i Michelle pomaknete za jedno mjesto da Jeanine može sjesti?"

"Ne... trebam mjesto", kaže ona slabašno. Divota ju je vidjeti tako nesigurnu. "Hej, Katie, zar ti se Jake Sharpe više ne sviđa?" Ona napadno čvrga mrvice sa svoje jakne, a ja se suzdržavam od smijuljenja jer ta njezina dosjetka s umišljajem zvuči jadno nakon mog gandijevskog istupa. "Ili se čuvaš za Lauru?"

"Ma odjebi, Jeanine", Laura kaže tako ravnodušno da je Jeanine doslovce ustuknula uz dvoprsni vojnički pozdrav rekavši: "U redu. Vidimo se."

Pogledam u lica oko stola koja svejedno željno očekuju odgovor na Jeanineino pitanje. "Naravno da mi se Jake Sharpe još sviđa, jeste li sad zadovoljne?"

Laura mi položi ruku na rame i lagano ga stisne. "Da te pridržim, u slučaju da te ponovno spopadne želja da to objaviš cijeloj kantini."

Nasmiješim se, podignem svoje kriške kruha i lupnem je po obrazima.

"Odvratno!" Ona se hihoćući odmakne. "Fuj, sad sam premazana majonezom!"

"U *Seventeenu* piše da je to najbolje za vlažnost kože", objavi Jennifer Druga ustajući sa smeđim plastičnim pladnjem u rukama.

Pružim Lauri ubrus. "Bože, čemu tolika strka? Pa svakome se netko sviđa, nije li tako?"

Laura zamišljeno obriše Hellmann'sovu majonezu s obraza. "Ali se dosad nitko nije popeo na klupu."

5

22. prosinca 2005.

Dok okrećem okruglu porculansku kvaku i osjećam otpor bijelih vrata koja se vuku po izblijedjelom ružičastom tapisonu, zapahnu me ustajali zrak i miris pljesnivog papira i skrivene prašine. Gurnem vrata i širom ih otvorim. Na oštroj mjesečini primijetim da osim nekoliko ustupaka smještaju gostiju, moja soba sablasno nastavlja živjeti onako kako sam je ostavila u srednjoj školi.

Bacim torbe na pod pokraj ručnika koje mama uvijek ostavlja na krevetu, a ispod brošura ovdašnjih agroturističkih farmi i rafinerija javorova šećera, kao neironični komentar mojeg odbijanja da potpuno napustim roditeljsku kuću. Odmaknem brošure i ugledam monogram eHk pa se sjetim prepirke zbog tih ručnika: "Vise u *tvojoj* kupaonici, Kathryn, pa *čiji* bi mogli biti?" Ali na ručnicima Michelle Walker bili su izvezeni njezini inicijali i čvrsto sam naumila i ja nabaviti komplet sa svojim inicijalima. Nakon dvanaest kosidbi travnjaka bili su moji.

Smiješeći se svojoj upornosti, pružim ruku i upalim noćnu svjetiljku te rasvijetlim Katien muzej u njegovu kramarskom sjaju. Po običaju zaprepaštena količinom vizualnih informacija, svalim se na krevet razgledati *slojeve* svojih zidnih memorabilija koje sam pedantno skupljala, povećavala i reducirala tu zbirku u vrijeme srednje škole kao da bi svakog trenutka mogao banuti Johnny Depp i steći cjelovitu sliku o mojoj bračnoj poželjnosti samo na temelju ta četiri zida. Čudim se da sam uopće spavala kao klada usred tog gustog kolaža predmeta koji objavljuju moju odanost serijama koje su odavno skinute s programa, predsjedničkom kandidatu koji se povukao iz politike, zakonima koji za mojeg života neće stupiti na snagu i rokerskoj zvijezdi koja je umrla od AIDS-a. Ima tu i svinja, razglednica s likom Jamesa Deana, figurica anđela i impresivna zbirka lutkica kimajućih glava. Isuse Bože. A sad ću to sve naposljetku potrpati u onoliko vreća koliko će biti potrebno da od sobe ostanu goli zidovi.

Odem do police s knjigama i prstima prijeđem po prašnim knjigama: J. D. Salinger i *Tender is the Night* ugurani ispred knjige Jackie Collins koje nisam željela da itko nađe. Na donjoj polici čuče svi CD-i koje nisam ponijela u koledž: Morissey i glazba iz filma *Zgodna žena* podbačaju moj golemi žuti bumbar od sterea. Pritisnem PLAY i disk se zavrti poput zvrka. Glazba grune iz zvučnika i ja naslijepo napipam podešivač da je stišam, nasmiješivši se čim sam prepoznala ritmičnu, elektroničku melodiju.

"Ready to duck. Ready to dive", pjevušim zajedno s Bonom, prisjetivši se Laurinih riječi ohrabrenja dok smo pakirale Torbu i smišljale Plan.

Plan.

Pitam se je li Laura u svojoj beskrajnoj mudrosti mogla predvidjeti moju zagubljenu prtljagu pa se spustim na koljena i podignem volan pokrivača. Još je tu: crna platnena torba Donne Karan u koju smo prije devet godina utrpale sve što bi mi ikad moglo zatrebati da Jake požali što se rodio. Teškom je mukom podignem na krevet i povučem zatvarač, pa zavučem ruku i izvadim... svilenu mini-haljinu naramenica tankih poput špageta, pa još jednu... i još jednu... odreda s uzorkom leptirića. A zatim jednu... dvije... tri... pregršt donjeg rublja *Victoria's Secret*. Zavučem ruku do dna torbe pa izvadim najprije jedne, a onda i druge sandale s remenčićima od lakirane kože. Platformke kakve bi obuo RuPaul.

Platformke.

Podignem torbu i nagnem je pa posegnem za posljednjim odjevnim predmetom u njoj. Molim Boga da izvadim besprijekorno skrojene traperice, dekoltirani pulover od čiste runske vune i kaput koji ističe obline, ali nađem samo jedan bublasti neseser. Otvorim ga i shvatim da je korektor za podočnjake – uf! *ciknuo*. A nađem i – to će mi baš dobro doći – nekoliko paleta srebrnih i pastelno tirkiznih sjenila. I šljokičastih.

Čvrsto stisnutih usta zagledam se u svoje opcije na krevetu pa u zamračen prozor i njegovu rešetku mraza. U oči mi navru suze kao kad vas uhvati smijeh u crkvi. Pritisnem tipku STOP, vratim se na vrh stubišta i čučnem. "Mama?" zazovem nesigurno.

Iz kuhinje čujem zvuk vode u sudoperu, a u pozadini ariju Kraljice noći iz Mozartove "Čarobne frule". "Mama?" ponovno zazovem, nevoljko, ali očajno.

"Zvali ste, milostiva?" Majka se pojavi u podnožju stuba. Njezinu vestu širokog visećeg ovratnika štitila je pregača. U ruci je držala mrkvu.

Jadna, gurnem vrh jezika u kut usta. "Oprosti. Ponijela sam se huljski."

"Što je hulja rekla?" Tata vikne iz kuhinje.

"Da mi je žao!" viknem.

"Reci joj da može ostati na večeri", kaže on, a sudoper zašuti.

Majka gleda u mene i čeka. Naslonim glavu na vretenaste prečke rukohvata. "Evo kako stvari stoje. Moj je kovčeg propao u zemlju. Upravo sam otvorila škrinju s blagom, ali sam u njoj našla samo sandale od tankih remenčića. Zapravo, sve unutra je tanko." Jer je ta torba spakirana kad mi je cilj bio biti gola disko-kugla.

"A-ha…" Ona odgrize komad mrkve; nije ju umilostivio moj humor.

"I tako…" Podignem obrve puna nade.

"I tako bi moglo potrajati više od dvadeset minuta", potvrdi ona.

"I tako", ojađenost mi se iznova uvuče u glas. "Možda ću trebati posuditi vaš auto i zamoliti Lauru da se nađemo u šoping centru."

"Ti da ćeš izaći iz kuće?" kaže ona odglumivši nevjericu. "Nećeš se sakriti iza navučenih zavjesa i natjerati Lauru da dođe k tebi?"

"No dobro, osmislila sam logičnu i razrađenu strategiju prolaska kroz grad—"

"U stilu Emily Dickinson?"[2] Majka načini krug mrkvom.

"Do šoping-centra mogu otići."

Majka namršti čelo. "Dva dana prije Božića. Tamo će biti opsadno stanje."

"Pa?"

"Pa, kad bolje promislim, mislim da je ovo možda pravi trenutak da nastaviš s primjenom svoje logične, razrađene strategije."

"Mama?"

"Da?" ona će ravnodušno.

"Samo molim da mi posudiš auto da se odvezem u šoping--centar."

"A ja kažem da je u dvadeset četiri mjeseca nakon što si nas posljednji put počastila svojom prisutnošću za božićne blagdane vožnja do šoping-centra postala puno veći pothvat nego što misliš."

Udahnem i pokušam novi manevar kojim ću odagnati njezinu zebnju. "U redu, mama, bit ću superbrza i vratiti se do večere. A provest ćemo i cijeli tjedan u Sarasoti. Do Nove godine bit će vam pun kufer mene."

"Ništa zato." Ona stisne usta, usprkos mojem trudu.

Bubnem glavom o ogradu stuba. Hvala ti, Jake Sharpe, sad čučim na roditeljskim stubama i moljakam – *moljakam* – da mi posude auto. "Nisam ni trebala biti ovdje", zastenjem i zanjišem se natraške na petama.

"E pa, pravo mi je *zadovoljstvo* biti tvoja obveza", kaže ona zajedljivo veselo.

---

2 Emily Dickinson (1830.-1886.), slavna američka pjesnikinja, u odrasloj je dobi malokad izlazila iz kuće, a potkraj života ni iz sobe.

"Mama", uzdahnem, ali ne mogu to poreći. "Mama", ponovim, očajnički se pokušavajući sjetiti nečega čime bih je mogla umilostiviti, odobrovoljiti. Ali po običaju, ništa mi ne pada na pamet, premda to nikad nije slučaj dok sam u Sarasoti ili Charlestonu, nego jedino ovdje gdje se Jakeovo prisuće osjeća u zraku. A sad nas mogućnost ponovnog uskrsnuća njegova duha usisavajući podiže na jednu sasvim drugu razinu. Položim glavu na ispruženu ruku. "Mama," pokušam da joj se smilim, "možeš me ti odvesti tamo?"

"Možeš to ponoviti?" Ona prisloni mrkvu na uho, a vjeđe joj se sklope.

Pogledam u nju, prignječivši obraze između prečki ograde stuba. "Možeš li me odvesti u šoping-centar? *Molim te."*

Ona se nasmiješi, izraz lica joj se smekša pa otvori oči. "Aaaah! Na trenutak… kao da mi je bilo četrdeset šest godina."

6

Osmi razred

"Every man's got his patience and here's where mine ends."[3] Migam guzovima lijevo-desno dok jurimo u krug oko dvorane za tjelesni u sklopu Rujanske fešte rolanja. Prebacujući jednu nogu s kotačićima pred drugu u figuri kao da pletem vjenčić, zavrtim se i vješto rolam natraške sve dok mi se pogled ne sretne s pogledom Laurinih izbezumljenih očiju. Ugledavši grašak znoja na vrhu njezina prćastog nosa, načinim piruetu oko Toma Finklea koji pokušava plesati kao robot, pa je uhvatim za ruku. Njezini vlažni prsti grčevito uhvate moje. Plavi joj se uvojci trzaju naprijed-natrag u ritmu njezinih gejšinskih koraka.

"Tako se dobro rolaš", kaže ona ukočeno soptavo pa se drugom rukom grčevito uhvati za mene radi dodatne sigurnosti.

"Prvi put da mi *nije* mrsko što sam ovdje!" širokim pokretom ruke u ritmu glazbe pokažem u zidove ukrašene s nekoliko bezvoljnih kartonskih listova i puritanskih šešira koje su izradile ljubazne članice zajednice doma i škole.

"A da me izvučeš odavde da možemo razgovarati a da nas netko ne pregazi?"

Kimnem glavom i povedem je kroz vrtložeći zid traperica i poludolčevita do improviziranih tribina. "Čas posla." Pomognem joj sjesti.

---

3   Stih iz pjesme Georgea Michaela "I want your sex". U slobodnom prijevodu *Svakome kad-tad prekipi, a meni je prekipjelo sad*.

"Pogledaj", Jennifer Prva mune me prednjim kotačima svojih rola u križa. Pogledom ispratim njezin prst koji mi je provirio iznad ramena. Stephanie Brauer zaplovila je na teren u još jednom novom Limitedovu puloveru. "Nije normalna."

"Da barem meni moj tata kupi nešto novo svaki put kad ne dođe za vikend", kaže Michelle iza nas. Odveže rolu pa lupne njome o tribinu. Iz nje se otkotrlja majušni komadić šljunka.

"Sraaaanje!"

"Spusti vrh da zakočiš: koči!" Dreknem, ali se Maggie zabuba u nas. Laura i ja uhvatimo je oko pasa, a ona poput krpene lutke preleti preko naših ramena Jennifer Prvoj u krilo.

"Ovo je *totalna* glupost", zagrinta ona. Mi je okrenemo poput palačinke da sjedne među nas. "Jedina osoba koja ne izgleda kao debil si ti", optuži me ona.

"Kao malu tata me naučio klizati."

"Zašto ne možemo organizirati ples kao normalna škola?" Laura otkopča klipse od štrasa; u ušne resice utisnuli su joj se crveni pravokutnici.

"Malomaturalni je ples u svibnju", kaže Jennifer Prva dok skida lak s noktiju. "Superiška."

"A najbolje u tome je što će svi biti u paru. To je priredba za parove", kaže Jennifer Druga kao da bi i sad trebala biti negdje gdje bi bila sparena, samo što su je roditelji iskipali ispred pogrešne dvorane.

DJ kao da ju je čuo jer se začuje elektronički ritam bubnjeva pjesme "Lady in Red" i pola svjetala se tepereći ugasi. Nagnem se prema Lauri i zatrepćem očima. Ona cmoktavo napući usta poput ribe.

"Cure biraju", upadne DJ-ev glas u pjesmu. Svi se osvrnu po poluspraznom parketu, suspregnuta daha.

"Trebala bi nekoga zamoliti za ples." Laura me trkne po ramenu.

"Nema šanse", promrmljam, gledajući kako školske kulerice bezbrižno rolaju prema svojim odabranicima ispruženih i od narukvica otežalih ruku. Nešto me stegne u želucu.

"Ti bokca. Kristi Lehman je došla po tvog Jakea Sharpea", promrmlja Maggie kad ga je Kristi uhvatila za rukav majice.

"Nije moj", kažem automatski, ali ne svrnem pogled s tog prizora. Svi gledamo kako mu je djevojka, djevojka s velikim D, jednostavno prišla i ščepala ga.

"Sigurna si da ti njegovi starci nisu platili da lansiraš njihova sina na vrh liste popularnosti u školi?" izvali Jennifer Prva.

Njih dvoje načine krug prema našoj strani tribina ulazeći i izlazeći iz džepova svjetla i sjene. Jake ne prestaje jedva primjetno micati usnama i pjevušiti, Kristi radi balone od žvakaće, izbacuje ih i uvlači, platinaste kose zalizane u kopču oblika banane. Dok plove pokraj nas, pogled mi privuče njegova slobodna ruka i tanki i lagano svijeni prsti koji se miču u ritmu sintesajzera.

"Jako si ljubomorna?" Michelle Walker gurne glavu među nas i od mirisa njezina spreja za tijelo počnem se gušiti.

"Sigurno jesi. Kristi zna biti prilično flundrasta." Jeanine se nagne sa svog mjesta među teškometalskom družbom. Kristi popusti stisak na Jakeu i prepusti ga njegovim kulerskim frendovima. "Ja bih bila ljubomorna."

Pokušam lupnuti rolama kao da mi se živo fućka, ali ipak u polutami bolje promotrim tog dečka koji je u godinu dana načinio skok od zadnje rupe na svirali u glupim tenisicama do prve violine, što je baš lijepo... hoću reći, briga me. Ali ovo, da mi se spetlja pred nosom...

Svjetla zatrepere i ponovno bljesnu punim sjajem. Početni taktovi "Lean on Me" nadglasaju posljednje taktove sentiša. Kao da su začuli zviždaljku, dečki jurnu iz vrtećeg kruga i počnu se rolati gdje im drago i u prolazu potezati cure za naramenice grudnjaka, kao da je podij njihov. Kako bi bilo biti tako... bezobziran?

Kristi nespretno pokušava micati bokovima u *reggae* ritmu na način za koji jamačno smatra da izgleda jamajački i baš kad su dečki spremni prasnuti u smijeh, Jake načini osmicu oko nje i nasmiješi se. Ona se uhvati za rub njegove majice i odvuče ga do stola s napicima.

Da. Bilo bi divno imati dečka uz sebe. Svi bi gledali kako se preobražavam iz penjačice po klupama u nekoga tko izaziva zavist, tko izgleda senzacionalno, emancipirano. Bilo bi to...

"Onda", mršti se Jeanine nakon što je završila pregled ispucanih vrhova svoje kose. "Jesi li?"

Kimnem glavom. Jesam.

❄

Laura hoda na prstima u soknicama i piruetira ispod zujavih svjetala kabine za probu u Lord & Tayloru. Ja automatski učinim isto, zategnuvši na leđima gotovo pola metra viška satena u gornjem dijelu haljine, s mukom pokušavajući toliko tkanine držati u šaci na mjestu gdje smičak ne prianja uz moju kralježnicu. "Ne misliš da haljina izgleda kao nove tapete u mojoj blagovaonici?" pita Laura podižući sise u pripijenom korzetu gornjeg dijela haljine.

"Ma ne." Laktovima pritisnem svoj šator od haljine da joj prikvačim plosnatu mašnu iznad stražnjice. "Stvarno je lijepa." Spustim se s visina zamišljenih štikli, odmaknem i naslonim na plastični zid. "S kime idemo da moramo biti tako visoke?"

"Katie?" Tata mi s praga koji ne smije prijeći da znak da dođem do njega. Podignem raskošne nabore haljine i krenem za njegovim glasom. "Izvoli." On ustukne natrag među stalke večernjih odijela koji su zakrčili pristup kabinama. Ima pune ruke pulovera s V-izrezom, s laktova mu se klate samtaste hlače, a na svijenom prstu njiše se haljina boje breskve. "Našao sam *ovo*. Vrijedi li što?"

"Probat ću."

"Drago mi je." Odmjeri me. "Znam da voliš sve što je veliko i bezoblično, ali mislim da si s ovom stvarno pretjerala."

"Znam, tata. Završit će na hrpi odbačenih."

"Majka ti prekapa po robi na sniženju na muškom odjelu. Igrat ćemo se eci-peci-pec s ovim džemperima. Vikni ako ti zatreba treće i četvrto mišljenje."

Posveta

Pokažem na svoju glavu, znak da si zagladi kosu koja se na statičkom elektricitetu šoping-centra razbarušila poput pačjeg perja. Ponesem kandidatkinju boje breskve i zateknem Lauru opruženu na tapeciranoj klupici u žalosnoj haljini puf-rukava cvjetnog uzorka.

"Što misliš, koga da pozovem?"

"Michaela J. Foxa?"

"Iz škole", dovrši ona naš igrokaz, a ja se okrenem bočno, pitajući se kako bih izgledala u dekolteu. "Pozvat ćeš Jakea?"

"Ma *ne*."

"Nemoj se odmah braniti." Ona podigne dlanove. "Mama ti je prsata— evo dolaze."

Čučnem ispred nje. "Ne mogu pozvati Jakea. Potrajalo je cijelu vječnost da se prašina slegne. Osim toga, stalno je s Kristinom škvadrom. Ti ćeš pozvati Ricka?"

Ona nabere nos.

"Eto vidiš." Ustanem.

"Što kažeš na Craiga?"

"Craiga s kojim sjediš u labosu?"

"Aha." Ona izvuče povez iz omlohavjelog minivala i rastrese mlitave kovrče do ramena, a karmincrveni baršunasti povez za kosu prebaci oko zapešća. "Mislim da biste vas dvoje izgledali slatko. On visok i plav, ti visoka i brineta."

"Ajoj." Potapšam je po tjemenu. Na trenutak zaboravljen gornji dio haljine padne mi do struka. Ruke mi polete do obnaženih dojki. "Aha, mi obje i naši unučići mogli bi stati u ovu."

Laura ustane, skine haljinu boje breskve s vješalice i usmjeri me prema mojoj kabini. "Probaj ovu. Mislim da će ti stvarno lijepo stajati. Osim toga, ima bretele. Što je možda dobra stvar."

"Znači, priznaješ da sam ravna kao daska."

"Želim reći da bi bretele dodatno istaknule ljepotu tvojeg poprsja." Laura se milo nasmiješi pa zatvori vrata moje kabine. "Onda, što kažeš na Craiga?" vikne ona.

Razmišljam o njemu dok s vješalice gulim teški saten haljine i mičem petljice na kojima haljina visi. "Pa... sladak je."

"*I* simpatičan. *I* pametan."

Uvučem se u krinolinu koja grebe. "Samo što nikad nisam o njemu razmišljala na taj način."

"Na koji način? Na koji misliš o Jakeu Sharpeu?"

Nagnem se i gurnem glavu kroz vrata njezine kabine. "Da."

Ona zaškilji u mene. "Katie, ne smijemo dopustiti da zbog Ricka Swartza i Jakea Sharpea svi imaju dečka osim nas dviju. Moramo okrenuti novi list." Ona spusti pogled i dvostruko omota povez oko zapešća. "Pozvat ću Randyja Brysona."

"Stvarno?"

"Aha. Mislim da će mu boja očiju pristajati uz ovo cvijeće." Ona podigne donji dio haljine i graciozno je složi oko nogu. "I zato zakopčaj tu haljinu da konačno okrenemo taj list."

Usredotočim se maksimalno na jednu jedinu vlas koja odbija poleći po glavi zajedno s ostatkom moje nalakirane kose povezane kopčom presvučenom satenom boje breskve. Na rubu sam da tu odmetnicu iščupam s korijenom iz glave, no tad se otvore vrata WC-a i zagluši me glazba. Za glazbom doplovi Kristi Lehman.

Progura se kroz vrata odjeljka, povlačeći slojeve bijele čipke za sobom. "Ovdje si s Craigom, ha?" vikne.

"Aha!" Zastanem s rukom na vratima ženskog WC-a, ne znajući je li završila razgovor sa mnom, ne želeći omalovažiti Kraljicu.

"Simpatičan je. Nekad je živio u ovoj ulici."

"Aha, tako je. Jako je simpatičan", kažem, premda koliko mogu ocijeniti, Craig nije "jako" ništa drugo. Ucrtao je križić u kockicu s odgovorom *da* na ceduljici koju sam mu poslala na satu etike i evo me s dečkom koji je – osim što se stidljivo smiješi – od sedam sati navečer rekao samo: "Molim te, dodaj mi pecivo."

Vrata odjeljka se širom otvore i Kristi izađe, namještajući haljinu bez naramenica na zloglasno bujnim grudima. "Aha, a ja sam ovdje s Jakeom. Ups! On se tebi sviđa, zar ne?" Tako mi svi kažu. "Ne mrziš me zbog toga, je li?" Budući da je nevažno što ću ja odgovoriti, ona se okrene prema zrcalu popraviti ruž. "Počeli smo hodati. Službeno."

Tu njezinu izjavu doživim kao da mi se svih njezinih deset umjetnih noktiju zarilo u rebra. "Super! Ne, ja… baš super."

Ona na trenutak zastane ispred zrcala srebrnastog ruža podignutog iznad usana i zagleda se u moj odraz. "Baš si dušica."

"Vas dvoje ste baš lijep par", dometnem. "Uživaj!"

Proguram se natrag u jauk gitare i zagrabim prema fontani. Nagnem se nad lob vodenog mlaza, pritisnuvši ruku na prsni koš da mi perverznjaci ne bi zavirivali u dekolte i pretvaram se da pijem vodu, ali zapravo samo gledam kako voda otječe. Tako dakle! Jake Sharpe je lansiran u sam vrh. A meni ni riječi zahvale!

Otpustim metalnu papučicu, uspravim se i isprsim u punom sjaju svojih golih leđa. Zaobiđem grozd nastavnika odjevenih u sportske sakoe potražiti Craiga među dečkima koji se urnebesno zabavljaju tako što se fliskaju kravatama. Ovo večeras ni u kojem slučaju nije proba plesača iz *Prljavog plesa*.

Odustanem od nauma pa potražim Lauru i druge cure koje su digle ruke od svega i plešu same u krugu pokraj švedskog stola s kojeg su nazočni pozobali sve probrane komade. Laura me privuče k sebi i od svoje mi ruke načini tuljac na uhu.

"Jake Sharpe je rekao Randyju da ti je haljina seksi." Odmakne se i zagleda mi se u lice, čvrsto mi držeći obje ruke spuštene kao da bih mogla poletjeti.

"Ozbiljno?" vrisnem da nadglasam glazbu. Ona žustro zakima glavom.

"Ali upravo sam čula da je prohodao s Kristi."

Laura slegne ramenima, a puf-rukavi podignu joj se i spuste. Pogledam preko neosunčane pruge na njezinu obnaženom ramenu. Kristi se vraća svojem jatu u kojem su sve guske umotane u volane i velove čipkaste bjeline. Benjy se zabuba u Kristi, ona mu istrgne kravatu iz ruke i flisne ga njome; taj njezin dosjetljivi potez izazove urnebesni smijeh njezinih frendica. A onda joj Jake priđe s leđa, ovije ruke oko struka i podigne je podvijenih nogu. Ona zalomi rukama, zavitla Benjyjevom kravatom kao gimnastičkom vrpcom, a njezine hihotave pajdašice pridruže se dečkima u burgijanju.

"Pleši!" Laura me trgne tom naredbom.

Mine me svaka možebitna želja da se on i ja gledamo u oči i vitlamo kravatom kao toreadorovom pelerinom. Moja je haljina seksi, ja sam... seksi. JA SAM SEKSI! Opijena tom mišlju, obijesno zavrtim glavom i zaplešem uz Bangles kao Egipćanka.[4] I to *seksi* Egipćanka.

Laura i ja silazimo u grad okružene uspavljujućim zvrndanjem suncem opijenih zrikavaca. S obzirom na to da cijelo ljeto sustavno noćimo kod mene ili kod nje, hodamo krvlju podlivenih očiju u tenisicama bez vezica koje grebu po asfaltu u nesvjesnom jednoglasju. Naše jeftine naočale jedva ublažavaju bljesak žarke dnevne svjetlosti pa obje škiljimo na podnevnoj jari.

U glavi vrtim posljednjih nekoliko minuta filma *Šesnaest rođendanskih svjećica*, a grudi mi se nadižu dok zamišljam kakav je to osjećaj sjediti na staklenom stolu dok se muškarac tvojih snova naginje preko njega da ti udijeli rođendanski poljubac.
"Misliš da će u srednjoj školi biti tako?"

"Kako tako? Kvragu!" Laurina ruka poleti prema torbici. "Mislila sam da sam zaboravila kasetu. Oprosti, nastavi."

---

4   Referenca na hit ženske grupe Bangles: "Walk like an Egyptian".

"Tako da zgodan frajer na kojeg trzaš dozna kad ti je roćkas, bane nenajavljen i poželi te poljubiti", mozgam glasno dok hodamo preko školskog igrališta.

Laura podigne svoj konjski rep i obriše znojni zatiljak. "Ako želiš, svaku ću se večer pomoliti."

"Dogovoreno." Pružim mali prst i ona ga zakvači svojim.

Vlažni povjetarac pomete zeleno prostranstvo. "Jao si ga nama, ne diži pogled", Laura iznenada šapne u svoju majicu. Ja također diskretno ispratim njezin ne-pogled kroz toplinske valove kojima isijava prašni travnjak do obličja koje se polako vozi na biciklu. Neko drugo obličje kaska pokraj njega s bejzbolskom palicom u ruci.

"Koga da ne gledam?" upitam stisnutih usta, premda su ona obličja pola igrališta od nas.

"Jakea", šaptom odvrati Laura.

"Je li Kristi s njim?" upitam. Slabo mi je.

Ona odmahne glavom. "Jedino ako je operativnim zahvatom promijenila spol. Mislim da je s onim novim klincem, Samom, onim koji je prije stanovao preko puta Michelle i koji ne izlazi iz tog jadnog tijesnog pulovera." Nastavimo hodati sračunato ležerno. Pretvaram se da se češkam po ramenu i tad primijetim da je bicikl presjekao preko travnjaka.

"Imam li što na zubima?" Ne zastavši, Laura lagano rastvori usta.

"Nemaš. A ja?"

"Sve u redu."

Ugledam se na Lauru pa ne dižem pogled s trave. A onda mi se prednji kotač crvenog bicikla nađe u vidokrugu, malo ispod obzora šiški. Načini lijeni krug oko nas. Gledam Jakeove nezavezane visoke tenisice, preplanule mišiće njegovih goljenica. Još jedan krug. Duge sjene pokrivaju naše gole noge. Smisli što ćeš reći, bilo što...

Hodamo dok Jake biciklom kruži oko nas u krugovima promjera hula-hupa, Sam za njim, baca palicu u zrak i hvata je. Palica svaki put zaječi *umf!* U redu, snagom volje navest ću Lauru da nešto kaže. Reci nešto pametno. Nešto jako kulerski. *Recirecireci—*

A onda se sjena bicikla odmakne od mojih nogu. Ono *umfanje* se stiša.

Okrenem se i ugledam kako odlazi; bokserice mu vire iz košarkaških hlačica. Sam trčkara uz njega, a bejzbolsku palicu drži na zatiljku tako da izgleda poput Frankensteinovih ramena.

Laura me potegne za rukav i krene trkom. Torba joj lepeće u zraku. Ja vilovito potrčim za njom preko igrališta. "Zašto trčimo?" sopćem.

Ona prikoči kad smo se našle u zaklonu tribina. Uhvati se za koljena, smijući se, a konjski joj se rep zaklati po licu. "Ne znam. Zašto nisi ništa rekla?" Uspravi se i zavuče ruku ispod majice da si namjesti grudnjak.

"A zašto nisi *ti?* Bilo je tako uvrnuto."

Vratimo se na sunce i prieđemo ostatak puta do videoteke zamišljeno šuteći. Kad smo prešle Adamsovu i popele se po stubama videoteke, Laura objavi svoj zaključak: "U rujnu će dotrčati k nama i izjaviti nam vječnu ljubav." Istrese videokasetu iz torbice. "Uvjerena sam."

"Nije izjavio svoju vječnu ljubav. Kupio joj je rođendansku tortu", ispravim je ja.

"Ista stvar." Ona otvori vrata videoteke, zapah polarno hladnog zraka pogodi nas posred znojnih lica, a praporci pričvršćeni za vrata svojim cilikom najave naš dolazak.

7

22. prosinca 2005.

"Sve za tebe", mama vrti glavom dok puzimo u našoj Hondi niz Glavnu ulicu, stiješnjeni televizijskim kombijima koji su obrubili ulicu.

"Sve za njega", otpovrnem ja, a čopor skijaških jakni podignutih kamera iskrsne na svjetlosti naših prednjih svjetala.

Mama naglo zakoči i makinalno pruži desnu ruku da me pritisne na naslon sjedišta. "Nadam se da ovo *nije* za njega."

Ja se nasmiješim njezinu refleksu kad je vratila ruku na volan. "Rekoh ti da sam ovdje zbog sebe." Pokažem rukom u zamagljene prozore. *"Oni* nisu."

"Hoćeš reći – ne još."

Utonem u sjedište i gurnem nos pod rubac posuđen od nje.

Ona skrene lijevo u razmjernu tišinu Adamsove. "Što se dogodilo s videotekom Rent-a-Flick?" pitam dok prolazimo pokraj katnice obložene šindrom, u čijem se izlogu vidi logo *fitness*-centra Curves.

"Otvorila se videoteka Blockbuster u šoping-centru", kaže ona zbunjeno. "Ali Trudy je jako dobro krenulo to s *fitnessom*. Odlazim k njoj triput tjedno."

"Mama!" Čestitam joj podignutim palcima u rukavicama bez prstiju. "Impresionirana sam."

"Tajna je u čepićima za uši. Ne podnosim mačju deraču koju puštaju pa si začepim uši i samo kimam glavom i svima se smješkam. Zapravo je vrlo ugodno. Sad znam zašto tvoj otac uvijek izgleda tako opušteno."

Na spomen oca, svrnem pogled s hipnotičkog poteza automobilskih stražnjih svjetala na njezin patricijski profil. "Kako se on nosi sa svime ovime?"

"Dobro", veselo će majka.

"A ti?"

"Dobro."

"Stvarno?"

"Pa…" Ona makne kosu s očiju. "Umorna sam, naravno, zbog selidbe, blagdana i čega sve ne, ali inače sam dobro."

"Stvarno?" ponovno upitam, pokušavajući razabrati laže li samo meni ili i sebi.

"Da."

"Muž te iznenada prisili na prijevremeni odlazak u mirovinu s radnog mjesta koje obožavaš i ti nemaš ništa protiv?"

"*Da*. Ja nemam ništa protiv, a ti trebaš samo obaviti jedan poslić." Narogušim se. "Eto." Ona podigne ramena. "Tvoj otac sad želi pisati knjigu na suncu i pecati, pa ćemo to i učiniti. Naprosto… čini se da ga je sve to puno koštalo. I mi to moramo uvažiti."

Osjetim grčenje mišića oko očiju, prekopam po torbici u potrazi za kapima, nakapam si oči i trepnem nekoliko puta pa si kapima zalijem obraz. "Naravno. Još uzima Zoloft?"

Ona kimne glavom samoj sebi pa me nastavi uvjeravati dok prolazi kroz ulice nedavno očišćene od snijega i zaustavlja se ispred svakog znaka obveznog zaustavljanja u sporednim uličicama. "Ne može se reći da se nije trudio u knjižnici. Iskreno rečeno, ovdašnji su ljudi čudni. Angažiraju te da nešto promijeniš, a onda te u tome onemoguće."

"Osim ako ne želiš otvoriti *fitness* studio."

"Da, onda te dočekaju širom otvorenih ovješenih ruku. Još imaš problema s očima?"

"Samo kad sam umorna." I pod stresom. Obrišem zamagljeni prozor i zavirim kroz pruge koje su ostavile moje vunene rukavice. Izronimo iz doline u polje svjetlosti. "Au! Koliko se toga sagradilo! Sve je to—"

"Preveliko i prekričavo, i nebeskim trubljama objavljuje kraj naše civilizacije."

"Namjeravala sam reći 'pretjerano'."

Zastajkujući, kružimo po parkiralištu veličine stadiona, i tako nekoliko puta. Od soli za posipanje skoreno more automobila pred nama pokrilo je svaki pedalj asfalta. Ugrizem se za unutarnju stranu usne i bezrazložno osvrćem u potrazi za slobodnim mjestom.

"Jebiga." Majka se zaustavi na snijegom zasutom otoku pokraj parkirališta i izvadi ključ iz bravice za paljenje. Istegnem vrat poput ždrala računajući koliko stotina metara automobilske tundre moram prijeći da stignem do jednog od ulaza. Ali je majka već prebacila torbu preko ramena. Izađe, zalupi vratima, i ja potrčim uz vjetar da je sustignem i uhvatim ispod ruke. Ona laktom stisne moju dječju rukavicu, pognemo glave i zaputimo se kroz snijeg i led.

"Rekla je da će biti kod restorana!" doviknem majci kad smo skrenule iza ugla i osvanule u vrevi atrija prošaranog redovima gladnih i blagdanima sluđenih obitelji. "Eno ih!" pokažem. Jedu svaki po pola hamburgera za stolom u dnu. Dok se probijamo prema njima, gledam kako se Laura smije nečemu sa svojim sinovima i osjetim žalac divljenja i ljubomore. Hoću li i na njihovim svadbama još misliti: 'Bože premili, Laura ih je *stvorila*?' Ili još gore: hoću li i tad biti usidjelička teta s tristo kumčeta jer me svi sažalijevaju? Podignem glavu i mahnem; lice joj se ozari.

"Vila K., moj je pas povratio! Jedem *cheeseburger* s pomfritom!" Mick stoji na stolici da bi podjednako važno objavio ta dva najnovija događaja nadglasavši treštanje *bossa nove* s vrtuljka. Laura se ponovno nasmije i odloži jogurt, a Mick mi se baci u naručje sa svojih dvadeset kilograma. "Mokra si." Položi ručicu na moj obraz pa je odmakne i pogleda. Vratim mu stopala na plastiku stolca.

"Claire je željela da protegnemo noge." McDonald'sovim ubrusom obrišem sjajilo susnježice, a mama brže-bolje razgrne kaput. A onda podignem i Keitha i bradom mu promrsim kosu.

On zamaše svojim minijaturnim plavim bucama da ih pogledam. "Tvoje su smeđe."

"Vrlo otmjeno." Veselo se smiješeći mojem posuđenom ladanjskom kompletu, Laura ustane i oboje nas razdragano zagrli.

"Mama! Zgnječit ćeš me!" Keith se migoljeći spusti niz naše noge.

"Kate Hollis stoji u crotonskom šoping-centru – bez lažnog nosa." Ona mi se nasmije u uho. "Ma gle ti nju, kako je samo hrabra."

"Ma gle ti sebe", promrmljam i odmaknem se, pa opipam njezin zaobljeni trbuh i iznova osjetim onaj žalac ljubomore. "Krasno izgledaš."

"Da imam zubni aparatić, bilo bi kao da proživljavam drugi pubertet. Zapravo treći. Znaš li kako je to kad s trideset godina kupuješ kremu protiv akni?" Vrati Keitha na njegov stolac i lizne ubrus da mu s usta obriše kuglicu kečapa.

"Laura, blistaš", odlučno izjavi mama i pomogne joj raspremiti ostatke hrane. "Trudnoća ti pristaje."

"E pa, nagledajte me se jer ovo mi je posljednja runda." Pruži mi pladanj pun zgužvanih omota. Odnesem ga i ispraznim u smeće. Stanem kad pokraj mene protrči klapa klinaca. Ustuknem kad sam zamalo srušila nasmijanu majku koja ih je slijedila u stopu. Ona povrati ravnotežu i odmjeri me.

"Katie?" Može sad onaj lažni nos, ako nije problem? Ona otpuhne šiške s očiju i omogući klincima da otrče joj jedan krug. "Katie Hollis?"

Trenutak trepćem: gusta crvena kosa i bijela put. "Jeanine?"

"O Bože moj, Katie!" Na moje veliko iznenađenje, ona se baci na mene i zagrli me poput medvjeda. Pončo joj je odisao mošusnim zadahom tamjana. "Da ne *vjeruješ*." Popusti zagrljaj i ja se izvučem iz njega. Smiješila se cijelim licem. *"Kako si?"*

"Dobro, hvala", nasmijem se jer je njezina ushićenost zarazna. "Kako si ti?"

"Ovo je ludo." Ona zgrabi jednog dečkića koji je trčao u krug i podigne ga na bok svojih tajica. "Anne i ja smo *baš* razgovarale o tebi u autu na putu ovamo!"

"A ovo je tvoj sinčić?" Protrljam ružičasti obraz djetešca koje se vrpoljilo u njezinu naručju, skrenuvši pozornost sa svojeg statusa posredno slavne osobe.

"Timmy", smiješi se ona nježno dok mu mrsi kosu. "Aha, dogovorila sam se naći s Craigom da razmijenimo obiteljske darove. Posljednji put." Pogleda u mene. "Raz-vo-di-mo se. Odbacit ću prezime Shapiro."

"Jako mi je žao što to čujem", kažem, žalosna što se moji školski kolege već ubrajaju u statistiku neuspješnih brakova.

"Hvala ti", kaže ona i dodirne mi rame. "Ali tako je najbolje za sve nas." Premjesti Timmyja na drugi bok. Bedreni su joj se mišići ocrtavali ispod lateksa.

Divim se njezinoj mirnoći. "Izgledaš fenomenalno."

"A *tu* si!" vikne Laura, gegajući se prema nama i vukući Micka na čizmama. "Bok!" pozdravi ona Jeanine, spusti Micka na pod pa ga pošalje da trkne natrag za naš stol. Njih se dvije nespretno zagrle preko Timmyja i Laurina predstojećeg trećeg.

"Izvodiš li doma poze?" Jeanine položi puni dlan na Laurin trbuh. Ne pipkavo, kao što ja to činim.

"Pokušavam! Da." Laura iskrivi lice. "Kad dečki spavaju." Okrene se meni. "Jeanine poučava prenatalnu jogu."

"Svaka čast", divim se ja.

Jeanine bokom odbaci Timmyja na struk i strogo se zagleda u mene. *"Moraš* doći na moj sat. Tu gore poučavam cijeli spektar

Yoge H'om." Ona pokaže u pokretne stube. "Pokraj Sunglass Huta. Moraš doći. Bit ćeš mi zahvalna, ozbiljno ti kažem."

"To bi bilo super." Kimnem glavom.

"Znači, kuća tvojih staraca je prodana?"

"Aha, jest." Ona, praktički neznanka, znala je to prije mene. "Dižu sidro i plove na jug."

"Aha, Anne i ja smo je obišle dok se prodavala. Tražimo kuću s tri spavaće sobe. Kuća je prekrasna, na izvrsnoj lokaciji. Ali koliko negativne energije!" Ona mahne slobodnom rukom, a lice joj se smrači. "Potpuno zagušena njome. A tvoja bivša soba, ajme meni, cijelu kuću treba raskužiti."

Primijetim da mi je palac umrljan kečapom. Laura iz džepa izvadi ubrus i gurne mi ga u ruku. "Stvarno moramo gibati." Slegne ramenima u znak isprike.

Jeanine važno kimne glavom. "Ovdje si da vidiš njega, ha?"

"Njega?" Zgužvam ubrus sad ispruganj crvenom bojom, pokušavajući malim prstom mami signalizirati da je vrijeme da doveze auto pred izlaz.

"Jakea."

"Aha." Izdahnem.

"Dušo." Ona položi dlan na trapezoidni mišić mojeg ramena, razgrne kaput koji sam posudila od mame i u tri poteza me izmasira. *Izbaci to iz sebe.* Bože! Joga bi ti tako dobro došla! Cijela tvoja aura *gladna je joge.* Moraš početi vježbati jogu kad se vratiš kući – gdje živiš?"

"U Charlestonu."

"Au, *stvarno* te dotukao."

"Ma ne." Pogledam u Lauru, a smiješak mi izblijedi. "Samo mrzim živjeti u hladnoći."

"Hladnoća je stanje svijesti, dušo." Pilji u mene poput kopca, ničime ne pokazuje da nas namjerava pustiti i čini se da je tek počela nabrajati sve ono čega je moja aura gladna.

Nagnem se i dam joj pusu. "Baš mi je drago što smo se srele, Jeanine."

"Sutra držim sat joge. Nabavi raspored od Laure. Joga mi je spasila život."

"To svakako!" Mahnem joj na odlasku. Osvrnem se, Jeanine i Timmy probijaju se prema plavokosom frajeru koji sjedi za stolom s dva pretrpana Targetova ruksaka. Pogled mi poput flipera prelazi sa zametka njegove pivopijske škembe do suncem opaljena čela, opasača za alat, nepropusnih čizama i primjerka *Us Weeklyja* koji lista, s Jakeom na naslovnici. Uvučem glavu u ramena, uhvatim Lauru za lakat i brzo nas odvedem izvan Craigova vidokruga. *"Eto zašto* ću se s tobom sastajati isključivo u četiri zida. Svi ovdje govore o luzerici koju je nogirala rokerska zvijezda, a što je općepoznata činjenica samo u promjeru od šezdeset kilometara od ove pekarnice." U prolazu pokažem kričavi ružičasti neonski znak pereca.

"Prije svega, ovdje svi govore samo o *popisima božićnih darova*. Mrzim razbiti tvoje pustinjačke iluzije, ali mi smo kao rakova djeca. Jason Mosely razmišlja o tome kako si jadna dok njeguje svoju hidroponijski uzgojenu salatu u Olympiji. Jennifer Druga sažalijeva te iz daleke Philadelphije, a sigurna sam da će Maggie, kad se sutra probudi, krušnim mrvicama ispisati 'Katie je luzerica' za golubove na londonskom Trafalgaru. Daj se zbroji!"

Prekorena, kimnem glavom. "Hidroponijska salata?"

"Pogledaj njegovu stranicu na Friendsteru."

"U redu, zbrojila sam se. A tko je Anne? Njezin guru?"

"Ne." Pričekamo da prođe električno vozilo osiguranja upaljenih rotirajućih narančastih svjetala. "Njezina ženska, uskoro životna družica."

"Nije valjda!"

Laura se veselo nasmiješi. "A katkad i popušimo džoint. Eto, sad znaš sve."

"Laura!"

"Ne dok sam *trudna*." Ona se razvali od smijeha. "Pokušaj ti imati blizance. Pravo čudo da im ja i Sam ne ubacujemo smrvljeni Valium u sokove." Ona kolica prođu pa odemo do moje mame i Keitha koji se igraju poklapanja ruku. "U redu! A sad na posao! Želim dečke spremiti u krevet do devet sati."

"Znaš, volim vas i drago mi je da ste i mene uključile", prizna mama. "Ali imaš pravo, mogu podnijeti najviše četrdeset pet minuta ovoga—" ona kružnom kretnjom obje ruke obuhvati izbezumljeno predbožićno mnoštvo oko nas. "Prije no što ispustim dušu. A da ja odvedem dečke na vrtuljak dok vas dvije obavite posao?" Keith i Mick zaneseno gledaju u vjenčićima ukrašenu spravu koja se vrti ispod kupole noćnog neba. "Gospodo, dajte mi po jednu ruku, *per favore*."

Dječaci je uhvate za ruke, podlegavši magnetnoj privlačnosti gipsanih konja. Na trenutak osjetim kako se njezini prsti sklapaju oko mojih, kad sam bila njihovih godina, te sigurnosti. "Četrdeset dvije minute", majka nijemo oblikuje usnama i vješto ih povede kroz mnoštvo.

"… jako sjajnog nosa…" Glava mi puca od općeg veselja. Laura i ja dopustimo si da nas ponese ludilo vreve. Zaobilazeći lance trgovina koji u izlozima optimistično izlažu pamučnu "zimovališnu odjeću", nekako se uspijemo laktanjem probiti u ženski odjel Lord & Taylora.

"Dobiješ li uz ovo i besplatnu depilaciju bikini-područja?" Pokažem u lutke kojima su hlače dopirale čak dva centimetra iznad međunožja.

"Pokušaj naći hlače da ti pokriju dupe u trudnoći. Ili gozba ili gladovanje. Ili ti se vidi trtična kost ili moraš na sebe nabaciti vojnički šator. Što kažeš na ove?" Ona podigne hlače od perivog antilopa.

"Hm… ne." Okrenem vješalicu da joj pokažem gdje se hlače utežu vezicama poput korzeta. "Ne želim hodati po svijetu kao vagina."

"Nisi dobila depešu? Sad svi trebamo izgledati kao da nam je četrnaest."

"Kristi Lehman to bi dotuklo." Prebirem po vestama koje ne pokrivaju trbuh. "Ona ni sa četrnaest nije izgledala kao četrnaestogodišnjakinja."

"Sad vodi mini-market u Fayvilleu."

"Nemoj me zezat!" Munjevito se okrenem i gurnem je. "Ne zezaj! Zašto ja to ne znam?"

"Što?" Laura se smiješi, uživajući u mojoj reakciji. "Nikad ne idemo na tu stranu. Sam je morao ugraditi nekakvu opremu u Clarksonu i svratio je po benzin. Rekao je – citiram – Kristi izgleda… umorno."

"Umorno!" zavrtim glavom.

"Umorno!" Laura digne ruke u zrak, a torbica joj sklizne na rame. "Sretan Božić!"

"I tebi, kćerce." Blaženo se gledamo. "Kvragu, koliko je sati?" upita Laura, pogleda na sat na svojem mobitelu i istog me trenutka okrene prema naprijed.

"Dvadeset osam minuta, pokret."

Vlažna od znoja, grabim sve što izgleda iole spektakularno i poručuje "odrasla sam i preboljela sam te". Laura na tu hrpu nabaca i što je ona odabrala, pa uskoro ne vidim preda se. Hodam za njom naslijepo, vijugam oko kružnih stalaka imitacija baršuna i krzna do hodnika s kabinama. Laura naglo zakoči i ja se opasno nagnem naprijed, a odjeća mi počne kliziti iz ruke. No Laura je pridrži. Pogledom prijeđemo po dugačkom redu utučenih žena koje jedva uspijevaju ne ispustiti svoje debele kapute zbog potencijalnih novokupljenih krpica i natežu ovratnike dolčevita.

"Ovo je komedija."

"Predlažem da se skineš u tajice ili ćemo ovdje prenoćiti."

Poslušam je i svakim novim odjevnim predmetom koji isprobavam skinem dodatni sloj odjeće i naposljetku ostanem u donjem rublju i maminim golf-dokoljenicama. Laura sjedi na improviziranom jastučiću od svojeg kaputa punjenog perjem. Poveže kosu rupcem da bi mogla što brže na vješalicu vraćati hrpu odbačene odjeće i usput komentirati. "Hm... ne." "Ne." "Niks." "Žališ što više ne pjevaš u duetu sa Sonnyjem?" "Nikako ne." "Ne dolazi u obzir, osim ako ponovno ne postave mjuzikl *Karusel*."[5] Naposljetku prasne u hihot i jedva frkne: "Izgledaš... kao... Charo!"[6]

Klonem i zabijem lice u ruke. "Sve sam ovo naopako zamislila."

Laura obriše oči. "Nisi! Ali zašto ti je zapravo *toliko* važno što imaš na sebi?" Ona sjetno udahne. "Imala si fenomenalne frajere. Odnosno, izlaziš sa super frajerima—"

Ja prezrivo frknem.

"Seksa ko u priči." Ona gurne preostale odjevne predmete sa sebe.

"Ponekad", priznam i otvorim zatvarač steznika od velura. "A ti imaš muža", uzvratim ja.

"Jako, jako krepanog muža. Ti imaš sjajnu karijeru, radiš važne čovjekoljubive stvari. Sjedneš u avion i prhneš u Buenos Aires."

"Bila sam u avionu, u hotelu, u tvornici pa ponovno u avionu. Kao da sam bila u Clevelandu."

"S uokvirenim fotografijama Eve Peron iza svake blagajne?"

"Vjerojatno ne. Taj je dio bio zanimljiv", priznam. "Morala sam se podsjećati da su to portreti stvarne osobe, a ne Madonne."

"Vidiš? Doživjela si pustolovinu." Ona izvadi paketić žvakaćih guma i izbaci jednu iz njezina omota. "A ja nisam otišla dalje od Charlestona, a ne bih ni to da nisam išla posjetiti tebe."

"Pa nemaš osamdeset godina da bi govorila 'ja nisam otišla dalje od', a usto imaš *obitelj!*"

Ona prekriži ruke na trbuhu. "A ti još imaš svoje tijelo."

---

5 Slavni mjuzikl Rodgersa i Hammersteina iz 1945. godine.
6 Prsata plavokosa američka pjevačica, plesačica, zabavljačica i gitaristica španjolskog podrijetla (r. 1941.)

Posveta

"Koje njegujem samo zato da bih jednog dana imala to što si ti već osigurala, muškarca koji će prisegnuti da će me voljeti kad posenilim i dvoje-troje divne djece! Laura, kad bih ti rekla da ćeš se za tri sata suočiti s Rickom Swartzom, što bi učinila?"

Oči joj se prevuku sjetom. "Podigla novi hipotekarni kredit... zamolila one iz Chanela da smisle nešto da sakrijem ovo i smanjim ono. Svaki bih centimetar tijela, uključujući i one novostečene, pofarbala, izdepilirala, ispedikirala i izmanikirala kako bih izgledala tako fenomenalno da bi frajeri blejili kad ja prođem, a gnjida Ricki Swartz mogao bi samo požaliti što se uopće rodio."

"Tako je, a on je samo u sedmom razredu svima rekao da si ga nazvala." Pružim joj bolero od angore.

Laurino lice iznova poprimi odlučni izraz. "U redu, pokušajmo ti naći pristojne traperice, a onda i šminku. Probaj ove." Ona zavuče ruku u hrpu odjeće i izvuče asortiman od trapera. Ja ponovno ustanem. "Dakle, što ćeš uopće reći toj gnjidi?"

"Što bi ti rekla Ricku Swartzu?" Udokoljeničenim nogama odgurnem prve izjalovljene traperice i ona mi pruži druge.

"Rekoh ti da mislim da je trenutačno u buksi. Ah, kako me to veseli!"

"Sretan Božić."

"To je bio prošlogodišnji poklon. Srednja škola Croton, dar koji vječno traje! Ali da se kojim slučajem udostojim posjetiti ga i održati mu bukvicu o slučaju klamidija—"

"Malarija", ispravim je ja i dohvatim nove traperice.

"Tako je, malarija. O Bože moj, klamidija, možeš li zamisliti te sramote? Dakle, napućila bih svoje besprijekorno iscrtane usne, diskretno izbacila svoje trudnički nabujalo poprsje i rekla mu da to što je učinio *nije bilo fora.*"

"Da." Okrenem se pokazati joj da mi se vidi veći dio razmeđe guzova. "Nešto u tom smislu. U svakom ću slučaju ne baš tako diskretno potegnuti temu 'Nije bilo lijepo od tebe'."

"Nemaš razrađeni plan? Doista? Nismo u onu tvoju torbu ubacili nekakve bilješke ili popis stavki?"

"Ne želim govoriti o toj torbi i nisam o ovome već stoljećima ozbiljnije razmišljala. Hvala Bogu. Hoću reći, postojao je Plan A." Ja potegnem traperice iz njezinih ruku i ona ih pusti, pa odletim korak unatrag. "Pročut će se da je viđen kako u L. A.-u pjeva za sićue na pločniku pokraj prazne kutije od gitare."

"Nažalost, ništa od toga."

"Plan B, Čudo od jednog hita. Utonuo bi u nepovratni i patetični zaborav, a njegov bi se povratak sastojao u tome da sijed i podbuhao nastupi u emisiji *Gdje su danas?*"

"Plan C", nastavi Laura i protegne se. Jednom se rukom uhvatila za zrcalo, a drugom podbočila leđa. "Smrt predoziranjem. Ti bi došla na pogreb u fenomenalnoj ali elegantnoj pripijenoj crnoj haljini, s Nobelovom nagradom kao privjeskom oko vrata, njegova bi te majka uhvatila za ruku, pogledala u oči i rekla ti—"

Povučem zatvarač na posljednjim tapericama. "'Znaš, mila, premda je postigao ogroman uspjeh, nije doživio ni trenutka sreće nakon odlaska.' A ja bih babetini stisnula ruku i rekla: 'Iskrena suć ut.' I: 'Stvarno su ga našli golog i zasranog i s palcem u ustima?'"

"O kako mi se svidio Plan C!" Laura preko mog ramena gleda u zrcalu kako mi stoje traperice.

"Aha... pa stale smo kod Plana minus Z, kojim je bilo predviđeno da će nam se pogledi susresti na tvojem vjenčanju; ja ću stajati na jednoj, a on na drugoj strani crkvenog prolaza. Kasnije te večeri sastali bismo se u vrtnoj sjenici, ja bih na sebi imala nešto majušno i seksi – naravno, s uzorkom leptira."

Laura iskrivi lice. "Još – *još* – ne znam zašto je Sam mislio da će se on vratiti zbog vjenčanja."

"Jer ovi dečki uvijek žele misliti najbolje o Jakeu." Uzdahnem.

"E pa znaj da je taj bunar dobre volje presušio. Ali prijeđi na ludo i strastveno – zamalo."

"Da priječem na to kako je požalio što se rodio?" Progutam njezin mamac. "A ja nastavim živjeti svojim senzacionalnim životom? Eto. To je bio plan."

"A *ono* su trapke za tebe. Što ćeš obući na njih?"

"Toga nema ovdje; morat ću naći nešto doma."

"Izvrsno. Dođi, imamo šest minuta za šminkanje. Ti odjuri do Lancômea, a ja ću platiti traperice. Gibaj!"

Obje načinimo korak u suprotnim smjerovima, a onda se ja okrenem. "Lor—"

Ona se okrene i zagleda u mene svojim plavim očima. Ja se uspijem samo smeteno nasmiješiti kad u moje oči navru suze. "Znam", glas joj omekša.

"I vi ga imate na piku, poštujem to."

Ona se sneveseli. "Znaš da je njegovu diskografsku kuću kupio Bertlesbrink?" Kimnem glavom. "E pa, zaskočili su nas zabranom. Zaprijetili su, citiram, *agresivnim* kaznenim progonom ne budemo li poštovali zabranu. Pismo smo primili u ponedjeljak. I tako, jebeno sretan Božić."

"Isuse. Što ćete poduzeti?"

Laura odmahne glavom i zaštitnički si obujmi trbuh. "Sam kaže da si ne možemo priuštiti da na to bacamo novac."

"A ti?" Pogled mi padne na lagani drhtaj ispod njezine ruke.

"Sjedila sam u tom usranom podrumu pokraj tebe", kaže ona bijesno zategnuta lica, "dok je moj muž pisao melodiju koja je devedesetih bila najduže na prvom mjestu top-liste. Pa ne mogu to tek tako pustiti, ne mogu. Odustanemo li, bit će to kao da kažemo da je to što je on učinio u redu." Ona zatvori oči i udahne da se smiri. "Ne smijem se toliko uzrujati." Smili mi se, pa je stisnem za ruku. Ona otvori oči. "Dakle, što se mene tiče, uspiješ li gospodinu Rokeru Posrancu barem malo pokvariti ovu glamuroznu večer, bit će to velika zadovoljština. Dobro?" Kimnem glavom. "Ali ne u ovakvu izdanju."

"U pravu si." Prođem rukom kroz kosu. "Volim te."

Laura se stidljivo nasmiješi i zarumeni kad joj je skandinavska krv navrla u obraze. "Dovraga, imam previše hormona za ovo. Idi!"

"U redu!"

"Ozbiljno ti kažem." Otpravi me pokretom ruke. "Zagorčat ćeš mu život u ime svih nas. Ne želim da to činiš očiju podbuhlih od plača."

8

Prvi srednje

"Sam, kakav si *ti* kreten", umorno objavi Jennifer Druga kad je Sam zatvorio stražnja bočna vrata našeg monovolumena i pričepio njima svoju vjetrovku.

Pogled mi poleti prema naslonu vozačkog sjedala, ali Jenniferina uvreda nije stigla do tatina zdravog uha koje je nagnuto prema upravljačkoj ploči. Hvala bogu da je radiopostaja NPR zanimljivija od družbe četrnaestogodišnjaka. To što slušamo monotonu raspravu o Nikaragvi, a ne moju novu kasetu Gunsa bio je uvjet oko kojeg su se vodili žustri pregovori u zamjenu za to da bude šofer na našem grupnom izlasku. Završni kompromis: jad i bijeda, ali samo iz prednjih zvučnika.

"Hoćemo li stići na projekciju u četrnaest četrdeset pet?" upitam nadglasavši zvrjanje kad je Sam teškom mukom ponovno otvorio i zatvorio klizna bočna vrata. Čuje se neumorni din-don signala za "širom otvorena vrata vozila".

"Sam, povuci van pa u stranu. *Van* pa u stranu", tata se okrene da ga pouči.

"Katie, rekla sam." Na stražnjem sjedalu Jennifer Druga ponovno premaže usne sjajilom; od prvog su joj se premaza s usana već otkidale tamnocrvene ljuske. Budući da se ljetos s Kristi smjenjivala u stolcu pripadnika spasilačke službe, uzela si je pravo da se bahati kao da mora brzometno iskoristiti svoj novi status u slučaju da izblijedi poput njezine preplanulosti. Što ne znači da Laura i ja također ne koristimo priliku. Ta ovaj je izlazak izravna posljedica toga. Ali *mi* barem nismo bezobrazne. "Zakasnimo li na *Indiana Jonesa*, stići ćemo na *Pet Sematary* u tri. Ne budi kreten." Ovaj je put to rekla dovoljno glasno da se tatin i moj pogled sretnu u retrovizoru. Nosnice mu se rašire na način koji poručuje da on ni na koji način ne odobrava takvu tinejdžersku zlouporabu tog pojma. Ja kimnem glavom kao da mu poručujem da je to, naravno, neprihvatljivo, ali da se to tek tako govori, pa neka on samo vozi i nijemo prosvjeduje. Šutke.

"Želi li dražesna mladež da još nekog pokupimo?" upita tata kad su se vrata uz škljocaj zatvorila.

"Jakea, Bluebellova pedeset tri." Sam se zavali pokraj Benjyja i mene, rastreseno brišući masnu crnu crtu na svojoj jakni, potpuno nesvjestan tatina sarkazma. Laura se okrene na suvozačkom mjestu i pogleda me; između nas, preko držača za šalice, nevidljivo struji panika. *Sjedit ću u autu s Jakeom Sharpeom?* pitam je očima. *Da!* ona odgovori obrvama. *O Bože moj!* zavapim ja čelom.

"Rekao je da će čekati—" Sam iznenada zaskviči jer mu je Benjy uhvatio glavu i počeo ga iz dragosti čvrgati. "U... dnu... kolnog... prilaza!"

"Eno ga. To je on, gospodine Hollis", Jennifer Druga nastavi orkestrirati naš izlazak. To joj dopušta njezin status, njezina koordinacija, njezino sjajilo na našim usnama. Koje se guli s njih u ljuskama. Stegne me nešto u želucu kad ugledam Jakea u njegovoj kožnoj jakni. Nogom nabacuje vlažno lišće u hrpu na rinzolu. Ne *izgleda* ucviljeno. Možda to što ga je Kristi nogirala zbog Jasona nije psihički pomoglo samo meni, nego i Jakeu. Možda osjeća što i svi: to što su Kristi i Jason napokon prohodali, za novopečene je srednjoškolke ispunjenje sudbine. Sad kad se to dvoje sparilo, zvijezde se za promjenu mogu pozabaviti nama ostalima.

Sam, koristeći svoje novostečeno znanje o otvaranju kliznih vrata, otvori ih, a Benjy iskoči da "otmičarski" uvuče Jakea u auto.

Tata uzdahne kad se Jake svalio na sjedište, a njegove goleme visoke tenisice završile u mom krilu nošene valom vlažnog i svježeg zraka.

"Oprosti", obrati mi se Jake Sharpe prvi put u povijesti i brzo makne noge s mojeg krila, a onda se zgura pokraj mene. Benjy i Sam polože se do njega. Njihove tri glave bjehu poput tri kuglice sladoleda: jagoda, vanilija i čokolada Jakeove tamnosmeđe kose.

"Au, smrdiš!" Benjy pokrije nos jaknom.

"Tata pali lišće." Jake čvrkne Benjyja po čelu.

Sagnemo se i ugledamo kako se dim diže s polja uz travnjak; neki čovjek stoji naslonjen na grablje pokraj ognja.

"To nije tvoj tata", namršti se Benjy.

"Tip koji nam šiša travu ili što već."

Benjy čvrkne Jakea. Sam čvrkne Jakea. Jake ih čvrkne obojicu istodobno i laktom me zamalo kresne po nosu, a meni je svejedno.

"Dečki, jedan od vas morat će sjesti otraga, *odmah*. Svi se moraju zavezati pojasom." Tata gubi strpljenje.

Tatastrpisetatastrpisetatastrpise.

Čvrganje preraste u naguravanje.

"Sam?" zazove ga Jennifer Druga i nakon niza afektirano zavodničkih *"Saaaaamova"*, on sjedne na stražnje sjedalo, a pjegavim mu se licem rašire jarkoružičaste mrlje.

"Ah, baš ste preslatki", Jennifer Druga tiho dobaci mojim smijuljećim supatnicima na stražnjem sjedalu.

"Pojasevi ili ne idemo nikamo", naredi tata. Niz prsni koš spuzne mi grašak znoja. *O Bože moj, preklinjem te. Molim te, tata, riskiraj malo, daj si oduška, kockaj. Puno bolje nego da ovim dečkima naređuješ. Ispadanje iz auta, gubitak udova, pogibija, sve je to mala cijena za to da ću se u ponedjeljak pojaviti u školi a da mi nitko ne kaže da sam totalna—*

Ali se svi privežu bez drskih komentara, i ovaj mi podsjetnik na njihove živote iza školskih kulisa otvori oči: imaju roditelje koji inzistiraju da redovito mijenjaju čarape, liježu rano u krevet i popiju mlijeko do kraja.

Tata skrene na cestu i dečki počnu razgovor o albumu *Appetite for Destruction,* trenutačno prognanom u pretinac za rukavice. "Žao mi je, ali kasetofon nam ne radi, *zar ne,* tata?" Dotučen, Sam naposljetku izvuče *walkman* iz jakne i navije ga do daske, pa se svi nagnemo osluhnuti limeni odjek iz Samovih jastučastih slušalica povrh sandinističkog mrmora. Jake napeto osluškuje i naposljetku je miran; tijelom graniči s mojim od ramena do pete. Dodirujemo se. Osjećam dodir njegova ramena, ruke, bedra i goljenice. Tek tako, ovdje, pokraj mene. Uvrnuto. Potpuno ćaknuto. Kao da dodirnem televizijski ekran i osjetim toplu kožu lica nekog tinejdžerskog idola.

"Take me down", dečki dreknu uglas. Laura i ja sjedimo skamenjene od pomisli na to što nosi današnje popodne. Ruka mi zavibrira kad je Jake počeo kimati glavom u ritmu pjesme; uskoro Jake i Sam sviraju nepostojeće gitare, a Benjy bubnja po naslonu Laurina sjedišta, usklađenog rada ruku i nogu.

"Budem li radio dvostruku smjenu nakon škole do kraja sljedećeg ljeta, uštedjet ću dovoljno za bubnjeve", kaže Benjy u ritmu, klateći glavom naprijed-natrag.

"Naš će bend biti zakon", objavi Sam. "Baš kao i Gunsi."

Jake duboko udahne, a onda zaurla Axlov refren Samu u facu.

Benjy i Sam se pridruže i dreknu odgovor. Tata pojača radio.

"Je li netko već našao basista?" Jake upita sve nazočne.

"Hm", Laura se okrene i zaviri iza naslona za glavu. "Todd Rawley katkad svira u zboru za profesoricu Beazley?"

"Jake, trebao bi to izvidjeti", kaže Sam. Vidim da je Laura pocrvenjela zbog svojeg prihvaćenog prijedloga pa se okrene natrag i utone u kaput. Budući da nisam imala nikakav prijedlog, prepustim se Jakeovu ljuljanju, gledam u ogrebotinu na lijevom bedru i preslušavam u glavi prvu riječ koju mi je uputio u potrazi za nekom dubljom, šifriranom porukom.

Ali tek u kinodvorani, dok se grupno premještamo udesno da bi između nas i Jennifer Druge koja se cmače sa Samom kao da je to sljedeća stavka na njezinoj listi prioriteta, ostavili razmaka barem za širinu naslona za ruke, osjetim kako nešto pušta korijen u mom želucu, nekakva lastika, kad se Jake Sharpe vratio s kokicama. Nekakvo mi je treptanje poručilo da se okrenem, i doista, upravo je prošao kroz vrata na vrhu neosvijetljenog prolaza. Ona se lastika zatezala kako se njegov vitki obris približavao. A onda, dok se provlačio pokraj mene, ja podvijem noge pod stolac, pogledi nam se sretnu, a odmetnute kokice skotrljaju mi se u krilo – i lastika se zategne pa ponovno olabavi kad se svalio s druge strane pokraj Benjyja, koji se odmah baci na spomenutu papirnatu kantu kokica. Uhvatim se rukom za prsa zureći u ekran. Ovo je drukčije od zatomljivanja Jakea Sharpea, od izbjegavanja Jakea Sharpea, čak i od spoznaje da Jake Sharpe razmišlja o tome kako izgledam. Ovaj novi odnos s Jakeom Sharpeom događa se u meni, prožima me do srži.

Publika vrišti od straha, Laura mi zabije glavu u rame, ali ja gledam ne trepćući, mozak mi ne poima slike: starac se uhvatio za gležnjeve iz kojih šiklja krv, unakažena kralježnica umiruće djevojke. Sjedim uspravna kao za glasovirom, a svaki centimetar mog tijela preslaguje se s obzirom na novonastalo stanje: upravo sam postala kompas za Jakea Sharpea.

"Ubit ću mamu." Laura prođe rukama niz stražnju stranu bedara zagladivši preveliku sportsku jaknu s inicijalima škole pod sebe kao bedem protiv hladnog rinzola i sjedne.

"Što je rekla?" Automobili kruže u potrazi za slobodnim mjestom, zurim preko mračnog parkirališta prema treperavim svjetlima zalogajnica koje se vide kroz predvorje zgrade. Jake Sharpe stoji naslonjen na cigleni zid Cineplexa. Oko sedam metara iza mene, slijeva.

"Nije bila doma, samo moj bljakasti brat koji mi je oči iskopao samo zato što sam ga probudila iz njegova bljakastog sna."

"Stići će uskoro." Umirujuće je potapšam po koljenu. "Nadajmo se samo da će Jennifer Druga vratiti svog 'bijelog roba' prije nego što tvoja mama stigne."

"Ogavno." Škiljimo prema visokim stablima uz rub parkirališta kamo je Jennifer Druga odvukla Sama čim je vidjela da ih Laurina mama ne čeka. To je nešto o čemu nitko od nas ne govori. Uz iznimku Benjyja, koji je dreknuo: "Ne zaboravi progutati!" na što mu je uzvraćeno kreštavim: "Samo ti sanjaj, glupane!"

Svježa listopadska noć nas propuhuje i ja uvučem ruke u rukave. Kad bih barem mogla nataknuti skijašku kapu koju sam nakon mamine prijetnje nevoljko gurnula u džep.

"Toliko zivkanja i biranja odjeće za *ovo*." Laura zalomi rukama prema našim patetičnim grupicama. "Bljak." Ustane i stane na parkiralište pa zaškilji prema autocesti. "Idem unutra. Možda je sad uspijem dobiti."

"Ja ću držati stražu", ponudim se.

"A ja ću držati stražu u slučaju da banu neki krvožedni klinci-zombiji." Benjy iz usta izvadi slamku koju žvače već tri sata i zamahne njome kao skalpelom, pa malo sline zakapa pločnik.

"Odmah mi je lakše." Laura se odmakne izvan Benjyjeva slinokruga.

"Zapravo, moram pišat." Benjy uhvati vrata multipleksa kad ih je ona pustila i uđe za njom u predvorje prekriveno ljubičastim sagom.

Jake zabubnja po poklopcu kante za smeće. Teško se koncentriram na mreškavi obris konja na malom vrtuljku jer smo sad ostali samo nas dvoje, a ona se lastika uporno zateže. Naposljetku se njegove visoke tenisice nađu pokraj mene. "Glupost."

Strelovito podignem pogled.

"Film. Prilično je glup."

"Aha." Kimnem glavom. Vjetar mi puše u kaput koji ne smijem zakopčati, moram ga držati spuštenog na ramenima kao da sam upravo ležerno slegnula ramenima i kao da mi je ovako baš super, ne može biti bolje, iako si vidim dah. On vrhom tenisice gurne praznu limenku s rinzola. Lagano je dokotrlja do mene pa natrag.

"Sve to jer se zakopala jedna mačka. Meni se to čini malo pretjerano", dam svoj obol.

"Aha", on se nasmije. Očarana sam zibanjem jarkoružičastih slova na limenci pod njegovim crvenim gumenim potplatom i pokušavam predvidjeti na koju će se stranu otkotrljati. Test. "Si gledala *Big?*" pita on. "E taj je bio prilično dobar."

"*Big* mi se jako svidio! Ono kad mora ostaviti Elizabeth Perkins jer on mora odrasti, a ona mu to mora dopustiti. O, bio je super."

"Pa... aha." *Pogrešno! Jako pogrešno! Što se još dogodilo u tom filmu?! Što još?!*

"A ono kad svira po divovskoj klavijaturi, to je bilo guba."

"Joj da, super!" Jupi! "Bilo bi mrak sve to imati a da ne moraš živjeti sa starcima, završiti školu ili ići na fakultet ili nešto takvo. Samo gurneš ulaznicu u uređaj – i bam! Imaš sve. Super stančić. *Cool* posao na kojem radiš *cool* stvari. Mrak komada." Limenka mu sklizne ispod moje tenisice pa me on pričepi nogom. Bol mi sijevne kroz nogu i ugrizem se za usnu.

Zatrubi monovolumen Hellerovih prilazeći kroz labirint znakova obveznog zaustavljanja na parkiralištu ispred centra i ja mahnem. A onda se njegove noge nađu sučelice mojima, prsti na prstima, ruke mu se zaklate pred mojim nosom. On nestrpljivo zamigolji njima i ja shvatim što želi. Gurnem svoje od hladnoće odrvenjele prste iz rukava i naša se drhtava put dodirne. On me čvrsto uhvati za zapešća, a onda se nagne prema natrag i povuče me na noge. Sežem mu do brade i pogled mi padne na vratni izrez njegove majice i mekano udubljenje njegova nepokrivenog vrata.

"Hvala", dahnem kad me pustio, premda ne znam jesam li zapravo uspjela protisnuti kakav zvuk.

"Katie, dušo", gospođa Heller spusti prozor na svojoj strani. "U P&C-ju je bio pravi zvjerinjak. Gdje je Laura?"

"Otišla vas je nazvati. Otići ću po nju."

Položim ruku na kožu jakne kojom je obložena Jakeova ruka. On pogleda u moju ruku, iznenađen. "Sam." Maknem dlan i pokažem prema drveću. Jake kimne glavom i ja krenem prema staklenim vratima, a ona se lastika rastegne duljinom parkirališta dok on kaska prema obrubu borova.

❄

Ugledavši Jakeov bicikl koji skreće iza ugla, ustanem s naherenih stuba povijesnog muzeja naselja Whiteforest i brzo izvadim ruke iz džepova kaputa. Stisnem usta da se uvjerim da mi sjajilo nije isparilo na kasnojesenskom vjetru. Jake skoči s bicikla na rubu šljunka i dogura ga do prednjeg trijema. "Nisam ni znao za ovo." Pogleda preko mojeg ramena preko stuba u sivu daščanu kućicu. "A samo deset minuta vožnje biciklom od moje kuće. Smiješno." On se nasmiješi, potpuno opušteno.

"Znam, nisam ni znala da u Crotonu imamo toliko povijesnih znamenitosti... što je, pretpostavljam, bila i svrha ovog projekta."

"Drago mi je da si nazvala." Stvarno? "Inače bih ostavio to za zadnji čas."

"Aha, ovako imamo tri tjedna vremena. Premda ne namjeravam raditi na tome sljedeća tri tjedna", počnem se ispričavati. "Hoću reći, Laura i Benjy su na bojnom polju, što znači da su si i oni dali fore." Naslonim se na podnožje stare drvene ograde kako bi hladnoća umrtvila moju nervozu.

Jake skine kapu i gurne je u džep, a onda si dlanom promrzle ruke spljošti kosu. "Moj je tata bio tako impresioniran činjenicom da u nedjelju idem ovamo, da mi je tutnuo u ruku dvadeset dolara tek tako, ni za što." Pogleda u guvernal svog bicikla.

"Samo da…" Odgura bicikl do zahrđalog privezišta za bicikle uz rub praznog šljunčanog parkinga i podigne stojnu nožicu koja upadne između kamenja.

"Mislim da će mu tu biti dobro." Pokušam ne gurnuti ruke u džepove, premda me hladni zrak šiba i štipa. "Čisto sumnjam da će ga ukrasti netko od milijun posjetitelja ovog povijesnog mjesta."

"Nisam baš siguran, mislim da smo ranim dolaskom izbjegli najveću navalu." Jake potrči uza stube dok se ja smijem. Nisam očekivala da je duhovit. "Kladim se da imaju i neizbježnu suvenirnicu." On otvori vrata i pridrži mi ih. Dok stojimo i topimo se na muzejskoj toplini, shvatim da iz crnog tranzistora na prozorskoj dasci dopire ista klasična glazba koja se čula s mamina autoradija.

"Halo!" Starija žena u ljubičastom kostimu koji ističe sve nabore na njezinu tijelu ustane iza drvenog stola na kojem stoji nekoliko hrpica brošura i stiša radio. "Izvolite?" Čini se da je naš dolazak vratio boju u njezine upale obraze ispod dva kruga umjetnog rumenila. "Poželjan je dobrovoljni prilog, ali nije obvezatan, samo da odložim knjigu pa ću vas provesti."

"Ma ne treba", Jake i ja progovorimo uglas. Jake nastavi: "Već smo bili ovdje."

"Puno puta", dometnem.

"To nam je najdraže mjesto, pa znamo gdje je što." Jake se milo nasmiješi.

Žena položi svoje staračkim pjegama istočkane ruke na brošure i zavali se natrag u stolac. Ramena joj razočarano klonu. "Dobro, ako se snalazite…"

"No svejedno vam hvala", kaže Jake. "Dakle, je li…" Okrenem se k njemu i ohrabrujući podignem obrve. "Uvijek voliš krenuti od… ovaj… gornjeg kata, je li?"

"Da", kažem ja. "Obožavam gornji kat." Pođem za njim prema uskim stubama. Polako se penjemo. Žuti konac šavova na njegovim stražnjim džepovima mi je u razini oka. Na vrhu stuba sagnemo se da zavirimo u sobičak u visini struka pregrađen pleksiglasom. Stojimo tako nekoliko minuta. Pretvaram se da gledam u stari krevetni pokrivač površine prošarane slamom iz slamarice ispod njega, i udišem njegov slatki miris.

"Nadao sam se da ima više", kaže on i ja se ponovno počnem smijati. "Nema vrtuljka? Čak ni starinskog tramvaja?"

"Čut će nas", šapnem.

"I onda? Uživamo u razgledavanju ove povijesne nastambe", šapne on meni.

Pogleda prema stubama. "Nismo dali prilog, to me ždere. Stvarno nam je željela pokazati kuću."

"Nema se što pokazati. Kuća je majušna." On se nasmiješi. Siva svjetlost prosijavala je kroz prozorčić iza njega, a jedva čujni zvuk vjetra miješao se s ulomcima simfonije iz prizemlja. Prisilim se da se ne pomaknem, da mu se ne bacim oko vrata. "Gospođo?" zazove on, još me gledajući. "Ako nije prekasno, zapravo bismo rado da nas povedete u obilazak."

Iz prizemlja začujemo: "Ma, nije kasno, dapače, evo me odmah!"

Dok stojim nekoliko centimetara od njega, u svakoj od pet prostorija i dok vodičica ozarena lica trkelja o tkalačkim strojevima i posteljama koje se grijalo ugljevljem, ja samo mislim: *ovo* je početak. Sva drama i poniženje bit će ono Prije. Danas označava početak onog Poslije. Postat ću cura koja hoda s Jakeom Sharpeom.

Odem za njim do izlaznih vrata; on iz svoje skijaške jakne izvadi dvadeset dolara koje mu je dao otac i ubaci ih u košaricu za priloge. "Puno hvala." Mahne joj kad je otvorio vrata i pridržao ih da prođem. "Super obilazak."

"Joj, baš vam hvala." Žena pogleda u Jakeovu izgužvanu novčanicu; vjerojatno je postavila neki rekord.

"Da, hvala! Bilo je super!" zacvrkućem ja. Obavezno ću vas pozvati na naše vjenčanje!

Odskakućemo niz stube u svježi suton. Jake zakopča jaknu. "To je bilo stvarno..."

"Dosadno?" Nasmiješim se.

"Ne!" nasmije se on. "Ono o svijećama od biljnog voska bilo je baš *cool*." Izvadi presavinuti radni list iz džepa. "Mislim da ću to izabrati za jedan od svoja tri ručna rada. Pa mi ga nemoj ukrasti. Zabezecirao sam si svijeće od biljnog voska. Što ćeš ti odabrati?"

"Pa..."

On se veselo nasmiješi. "Uopće nisi slušala onu tetu!"

"Što?" Nasmijem se. "Nije istina! Slušala sam!" Uozbiljim se. "Sad je stvarno sretna." Pokažem preko njegova ramena kroz prozor. Naša vodičica odlučno posprema svoj stol sa smiješkom na svojim izbrazdanim usnama. "Učinili smo dobro djelo."

Oboje gledamo kako se ona ponovno zadovoljno zavalila u stolac i nastavila čitati svoj ljubić. Jake pogleda u mene preko ovratnika skijaške jakne koja ga češka po bradi i usnama uhvati privjesak smička. "Tvoji su ortodoksni vjernici ili nešto slično?"

"Ne." Ali mogu lako postati ako to želiš. "Tvoji jesu?"

On nagne glavu u stranu. "Jednostavno... ne čujem da ljudi često spominju dobra djela."

"Moji starci su ti takvi." Slegnem ramenima pokušavajući se dosjetiti kako da razgovor skrenem na temu vruće čokolade u kafiću.

"Ali ti nisi?"

Pogledam u tamneće indigoplavo nebo. "Vjerojatno jesam. Hoću reći, ako nije teško učiniti nešto što će nekome olakšati život..."

On se nasmije i toplo me pogleda svojim zelenim očima. "Tako dakle, samo ako nije teško."

"Je li onaj obilazak bio lagan?" Bocnem ga u prsa smjelim prstom.

"Kao test iz povijesti." On me uhvati za prst.

"Sljedeći smo vikend svakako zaslužili neki bezvezni film."

Ne znam je li ustuknuo korak ili se samo nagnuo natrag, ali odjednom moj prst više nitko ne drži, a on je daleko. Pogleda u svoje tenisice, kosa mu padne na lice. Poželim da mu je odmaknem, trenutak prije to bih i učinila, ali on frustrirano uzdahne i lupne vrhom tenisice po šljunku. "Katie, ne želim hodati ni s kim."

"Naravno! Svakako!" Iz sve snage kočim. "Ne, samo sam mislila—"

"Poslije Kristi." Krivi ispucane usne dok gleda pokraj mene. Vjetar jača i jedi sparušene koprive duž ograde. Molim se Bogu da me vjetar podigne i odnese odavde, sve do Kalifornije.

"Stvarno. Ovo je bilo samo zbog škole. Nisam mislila..."

On ode do bicikla i ritne stojnu nožicu. Mozak mi radi punom parom kako da spasim što se spasiti da, povučem rečeno, ali on izvadi kapu iz džepa i navuče je na glavu i ponovno progovori, tiho. "Trebao bih kući. Mami večeras trebam pomoći s tavana donijeti ukrase i ostalo."

"Nema problema! Moja će mama stići svakog trena pa..."

"Hvala ti na obilasku." On me pogleda pa prebaci nogu preko bicikla. "Stvarno to mislim, Katie."

"Naravno", nekako uspijem reći.

On kao da će reći još nešto, ali to ne učini. Stojeći na zemlji i hrskajući kotačima po šljunku, okrene bicikl, navali na pedale i odmagli niz ulicu.

Oči me peku, sve me peče, kako se Jake Sharpe smanjuje. Naš monovolumen pojavi se tri ulice niže, upaljenih prednjih svjetala i uspori u prolazu pokraj Jakea. Ja stojim kao ukopana. Mama stigne i zaustavi se.

Spusti prozor na svojoj strani, lica ozarena od jedva skrivene znatiželje. "Onda?"

Sad sam ja na redu da zurim u šljunak. Pognem glavu na prsa, obiđem auto sprijeda pa sjednem. Obavije me miris njezina parfema. Stišćem zube, pokušavam ne briznuti u plač, u sebi je preklinjem da me odveze kući i ništa ne pita. Nježno me očeše po kosi kad je ruku prebacila oko naslona za glavu mog sjedišta da okrene auto. "Nazvao te Craig Shapiro", pipkavo će ona izvodeći kutni okret. "Zamolio je da ga nazoveš."

9

22. prosinca 2005.

"*Manicotti* se hlade, a mi umiremo od gladi", vikne tata sa stuba dok ja na brzinu prebirem po svojoj nekadašnjoj garderobi: kupaći kostimi, bejbidol haljine, vojničke jakne.

"Odmah silazim!" kažem naposljetku iskopavši majčin pulover s inicijalima njezina fakulteta. Protresem crni kašmir, pritisnem zgužvane midi-rukave na prsa, pa ga navučem da vidim kako mi stoji.

Tata pokuca. "Dobro si?"

"Aha", kažem ja kad mi se glava provukla kroz vratni izrez pulovera.

Tata još malo gurne vrata pa uđe i sjedne na moj krevet. Prekoračim preko hrpe odjeće aromatizirane avionskim mirisima i pričekam da on nešto kaže, ali on to ne učini.

"Znači, izležavanje na morskom pijesku puno radno vrijeme, ha?" Ispipavam ga posežući za vrećicom iz Lord & Taylora.

"Non-stop." On kimne glavom. "Ovo ti lijepo stoji."

"Hvala. Ali ti uvijek sjediš na terasi ispod suncobrana. I mrziš komarce."

On promigolji prstima. "Jesi li nazvala na posao?"

S toaletnog stolića uzmem svoju staru četku za kosu i lupnem njome o bedro da otresem prašinu. "Ne, čekam da prijave moj nestanak – da vidim vole li me doista."

"Siguran sam da te vole. Ja te volim. Uglavnom."

"Hvala." Presavinem se da iščetkam uzlove iz svoje oprane kose. "Zapravo, imala sam konferencijske pozive u oba presjedanja, a budući da sam radila za blagdan Dana zahvalnosti i odradila ovo s Buenos Airesom, trebali bi moći preživjeti to što sam na božićne blagdane otišla dva dana ranije."

"Istina."

"Onda, tata, da čujem. Zašto bježiš na drugi kraj Amerike?"

On iz džepa izvadi papirnatu maramicu. "Gle tko pita!"

"Ha-ha." Istovarim šminku na krevet i pritom u zrcalu uhvatim svoj bočni odraz. "Sranje, ima rupu." Gurnem mali prst pod rupicu. Nemam vremena, a još manje volje, prekapati po ladici u kojoj majka drži donje rublje i stoga potražim potkošulju pa sa stola dohvatim flomaster, podignem pulover tri centimetra i na rebrima si nacrtam točku promjera pola centimetra. Spustim pulover i – *"Voilà!"* – nema rupe.

"Genijalno." Tata se usekne.

"Hvala." ponovno se okrenem prema zrcalu. "Samo što sad ne smijem plesati tvist, što nije problem jer moj pakleni plan to ionako ne predviđa. Moj je pakleni plan lišen tvista – i detalja."

"I moj." Njegov slušni aparat počne zviždati i on ga namjesti kažiprstom.

Čučnem ispred njega i zagledam mu se u lice. "Onda, tata, kako se osjećaš?"

"Da kucnem o drvo." Kucne o svoju glavu, a onda, shvativši da se raskuštrao, rukom zagladi kosu.

"Kako spavaš?" Dodirnem koljeno njegovih samterica.

"Dobro za svoje godine." Počne se opipavati po džepovima, njegov obrambeni refleks, i ja automatski ustanem i odmaknem se da mu dam prostora. "Prošećeš li se našom ulicom u tri ujutro, vidjet ćeš da u svim kućama gori televizor."

"Činiš li ti to? Šećeš se u tri u noći?"

On se pljesne dlanovima po bedrima. "Dođi, majka čeka da počne jesti."

"Pričekaj malo. Tata, odlaziš li još doktoru Urdangu?"

"Katie, ako ne namjeravaš produljiti moje životno osiguranje dok si tu—"

"Samo želim shvatiti čemu sva ta tajnovitost."

"Intenzivno se pripremam za drugu karijeru u tajnoj službi Njezina Veličanstva."

"Tata—"

"Katie." On gurne maramicu natrag u džep.

Bijesna zbog njegova djetinjastog izmotavanja, počnem trgati kartonsku kutijicu nove šminke. "Možeš li mi dati neki konkretni odgovor?"

On ustane. "Slušaj, zekasta, imam pune kutije bilješki iz istraživačkog centra koje godinama želim pretvoriti u knjigu." Kimnem glavom na tu često rabljenu rečenicu. "Sjedio sam pod fluorescentnim svjetlima te grozne knjižnice i slušao istih petero ljudi kako se svake godine iznova svađaju zbog proračuna, i puknuo sam. Što sam uopće tako dugo čekao?" Punu mirovinu, recimo? "Osjećam se fenomenalno. Konačno smo se riješili tog kamena oko vrata. Ponovno kuham, nadoknađujem sve što nisam uspio pročitati sve ove godine. Prestao sam piti te ogavne pilule zbog kojih sam se osjećao poput zombija—"

"*Što* si prestao piti?" promucam.

On priđe preko praga. "Dođi, Katie, moj umak *puttanesca* je najbolji kad je vruć."

"Zna li mama?"

Pretvarajući se da je prečuo moje pitanje, on zatvori vrata. *Jebiga*. Pogledam u budilicu. Pogledam u hrpu šminke u obliku krnje piramide na krevetu. Otvorim pudrijere i kutijice sa sjenilima i brzo se namažem ispred zrcala sa stražnje strane vrata.

"Kate?" zazove mama.

"Silazim!" Kad sam podigla maskaru, primijetim da mi drhti ruka.

* * *

Strčim u kuhinju. Mama se okrene k meni i bezazleno mi pokaže bocu. "Jesi li za vino?"

"Ne, hvala", kažem, netremice gledajući u tatu, preklinjući ga pogledom da progovori. Ali on tvrdoglavo ne podiže pogled i nastavlja grabiti *manicotte* u tanjure.

"Mlijeka?" Mama upitno nagne glavu, mašivši se vrata hladnjaka. Ne mogu skinuti pogled s tatinih mrko stisnutih usta.

"Hvala, ali moram..."

Tata uzdahne.

"Moram ovo riješiti. Odmah."

Mama podigne ramena i zacvrkuće: "Ključevi od auta su na servir-stoliću."

"Hvala, ali moram pješice", kažem i poljubim je u obraz. Nešto me stegne oko srca dok obilazim središnji pult, ne gledajući u oca. "Još moram smisliti što ću reći."

10

Prvi srednje

Laura me pogleda u križ iz altističkog dijela zbora. Ja zauzvrat naberem nos poput kunića. "A da se probudimo? Koncert je za tri tjedna i ne želite se sramotiti." Profesorica Sergeant zamaše svojim muškaračkim rukama prema baritonima i pijuk pjesme "We Built This City[7]" milijunti put ispuni dvoranu za zborske probe.

Uz potporu Todda Rawleyja na basu, majušna profesorica Beazley obruši se na glasovirske tipke, a ružičaste joj kuglice ogrlice poskoče na mekanoj mašni bluze. Red ispod Laure i mene sjedi Jake, i ja gledam kako prstom klizi po notama u tempu izvorne verzije, a ne šlagerske inačice kakvoj teži profesorica Beazley.

"Soprani, da vidim zijevajuća lica na 'aaaa'. I! *Reci da me ne znaaaaaš ili ne prepoznaaaaješ moj lik.*" Tako je jako razjapila usta da joj vidim obrise mandula. "A sad molim jasan izgovor – *gu-ta--ju. Noć.*" Profesorica Sergeant prekine nas izluđenim mahanjem svoje trajne, ali profesorica Beazley razdragano nastavi.

Kao i Jake. Njegov glas savršeno sluhistički zaplovi zrakom kao da je uskrsnuo ispod naslaga našeg pijukanja. Svi se okrenu i zagledaju u njega. Dobar je. Stvarno dobar. Dobar u smislu da

---

[7] Pjesma skupine Starship, u prijevodu: Podigosmo ovaj grad na rokenrolu.

kupiš njegov CD i slušaš u autu. I puno, puno bolji od profesorice Sergeant kojoj vidiš kutnjake dok u stavu mirno pjeva punim plućima kao da je Wagnerova valkira. Na čeljusti joj izbiju crvene mrlje i svi od nelagode zabiju nos u svoje note. Profesorica Beazley napući usne i gurne ružičaste naočale više na nos. Jake se nakašlje, a Laura iskoristi trenutak da načini zijevajuće "a" lice. Ja od smijeha frknem kroz nos.

"Katie Hollis, misliš da je to smiješno?" Profesorica Sergeant munjevito se okrene prema meni kuhajući od bijesa.

Ja se skamenim. "Ne—"

"Misliš da je netko tko pokušava dokazati da je bolji od svojih četrdeset osam kolega vrijedan smijeha?" Jastučići na ramenima izdignu joj se iznad ušnih resa.

"Ne, ja—"

"Ti *što?* Ili si samo pokušavala privući njegovu pozornost?"

Sjedim na rubu stolca. "Ne, samo sam se… sjetila nečeg… smiješnog što sam čula za ručkom."

"Čega to?" Ona zagrebe po svom stalku. "Što je to netko rekao smiješno? Ako misliš da je to vrijedno tvoje nepristojnosti, omogući nam da svi u tome uživamo."

"Nema veze." Usučem se. "Oprostite."

"Potrebno je puno rada, teškog rada, školovanja i vježbe, godine vježbe, da bi se moglo pjevati gdje i što god se želi." Ona zaškilji. "Ti i gospodin Sharpe udružite svoja golema ega i uvježbajte pristojni duet. Posljednji dio naše pjesme do uključivo 'Marconi svira mambu' plus vlastiti refren izvest ćete za sve nas, da vidimo… petak tjedan dana, mislim da je to pristojan rok. To ne bi trebao biti problem za dva đaka prvaka koji misle da su genijalni glazbenici." *Ci* prosikće poruglijvo. "Katie?"

"Da?"

"Bilo bi dosta očijukanja." Lice mi se zažari. Zadovoljno se smiješeći, profesorica Sergeant kimne glavom, a profesorica Beazley ponovno zasvira.

Benjy prebacuje krpenjaču iz ruke u ruku sjedeći zavaljen na garderobni ormarić pokraj Laurina. "To je zato što Sergeantovu nitko ne troši."

"Začepi", oglasimo se Laura i ja. "Ni tebe nitko ne troši", dometne Laura kako bi svi koji je čuju nedvosmisleno znali kakav je njezin seksualni status dok cimajući izvlači bilješke iz lektire *Daisy Miller* iz hrpe udžbenika uguranih u njezin ormarić. Benjy je povuče za golu goljenicu i ona mu se svali u krilo, vrisnuvši: "Ben-jy!"

"Da barem moramo naučiti nešto već napisano", kažem ja na rubu panike. "Ali ne! Moramo smisliti refren. A nemam blage veze kako se to radi!"

Craig, zlovoljno naslonjen na ormariće, sjedi pokraj mene, a sučelice Lauri i Benjyju. I ne podigne pogled s automagazina koji lista slobodnom rukom. Izvučem svoju ruku iz njegove i promrsim mu kosu. "Hej, trebam savjet."

"Zašto? Pa moraš samo smisliti refren." Craig vrati šiške na mjesto na kojem on voli da one stoje i zagladi ih.

"Duet", ispravi ga Laura, a Benjyjeva ruka pokušava joj se zavući pod majicu. Ona je hihoćući zgrabi kroz tkaninu i odmakne je od košarica svojeg grudnjaka. Craig me obgrli rukom u pokušaju da ne zaostane za Benjyjem, a ja podignem noge da se mogu saviti oko njegove kršne pojave. Najviše pojave u razredu. Pojave koju posljednja četiri mjeseca s ponosom zovem svojim dečkom. Pojave kojoj sam tiha patnja od malomaturalnog plesa kad se stidio razgovarati sa mnom. Pojave koja me doživljava kao KatieHollis, jednu riječ. Slatka pojava, simpatična pojava, iskrena pojava. Netko tko nikad – ni za milijardu godina – ne bi rekao da ne želi hodati ni sa kim a onda, tjedan dana potom, prohoda s Annikom Kaiser.

"Katie, pa ti imaš dobar glas." Craig me stisne za rame i okrene još jedan sjajni list. "Vježbaj i riješi se toga. Vidjet ćeš, neće biti strašno."

Ojađena, vratim mu ruku i ustanem. "Baš ti hvala."

"Katie, žao mi je", reče Laura, pljasne Benjyja po ruci pa i ona ustane.

"Samo što..." Znakovito joj se zagledam u oči. Nakon što sam ovako javno objasnila zašto se tako nerado prihvaćam tog zadatka, odjednom mi se ne da duljiti o toj temi pred Craigom.

"Znam", kaže ona i stisne mi ruku. "Sve će biti u redu. Žao mi je što sam te uvalila u to. Prepusti sve njemu."

Krpenjača nam proleti pokraj koljena i Craig se sagne da je izbjegne. "Trebao bih biti ljubomoran?" Zavitla krpenjaču natrag u Benjyja.

"Ne!" dreknemo uglas.

❄

U iduća tri dana Jake Sharpe ne učini ama baš ništa spomena vrijedno. Priđem mu nakon sata biologije i provučem se između njegovih frendova koji pospremaju svoje knjige. Bliže sam mu nego što sam bila u pet mjeseci nakon našeg "sudara". Pokušavam ne primijetiti preostale pjegice njegove preplanulosti stečene tijekom proljetnih praznika. "Jake?"

"Bok." On šeprtlja svojom kemijskom.

"Bok. Možda bismo se trebali dogovoriti za kakvu probu ili nešto slično." Sam i Todd se okrenu i gurnu glave preko Jakeovih ramena pa plaze jezik poput Genea Simmonsa iz "Kissa".

"Može. Kad god ti kažeš."

"U ponedjeljak imam pauzu četvrti sat. Misliš da će to biti dovoljno vremena za pripremu? Budemo li čekali ponedjeljak? To je samo pet dana."

Odjednom pogled njegovih očiju počine na meni i on se nasmiješi kao da se upravo sjetio tko sam i da mu je to sjećanje ugodno. "Aha."

"Znači, četvrti sat, ponedjeljak. Misliš da će glazbeni kabinet biti slobodan? Mislim da je dvorana za tjelesni slobodna. Da, gimnastička je dvorana sigurno slobodna. Što kažeš?"

"Što kažeš?" Todd ponovi i glupo se iskesi.

"Kako god ti kažeš." Jake slegne ramenima.

No dobro, shvatila sam, živo ti se fućka. "U redu. Dvorana za tjelesni."

"Super." On kimne glavom, nabaci ruksak na rame i oni odu. Iz rupe na platnu njegova ruksaka gdje je kemijskom nacrtao guštera ispadne kovanica od deset centi. Ja je podignem.

Uđem u dvoranu za tjelesni na početku četvrtog sata. U ruci imam grč od vrtnje onog usranog novčića među prstima. Nažuljala sam dupe jer sam prva tri sata odsjedila na tvrdom parketu dvorane pazeći da mi kosa ostane besprijekorno ležerno raščupana. Bit ću u kazni jer sam markirala peti sat u slučaju da sam se zabunila glede dogovorenog vremena. Svega mi je dosta na kvadrat.

"Jake." Lupnem ga po ramenu ispred stupa s vodom. "Što se dogodilo?"

"Bok." On odskoči kao da sam ga ubola.

Spustim ruku koja se ogriješila o njegovo rame. "Bok. Dakle, što se dogodilo?"

"Molim?" On obriše kapi vode s brade. "Četvrti sat, srijeda."

Sam prođe pokraj nas i šakom bubne Jakea po nadlaktici.

"Ne, nego u ponedjeljak. Što je bilo jučer", kažem ja, a on se nagne da iza mene raspali prolazećeg Sama po leđima. "Onda, što bi ti?" Iskrenem glavu da bih mu privukla pozornost, pokušavajući se ne ugristi za jezik od jada.

"Što kažeš na srijedu, četvrti sat?"

Naravno da ja ne mogu četvrti sat u srijedu. "Ne mogu u srijedu četvrti sat." Prebacim knjige na drugi bok. "A poslije škole? Glazbeni bi kabinet tad trebao biti slobodan."

"Super."

❄

Odnosno nije. Nimalo super. Ne može biti manje super. Padne mrak, a profesorica Beazley svrati po svoje zaboravljene naočale crveno-ružičastih okvira i probudi me na tribinama. Ruke su mi utrnule jer sam glavu položila na njih da bi mi kosa ostala besprijekorno ležerno raščupana.

❄

"Jake, bok?"
"Bok."
"Ovdje Katie Hollis." Naslonim se na zid svoje kuhinje.
"Aha, bok."
"Bok." Ponovim.

Laura zakoluta očima prema meni – dogovoreni signal. Shvatim njezinu poruku pa kažem: "Zovem jer... onda, što se dogodilo?"

"Joj, da", kaže on kao da je znao da ću nazvati.

"O Bože moj!" nečujno oblikujem usnama i izvrnem dlan prema gore. "Aha", pokušavam opustiti glas kako bih izbjegla dodatnu karakterizaciju psihopata. Laura načini strogi izraz lica i ja joj okrenem leđa pa se usredotočim na digitalni sat na pećnici. "Ostala su nam još dva dana."

"Znam. Danas poslije škole?" predloži on.

Prekriženih ruku zurim u krpu za brisanje poda i krivim usta ulijevo. "A da se nađemo prije škole, za svaki slučaj. Je li ti to prerano?"

"Ma nije. Bit ću tamo." U pozadini začujem mijaukanje ugađanja gitare. "Sam, čovječe, strpi se."

Strelovito se okrenem natrag prema Lauri koja s dvije kuhače uvježbava vrtnju mažoretskih čunjeva. "OK, Jake, onda u sedam sutra ujutro. Glazbeni kabinet. Siguran si?" Laura prestane vrtjeti kuhače da bi podigla palce.

"Svakako."

❄

"Izvisila! Ponovno! Kazna! Tjedan dana nespavanja! Tri poglavlja lektire u zaostatku! A sutra moram pred svim učenicima i gospođicom Šupkovinom pokušati smuljati nekakav pjesmuljak s Jakeom Sharpeom koji je možda, nakon svih pristiglih liječničkih nalaza, klinički retardiran. A rekla bih to i na televiziji!" Stišćem knjige na prsima dok s Laurom bijesno grabim uzbrdo kući nakon škole.

"Aktivirat ću požarni alarm. Ili da Benjy javi da je u školi podmetnuta bomba? Mislim da bi pristao na to, stvarno."

"Ne! Sad je službeno Jake Sharpe na redu da se iskupi."

"Slažem se." Kimnemo si glavom dok klipšemo kroz posljednje krpice snijega koji uzmiče pred naletom proljeća.

"Samo što ću ja zvučati kao mačka koju netko nateže za rep."

"Baš žalosno!" Laura naglo stane i zamisli se. "Žalostan prizor, mačku natezati za rep, tko bi takvo što učinio?"

"Laura!"

"Katie! Samo… ne znam… postavi se pred njega i reci mu da je kretenčina!"

Oči mi se šire kako nas dvije polako shvaćamo izglednost takvog scenarija. "A kad bih to stvarno učinila?"

"Bila bi moja heroina i ispekla bih ti cijelu tavu čokoladnih poljubaca."

"Idem iz ovih stopa!"

Jednu ruku izvučem iz naramenica ruksaka, a drugo rame podignem da podnese sav teret; moram sačuvati svaki atom smirenosti, no i ne želim riskirati dragocjene bodove zbog pomodno kifozne kralježnice. Ponovno pritisnem zvonce i bijesno se zapiljim u uskršnji vjenčić. Ostat ću ovdje cijelu noć ako treba. Čekat ću dok Jake ujutro ne izađe i uvježbavat ćemo taj usrani duet putem do naše usrane škole—

"Bok." Jake se guri s druge strane svog kućnog praga. U ruci drži kutiju Kraftovih makarona sa sirom.

"Bok."

"Pa onda… uđi." Da mi znak plavom kartonskom kutijom da uđem. Zbunjena njegovim neiznenađenim držanjem, bez riječi krenem za njim. Htjela sam odložiti torbu u ulaznom predvorju kao kod Laure, ali shvatim da bi moja iznošena zelena školska torba bola u oči na ulaštenom hrastovom parketu. Jakeove noge u soknama klize po tom istom parketu kao da pripadaju Tomu Cruiseu. Jake već odmiče kroz vrata na drugoj strani dnevnog boravka poput bijelog zeca u trenirci. Pokušavam održati korak, ali sam zatravljena finim drvenim zidnim oblogama, kineskom keramikom i porculanskim psićima zatubastih njuškica na polici kamina, te šankom s nizom kristalnih boca. Najsličnije što sam ikad vidjela ovoj kući bilo je predvorje bostonskog Ritz-Carltona gdje smo popili čaj s mojim bratićima kad mu je bilo devet godina.

Jakea sustignem u kuhinji obloženoj tapetama svijetloljubičastog uzorka; blagovaonica ima tapete odgovarajuće boje. Ali nema fotografija. Nikakvih drangulija. Na vratima hladnjaka nema ni crteža ni dobrih ocjena. Na kuharicama ne čuče uši Mickeyja Mousea. U kuhinjama iz humorističnih serija koje pokušavaju izgledati poput kuhinja stvarnih obitelji ima više toga nego u kuhinji ove stvarne obitelji.

Jake na ploči štednjaka miješa prah za sirni preljev. Ja stojim iza njega i grčevito stežem svoje knjige. Nakon što je najzad postao zadovoljan gustoćom preljeva, on se okrene, makne posudu na radnu ploču kuhinjskog stupa i naskoči na barski stolac i njegov svijetloljubičasti jastučić.

"Odložit ćeš knjige?" upita on i drvenom kuhačom ubaci u usta krupan zalogaj. Spustim ruksak na radnu ploču pa pustim da mi sklizne s leđa. Jake odloži kuhaču. "Oprosti. Hoćeš malo?"

"Naravno", kažem automatski. On se nagne i iz ladice izvadi dvije vilice. Dobaci mi jednu poput plosnatog kamena po vodi. Ja je uhvatim, a on gurne bakrenu posudu između nas.

"Gdje su ti roditelji?" upitam i vilicom nabodem zalogaj narančaste tjestenine.

"Tata mi je trgovački putnik. Ovaj je tjedan negdje na zapadu, mislim u Teksasu ili New Mexicu. Mama spava. Na katu."

"Ona ne radi?"

"Ne", reče Jake koji nabada vilicom po posudi. Napola se nasmije, a kosa mu padne na lice.

Ja smeteno kimnem glavom i pokušam dokučiti kako sam se zatekla u ovoj intimnoj aktivnosti, koju još intimnijom čini ječeća tišina kuće. Jer sad nas dijeli samo pola metra. Pokušavam ne zavitlati vilicu na drugi kraj kuhinje, uhvatiti mu lice i poljubiti ga. U ovom sam času djevojka koja *nije zažvalila* Jakea Sharpea. Ja sam cura koja nije poljubila Jakea Sharpea i koja će se sad nakašljati.

"Znaš, Jake, stvarno sam ljuta. Hoću reći, više silom nego milom ubacili su me u taj glupi duet jer ti nisi mogao držati jezik za zubima, a onda sam potrošila pola tjedna načekujući te, a ti si me otpilio."

Nagnem glavu i pričekam odgovor. On je prestao jesti i pozorno me gleda.

"Hodaš s Craigom."

Kako molim? "Hodam."

"Kako dugo?"

Čujem si krv u ušima. "Ne znam. Negdje od studenog." I ja pozorno gledam u njega. "Ti hodaš s Annikom", otpovrnem činjenično.

"Aha." On kimne glavom u posudu. "Hodam."

"I tako…"

"I tako… nisam baš na ti s dogovorenim terminima."

"U redu…"

"Ali si ti ovdje."

"Jesam."

Posveta

"Onda vježbajmo."

"U redu."

On se odgurne od radne ploče. Visoki se stolac nakrivi kad je on skočio s njega da posudu ubaci u sudoper, a onda natoči vode u nju kao što ga je jamačno netko naučio da učini. "Sam i ja smo s Toddom radili na nekim stvarima za bend. Poigrali smo se s pjesmom Jefferson Starshipa i mislim da smo sklepali naš refren. Hoćeš sladoleda?" Drži otvorena vrata hladnjaka. Mrazna para kulja preko nekoliko kutija sokova i najmanje pet demižona votke.

"Hvala, naravno. Starci ti priređuju tulum?"

"Molim?" On ponovno pogleda u dobro opskrbljene žičane police. "Ne", naroguši se.

"O, samo sam pomislila—"

"Nema veze." Jake dohvati dva sladoleda s preljevom od čokolade i zatvori vrata hladnjaka koja se s uzdahom hermetički zatvore.

"Ovaj... ja nisam baš neka pjevačica", kažem da promijenim temu. "Hoću reći, rado pjevam u velikoj grupi, ali nisam nikakva solistica." Blago rečeno.

"Znam. Nema veze. Ti si jaka u prirodnim predmetima. Ovuda." Nemam vremena probaviti to što on zna u čemu sam ja "jaka", kao ni nazvati Lauru ili oglasiti to u novinama, pa ponovno poslušno hodam za njim. Opazim kako iščezava kroz vrata na polovici dugačkog hodnika koji se proteže punom duljinom kuće. Otkrijem da vodi do stuba obloženih sagom boje bijele kave.

"Dolaziš?" Pogleda u mene s praga, lica osvijetljena slabom žaruljom. "Moram vježbati u podrumu", reče i zašuti. "Moja mama ima glavobolje." Preklinje me pogledom.

"Žao mi je", kažem ja iskreno, što nije bila reakcija na njegove riječi, nego na izraz na njegovu licu koji me moli da imam razumijevanja.

❋

Sergeantova orijaški nadvisuje crni notni stalak ruku prekriženih na poliesterskoj haljini s dolčevitom i čeka da se nas dvoje osramotimo. Iza nje se cijeli zbor vrpolji na svojim mjestima: proučavaju nokte, šalju si cedulje. Svi osim Laure koja zuri u krilo i stišće šake u solidarnoj prepasti. Todd zabrunda na svojem basu, profesorica Beazley raspali uvodne taktove, a pojam nervoze dobiva novo značenje u mojim crijevima. Meni slijeva, Jake – koji daje novo značenje riječi opušten – izvadi ruke iz džepova traperica i lagano udaraljkaški kvrcne po poklopcu glasovira kao da je ovo pravi nastup, a ne čista tortura. Bih li se izvukla iz ovoga da padnem u komu? Mogu li se ovaj čas ispisati iz zbora? Ili jednostavno zaplesati, kao da je to bio zadatak, početi preplitati nožicama na korake iz *Priče sa zapadne strane* s jednog kraja dvorane na drugi? Onako, punim jedrima? A da nešto počnem recitirati, recimo kakav spjev na staroengleskom? Ili da se lijepo okrenem i izađem? Zamislim kako me Sergeantova lovi po parkiralištu, vuče me natrag za kosu po hodnicima – no uto Jake zapjeva. Ohrabrujući mi kimne glavom pa osjetim kako mi se usne miču i glas protiskuje iz grla. Shvaćam da je Jake prigušio jačinu svoje dionice kako bi se čula moja. Istisnem još zraka, pustim da mi se ramena opuste kako me poučio na probama. Što ja više pjevam, to i on više pjeva, i odjednom smo pola posla obavili. Osjetim žmarce olakšanja i tad primijetim da su kutovi Jakeovih očiju i usta podignuti u smiješku i on me nastavlja voditi, sokoliti me, svojim mi glasom pomagati da preživim ovo.

11

22. prosinca 2005.

Pustim da se zaštitna vrata zalupe za mnom, a ja otkasam niz cigle pokrivene tvrdim snijegom. Podignem ovratnik krombi kaputa koji sam nosila u trećem srednje i ojađeno primijetim da je neraspoznatljiv od onog koji sam nedavno kupila u J. Crewu. Osim rupa u džepovima, dakako. Prsti mi propadnu kroz potrgani saten, ruke mi se ugodno smjeste u njegove izlizane kutke. Moje stare motociklističke čizme osiguravaju mi dovoljno trenja da ne kližem jer sam krenula žustrim korakom. Svjesno brojim svaki korak kojim povećavam udaljenost od roditeljske kuhinje i gledam u oblačiće svog daha koji pućkaju u zrak kao iz dimnjaka parnjače.

Puni mi mjesec osvjetljava put. Grabim pokraj iskričavih travnjaka prošaranih sjajnim snjegovićima i sobovima načinjenih od grančica. Odšljapkam nizbrdo, skrenem iza škole i presiječem preko igrališta. Gumeni utori potplata škripeći gnječe snijeg pod mojim nogama i ja se sjetim kako njegov bicikl lijeno kruži rubom mog vidnog polja, kotača ispruganih zelenom bojom od jutarnje košnje. Misli mi se sjure kroz sjećanja poput vlakića niz spiralu smrti u lunaparku. A potom i kroz sjećanja na vrijeme kad su se ta sjećanja prometnula u anegdote.

Hodam po obali zaleđenog potoka prema imućnijem dijelu grada gdje se kuće baškare na umnoženim šumovitim jutrima obrubljenima niskim kamenim zidićima kakvima su kolonisti nekoć obilježavali međe u Crotonu. Mjesec iščezne iza oblaka, ali ja nalazim put instinktivno, vođena i mjesnom i osobnom poviješću. Pokušavam usporiti kolanje adrenalina i smanjiti broj otkucaja srca tako da udišem kroz nos a izdišem na usta, kao da je ovo tek peti kilometar maratona. Uhvatim ritam, razbistrim misli, uvjerena da će riječi kad ga ugledam jednostavno... navrijeti. Da me neće izdati.

Skrenem za ugao u Bluebell Lane i istog trenutka naslutim nekakvo prisuće u mraku. "Netko dolazi!" Iznenada me zaslijepi paljba reflektora koji mi preplave vidno polje.

"Tko ste vi?" "Došli ste vidjeti Jakea?" "Vi ste mu prijateljica?" "Odakle ga poznajete?" "Jeste li obiteljska prijateljica?" "Išli ste s njim u srednju školu?" "Hej!" Neki mi prst pucne pred nosom. *"Kakav je on kao osoba?" "Kakav je bio kao srednjoškolac?"* Histerija jača, pitanja mi dolijeću u nerazgovijetnoj kakofoniji. *"Je li oduvijek bio tako talentiran?" "Je li bio najpopularniji dečko u školi?" "Je li uvijek bio tako privlačan?"*

"Um..." Ovaj ih moj slog ušutka. Sve ekipe nacionalnih TV postaja čekaju moje sljedeće riječi poput otkrivenja, mikrofoni se laktare za mjesto pod mojom bradom. *Recinešto. Reci. Nešto.* "On... ja... rekla bih samo da..." Ali onda dođe red da *njihova* lica osvijetli nesmiljena svjetlost pa ispratim njihove poglede koje su svrnuli s mene na halogena prednja svjetla koja najavljuju svečanu povorku limuzina koja mi pristiže s leđa.

"EDEN!" I ja sam zaboravljena. Novinarska masa opkoli pridošlu povorku vozila kao da ih je usisala ameba. Dlanovima lupaju po metalnim okvirima prozora, preklinju je da "SPUSTI PROZOR!" Nema što, za nju je to jamačno neodoljivo iskušenje. Iskoristivši nastalu strku, okrenem se i odgamban natrag u tamu, brzo skrenem ulijevo na imanje Ackermanovih i otrčim u šumu. U ovo doba električnih ograda premrem zbog svoje nepromišljenosti pa usporim korak. Da, moja će poruka vjerojatno izgubiti na snazi bude li izrečena dok mi se crni dim diže ih kose.

Stignem do vododerine i vijugavo krenem natrag prema sjevernom dijelu posjeda Sharpeovih gdje umjesto kamenog zidića granicu njihova kraljevstva označava stotinjak metara bodljikave žice. Pažljivo opipavam bodljikavi metal i molim se Bogu da u dogradnji njihova naglo širećeg posjeda nisu zakrpali tu rupu. A onda ga napipam, mjesto gdje je gornji red žice prignječen, donji podignut, a srednji razrezan kliještima. Provučem se i potrčim posrćući nizbrdicom nespretnim bočnim koracima, bodrena adrenalinom; čuje se jedino moje soptanje.

Kad sam istrčala iz šumarka, pukne mi pogled na kuću i ja zastanem, zaprepaštena. Kuća još stoji na čistini veličine najmanje jednog jutra, no zbog dograđenog drugog kata izgleda još više poput torte na golemom porculanskom pladnju. Susan je uvijek bilo mrsko da joj drveće raste blizu kuće, od toga bi je hvatala "nervoza". Upitam se kako joj "živci" podnose činjenicu da joj prizemlje kuće izgleda kao mjesto Uzašašća. Iz svakog prozora vrtloži se bijela svjetlost i oko rezidencije Sharpeovih stvara prsten sablasne umjetne sunčane svjetlosti. Zaklonim si oči rukom. Na trenutak prikovana za stražnji travnjak, promatram kako toplina reflektora topi snijeg na gredicama. Naravno, Sharpeovi se ne moraju dati smetati tricama kao što je stvarno doba dana.

Uvučem glavu među ramena i pretrčim posljednju dionicu do kuće: pogled mi je privukao stari nakošeni podrumski prozor. Padnem na koljena, napipam utor koji sam nekad davno načinila u drvenom okviru i cimnem. Dogodi se čudo i prozor se otvori, a ja njihajem prebacim noge preko daske. Spuštala sam ih dok nisam napipala čvrstu podlogu. Migoljenjem spustim i gornji dio tijela.

"Bok, Katie." Skamenim se. Čučim na perilici rublja. Maknem kosu s očiju što nonšalantnije mogu i pogledam u Susan Sharpe koja proučava etiketu na vinskoj boci i prstima prebire po baršunastom opšitku svoje veste od najfinije runske vune.

"Bok, Susan", odgovorim ravnodušno uživajući u tome kako se lecnula zbog toga što sam je oslovila imenom. "Kako ste?" upitam uljudno, premda su jedva primjetna paukova mreža popucanih kapilara na njezinim obrazima i boca u njezinoj ruci već odgovorili na to pitanje.

Susan mi pogleda u oči poznatim mi prezrivim pogledom ledene kraljice. "Buka na katu je malo previše za mene. Nije mi jasno zašto Jake želi udvostručiti količinu histerije koja ga okružuje." Vrati bocu pa uzme drugu, a ja skočim na betonski pod i popravim odjeću. "A, ovu tražim, arhivsko vino." Spusti naočale sa svoje sijedo-plave kose da prouči etiketu. Okviri od kornjačevine skrivaju joj vodnjikave oči. "E pa... trebala bih se vratiti gore." Nasmiješi se bogataškim smiješkom koji se nekako namamio u vermontsku žabokrečinu. "Molim te, zatvori prozor za sobom kad izađeš." Izađe kroz staklena vrata s uzorkom kocki od glatkog i mutnog stakla, otplovi uza stube u Ferragamovim salonkama i ugasi svjetlo kad je stigla na vrh.

"Hvala", promrmljam začuvši zatvaranje vrata. Osvrnem se na oštroj svjetlosti koja se slijevala kroz podrumski prozor i otkopčam kaput. Osim što je polovica prostorije preobražena u vinski podrum kontrolirane temperature, ostala je prilično nepromijenjena. Tu je još onaj stari zeleni kauč, a ispod plahti se ocrtava sablasni obris instrumenata. Okrenem se i pogledam u perilicu s koje sam istom skočila – ista stara Maytagica. Toplina mi oblije obraze.

Sad bi bilo dosta.

Položim ruku na rukohvat stuba, a noga mi zastane na donjoj stubi. Sad nije ljeto. Nisam preplanula. A i nemam muža kao tampon-zonu. Mogla bih otići. Uzverati se kroz prozor i pričekati dodatnih deset godina. Udahnem. Sav adrenalin me odjednom usisava prema nakošenom podrumskom prozoru. Ali ne mogu. Ne mogu prevaliti toliki put da bih sad stajala ispod njegovih nogu.

Popnem se uza stube i uđem u dugački stražnji hodnik koji je, kako mi je Susan jednom prigodom ponosno napomenula, u 19. stoljeću služio da bi posluga trčkarala amo-tamo i pritom minimalno uznemiravala ukućane. Krenem u dnevni boravak za zvukom graje koja nadglasava pozadinski zvuk ritmičnog brundanja basa i oprezno zavirim. I dok je već na prvi pogled očigledno da je Susan spojila nekadašnju blagovaonicu i dnevni boravak i srušila strop da bi dobila "salon", nemam pojma što je možda još učinila jer je prostorija zakrčena kamerama, video-opremom, kulisama, rekvizitima, nebrojenim garderobnim stalcima na kotačićima, dvama pultovima za friziranje i šminkanje, i metrima debelih kabela koji vijugaju preko svega toga.

"Drž, Larry." Teškaš pokraj mene dobaci kolegi stalak mikrofona i pritom načini duboku ogrebotinu u skupocjenoj drvenoj lamperiji. Sretan Božić, Susan.

Skrivajući se iza garderobnog stalka koji netko gura, puževim se korakom krećem za glasnim dovikivanjem koje zvuči kao da sam na Hitnoj službi. "ANDY, JOŠ RUMENILA!" "MOŽE LI SE NEŠTO UČINITI S TIM RUMENILOM?" "ZAMIJENI RUMENILO!"

"Može li mi netko dobaciti moj bronzer?" pita neki glas. "Hvala." Glas je istodobno i dubok i nekako sipljiv. Oči mi zasuze i pogledam u razmetljiv kimatij koji označava gdje se nekoć nalazio strop. Žmirkala sam sve dok se prizor preda mnom nije ponovno izoštrio. Duboko udahnem pa se škiljeći osvrnem po stanu. John Norris, Eden Millay i Jake Sharpe sjede u MTV-jevoj scenografiji pretpostavljenog izgleda dnevnog boravka kuće u kojoj je Jake Sharpe odrastao: opušten, nekonvencionalni, planinarski interijer. Jake Sharpe stoji ni sedam metara od mene. I on mi izgleda poznato. Ne samo da se kroz crte njegova trideset-jednogodišnjeg lica provide crte njegova sedamnaestogodišnjeg lica, nego mi je poznata i njegova novija persona – rasvjeta, set, mikrofoni, kamera – to je Jake Sharpe kojeg poznajem iz videa koje mi puštaju iznad glave u teretani, iz televizijskih intervjua u koje se slučajno uključim kod kuće, s naslovnica koje ugledam u supermarketima – taj... paket – *njega* prepoznajem.

Iza njega, na vrhu ljestava ali izvan kadra, netko istresa deterdžent iza lažnog prozora na lažnom zidu i kreira idilični božićni ugođaj. Uvjerena sam da će svakog trenutka kroz taj prozor zaviriti neki MTV-jev pripravnik odjeven u soba.

"Uključujemo snimanje zvuka. Snimanje zvuka uključeno. John, reci kad si spreman." Na redateljev znak, Jake podigne ruku, a Eden se privine uz njega.

John kimne glavom, otrgne pogled sa šalabahtera i pogleda u kameru. "Sjedimo ovdje s dvije izuzetno tražene glazbene zvijezde, Jakeom Sharpeom i Eden Millay. Pozdrav svima."

"Kako si, Johne?" Jake kimne glavom.

"Svako dobro svima", kaže Eden glasom iznenađujuće tjelesnim za nekoga tako vretenaste građe i uzanog struka, a u njezinoj kosi toniranoj preljevom boje čokolade bljesne odsjaj lažne mjesečine.

"Eden, najprije da pitamo tebe. Nedavno si proslavila važan rođendan, velikih četrdeset, i MTV je bio na licu mjesta kad si svečano obilježila tu prigodu u kanjonu Red Rock." Jake uhvati Eden za ruku i svjetlost reflektora rikošetira s njezina višekaratnog dijamanta.

"Bilo je super", Eden s ljubavlju stisne Jakeovu ruku. "Stvarno ima nečeg u tom mjestu. Ta pustinjska zemlja zrači energijom koju nećete osjetiti nigdje drugdje."

"Jako dobro. Pogledajmo nekoliko isječaka iz te emisije." John otpije gutljaj iz papirnate šalice za kavu. "Dakle, Eden, upravo si završila svjetsku promotivnu turneju svojeg posljednjeg albuma s izvedbama dvanaest klasičnih *country* pjesama. To je nešto sasvim novo za tebe", John pristojno načne temu Edenina komercijalno katastrofalnog eksperimenta.

Eden se samouvjereno smiješi dok iz vidnog polja miče uvojke koji uokviruju njezino srcoliko lice. "Aha, znam, bio je to rizik, ali sam ja s tom glazbom odrasla." Prstima zaleprša po zlatnom peru koje joj se klati s povodca oko vrata, a zategnuta linija njezinih bicepsa ukaže se u rasporku na rukavu bluze. Pa što? "Gledajte, silno sam zahvalna zbog svih vrata koja mi je uspjeh moja prva dva albuma otvorio, ali sam osjetila da je vrijeme da sa svojim obožavateljima podijelim nešto iskrenije."

John se nakašlje. "U Aziji si doduše potukla sve rekorde po broju kupljenih ulaznica."

"U Japanu mi nema premca." Ona se nasmije neporecivo dražesno porugljivo na svoj račun.

"Rez", vikne redatelj i ljudi ponovno utrče u kadar provjeriti rasvjetu.

Netko mi tutne smotuljak kabela u drhtavu ruku. "Pridrži ovo", zaštekće grmalj od tehničara.

Johnov glas poprimi netelevizijsku boju. "Jake, ovdje ubacujemo montažu tvojih govora na dodjeli Grammyja, koncerata za Dan planeta Zemlje, Oscara za najbolju pjesmu, i tako to, a usput će čitati statističke podatke o tebi, četrdeset milijuna prodanih albuma, bla-bla-bla."

"Super." Jake mu rukom da znak da nastavi. Eden mu nešto šapne u uho i on joj nasmiješeno kimne glavom. Imaš veliki pimpek možda?

"Uključujem snimanje zvuka!"

"Zvuk!"

"Jake", John se promeškolji u stolcu. "Nalazimo se u tvojem rodnom gradu Croton Fallsu, vrlo slikovitom području sjevernog Vermonta, čijem utjecaju pripisuješ rustikalne slike u velikom broju svojih pjesama. Kao što Sting opetovano piše o životu nekadašnjih engleskih lučkih gradova, tako i ti često pjevaš o izgubljenim industrijskim postrojenjima Nove Engleske."

"Mislim da je u doba globalne trgovine važno mlađi naraštaj podsjetiti da je ovdje nekad bilo radnih mjesta, da je Amerika imala konjunkturne industrije, tekstilnu i tešku industriju, radna mjesta koja su otišla u inozemstvo zbog pohlepe."

John na ovo nastavi primjerenim pitanjima o tome kako njihovi gledatelji mogu pomoći i aktivno se uključiti u kampanju spašavanja radnih mjesta. Dok John mudro zbori i daje sve od sebe da djeluje ozbiljno, Eden mudro kima glavom i ja moram svrnuti pogled. Zagledam se u *sushi* koji se pretvara u hladetinu. John nastavi: "U novoj godini izlazi tvoj antologijski album koji uključuje sve tvoje pjesme koje su u proteklih deset godina bile na prvom mjestu top-lista, počevši, naravno, s hit singlom 'Gubim' s tvog debitantskog albuma *Jezerske priče*. U znamenitom osvrtu u *Rolling Stoneu* napisali su da si 'razdjevičio Ameriku'."

Jake se nasmiješi i ponikne pogledom svojih zelenih očiju na svoja koljena, pokazavši da se s tom tvrdnjom ne slaže sasvim.

Dajte mi vrećicu da povratim.

"'Gubim', da ponovimo za one koji ne znaju, bio je broj jedan hit-singl devedesetih, i ti si mu odao počast tako što si na antologijski album uključio ne samo jednu nego *tri* izvedbe: izvornu verziju, naravno, akustičnu izvedbu uživo te verziju koju si odsvirao s Bonom i Michael Stipeom u Live 8."

"Aha, htjeli smo uključiti i šlagersku verziju i remiks s panovom frulom, ali nije više bilo mjesta."

John se nasmije. "A sada nekoliko riječi o temi nevjere koju si prvi put obradio u naslovnoj pjesmi albuma *Jezerske priče*, kojoj se uporno vraćaš." Da ne može upornije.

"Aha."

"Odakle ta fascinacija?" Ovaj… da, Jake, stvarno, odakle ta fascinacija?

Nastane jedva primjetna stanka. Eden se tiho nasmije. Jake prozbori: "Naprosto mislim da u ovo doba globalizacije imamo zaista mnogo opcija. Postaje puno teže ostati privržen jednom mjestu, jednoj osobi, jednoj profesiji. Mi smo emocionalni kameleoni."

"Hmmm." John kimne glavom. Eden kimne glavom. "Zanimljivo." Zanimljivo *preseravanje*. "Dakle", nastavi John. "Ova antologija sadrži jednu novu pjesmu naslova…" John prelista svoje šalabahtere. "Samo da vidim… um, da, evo je. 'Katie.'" Stanite malo, *kako molim?!*

"Katie", ponovi Jake, a ja se stresem kao da me od glave do pete prodrmao električni cunami.

"Mi s MTV-ja još nismo čuli tu pjesmu, ali priča se da ti je to najerotičnija pjesma nakon 'Gubim' i da će biti veliki hit. Onda, tko je Katie?"

Jake ponovno zagladi traperice. "To je samo ime." AHA, I TO MOJE, IDIOTE!

"Eden ne bi trebala biti ljubomorna?" John se smijulji, Eden se nasmije.

"Ma ne", Jake se zglobom očeše po liniji donje čeljusti.

"Stvarno?"

"Katie je samo pjesnička figura."

Onaj smotuljak kabela sklizne mi iz ruke i uz potmuli udarac padne na pod. Scenski ga radnik brže-bolje pokupi s poda. "Što bi ti zapravo trebala raditi?"

"Nemam pojma." Pognute glave navrat-nanos krenem natrag, probijam se kroz stisku u kuhinji. U rukama nemam ni novinskog isječka o Jakeu.

"Oprostite", mucam i posežem za kvakom stražnjih vrata. Pogled mi se sretne sa Susaninim, a onda ona spusti pogled i nastavi točiti svoje arhivsko vino.

12
Drugi srednje

Čujem uporno grebanje na zaštitnim vratima. "Craig, mislim da tvoja mačka želi da je se pusti u kuću." Ne dobijem odgovor. "Craig?" Munjevito okrenem glavu koja počiva na njegovu ramenu i shvatim da je Craig mortus; spava glave zavaljene na naslon podrumskog kauča, u kutovima usta stvorile su mu se bijele kraste kao da je u komi.

Ustanem i otvorim njihova vrata. A što ako Craig jest pao u komu? Dok premećem po glavi razne scenarije, pritisnem metalnu kvaku i pitam se kako bih se osjećala... šokirana? Ucviljena? Rasterećena? Bih li se smjela udati za nekog drugog? Ili bi njegovi roditelji očekivali da ostanem vjerna njegovu beživotnom, atrofirajućem tijelu?

Mačak mi se očeše o gležnjeve i ja ponovno zatvorim zaštitna vrata upravo u trenutku kad glazba nabuja, a Mel Gibson i Michelle Pfeiffer prepuste se strasti u vinskom podrumu. Okrenem se i pogledam u obeznanjenog Craiga pa u tamnu mrlju koju je njegov znojni dlan ostavio na mojim trapericama. Ajoj!

Rafalna paljba iz zvučnika iznad kauča trgne ga iz mrtvačkog sna, oči mu se otvore i zakolutaju pa tek onda počinu na meni. "Oprosti." Manšetom pokunjeno obriše slinu koja mu se cijedila iz usta. "Hej, dođi ovamo."

Ponovno sjednem pokraj njega na kožni trosjed na razvlačenje, ali se nagnem naprijed i laktovima podbočim o koljena. "Sve u redu."

On pogleda u zelene svjetleće brojke na videu. "Uskoro stiže tvoja mama." Craig pruži ruke uvis i isprepletne prste pa pusti da mu ruke padnu oko mog struka, a onda se nagne i poljubi me u čelo. Ne pokušam se šakama iskobeljati iz njegova medvjeđeg zagrljaja. I ne pomaknem se. "Još se ljutiš što sam odabrao pogrešan film?"

"Ne. Oprosti, samo što sam večeras htjela gledati nešto smiješno, to je sve."

"Čuo sam da će sljedeći vikend na završnom školskom 'Zaključancu' prikazivati svu silu filmova. Gledat ćemo samo smiješne, u redu?" On me podigne u krilo i ja u njemu sjedim kao da su mi potonule sve lađe zbog pomisli da ću završni školski tulum u drugom srednje provesti zatočena u tom istom položaju. "Misliš da će profe svuda zavirivati ili će biti neka prostorija gdje bi se mogli zavući i…" On gurne ruku u moje traperice i sune njome lijevo-desno ispod gumice mojih gaćica. Zgrabim ga za zapešće. *"Što je sad?"* On ojađeno podigne ruke u zrak. "Zašto si u posljednje vrijeme stalno ljuta na mene?"

Odgurnem se od njega i ustanem. "Nisam. Samo što… Budući da Zaključanac traje do deset, sigurna sam da će profe organizirati razne aktivnosti tako da ćemo…" Prebacujem težinu s boka na bok između njegovih dugih nogu u kutu kauča u obliku slova L. Ne vidim mu lice jer sam se ispriječila između njega i televizijskog ekrana. A on ne smije ni vidjeti moje. "Znaš već, družiti se, prijateljski, a ne se…"

"Drpati." On se ponovno zavali na kauču. Prsni mu se koš ulubi. "Znači, vraćamo se na ovo. Gledaj, Katie, ako to ne želiš, u redu, ali bismo barem trebali—"

"Ne želim više izlaziti s tobom."

Njegov tamni obris odjedanput je potpuno nepomičan. Zrak bude isisan iz sobe.

Rekla sam to da ga povrijedim, postidim zbog toga koliko je ovo između nas postalo fujavo, da mu vratim pljusku jer mi je dodijao, pokažem mu koliko sam razočarana što ovo nije Prva ljubav kakva bi trebala biti, već vječno natezanje oko cifa na mojim trapericama.

Ali se odmah sažalim. Ponovno se začuje rafalna paljba i Craig se pruži da između jastuka potraži daljinski upravljač. Nagne se i usmjeri ga u televizor pokraj mene. Na svjetlosti televizora ugledam njegov zaprepašteni izraz kad je pritisnuo tipku STOP. Gleda u daljinski i trepće, a oči mu se pune suzama.

"Craig." Sjednem pokraj njega i uhvatim ga za ruku. On je podigne i odmakne od mene. Šmrcne. "Craig, žao mi je. Ali hodamo već više od godinu dana i naprosto mi to nije…"

On se nakašlje. "Više me ne voliš." Zatreperim od bola. Ne volim ga. Doista.

"Volim te. Ali mislim… znaš… više kao prijatelja." On naglo udahne. "Oprosti." Ponovno ga uhvatim za ruke, inače tople i vlažne, sad hladne i suhe. "Oprosti, ne snalazim se baš najbolje—"

"To kako mi daješ nogu? Ide ti sasvim dobro. Hoću reći, tebi sve polazi za rukom, zar ne? Roditelji bi ti bili ponosni." On se odmakne, prekriži ruke na prsima. Postane neizdrživo tiho. Snijeg na ekranu obasjava nas bjeličastim žarom i sve u sobi čini dvodimenzionalnim.

"Katie, stvarno sam mislio da ćeš ti biti prva."

"Znam." Kimnem glavom. Oči me zapeckaju. "Ali naprosto nije kao na početku. Kao da smo stari bračni par, a tek mi je petnaest." Suze mi se sliju niz obraze kad je ispod tanke kore mojeg jada na površinu naposljetku izbila razočaranost i pomiješala se s užasom zbog pomisli da sam si možda zajebala sudbinu, a usput Craigu slomila srce.

Craig ustane i ugasi televizor i baci daljinski na glatku površinu jastuka. Krene prema vratima. Ja rubom rukava obrišem nos. "Svima ćeš reći da si me nogirala?" upita on okrenut mi svojim širokim leđima.

"Neću!" Pritrčim mu.

"Pa što ćeš onda reći?" Craig se i ne okrene.

"Bilo što, Craig. Reći ću što god ti želiš."

"U redu." Ruke mu vise uz tijelo. "Reći ćemo da je bilo obostrano."

"U redu. Naravno." Kimnem glavom.

"A majku možeš pričekati u dnu kolnog prilaza."

❄

"Claire!" Tata zove mamu da nam se pridruži u njihovoj sobi gdje ga je moje garderobno potkradanje nažalost probudilo iz subotnjeg odmora prije večere.

"Zvonili ste, milorde?" U zrcalu toaletnog stolića vidim majčin odraz na vratima. Bokom je podbočila bijelu plastičnu košaru za rublje.

"Claire, hoćeš li, molim te, reći svojoj kćeri da ne može nositi moje sakoe?"

Okrenem se na mjestu gdje eksperimentiram s raznim kombinacijama sportski sako/široki remen. "Simone, molim te, reci svojoj ženi da me odveze u skladište Vojske spasa kao što je bila zamoljena, da bih mogla naći nešto dovoljno veliko."

Gledamo se kao boksači prije meča dok moji roditelji ogledavaju moj odjevni ansambl. Tata se uspravi i obriše naočale o skut košulje, a mama se svim silama trudi navući pokeraški izraz lica. "Izgledaš smiješno", objavi naposljetku.

"Krajnje smiješno", dometne tata pa se protegne i ustane.

U grudima kao da mi je grunula petarda i s komode pograbim primjerak časopisa *Sassy* čijih sam se modnih savjeta pridržavala. Ta moja majka na sebi ima tuniku. Ja bih barem imala toliko pameti da ispod nje obučem tajice da si malo pritegnem salo! "Pomislila bih da kao pedagoški radnici oboje uviđate važnost uklapanja u vršnjačku skupinu." Oči mi sijevaju. "U redu." Izbacim dah od kojeg mi zalepršaju šiške pa skinem sako od plavog tvida.

"Ne."

"Mama", zaustim, no ona je sad izravno uvučena u ovu raspravu zbog svoje crne veste koja mi je poslužila kao temeljni sloj. Zavrti glavom i sjedne na ukrasni pokrivač, a košaru s rubljem stavi na jastuk pokraj sebe.

"Kathryn, naša je odjeća naša odjeća, a tvoja je tvoja. Imaš pun ormar i sigurna sam i da je pola Laurina ormara tvoje. Gdje si to uopće našla?"

"Na dnu police s tvojim vestama. Treba mi temeljni sloj, a ja imam samo dolčevite. A za njih je prevruće." Na njihovu otvorenom prozoru svibanjski lahor podiže pamučne zavjese. "Ova je savršena. Tako je tanka."

"Zapravo je od kašmira. Popni se na tavan i donesi si ljetnu odjeću."

"Nemam vremena." Pogledam u radiosat na tatinu noćnom ormariću. "Počinje Zaključanac i školska se vrata zatvaraju za nekih pola sata, a još si moram osušiti kosu."

"Nekih pola sata? Ili *za* pola sata?"

"Mama." Sjednem na rub kreveta i zarijem joj lice u dlan. "Molim te. Pre-klinjem. Jako ću paziti. Super mi stoji. *Preklinjem* te." Okrenem se da podignem glavu i pogledam u nju. Obraz mi se gnijezdi u njezinu toplom dlanu koji jedva osjetno miriše na omekšivač rublja.

"Istina, lijepo te vidjeti u nečemu u čemu ne izgledaš kao Charlie Chaplin." Tata ponovno objesi svoj sako u ormar i važno ga zatvori, a onda zađe u kupaonicu i vikne kroz zatvorena vrata: "Do koliko bi sati tvoji profači trebali večeras dadiljati?"

"Do deset. A mislim da se kaže *nadzirati",* odbrusi mama. "Da djeca ne bi divljala po opasnim ulicama Croton Fallsa. Osnivala ulične bande."

"Poharala videoteku. Spalila supermarket", dodam ja.

"Kupila sam je od prve plaće." Mama mahne glavom prema vesti koju sam navukla na sebe pa podigne sebe i košaru. "Mislim da bi tu vestu trebalo ponovno prošetati."

Bacim joj se oko vrata. "Hvala ti!"

"Ali čim se vratiš, s njom natrag u ormar. Uhvatimo li te još kojiput da se opskrbljuješ iz našeg ormara, ozbiljno ćemo se naljutiti. Najprije traži dopuštenje", kaže mi u kosu.

"Shvatila sam." Izvučem se iz njezina zagrljaja i pozdravim je po vojnički.

Ona podigne obrvu. "A želim da moja bluza Laure Ashley ponovno visi u mom ormaru prije nego što odeš."

"Sto posto!"

"I moja suknja od antilopa. Počnimo od toga."

Pričekam da ona ode, a onda se ušuljam natrag u stražnji dio tatinog dijela ormara i izvadim njegov stari sveučilišni sportski sako. Pažljivo ga skrivam iza leđa dok prolazim pokraj mame koja ubacuje rublje iz košare u bubanj perilice.

"Trebalo je imati muda obući se u crno." Laura me mjerka dok ja trčim prema njoj uza glavno školsko stubište. "Ne brineš se da će taj odabir boje raspiriti glasine o tragediji?

"Nema nikakve tragedije. To je poruka." Provučem Laurine viseće kugličaste naušnice kroz svoje ušne resice i osjetim njihovu težinu: dodiruju mi ramena.

"Ogrlica?" upita Laura. Posegnem u džep i izvadim nisku tirkiznih kuglica koje pristaju uz njezinu modrozelenu usku suknju do koljena s rasporkom. Laura prebaci ogrlicu preko glave, izvuče konjski rep i dodirne moju sandalu svojom. "Spremna za večer školskog ribanja i ribarskog prigovaranja?"

"I to pod ključem?" odvratim ja kad je ona povukla ulazna vrata i mi uplovile među ostale učenike drugih razreda srednje koji su se nagurali oko stola na rasklapanje gdje su se utaborili odrasli. Postajući svjesne ne baš najdiskretnije količine došaptavanja i upiranja prstom u mom smjeru, provučemo se kroz okupljeno mnoštvo do profesorice Beazley.

"Dobra večer, djevojke. Ovdje je vaš opis aktivnosti, popis pravila, raspored događanja, plan dopuštenih područja i, naravno, vaš ugovor. Potpišite ovdje." Ona mahne našim fasciklom pastelnih duginih boja prema papiru koji u kratkim crtama sadržava naše obećanje da ćemo ostati na zabavi do deset sati i da ćemo se pridržavati školskog kodeksa ponašanja.

"Znači da marišku ostavim kod vas?" upita Laura.

"Da." Profesorica Beazley makinalno odgovori, a onda joj se koralno crvena usta uvrijeđeno napuće. "O, ne. U tom slučaju nisi smjela ući. Ne, u školi je zabranjena konzumacija droga. Laura, drogiraš li se ti?"

"Samo sam se šalila, profesorice. Došle smo zbog..." Laura pogledom preleti po papiru boje metvice. "Natjecanja u jedenju ljepljivih slatkiša. Gdje se to održava?"

"Da vidimo." Beazleyjeva natakne naočale i pozorno se zagleda u plan. "Natjecanja u jedenju održavaju se u kantini. Niz hodnik pa lijevo—"

"Da, znamo. Hvala na pomoći. Dođi, Katie, ne želimo to propustiti!" Laura me uhvati za ruku i mi šmugnemo.

"Ta ne zna što je šala", požalim se dok hodamo niz hodnik u kojem se s obje strane nižu učionice. Učenici sjede na podu i gledaju filmove, igraju se, i općenito druže pod budnim okom nastavnika koji se u parovima dozlaboga dosađuju i u rukama grčevito stežu šalice kave.

"Ovo je uvrnuto", kaže Laura dok prolazimo pokraj staklenog zida kroz koji se pruža pogled na sad mračno dvorište. "Kao da spremamo zborski koncert ili nešto slično."

Prekrižim ruke. "Onda, što ćemo?"

Ona čučne i posloži papire duginih boja na pod radi boljeg upoznavanja s ponuđenim sadržajima. "Ne znam. To s ljepljivim slatkišima trebalo bi nas nasmijati."

"Ili natjerati na povraćanje." Zabubnjam prstima po njezinu tjemenu. "Ti idi. Ja ću pogledati što se još nudi."

"Bazen osnovne škole je večeras otvoren. Maggie i Michelle su rekle da će biti tamo."

"OK, idem tamo pa ću se probiti natrag do tebe."

Laura se uspravi. "Katie, neće ti biti teško samoj? Nećeš se valjda ubiti? Upamti, on toga nije vrijedan." Ona suosjećajno nabora lice u maniri televizijskih sapunica.

"Aha, hvala."

"A ja ću vjerojatno pogledati neki film." Podignemo palce i putovi nam se raziđu. Ja otplovim niz hodnik pogledavajući u plan.

"Katie—bok."

Srrrrrranje. Nevoljko se vratim do vrata pokraj kojih sam istom prošla: Craig i njegovi frendovi pripremaju se za stolno-hokejsku utakmicu, a pod budnim okom Jeanine, Craigove utješne cure i njezine patetične prirepice Leslie.

"Hej!" kažem, isijavajući vedrinom i veseljem iz svake pore. "Zabavljate se?" Jeanine svrne pogled na bijele kožne rukave svoje koledž-jakne.

"Onda, kako si?" upita Craig zračeći skrbnošću za moj boljitak. Njegovi frendovi gledaju kutom oka i nešto petljaju oko stola.

"Dobro sam, Craig! Super!" A da sam znala da će se od mene načiniti Anne Boleyn Croton Fallsa, nogirala bih te točno u podne u školskoj kantini!

"Pa... drago mi je što te vidim." Izvuče ruku iz džepa svojih kaki hlača i rukuje se sa mnom kao da sam njegova kraljica-baka na samrti.

"Craig, pa vidio si me na osmom satu!" Suzdržim se da ne obrišem dlan o odjeću nakon što ga je on pustio.

"Tako je. Pa... nadam se da ćeš se večeras malo zabaviti." Potapše me po ramenu.

"I zabavljam se. Nadam se i ti. Bok, Jeanine! Leslie! Nadam se da se i vi, cure, zabavljate!" Mahnem. Jeanine se namršti.

"Važno je samo da se ne ljutiš."

"Craig, ne ljutim se", promrmljam, sad ljuta.

"Znam. Znam." On mi priđe i zapahne me miris parfema Drakkar Noir. Jeanine, prava si sretnica!

"Craig, ne sviđaš mi se. Sretna sam što više ne hodamo, razlog zbog kojeg sam ja prva načela tu temu. Sve je u redu. Stvarno. Da imaš Bibliju, zaklela bih se na nju."

"Naravno, Katie." On mi položi svoju šapetinu na rame.

"Craig!" vrisne Jeanine.

"Komadi će se počupati!" Craigovi frendovi šakama bodu zrak, a Leslie skoči na noge. Zbog zelenog gornjeg dijela trenirke izgleda poput Ninja Kornjače spremne na juriš.

"Narode, nema frke! Jeanine, nema frke! Ozbiljno, ako vas dvoje želite izlaziti, ja nemam ništa protiv. Kunem se! Potpuno sam iskrena. Upravo sam se ponudila zakleti se na Bibliju."

"Katie, karakter si", ozbiljno će Craig jer on, kao, ima četrdeset godina i već je u mirovini.

"Hvala ti, Craig. Jeanine. Leslie. Društvo. Vidimo se." Iskrenem dlan i nešto kao napola mahnem u visini ramena, okrenem se na peti i krenem dalje niz sagom pokriveni hodnik osnovne škole, ali nedovoljno brzo da mi promaknu Jeanineine riječi: "Nisam baš sigurna, Craig, izgledala je *stvarno* ljubomorno."

Uzdahnem zagledana u svoje sandale i nastavim hodati prema bazenu niz relativno prazne hodnike koji povezuju osnovnu sa srednjom školom. Neobično, ali garderobni ormarići izgledaju niži, kao i fontane i oglasne ploče.

Prođem kroz dvostruka vrata koja vode u sportsko krilo. Pozdravi me prigušeno juškanje i ne baš prigušeni vonj klora. Prijeđem na drugu stranu hodnika i pritisnem lice na prozore s nehrđajućim okvirom i ugledam prizor sličan kupanju u ljetnom kampu, kao da je vani četrdeset stupnjeva.

"Katie." Pogledam lijevo-desno – nema nikog.

"Katie", ponovi glas. Pogledam desno, u stube koje vode na polumračnu galeriju. On sjedi na odmorištu u košarkaškom dresu poprskanim vodom, glave pokrivene prugastim mokrim ručnikom. Srce mi zabubnja u ušima. Popnem se stubama do one na kojoj počivaju njegove japanke. "Bio si unutra?" upitam, misleći na zapjenjeni bazen.

"Aha." Jake ponovno pogne glavu, ručnik mu sklizne na ramena i ugledam njegovu kosu razbarušenu na milijun predivnih strana. "Prilično je uvrnuto. Ideš plivati?"

"Možeš si misliti", nasmijem se, no tek tad po njegovu tupom pogledu shvatim da ta šala nije dospjela dalje od moje glave. "Jer nemam torbu." On me blijedo gleda. "Nemam kupaći kostim ili nešto slično. Tako da ništa od toga, ne ulazim tamo." Daj začepi! Naslonim se na rukohvat i zagledam u križaljku fuge zidnih pločica.

"Onda, zabavljaš se?" Još osjećam njegov pogled na sebi.

"Da! Zabavljam se! Dobro sam! Ne mogu biti sretnija! Bože, ja sam prekinula s njim! Samo sam pokušavala biti pristojna i dopustiti mu da sačuva obraz, a sad sam ja ispala nekakva patetična luzerica. Popizdit ću!"

"Ti i Craig ste prekinuli?"

"Oprosti. Mislila sam… Jeanine je po cijeloj školi rastrubila da me nogirao. Zar nisi čuo?"

Jake slegne ramenima i objema rukama čvrsto uhvati krajeve ručnika. "Ne. Samo me zanimalo kako se zabavljaš. Ali hvala na toj informaciji." On nategne rubove svojih kratkih hlača preko koljena.

"Nema na čemu."

"Ti ništa ne tajiš, ha?"

"Ne znam kako da to shvatim."

"A i da tajiš, kladim se da bi meni rekla." On se veselo nasmiješi i zelene mu oči zasvjetlucaju. Spusti japanku niz stubu do moje sandale i vrhom nožnog prsta dotiče moj. "Što bi ti, Katie Hollis?"

Dah mi se ubrza. "Ma što ja znam... Ali mislim da bi ljudi trebali govoriti ono što misle."

On legne na odmorište, lice mu pokrije sjena, majica mu se zadigne i otkrije bjelokosne obrise njegova kuka i potez paperjastih dlačica od pupka do ispod hlačica. Nožni prsti nam se dodiruju. "Onda?"

"Onda što?" pitam.

"Što ti misliš?"

"U vezi s čime na primjer?"

"U vezi s tobom i sa mnom", kaže on u tamu. Ja se skamenim poput zeca na puškometu – rukohvat me bode u leđa, ali se ne usuđujem pomaknuti ni mišić jer ne želim skrenuti Jakea s njegova sadašnjeg toka misli.

"Ovaj..." kažem, jer želim da mi on suflira.

"Ima nečeg u tebi."

"Moja dobra djela."

"Tvoja dobra djela." On se veselo smiješi stropu. "I to kako si intenzivna, kako školu shvaćaš silno ozbiljno, sve zapisuješ, ili recimo kako si pokrenula kampanju prikupljanja priloga za nešto u Južnoj Americi."

"Srednjoj. Srednjoj Americi."

"Čudno je to. Ponekad mi to ide na jetra. Ali ponekad..." On se ponovno uspravi u sjedeći položaj, zguli ručnik s glave i pucne njime između koljena.

"Ponekad..." pomognem mu ja.

"Što radiš večeras?" On me pogleda u oči.

"Ovo. A što ti radiš?"

"Spavam kod Sama."

"Aha, i Laura će doći."

"Trebali bismo svi zajedno otići ili tako nešto."

Kimnem glavom. Neka mi metalna ograda stubišta bolno žulja kralježnicu ako to znači da ovaj trenutak može potrajati ostatak mojeg života.

"Ne kažeš ništa. Pretpostavljam da to znači da nemaš mišljenje." Pljasne me vlažnim ručnikom po goloj goljenici.

"Imam mišljenje." Sagnem se uhvatiti osvježavajuće hladan frotir i kosa mi padne na lice poput tanke pregrade između nas. "Prijedlog je dobar."

On se tad uhvati za rukohvat i podigne na noge tako da sad stoji na mojoj stubi. "Naime, zvučalo je kao da se večeras ludo zabavljaš pa ti, nedajbože, ne bih želio kvariti veselje." Pogleda u me sa svojih visina, a ja pogledom okrznem udubinu na njegovu vratu. "Trebali bismo nešto zajedno učiniti. Pa što bude."

"Znači, večeras se ipak ne družimo?"

"Družimo. Mislio sam da odemo u kino ili tako negdje."

Suzdržim se da ne razrogačim oči zbog važnosti upravo izrečenog i dopustim da ljepota trenutka zbriše nikad zaboravljeno poniženje koje sam doživjela kad sam ja njemu prije više od godinu dana predložila isto. "U kino mogu."

"Onda ćemo ići sutra." Prst mu se uplete u moju kosu i nježno mi je prebaci preko uha. Pritom njegova koža okrzne moju. Tako blizu. I to ovdje. U omaglici klora.

On mi se primakne tako da me rub njegovih mokrih kratkih hlačica dotiče iznad koljena i ja sam oduzeta užasom činjenice da on stoji tri centimetra od mog lica. Da ću povući pogrešan potez, prestrašiti ga. On se prigne. "Jake."

"Katie."

"Nemojmo. Pričekajmo."

On se okrene. Ja žmirnem u zid – o Bože, premotaj vrijeme unatrag! *Smiluj* mi se još jednim pokušajem. Umjesto toga, Jake skoči na odmorište iznad nas.

"Jake", kažem ja, očajnički želeći vratiti onaj trenutak. Ali on zavuče ruku u jedan od fikusa koji su obrubljivali stubišno okretište, povuče i otkvači nešto plavo s grana. Ponovno siđe na moju stubu i počne pregledavati doneseni predmet. Ja se za to vrijeme pokušavam ponašati prirodno. Kao da je ovo nešto najprirodnije, kao da Jake i ja svaki dan stojimo u polutami tri centimetra jedno od drugog.

"Štrumf."

"Tako je", kažem ja s uvjerenjem, pokušavajući se pribrati.

"Ima naočale. Koji je to? Pjesnik?"

"Um… pjesnik je nosio nekakvu olovku ili guščje pero, nešto takvo."

"Naravno da ti to znaš."

"Kako to misliš, naravno da ja to znam? Pa pitao si. Nije da su mi Štrumfovi neki faktor u životu. Toga se sjećam još otkad smo bili klinci – ta je figurica stara najmanje osam godina ili tako neka—"

"Lumen!"

"Molim?"

"Pametnjaković se zvao Lumen. Uvijek je sve jako ozbiljno shvaćao." On okrene figuricu, podigne mi ruku i sklopi mi prste oko figurice. "Za tebe, Lumenica."

"Znači, ja sam velika štreberica, baš ti hvala."

"A-ha. Dakle, Lumenica, kakav je dogovor? Izlazimo?" Dopustim si nekoliko trenutaka da mu se zagledam duboko u oči, u njega, da sad on čeka.

"Izlazimo."

"Onda dođi." On se strči niza stube i japankama zaklopara po metalu stuba. Krenem za njim. On produži ispod stuba prema bočnim vratima.

"Čekaj, najprije moram—"

On se okrene. "Ni ja nisam ponio torbu."

"U redu, ali najprije moram razgovarati s Laurom."

"Shvaćaš razliku između nas?" Ja odmahnem glavom jer ne shvaćam, ali sam dovoljno hrabra da to priznam. "Vic s torbom nije mi upalio. Ni ja nisam ponio stvari. Morao sam posuditi ručnik i plivati u košarkaškom dresu. Otrčat ću kući i presvući se jer zaudaram."

"O! U redu."

On posegne za mojom rukom, lagano me povuče bliže k sebi i položi mi prste na kvaku vrata. "Ali me ti moraš pustiti natrag unutra, dogovoreno?"

"Naravno." Ukočim se kad je zakoračio na asfalt, a želudac mi poruči da ga ne smijem izgubiti iz vida. On stigne do ulične svjetiljke na početku nogometnog igrališta, okrene se i nasmiješi poput dječarca, i tek si tad dopustim uzvratiti mu smiješkom koji mi preplavi cijelo lice.

Jake odjuri u sjene, a ja se nastavim ozareno smiješiti u noć, uživajući u tami i prvim okršcima kišice u prstenu svjetlosti gdje je Jake netom stajao.

JA SAM... MI SMO... OVO SE DOGAĐA!!! Radost prostruji kroz mene poput flipera fotona – *obožemoj!* i Moram ispričati Lauri. I da Jake cijelim putem do kuće šprinta, imam najmanje dvadeset minuta. Pustim vrata i potrčim vilovito kroz hodnike, pokraj bazena, pokraj glupog Craiga i glupe Jeanine, pa niz dugački hodnik srednjoškolske zgrade.

"Laura? Laura? Laura?" Zavirujem u svaku prostoriju. "Laura?"

"Začepi!" ušutka me zatravljena gomila tijela koja leže ispod ekrana na kojem se Batman obrušio na Jokera.

"Oprostite", šapnem. "Laura? Je li Laura ovdje?"

"Katie?"

Sagnem se, zgrabim je i izvučem u hodnik usprkos zborskom gunđanju.

"Koji ti je vrag? Pokušavaš mi naći nove prijatelje?" Rukom joj poklopim usta. "Nema vremena. Nabasala sam na Jakea Sharpea kod bazena. Dodirivali smo se nožnim prstima i dao mi je Štrumfa. Misli da sam jaka i da kažem što mislim i htio je znati što mislim o nama kao o paru. O nama kao paru, možeš to vjerovati?" Ona odmahne glavom. "Znam. Ni ja ne mogu vjerovati. Čekaj, postaje *puno* bolje. Dao mi je Štrumfa, stani – to sam ti rekla – dakle, htio me poljubiti a ja njemu: 'Čemu žurba?' Sutra idemo u kino i mislim da će to biti početak hodanja. Dakle, želi da se večeras nađemo sa Samom Richardsonom, pa molim te reci da pristaješ." Oslobodim joj usta.

"Sam Richardson?"

"Laura, molim te. Samo danas. Molim te da večeras otrpiš Sama. Ne moraš ga doticati. Navedi ga da trkelja o Packersima, istrpi to, i dužnica sam ti do kraja života. Nakit, moja odjeća, odjeća mojih roditelja, pisat ću ti zadaće, prati veš." Podignem tirkiznu ogrlicu oko njezina vrata. "Možeš je zadržati. Sve što hoćeš, samo pristani, molim te?"

Laura zaškilji. "Sam Richardson?"

"Laura, molim te!"

"Uzimam ogrlicu."

"Super! Obožavam te!"

"Kamo ideš?" vikne ona za mnom dok ja jurim natrag prema zgradi osnovne škole.

"Jake je morao otrčati kući. Moram mu držati vrata bazena otvorena da se može vratiti. Naći ću te!" Zaustavim se na kraju hodnika i okrenem nasmiješena od uha do uha. "*Mi* ćemo te naći!"

Ona mi u znak podrške pokaže srednji prst.

Ležim kod vrata. Oči su mi se odavna priviknule na mutni crveni žar znaka za izlaz. Bazen je utihnuo. Privijam Štrumfa na grudi i gledam u kišu koja sad lijeva kao iz kabla i stvara lokve na igralištu. Osjetim kako mi je Laura blago položila ruku na rame.

"Katie, gotovo je. Zatvaraju školu. Mama će dobiti živčani slom. Žao mi je, ali moramo krenuti." Ja odmahnem glavom. "Žao mi je", ponovi ona. "Stvarno."

Privučem svoja gola koljena na prsa i zaplačem.

13

23. prosinca 2005.

Dakle, naramenica one Taharijeve haljine puknula je prvi put kad sam je odjenula... od srednje škole promijenila sam tri auta... Moj DVD plejer izbaci DVD jedino uz pomoć otvarača za pisma... no obostrano ljepljiva vrpca kojom sam 1991. pričvrstila lice Keanua Reevesa za strop iznad svog kreveta još drži. Fantastično. Trebali bismo dovesti one iz NASA-e da provedu široko istraživanje.

Napuhnem obraze i ispušem srditu struju zraka u studen svoje sobe. Bože, *što* je mojim starcima? Kako to da ovdje ne sniježi? Gledam kako se ispred mojih, sigurna sam, poplavjelih usana oblikuje i lebdi oblak kondenziranog daha. "Onda, Keanu, imaš li u vidu nekakvu bivšu koju bi pošlatao?" Njegovo surferski namršteno lice ostane nepromijenjeno. "Bilo koga? Ne?"

Okrenem se na drugu stranu. Ponovno. Zapletem se u maminu flanelsku spavaćicu. Zalomim nogama i odlijepim spavaćicu od svojih srditih udova. Zabacim glavu i zagledam u mrazom zabrađene debatne trofeje na polici iznad zaglavne krevetne daske. I tako, ja pomislila da ću tek tako... što, zapravo? Postići da Jakeu Sharpeu izraste savjest dok jedemo *sushi?* Posegnuti u njegovo djetinjstvo i odlijepiti njegovu pijanu mamu s poda? Natjerati njegova tatu da se sjeti sedmog sinova rođendana kako bi se spomenuti sin mogao emocionalno vezati kao sav normalan svijet, razviti osjećaj uzajamne odgovornosti, sposobnost davanja i empatiju—

Nešto udari o prozor.

Solika?

Ponovno.

Okrenem glavu.

Ponovno.

Tihi šuplji *tup*.

Uspravim se. U nedostatku vizualnih dokaza da je sad 2005. godina, trudim se svim silama ostati tridesetogodišnjakinja. Spuznem iz kreveta i priđem tamnom oknu, privučena sićušnom plavo-bijelom mrljom. Osjećam se kao da je cijeli svemir nagazio na kočnice i pokušava krenuti u rikverc jer je ugledao dobro parkirno mjesto. Vrijeme se skraćuje, zbija, vrtloženje koje izaziva mučninu dok hodam prema prozoru u gluho doba noći jer je Jake Sharpe...

... kvrcnuo plastičnim Štrumfom po njemu.

Pogledam van, na trenutak očekujući poludugu kosu i onu crno-bijelu kariranu jaknu, no ugledam bizarnu viziju vermontskog/*après* ski kompleta nekog stilista, sve do krepanog dabra na glavi.

"O ne. Ne, ne, ne, ne, ne, ne i ne." Vrtim glavom pravednički ogorčena i sjurim se u prizemlje, prebacim kaput preko mamine spavaćice i uguram stopala u prve čizme koje sam napipala. Grunem kroz vrata. "Ja sam za tebe PJESNIČKA FIGURA???!!! *PJESNIČKA FIGURA???!!!*"

Pošutim kako bi se moj gnjev mogao procijediti kroz njegovu kretensku šubaru i tvrdu glavurdu do neprobojne okruglice samo-megalomanije koja se zove njegov mozak.

Svjetla se upale u prozorima spavaćih soba susjednih kuća. Neki pas zalaje.

"Elizabeth Kathryn, bilo bi mi drago kad ne bi bila pjesnička figura za cijeli kvart." Mamina glava proviri kroz prozor njezine sobe. Siva u licu promatra sablazan ispred svoje kuće.

"Lijepi pozdrav, gospođo Hollis. Kako ste?"

"Ne znam kako sam sebe podnosiš." Ona pusti da se prozor s treskom spusti.

Prvi i jedini put u životu podudaraju nam se mišljenja o Jakeu, pa mu dam rukom znak da priđe, sveudilj sikćući: *"Pjesnička figura?!"*

"Zar bi radije da Johnu Norrisu kažem da je Katie zapravo Elizabeth Kathryn Hollis, tridesetogodišnjakinja iz Charlestona u Sjevernoj Karolini, konzultantica za projekte održivog razvoja? I da je upravo u posjetu roditeljima u Maple Laneu 34, u slučaju da žele malo pročavrljati s njom?"

Nevjerica. Nagnem glavu. "Znaš čime se bavim?"

"U toku sam." On slegne ramenima, smiješeći se.

"U toku si?" Nagnem se k njemu.

"Guglam."

"Stani! Ovo *ne* ide kako treba."

"O? A kako bi trebalo?"

Ja ga mrtvački pogledam. "Ti. Si. Govnar. Svemirskih razmjera, prvorazredni, govnar desetljeća."

Smiješak mu izblijedi i on se pogruži. "Pretpostavljam da to zaslužujem."

"Pretpostavljaš?! *Pretpostavljaš?!* Posljednje što si mi rekao bilo je 'Vidimo se sutra!'"

Usta mu se iskrive, a ramena i šarenice boje mahovine podignu. "Aha."

"To je bilo prije trinaest godina!!"

"Pa ne sjećam se baš što sam točno rekao—"

"Čudno, a sjećaš se svakog drugog pišljivog detalja kao da su ti istetovirani na dupetu."

"Možda i jesu. Hoćeš pogledati?"

Ja se, budala, nasmiješim. Prokletstvo.

Priberem se, pogledam pokraj njega i spazim njegov stari bicikl s deset brzina naslonjen na naš javor. "Došao si *biciklom?"*

"Čim mi je majka rekla da te vidjela kako čučiš na našoj perilici."

"Nisu te stavili u karantenu kao za Tour de France?"

On zatrese svojom glupom šubaretinom. "Iskrao sam se na stražnji ulaz. Morao sam se maknuti iz te kuće." Oči mu se smiješe dok me mjerka. "Bože, predivno izgledaš."

"Nemoj." Podignem opominjući kažiprst.

On zguri jedno rame i gurne ruku u džep traperica. "Slušaj, žao mi je."

"Stvarno?" Ustremim se na njegove riječi poput kopca. "A zbog čega to?"

"Jer sam te proglasio pjesničkom figurom."

"O, baš super." Pantomimom dočaravam otvaranje urudžbenog zapisnika, knjižurine debljine egipatske *Knjige mrtvih*, i kao da listam *mase* stranica i prelazim prstom po stupcima do… "Nazvao me pjesničkom figurom… označavam kvačicom. Izvrsno, to je sad sređeno." Zalupim "knjigu". "Sad ostaje samo to što si mi lagao u lice, isparo usred noći, pa to što ti je moj pubertet poslužio kao zlatna koka da na njemu zaradiš milijune, a sad još koristiš i moje ime—"

"Znam što se dogodilo."

"Aha, znaš što se dogodilo. Casey Kasem zna što se dogodilo. Ryan Seacrest zna što se dogodilo.[8] Ljudi koji upravo u Japanu pjevaju karaoke znaju što se dogodilo. 'Skliznuo sam u nju, očiju uprtih u orijaške zlatne bogove.' Kao da je to nekakva duboka metafora. Kad bi oni samo znali koliko si netalentiran!"

Zazvoni njegov mobitel. Začuje se "You shook me all night long." Zakolutam očima.

"Da?" Pogleda uprta u mene on pritišće majušni mobitel na svoje crveno uho. "Stražnja uličica… biciklom… ne, nitko me nije vidio— smiri živce." Pozornost mu iznenada privuče rasporena

---

8 Kemal Amin "Casey" Kasem (r. 1932.) proslavio se ponajviše kao dugogodišnji voditelj "American Top Forty". Naslijedio ga je Ryan Seacrest (r. 1974.).

krznena sara njegovih čizama. "Aha, ne, odmah se vraćam... Ne, nemojte slati auto po mene, neću se po Croton Fallsu vozikati u limuzini... E pa reci ekipi iz Rai Uno da ne vade malog iz gaća." On trzajem poklopi mobitel, ubaci ga natrag u stražnji džep i ponovno se posveti meni. "Žao mi je."

Ponovno sam kao kobac. "Je li? Zbog čega?"

"Trebaju me. Ali ti si ovdje." On pokaže iza mene u naš iglu u kolonijalnom stilu.

"Ne. Nisam. Sutra odlazimo. Čim ti objaviš da se pjesma zove 'Tallulah' i da je u njoj riječ o tvojoj periodontistici. U protivnom, Jake, kunem se Bogom..."

On krene natraške, ostavljajući trag u snijegu u obratnom smjeru. "Nemoj otići. Potražit ću te sutra." Podigne bicikl i prebaci nogu preko njega. "Želim slušati o tome kako sam netalentiran!"

"U toj šubari izgledaš kao mulac", siknem niz kolni prilaz.

On se vrludavo zaustavi ispod ulične svjetiljke. "Znači, skinem li šubaru bit ću—"

"Mulac *au natural.*"

"Nedostajala si mi." I on se nasmije tim svojim naherenim smiješkom, onime koji me – hvala Bogu – manje opčinjava otkad si je dao popraviti okrhnuti zub... i odjuri u tamu. Razgrnuta zaboravljena kaputa stojim i gledam kako se odbljesci ulične rasvjete od reflektirajućih svjetala na njegovim kotačima spajaju u zatvoreni krug, a onda ga nestane.

14

Treći srednje

"A baš si *ti* Božja ljubav… i baš me *ti* činiš—"
"*Oprosti*", Finkle prekine moj prateći vokal. Mahne mrvicama sira posutim prstima prema Tupperwareovoj zdjeli na stolu iza mene. Grudice bijelog praha zamrljale su komad saga između nas u dnevnom boravku gospođe Walker. Pijuckajući pivo, plešući se udaljim od stolića za serviranje sve manje krcatog kukuruznim grickalicama, slanim perecima i pogačicama. Na slaboj svjetlosti glasovirske svjetiljke, Finkle okrene leđa meni i ostalim učenicima trećeg razreda kako bi on i kokice sa sirom imali malo privatnosti.

"Obožemojtulisi!" Laura frflja kroz staklasti osmijeh. Doklati se iz kuhinje, zavuče ruku u moju i zagleda se u mene caklećim očima. Njezin je ushit zarazan. Soup Dragons ječe iz zvučnika i ona nasloni čelo na moje. Kristal kvarca na kožnoj uzici oko njezina vrata lupka me po grudima. "Obožavamovupjesmu!" Ne pustivši mi ruku, ona zapleše gipkim i usklađenim pokretima bokova i ruku; kroz moju hmeljsku omamljenost zapanjuje me njezina ljepota, koliko je Sam čini lijepom. Laura nategne rub svoje streč haljine cvjetnog uzorka, nagne se prema meni i reče: "Mislimdasamostavilagaćiceupodrumu."

"Znači da ih Michellein očuh može naći i zadržati kao dekicu? Baš ljubazno od tebe što si ostavila oproštajni suvenir."

"Iskrenosamzgrožena." Ona zaglavinja, uhvati se za klimavi servir-stolić i zamalo sruši Finkelovu "dragu". Finkel zaštitnički prigrli Tupperwareovu zdjelu i ljutito se ugura između dva para na kauču.

"Ajde ti lijepo sjedni i ne miči se. Ja ću naći tvoj *unterveš*. Gdje je Sam? Skidač spomenutog donjeg veša."

"UtovarujeopremuuJakeovkombi", reče Laura i pošuti. "Samjetakotalent'ran."

Pomognem joj da sjedne na glasovirsku klupicu. "Da, tvoj novi dečko je novi Slash, samo pristojniji."

"VolimteKatie." Nježno me drži za kosu s obje strane glave.

"A jednog dana ti možeš tražiti moje donje rublje." Spustim joj ruke u krilo.

"Daznašdahoću. Znašdahoću."

Dohvatim s kauča ukrasni jastučić obrubljen resama i stavim joj ga u krilo. "Skupi koljena." Ona svečano kimne glavom i ja se okrenem i nevoljko uguram u zadimljeni krkljanac na izdisaju tuluma držeći laktove podignute ispred prsnog koša. Izbjegavajući izgubljene i osamljene duše koje bazaju na marginama, probijem se bliže jezgri, parovima koji se dosađuju, parovima koji se gložе, parovima koji se šlataju: pubertetska provincijska pornografija nije bogzna što.

U stražnjem dijelu kuhinje obložene pločicama šahovskog uzorka od kojeg ti ne gine migrena, posutom prepunim vrećama za smeće iz kojih curi pivo s aromom duhana, nađem podrumska vrata i strčim se niz zavojite stube. Na pola puta prođem pokraj domaćice.

Michelle upre besprijekorno njegovanim noktom u tamnu sobu iza sebe. "Dvorišna vrata *moraju* ostati otvorena", kaže ona kao da sam večeras došla ovamo s izričitom namjerom da ih zatvorim.

"U redu", kažem.

"Što?" Ona se okrene na peti i čvrsto uhvati za ogradu stubišta da se ne stropošta u majčinim štiklama.

"Shvatila sam, vrata ostaju otvorena."

"Netko je pušio travu dok su oni tipovi svirali. Smrdi." Ti, na primjer?

"Super tulum!" zacvrkućem. Hej, jesi li vidjela Laurine gaćice?

"Kad bi ta jebena vrata barem ostala otvorena." Ona se teturajući popne u kuhinju i zamalo odnese sa sobom ostatke ostataka moje pivske nacvrcanosti. U podrumu vlada polutama; osvijetljen je jedino akvarij Michelleina očuha pa se zamalo zabubah u vreću punu praznih boca. Vreća se nagne i zaprijeti da će izbljuvati svoj ogavni sadržaj na sag još ugažen od bendovske opreme. Gurnem je s puta, prema kliznim vratima koja su, u skladu s naredbom, otvorena prema stražnjem dvorištu pa topli svibanjski lahor prti stazu kroz znojni zrak.

"Hej." Pogled strelovito svrnem na Jakea koji čuči u podnožju šanka i gleda u mene na plavom žaru grgljajućeg akvarija. Spusti poklopac kutije svoje gitare. "Ne bih dirao ta vrata da sam na tvom mjestu."

"Jedanaesta Božja zapovijed", kažem prezrivo.

Jake premeće note po podu. "Zašto" – nakašlje se – "Zašto se cijelu godinu tako užasno ponašaš prema meni?"

Čelo mi se nabora od nevjerice. "Šališ se."

On sjedne na pete i hrpom skupljenih nota i počne se lupkati po bedru. "Ne šalim se."

"Recimo zbog… Zaključanca?" podsjetim ga, a sarkazam mi podigne obrve.

Akvarij nastavi brboriti, Jake pogleda u pod i rastreseno se počne trljati zglobom po čeljusti. "To je bilo… aha, to je bilo podlo."

"Aha." Okrenem se i počnem prepipavati karirani kauč… Sizifov posao na plavim sjenama. Da upalim svjetlo? Možda ipak ne. Je li Jake poput mrlje vidljive jedino na infracrvenoj svjetlosti? Bi li isparoo na fluorescentnoj stropnoj svjetlosti?

"Moja mama, uh..." On zašuti dok ja rujem iza jastuka. Napipam toliko zagubljenih kokica da bih ih mogla prodavati. "Kad sam se vratio kući, njezin je auto bio, kako da kažem, zabijen u brijest pokraj garaže."

"Bože!" Ja se munjevito okrenem prema njemu brišući sol s dlana.

"Aha, prednji je dio bio zgnječen poput limenke piva."

"Ajme, nisam znala. Jako mi je žao, Jake. Mama je dobro?"

"Ležala je bez svijesti u ulaznom predvorju, znači da jest." On se oporo nasmije. "Bila je dobro."

"Au, baš mi je žao", kažem, iskreno. "Znaš, mogao si mi to reći, da barem jesi."

"Sad ti kažem." Ponovno svrne pogled na mene i nasmiješi se tim polusmiješkom. "Ti si jedina osoba kojoj sam to rekao." Jesam li? "Lijepa haljina."

Rukama prođem po prednjici haljine dizajnerice Betsey Johnson koju sam našla u diskontnoj trgovini. "Hvala." Nonšalantno. "Kupljeno u Bostonu."

"Guba. Što tražiš?" On zagura arak nota u svoj ruksak. Kosa vlažna od svirke još mu se lijepi za čelo.

"Čini se da je tvoj kompić Sam lišio Lauru donjeg rublja."

"Lišio." On se nasmije sebi u bradu i gurne trzalicu u vanjski džep. "Tu još nisam čuo." Kleknem na pod i zavučem ruku pod kauč. Osjećam kako mi haljina puže uz bedro, a osjećam i njegov pogled. "Zabavljaš se?" upita on.

Izvučem napola slomljeni čip za poker. "O da, nisam se ovako raspojasala od uskršnjeg lova na jaja."

On se nasmije. Od srca. A ono što sam uvijek doživljavala kao lastiku zavibrira od hormona koji kao da automatski podivljaju kad začujem baš taj zvuk. "Dobro ste svirali", kažem da nešto kažem, pipajući ispod La-Z-Boya. Stvarno dobro. Toliko dobro da je Jennifer Druga vrištala: "Uzmi me, Jake." "Naročito mi se svidjela ona nova pjesma, akustična."

"Stvarno?" On se nasmiješi. "Hvala, ali ne znam..." Usklađeni smo poput klackalice: ja ustanem, a on čučne i iz ruksaka izvadi suhu majicu. Skine majicu s natpisom Dinosaur ml. u kojoj je svirao i baci je na pod. "Radimo s novim pojačalom, zajebali smo prijelaz u trećoj pjesmi, a Benjyjevo je bubnjanje bilo idi mi-dođi mi, ali—"

OBOŽEMILIODAKLETITAKVOTIJELOTKOSITI?

"Aha", napola zapištim potvrdno, ne znam na što, nisam čula baš me briga, a požuda mi tako prostruji tijelom kao da mi se auto na zaleđenoj cesti upravo okrenuo za sto osamdeset stupnjeva. Uzmaknem korak i donja me stuba očeše po gležnju.

On gurne glavu kroz otvor majice i protrese kosu. "Tako."

Tako.

Onaj lahor prostruji pokraj mene. Gledam u njega, šutke.

"Pa... vidimo se." Podigne kutiju s gitarom i prebaci ruksak na rame. No umjesto da izađe kroz otvorena dvorišna vrata, on krene prema stubama i dok ga gledam kako prilazi, psihički se pripremam za njegov odlazak iz moje noći, mojeg vikenda, mojeg svibnja. Ali on usporava i prilazi ravno k meni, ruksak preko ramena, gitara u ruci, stiže, zaustavlja se. Osjećam ga kožom.

Lice mu je tek nekoliko centimetara od mojeg. Bokovi ni nekoliko sekundi od mojih.

"Hej", ponovi on, neusiljeno, na putu prema stubama, na izlasku.

"Hej."

Ne miče se. Samo stoji. Na nekoliko centimetara. Sekundi.

Zavučem prste pod njegovu majicu i nađem njegov čvrsti trbuh. On zadrhti, vjeđe mu se zatreperivši sklope, pa se otvore i pogled mu se stopi s mojim. Gledam ga u oči dok grablje svojih prstiju nježno spuštam preko njegovih slabina, struka njegovih traperica; osjećam kuckanje ispod njih. Jake zastenje. Bolje i od njegova smijeha. Puno bolje.

Načinim posljednji korak prema njemu, pustim mu bokove da bih mu prstima prešla do kose i zavukla ih u nju, a palce mu položila na jagodice. A onda se sjedinimo, njegov jezik na mojem, ima okus po pivu, Parliamenticama[9] i Jakeu. Kutija s gitarom pada na pod, ruksak klizi na pod. Nikad ovo nismo učinili. Tvoja koža, tvoja kosa, tvoj dodir je nov je nov je nov – oduvijek ovo činimo – oduvijek tvoja koža tvoja kosa tvoj dodir.

"Ona pjesma", kaže mi on u usta, a rukama nateže sedefna puceta, pop-pop-pop, prsti mu nađu put do mojih dojki.

"Da?" ja napola zasopćem.

"Zove se 'Katie'."

Nikad.

I oduvijek.

I nikad.

Zavalila sam se na volane krevetnog pokrivača ispred podnog ventilatora, ružičasti sag utiskuje mi se u gola bedra dok prstom iscrtavam simetrične masnice na zdjeličnim kostima veličine kovanice od deset centi. Prst mi klizi s ruba crnog pamučnog bikinija i crta kružnice oko podljeva koje sam dobila od sedam uzastopnih dana Jakeova gnječenja. Osjećam želju i pomutnju – zapaljiva smjesa – dok držim ruku položenu na trbuh, glave zabačene i polegle na krevet, usredotočena na zvrjanje ventilatora. Zazvoni telefon i ja se bacim na nj.

"Halo?" Čvrsto stežem slušalicu.

"Bok. Bože moj, smije li biti ovako vruće početkom lipnja?" pita Laura. "Od znojenja mi se topi sjenilo za oči. Bljak."

"Bok", uzdahnem, a moje razočaranje poteče kroz slušalicu.

"Nije nazvao."

Odmahnem glavom ventilatoru, a kosa me išiba po licu.

"Katie?"

---

9   Vrsta cigareta.

"Nije." Čupkam crvenkastu nit saga.

"To je samo tulum", pokuša me ona utješiti. "Sigurna sam da nije uspio nazvati sve koje želi da dođu—"

"Tebe je nazvao!"

"Nazvao je *Sama*", ispravi me ona.

Iščupam čvor iz saga zajedno s čuperkom ljepljiva sloja. "Ali je vjerojatno rekao: 'Reci Lauri da je pozvana.'"

"Vjerojatno je slušalicu prislonio na šupak i prdnuo."

"Što je Sam protumačio kao—"

"Svi smo pozvani. Prdežni poziv vrijedi za sve."

"Laura." Pružim noge. "Uozbilji se."

"*Katie!*" cikne ona ojađeno. "Pa vas se dvoje drpate cijeli tjedan!"

Pogledam u svoje grešne masnice. "Baš ti hvala."

"Uopće ne razgovarate?" upita ona puna nevjerice.

Protresem slegnute kristale svojeg ledenog čaja. "Često si kažemo bok."

"*Ja* mislim da si mu ti cura", ona će odlučno.

"Fantastično. Bi li mogla pomisliti i da imam tisuću četiristo bodova na probnoj državnoj maturi?"

"Zar ti *ne* misliš da si mu cura?"

"Ne znam!" Čujem roditeljske korake ispred svojih vrata i stišam glas do šapta. "Mislim da piše pjesme o meni, zašlata me čim zazvoni kraj sata, no sad priređuje tulum u svojoj vikendici na jezeru, a ja doznajem za to od svih s kojima se cijeli tjedan *ne* drpam!"

"Ovo je smiješno, već je četiri. Sam dolazi po mene za pet minuta, a onda dolazimo po tebe."

"Ne!" zalomim rukama i slučajno prevrnem ventilator. Njegovo plastično kućište zaruje po sagu i on se vibrirajući okrene od mene.

"Zašto?" zastenje Laura.

Potegnem žicu i iščupam utikač ventilatora iz utičnice. "A što ako dođem tamo, a on sjedi sa svojom pravom curom?"

"A tko bi ona bila?" odbrusi Laura.

"Ne znam." Podignem ventilator i zagladim debeli sag ispod njega pa ga tek tad ponovno položim na nj. "Netko za koga ne znamo."

"U redu", ona prihvati moju priču. "Dođeš tamo, a Jake sjedi s nekom curom koju su njegovi roditelji od rođenja držali u kavezu u štali. Što onda?"

"Onda, on me spazi, zakoluta očima i kaže nešto kao: 'Što *ti* ovdje radiš?'"

"Pokaži masnice."

Obrišem ruke o znojna rebra. "Ili još gore, što ako prođe pokraj mene kao pokraj turskog groblja?"

"Svejedno dajem glas za pokazivanje masnica."

"Ali sigurno postoje nekakva osnovna pravila i pojavim li se nepozvana—"

"Nitko nije pozvan. Nema svečanih pozivnica. Promumljao je nešto pred nekoliko ljudi—"

"Kathryn." Mama podigne drugi telefon.

"Gotova sam za minutu."

"Ako namjeravaš cijeli dan sjediti u kući, a da pokosiš travu?" predloži ona.

"Mama!"

"Samo sam predložila." *Škljoc.*

"Obožavam kako to kaže", čudim se ja. "Kao da kaže: A da odeš u *wellness*?"

"Molim te, dođi. Hajde, odluči. Moram se na brzaka umiti prije no što stigne Sam. Ponovno sam se oznojila."

"U redu, odlučila sam…" U grudima mi bubnja.

"Katie, dođi na taj tulum zajedno s ostalim učenicima trećih razreda. Zabaci kosu, ponosno pokaži svoj crni bikini, a on nek se slika."

Tako sam nervozna dok nas Sam vozi niz neasfaltiranu prilaznu cestu da se pokušavam smiriti tako da se koncentriram na to kako mi se koža lijepi za najlonsko sjedište. Kad smo stigli do mjesta gdje su auti parkirani, svi napola u jarku, Laura se okrene i stisne me za koljeno.

"Opa, ovdje se ozbiljno roka!" Sam se zaustavi i ugasi motor. Glasanje cvrčaka u valovima nadglasava zvukove pljuska vode i smijeha. Iskobeljam se iz auta, visoka me trava zagolica po gležnjevima, skinem gumicu kojom sam povezala kosu u konjski rep i pokušam zabaciti kosu. Sustignem ih i krenem za njima, s ručnikom oko vrata, srca u tenisicama. Sam naćuli uši i počne pjevušiti jedva čujnu melodiju koja je doplovila preko krošnji, uhvati Lauru za ruku i sve troje skrenemo na hladovitu stranu ceste.

Na kraju hrastova drvoreda zaobiđemo i posljednji parkirani auto i ugledamo drvenu kućicu na vrhu dvorišta koje se spušta prema jezeru. Glave uvučene u ramena, brzo iznad ruba sunčanih naočala pogledom preletim po licima koja su okružila bačvicu piva koja se hladi u sjeni vrbe čije se grane vuku po vodi. Nema Jakea. Skeniram grupice koje su prošarale travu, trijem, mol. Nema Jakea. U zoni sunčanja, u žarištu svega toga, Kristi spusti svoju aluminijsku pliticu za pojačani efekt sunčanja da bi mi kimnula svojim izbijeljenim pramenovima. Njezina se svita izležava na ručnicima. Podignu se na laktove da bi me bolje zagledali kroz svoje reflektirajuće naočale. Bože mili. Ovo je strava. Ravna izlijevanju kante krvi na glavu kao u "Carrie". Ne mogu—ovo je—nisam trebala—

"Upravo se spremamo isploviti." Iznenada mi se s leđa ruke zavuku ispod mojih i prekriže na trbuhu. Jake me privuče k sebi i osjetim svježinu njegove mokre kože. "Gdje ste dosad? Hoćete skijati?"

"Naravno." Slegnem ramenima i postiđeno se nasmiješim Lauri.

S tamom iza leđa sjedim naslonjena na Jakeov prsni koš. Vibracije struje kroz nas oboje dok on pjeva, a ruke nam labavo počivaju na boci piva koja se gnijezdi u naborima vunene deke. Šator logorske vatre pucketa i baca jantarni žar na prsten suncem opaljenih lica oko nje, iskre sukljaju visoko, do iznad crnog ruba krošanja i u vedro noćno nebo. Gledam kako Benjy prstima dobuje po limenci piva zatvorenih očiju i glavom otkucava bilo ritma. Pokraj njega, Todd je zajašio cjepanicu, zgurio se nad svoj bas, kosa mu je pala na oči, a on ljubavnički privija tijelo gitare prije nego što će zasvirati. Laura se zadovoljno smiješi naslonjena na Sama koji se ugnijezdio ispod svoje gitare. Ona mi pruži ruku, ja ispružim svoju, prsti nam se očešu, a onda ih ponovno uvučemo u svoje kukuljice. Kristi, Jeanine, svi oni, odreda, gledaju s ruba grmeće buktinje kako Jake pjevuši početak još jedne pjesme i oči mi se polako sklope, a prijašnja mi se smućenost učini dalekom poput mrljica zvijezda.

Jake sjaji. Dok tako stoji na prvoj stubi veličanstvenog stubišta koje vodi na kat – i u njegovu sobu – kao da sjaji iznutra. Pogledam preko ramena i shvatim da tu iluziju stvara popodnevno sunce koje se cijedi kroz vitražni prozor iznad ulaznih vrata Sharpeovih, pa se sunčana svjetlost odbija od ulaštene zidne oplate i raspršuje u obliku svetokruga. Nesvjestan da zrači svjetlošću, Jake nagne glavu tako da mu kosa ljupko pada na lice.

"Nije pošteno." Prekrižim ruke pokušavajući se pridržavati dogovora koji smo svečano sklopili kad sam pristala da za završne ispite učimo zajedno. "Raspodijelila sam zadatke. Imamo *raspored.*" Pljasnem desnom nadlanicom o lijevi dlan. On podigne ruke i teatralno slegne ramenima. Pritom mu se skutovi bijele košulje zadignu, budući da sam ih ja svojim vrludavim prstima izvukla čim su se teška ulazna vrata uz škljocaj zatvorila. "Gledaš me kao da sam luda."

"Ali i jesi", kaže on simpatično, tako da sam osjetila ponos. On sjedne na drugu stubu, privuče me k sebi i sklizne rukama uz stražnji dio mojih golih nogu.

Ja mu nevoljko uhvatim prste preko suknje. "Jake, nikad nećemo ništa naučiti popnem li se ja tim stubama, oboje to znamo."

"U pravu si." On se pokunji. Odlijepim mu ruke, protiv volje se izmigoljim iz njegova zagrljaja i vratim se punom duljinom ulaznog predvorja po ruksak, tamo gdje leži na hrpi zajedno s njegovim pokraj vrata.

"Dođi." Prstom mu dam znak da pođe sa mnom u kuhinju. "Otvorimo neku knjigu. Jednu knjigu, da imamo osjećaj da se trudimo. Negdje u *prizemlju.*"

"Ma daj, Katie, mrzim prizemlje. Idemo u moju sobu ili u podrum – obećavam da ću biti dobar."

"U redu, podrum."

"Super. Donijet ću nam nešto za jelo." Pljasne me po turu kad sam se okrenula. Lagano zavrtim bokovima pa odem u stražnje predvorje. Krenem da ću odskakutati niz podrumske stube kad spazim širom otvorena vrata pokraj podrumskih. Znatiželjna, zavirim i ugledam veličanstvenu knjižnicu i četiri zida optočena knjigama u plavom kožnom uvezu. Dok čitam naslove, Jake gurne glavu kroz vrata i pruži dvije kutije Pringlesa. "S kiselim vrhnjem ili obične?"

"Obične. Što je ovo?" Zaškiljim u komadiće boje raspoređene među dostojanstvenim tomovima.

"Hotelski sapuni. Tata mi donese jedan sa svakog službenog puta. Čini se da sam ih kao mali jako volio odmatati, a poslije mi je pretpostavljam prešlo u naviku." Ispratim njegov pogled prema polici iznad vrata gdje su tanki paketići umotani u šareni papir i složeni u piramidu.

"On radi za Sandersona, je li?" Podignem pritiskač za papir u obliku žira iz zbirke ukrasnog stakla na stoliću za serviranje.

"Još svakom zaposleniku poklone jedan za Božić. Ima ih minimalno dvadeset. Koliko papira čovjeku treba da ga ima čime pritisnuti?" Zamaše okruglim kutijama čipsa kao signalnim zastavicama. "Dođi, idemo odavde."

Podignem pritiskač-žir prema svjetlosti i načinim dugu. "Čim se tvoj tata bavi?"

"Optički kabeli, nekakva regionalna inspekcija." Odloži čips na stol. "Nekad je bila regionalna, sad je međunarodna."

"Znači, puno putuje?" Pitam se tko bi mogao sagraditi ovako savršeno utočište pa ga ostaviti.

"Stalno je na putu. Može li mu se zamjeriti?"

Nemam pojma kako odgovoriti na to pitanje.

Na svu sreću, ruka mu spuzne oko mog vrata i zaboravim na pitanja, ne zanima me ništa osim ovog. Po običaju od mojeg unaprijed smišljenog govora nastane rasulo, riječi omekšaju i ispare, i jedino se još nazire ispupčeni obris želje dok gledam kako on polako klizi nadolje, otkapča mi bluzu, i zagrljaj mu postaje prešniji nakon što je ispod bluze ugledao prozirni bodi od bež čipke koji sam sinoć našla u nekoj maminoj staroj haljini. Usana pritisnutih na njegova, prijeđem jezikom ispod oštrog ruba njegovih gornjih zuba. "Kako si slomio zub?" upitam ne odmaknuvši usta od njegovih.

"Udario u upravljačku ploču sa sedam godina."

Odmaknem glavu: "Nisi bio vezan?"

Jake nam baci moju bluzu pod noge, zgrabi me za zapešća i svine mi ih na leđa. Ja ga ugrizem za usnu. On se grleno nasmije pa me odgura natraške i pritisne na veliki ugrađeni akvarij. Ja izvinem vrat da bolje pogledam u nj.

"Nema ribica", uzdahne on, klekne preda me i položi obraz na moje bedro. "Stalno su ugibale, mama nije znala što bi s njima, a meni je dojadilo pa je sad samo vodena vitrina."

"Šteta", kažem, još zagledana u akvarij, kao da bi iz njegova plastičnog koraljnog grebena svakog trenutka mogao isplivati jedini preživjeli stanar. "Suosjećam sa svima čija je ambicija držanja kućnih ljubimaca osujećena."

"Što se može, moraš živjeti sa starcima. Ali tata se pomirio s time. U Hong Kongu je doznao da je držanje čiste vode u vlastitom misaonom prostoru navodno dobro za kreativnu energiju—" Prekine ga neki zvuk koji je nadglasao brbot vode, nekakva piskutava vibracija, životinjski krič, iz prednjeg dijela kuće. Pogledam u Jakea: on se ukočio, lice mu se objesilo.

"Jake?" šapnem.

Zbog Dopplerova efekta, gustoća zvučnih valova povećava se kako se izvor tog zvuka približava svojoj meti. Razaznajem ulomke, *gadiš mi se, isti si tvoj usrani otac*. Dodirnem Jakea po ramenu, a on se žacne i ustane. *"Gdje si, jebote?! U prizemlju?"* Ona uleti u knjižnicu, oznojena, izobličena lica prekrivena crvenom mrežom kapilara. *"Koliko sam ti puta rekla da ne ostavljaš svoj glupi ruksak u ulaznom predvorju da se ja na njega onda spotičem, ti jedan... niškoristi—"*

"Oprosti, mama", kaže Jake utanjenim glasom. "Što se dogodilo s tvojom partijom tenisa?"

Ona blene u mene i prestane se derati. Zadihana, spusti glas za oktavu. "Počela je kiša." Drhtavom rukom zagladi svoj konjski rep. "Barbara me dovezla." Uđe korak u knjižnicu u svojoj plisiranoj teniskoj suknjici, snježnobijelih tenisica na tamnom perzijskom sagu. "Ostaje li tvoja gošća na večeri?"

"Rado bih... ovaj... ostala na večeri, zahvaljujem." Luda babo. "Oprostite. Ja sam Katie." Mahnem rukom preko dva metra udaljenosti koja dijeli moje tijelo od bodija koji bi ga trebao pokrivati. "Stvarno mi je drago." A to bi, da, bile moje bradavice. Bradavice, Luda babo.

"Večeramo u sedam. Nadam se da voliš lososa. Sigurna sam da je tako", odgovori ona umjesto mene. Još isprekidano diše. "Spravit ću nekoliko martinija i presvući se. Jake, molim te, pripazi na zvono, Humboltovi bi trebali uskoro stići – možeš ih pustiti u kuću?"

"Naravno."

Usiljeno se nasmiješivši otprilike u mojem smjeru, ona ode.

Ja brže-bolje pokupim svoju bluzu i zakopčam je do grla.

"Ajoj, jesi li dobro?"

"Dođi." On krene prema podrumu, a ja za njim niza stube, ne znajući što da kažem. "A da zatvoriš vrata?" ležerno će on. U podnožju podrumskih stuba on upali svjetlo, stereo, zvučnike i počne ugađati svoju gitaru pa njezin zvuk ispuni podrumski prostor toplim brundanjem. Pomažem mu se pretvarati da se ono maločas nije dogodilo, izvadim udžbenik iz povijesti i otvorim ga, ali samo zurim u črčke slova na stranici kao da je riječ o ćirilici.

"Hej, dodaj mi telefon", kaže on nekoliko minuta potom i ja se nagnem natrag da mu dohvatim glavu plastične divlje patke.

Benjy pogleda na sat. "Čovječe, sutra imam ispit iz matematike. Ne bismo ni trebali biti ovdje."

Zahvalna što je još netko načeo tu temu, ustanem i zatvorim svoj ruksak. "Jake, stvarno moram učiti."

"Narode!" preklinje Jake. Sam nas prostrijeli pogledom iza Jakeovih leđa na kojima je znoj ispisao slovo V.

"Onda dobro." Nadglasan, Benjy podigne palice za bubnjanje, a ja ponovno sjednem. "Još jedanput – ali onda je stvarno kraj. Moram proći matematiku."

"Sam?"

"A da pokušam ovako?" Sam odsvira modulaciju Jakeove melodije koju su uvježbavali posljednjih pola sata, ubrza tempo i ubaci nekoliko akorda u molu.

"Aha, sviđa mi se", kaže Jake, slušajući pretjerano napregnuto. "Dobro je, super."

"Jake?" Todd podigne ruku gotovo do lica, no tek tad shvati da u sprezi s gitarom izgleda poput alatnog stroja.

"Todd, i ti ćeš mi okrenuti leđa?"

"Neću. No dobro, u nekom trenutku hoću." Zarumeni se jer shvaća da se ograđuje. "Što bih ja trebao raditi?"

"Molim?" upita Jake, usredotočen na Samovu novu melodiju.

"I ja bih trebao drukčije svirati?" Todd ponovi tonom od kojeg se naježim.

"Ne, ti ne moraš ništa mijenjati. Sviraj kako sviraš."

Ponovno utvrđene zadaće, Todd se nasmiješi svojoj basgitari pa gurne vrh jezika između zuba u karakterističnoj pozi koncentracije.

"U redu, narode, super. Krećemo ispočetka. Danas je s nama naša Gospa od Nadahnuća pa je moramo snubiti." Budući da ne mogu otići jer nakon što sam vidjela njegovu mamu u onakvom stanju, vidjela njega, ne bih mogla otići ni u ludilu, pa im mahnem u znak potpore iza udžbenika iz fizike. Oni zasviraju; njegovi prijatelji prstima i stopalima usklađeno održavaju taj balon zvuka oko Jakea.

15

23. prosinca 2005.

Navlačeći najdeblji tatin pulover s V-izrezom preko glave, banem u kuhinju. Mama stoji za sudoperom pognute glave, a ruka joj bijesno ide naprijed-natrag. Iz slavine curi vruća voda i tanki suk pare diže se iz vode. Duboko udahnem i pravocrtno zagrabim prema aparatu za kavu. "Bok", viknem.

Ona se okrene, obrazom podigne rukav veste. U žutoj gumenoj rukavici pjeni se komad čelične vune. "Dakle."

"Mama, najprije mi dopusti da kažem da mi je žao zbog onoga noćas." S daske za cijeđenje uzmem limenu šalicu umrljanu kamencem. "Nisam ga ja pozvala. To ni u kojem slučaju nije bio dio mog plana—"

"Rezervirala sam ti kartu za avion koji danas popodne kreće iz Burlingtona sat vremena nakon našeg. Mi letimo preko Atlante, a ti preko O'Hare, ali je to najbolje što sam uspjela dobiti, sretni smo da smo dobili i to."

"Što? Ne." Bijesno cimnem staklenu posudu iz njezina kućišta. "Mislila sam da odlazite sutra ujutro."

"Trebalo je biti tako, ali sam uspjela kupiti karte za danas."

"Shvaćam." Ne želim pogoditi pogrešnu žicu pa kimnem glavom sama sebi i usredotočim se na točenje kave. Priđem stolu, a pogled mi padne na novine *Croton Sentinel* složene u obliku šatora na samotnom tanjuru postavljenom za mene.

Ne ulovim se na taj mamac, bez riječi podignem novine s upadnim naslovom o Jakeu i bacim ih na stolac do sebe, prezrivo frknuvši na fotografiju transparenta dobrodošlice koji leprša na vjetru iznad Glavne ulice.

"Pročitaj." Majka baci oribanu tavu od *manicotte* na radnu ploču.

"Mama", uzdahnem.

"Čitaj."

Podignem koljena i umotam ih u njezinu spavaćicu. Meškoljim se na tvrdom drvenom stolcu dok pogledom prelijećem po članku koji se od uobičajenog miš-maša razlikuje tek po tome što su spomenuli njegove izviđačke značke. "Aha." Počnem preklapati novine.

"Nastavi čitati." Mama stoji kod ugla radne ploče i rukama u gumenim rukavicama čvrsto se drži za uglove.

"A zašto mi ti jednostavno ne prepričaš što—" Pogled mi padne na moje ime. Približim novine očima, a znoj mi izbije ispod čipkanog opršnjaka posuđene spavaćice kad sam pročitala da Jakeov novi singl nije promijenio naslov u "Tallulah" nego da je jutros pušten u javnost pod izvornim naslovom. "Jebeš sve", promrmljam brzo sušećim ustima.

"Ispeći ću ti jaja. A onda se možeš spakirati."

"Nemam što pakirati", kažem glupo, u pokušaju da dobijem sekundu na vremenu da mogu razmisliti.

Majka zguli gumene rukavice s ruku, otvori hladnjak pa izvadi kartonsku kutiju s jajima i porculansku posudicu za maslac. "Kako hoćeš. Krećemo u podne."

"Ja ne… nisam spremna—" Stružem jagodicama prstiju po glavi, a ona za to vrijeme razbija jaja u keramičku zdjelu i bijesno muti žutanjke u pjenu. "Ne odlazim danas."

"Dopusti da budem nedvosmisleno jasna. Ne želim ga na onom travnjaku, na mom trijemu ili u svojoj kući."

"Dobro, ne želim ga ni ja."

"Ne vjerujem ti." Ona lupa pjenjačom po stijenci zdjele: žuta viskozna smjesa cijedi se s metalnih spirala. "Svjesna si da mu samo osiguravaš još materijala." Dlanovima skliznem niz lice. "On je narcisoidan, Kate." Dolije smjesu na pljuckajući maslac. "On samo uzima. Ne možeš objasniti nešto nekome tko nas izlaže nečemu ovakvom."

"Da budemo načisto, *ovo* se ne događa tebi." Duplje mi se suze: neka samo pisne. *"Ti* si u ovome sporedni lik."

"S Jakeom Sharpeom *nema* sporednih likova!" Mobitel mi iz torbice ožeže Bethinu melodiju i digitalni pisak koračnice i himne Sveučilišta Virginia zavibrira kroz kožu stolice pokraj vrata. Mama baci kuhaču u nedovršenu žitku masu u tavi, skine i zgužva pregaču, zavitla je na radnu ploču i uvrijeđeno zagrabi iz kuhinje.

U glavi mi sijevne bol. Zavučem ruku u torbu i prekopam po njoj u potrazi za mobitelom i kapima za oči, željna zdravorazumskih savjeta svojih prijateljica iz dalekog Charlestona.

"Sveca mu!" vrisne Beth. "Gdje si?"

"Gurnut ću telefon kroz prozor da čuješ mukanje krava."

"A *ja* prisloniti svoj mobitel na svoj autoradio da čuješ svoju serenadu."

"Govnar." Zabacim glavu i slana mi otopina kapi poplavi mrežnice.

"Aha, zamalo sam sletjela s ceste. *Kad* je to napisao? Udaješ li se za njega?"

"Što? Makakvi." Trepćem i naposljetku mi se odbačena pregača izoštri. "Napisao je to u trećem srednje, kad nisam ni razgovarala s njim, što je znakovito, a udajem se za njega samo u ludilu."

"I on tek sad izlazi s tim? Jesi li ga vidjela?"

Pritisnem pamučnu pregaču s uzorkom lista jagode na sebe, izravnam je pa je objesim pokraj štednjaka. "Da."

"I?"

"Vjeruj mi, da barem nisam." Izvučem odbačenu kuhaču, čvrsto uhvatim vatrostalni držak tave i zatresem plavom posudom iznad plamena. "Dosta je da ga vidim i izgleda kao da se nismo vidjeli samo nekoliko sati."

"To je samo kemija— Oprosti trenutak. Puter-štangicu i kavu, molim."

"Jebeš ti kemiju." Na spomen puter-štangice, ispružim se, podignem drveni poklopac kutije za kruh i otrgnem krišku. S gađenjem ponovno pogledam u sparušenu žutu sirutku jaja pa ugasim štednjak. "Gdje si?"

"U autorestoranu. Na putu tati."

"Je li Robert s tobom?" upitam ustima punima masnog bijelog kruha.

"Morao je raditi, tako da stiže sutra s psom. Osim toga, on voli odvojene aute jer u slučaju nužde može zbrisati usred noći." U mobitelu mi zakrči.

"Što si rekla? Beth?"

Bethin se glas vrati u doseg: "—prije dva dana, ali kako je prošao tvoj sudar?"

Otrgnem još jedan komad kruha i pokušam si predočiti svoj *stvarni* život. "Zapravo, prilično dobro. Odabrao je zgodan restorančić. Pametno je zborio, bio puno načitaniji nego što bih pomislila, vrlo duhovit. A *usto,* što jest-jest, super se ljubi."

"Mmm."

"Uhvatio me rukama za lice." Oblije me vrućina.

"Obožavam to." Beth uzdahne.

"A zavukao mi je ruke i u kosu", kažem ja, potpuno uživljena.

"Ruke u kosi." Ona ponovno udahne. "Nije loše."

"Ali ja sam Kraljica fenomenalnih prvih sudara. Vjerojatno će ponovno prohodati s prvom susjedom ili poginuti u užasnoj i nesvakidašnjoj nesreći pri rezanju božićne purice."

"Ili se vratiti s blagdana umirući od želje da te ponovno vidi", kaže ona uobičajeno optimistična.

Posveta

Izvadim staklenku pekmeza od šljiva. "To će biti moja novogodišnja želja."

"I moja. Kako se držiš?"

Protrljam oči. "Jučer mi je bio najduži dan u životu, bez zezancije, bez konkurencije." Ubacim tavu punu zgrušanih jaja u sudoper i poprskam ih tekućinom za pranje posuđa koja zacvrči u dodiru sa smjesom.

"K., jako se ponosim tobom. *Preuzimaš kontrolu.*"

"Recimo." Osvrnem se po napola ispražnjenoj kuhinji i golim policama na kojima su nekoć stajale mnogobrojne kuharice. "Povrh svega, nekako sam se našla u situaciji da moj tjedan s roditeljima počinje dva dana ranije."

"Zabavno."

"A nisam ništa skrivila." Donesem si kavu sa stola. "Na Floridi već imamo uhodani sistem. Mama i ja idemo na tržnicu. Tata i ja roštiljamo ribe. Super je. Kao i kad oni dođu k meni u Charleston. Ali ovdje... mi..."

"Ponovno proživljavate najzanimljivije epizode kućnog videa?"

"Upravo tako." Otpijem gutljaj mlake kave. "Kad smo već kod toga, upravo snimamo jednu takvu pa..."

"Redovito ćeš me izvještavati?"

"Naravno." Nadlanicom obrišem usta, a pogled mi padne na onaj glupi usrani transparent.

"Samo nemoj prolupati. On *nikako* nije vrijedan toga da ti CNN prikaže njušku na tjeralici."

"On nije vrijedan ni tjeranja!"

"Stvarno? Ni u veljači?"

Nasmijem se. "Volim te. Pazi kako voziš."

"I ti, ženo. I ti."

Trzajem sklopim mobitel, strusim ostatak kave, uz zveket bacim šalicu u sudoper. Tad spazim da je mama ostavila naše preko interneta kupljene aviokarte na radnoj ploči. Zgrabim potvrdu o kupnji i grabeći dvije stube odjednom, popnem se do odmorišta na koje su bile spuštene tavanske stube. Uhvatim se za rukohvat, zadignem rub spavaćice da se popnem i viknem: "Slušaj, mama, ako vi želite krenuti ranije, meni ne smeta, ali ja ću zamijeniti svoju kartu—"

"Nabavila je nove karte?" uspravi se tata. Klečao je ispod krovnih greda na drugoj strani tavana. Oči mi se priviknu na polutamu i krenem k njemu kroz labirint otvorenih kartonskih kutija. On si počne razgibavati leđa. "Rekoh joj da to ne čini."

"Oprosti, mislila sam da si mama", zakašljem na prašini koju je on podigao vrijednim raspakiravanjem svega već spakiranog u kutije. "Što se ovdje događa?"

"Izašla je. Kojeg si joj vraga rekla?" On obriše od prašine pocrnjele ruke u hlače za vrtlarenje. "Para joj je kuljala na uši."

"Ništa joj nisam rekla."

"Mrzim kad je takva", kaže tata brišući rubom veste mrlje s naočala.

Kimnem glavom. "Dakle, što sve ovo znači?"

"Samo sam htio vidjeti čega ovdje ima i razvrstati stvari." Spustim pogled do njegovih stopala u okruženju raritetnog kompleta Thoreauovih djela u smaragdnozelenom uvezu. Kompleta koji je odnio kad je otišao.

"Ove nisi stigao složiti na police?" upitam tiho.

"Ne. Kad sam se vratio, samo smo..." On zanjiše glavom i pogledom u visokom luku priđe po hrpama kutija do koljena. "Potrpali sve ovdje." Srce mi zabubnja zbog ovog priznanja, ali nas on hitro odvede dalje i odgura me kroz ogoljene garderobne stalke do grozda kutija. "Pomozi mi."

Priđem toj hrpi, podignem kartonske zaklopce gornje kutije i ugledam kocku spljoštenih životinja. "O, ovo se sve može nekome dati."

"Čak i Gospodina Salona?" On dohvati preklopljeno krzno preko mojeg ramena i izravna prignječenu surlu. Poslužvši se laktom kao polugom, prinese mi ga licu i dodirne mi surlom nos. Odmaknem se i ponovno zakašljem. "Nisi mogla reći *slon.*" Zagleda se u slonićevo lice zgužvano poput harmonike. "Neki će ga klinjo obožavati."

"Tata, mislim da je ovo preprašnjavo za Caritas, osobito s obzirom na to kakve sve astme današnji klinci imaju."

"O, imaš pravo, naravno." Gurne slonića natrag u kutiju i spusti zaklopce.

Pogledam pokraj njega u šarenu kramu mojeg djetinjstva pa u kutije osobnih predmeta koje je morao skupiti za ono što je za sve nas bio gotovo drugi život. "Možeš sve to dati."

"Sve? Da, tako je, u pravu si."

"Tata?" Dodirnem ga po ruci i on se lecne. Okrene se k meni na letvičastoj sunčanoj svjetlosti koja se kosila preko hrpe stolaca pokraj prozora, suznih očiju. Rebra mi se stegnu. "Tata", ponovim.

"Katie, dobro sam, to je samo od prašine. A da se strčiš u prizemlje i doneseš mi papirnate maramice?"

Kimnem glavom i zavijugam oko hrpa do osvijetljene rupe u podu.

"Katie?"

"Da?" Okrenem se.

"Zadrži ovo." Iz posljednje kutije svojih stvari on izvadi svoj stari fakultetski sportski blejzer. Konac kojim je grb na prednjem džepu bio zašiven počeo se parati. "Mogla bi ga odnijeti u kemijsku, zašiti grb, nositi ga."

"Naravno. A da ga izvadiš i staviš na stranu za mene?" upitam obzirno, nadajući se da će zaboraviti jer znam da neću smoći snage i negdje putem baciti blejzer, a ne želim ga u svojoj kući.

On mi ga pruži. "Onda ga ti odnesi dolje."

"Odmah se vraćam." Prisilim se prijeći preko škripavih dasaka da ga uzmem, a onda brže-bolje siđem niz ljestve.

❄

Noseći u svakoj ruci termos-šalicu punu vruće čokolade, oprezno se progruram natraške kroz zaštitna vrata. Zakloparam niz drvene dvorišne stube pa umirim njihanje ruku; sukovi pare dižu se kroz rupice na plastičnim sigurnosnim poklopcima. Odsjaji kasnopodnevnog sunca odbijaju se od satelitske antene Langdonovih i ledenog ogrtača snijegom pokrivenog stražnjeg dvorišta.

"Keith, nemoj bratu iskopati oko!" Laura, koordinatorica gradnje snjegovića, nadzire radove s promatračnice na suhom uglu izletničkog stola. "Hvala ti, Katie."

Uzme jednu šalicu, a ja naskočim na stol pokraj nje, ušiju još naćuljenih prema ulici. "Čuješ li što?"

"Kao recimo..." počne ona.

"Zvuk automobila ili guma bicikla po snijegu. Šape zeca kojemu je oko vrata zavezano pisamce." Minutu obje držimo glave nagnute poput zlatnih retrivera iz istog legla. "Bijesnu ženu koja vozi Hondu."

"Katie!" Mi se trgnemo i glava mi poleti nagore: tata izviruje kroz nakošeni tavanski prozor.

"Da?" zaklonim oči rukom u dječjoj rukavici.

"Što ćemo s tvojim toboganom? Ima tvoje inicijale na sebi."

"Od danas ga službeno proglašavam antikvitetom!" Okrenem se Lauri. "Želiš 50-kilogramski Katien tobogan?"

"Pa, dvojica su, mogu ga tegliti uzbrdo", razmisli ona. "Znači, uzimam ga."

"Tata, Laura će ga uzeti!" viknem preko ramena. Tata kimne glavom pa pusti da se tavanski prozor zaklopi.

"Ne bismo li mu trebale pomagati?" šapne Laura preko ruba šalice.

"Ne, a i ne može te čuti. Pomagala sam mu malo nakon što je podne došlo i prošlo."

"I mobitel joj je još isključen?"

Posveta

"Aha. Tako da se on ufurao u pakiranje." Otpijem gutljaj. "Bolje da pakira nego da gradi kućice za ptice."

"O, meni su se sviđale njegove kućice", kaže ona nostalgično. "Bile su prilično ljupke, koliko to terapijske zanimacije mogu biti, ja još imam svoju. Vjeverice je obožavaju."

"Stvarno? Jer mi smo naše pretvorili u krijes kad je Prozac naposljetku počeo djelovati." Spustim glavu.

"O, Katie, sve će biti u redu." Ona me protrlja po vrhu leđa na spojištu lopatica. "Naravno, imat će boljih i lošijih trenutaka dok se bude skidao s... čega onoga?"

"Zolofta."

"A, toga! *Keith, oči!*" zakriči Laura i prestraši nas, a onda zavrti glavom. "Prošlog sam se Božića s klincima valjala po snijegu i pravila otiske anđela u snijegu, ali ove godine..." Ona protrlja svoj trbuh pokriven debelom zimskom jaknom. "Nemoj me pogrešno shvatiti, drago mi je što ću roditi ovu bebu, ali poštenja mi, ne znam što ću učiniti za mjesec dana. Samova će mama pomoći, ali... ovo nije bilo baš planirano."

"Nije?"

"Ne-pazi oči!" Ona ispruži ruku, mlijeko u šalici prelije se preko ruba i namoči rub njezine crne jakne.

Maminom rukavicom potapkam je po zapešću i upijem proliveno mlijeko. "Zašto mi nisi rekla?"

"Jer nisam mogla dopustiti da budem tridesetogodišnjakinja koja je neplanirano zatrudnjela." Ona slegne ramenima. Usprkos svojem trbuhu, izgledala je poput dvanaestogodišnjakinje.

Strelovito se okrenem prema njezinu postiđenom licu. *"Hej, hej"*, kažem blago, lupkajući bedrom o njezino dok nije pogledala u mene. "Mene je mama rodila još na postdiplomskom. Nosila me u nosiljci na sve ispite. To se zove neplanirana trudnoća. Da, *nekako* je sve dobro ispalo", kažem, želeći da taj zaključak vrijedi i u ovom slučaju.

"Ali se još bojiš zatvorenih prostora."

"Istina. A i ispita."

Smiješeći se, ona iz džepa izvadi štapić od sira i skine omot. "Hvala. Zahvaljujem na bodrenju", kaže Laura i odgrize komad.

"I drugi put. Bodrit ću te kroz porođajno i poslijeporođajno razdoblje. Bodrit ću te i na njihovim promocijama."

"Pst!" Ona podigne prst i mi napeto osluhnemo jer neki automobil prilazi... prolazi... i odlazi. Prema normalnim ljudima. "Je li rekao štogod?" upita Laura i gurne prazni omot natrag u džep pa prinese zelenu šalicu ispucanim ustima.

"Štogod jest…"

"Vremenski vezano. Je li rekao nešto u vezi sa suncem i Zemljinom vrtnjom oko njega?" Ona puhne u paru pa pipkavo otpije gutljaj.

"Samo je rekao da će doći k meni—" Prođe još jedan automobil. "Trebam li ponovno namazati usne sjajilom?"

"Trebam li te istući?" Moj mobitel zazvoni i obje se skamenimo. Izvučem ga iz džepa, no pokunjimo se kad ugledasmo pozivni broj Charlestona.

"Halo?" javim se.

"Kate?" Šefova pomoćnica zakrči na drugom kraju. "Oprosti što te gnjavim."

"Bok, uopće me ne gnjaviš. Što je?" Dok mi ona priopćava zašto me zove, ja Lauri ustima poručim "Oprosti". Ona mi mahne: nema problema. Skočim s izletničkog stola u potrazi za kvalitetnijim signalom; uši mi naizmjence pune najnovije izvješće s posla i krčanje, sve dok naposljetku ne stojim presavinuta iznad kante za smeće. "Reci Lucasu da je sve o Argentini u crvenom fasciklu na mom uredskom ladičaru i da sam poslala kopiju *maila* Gatesovoj zakladi i UN-u."

"I UN", ponavlja ona dok tipka. "U redu, zapisala sam."

"Velika ti hvala, Hannah." Mobitel mi sklizne u vunenoj rukavici.

"Molim?"

"Hvala ti puno", ponovim čvršće uhvativši mobitel. "Nadam se da ćeš se uskoro izvući odande."

"Još nekoliko sati."

"E pa, sretan Božić."

"I tebi. Nadam se da će ti se majka brzo oporaviti."

Lecnem se. "Prenijet ću joj tvoje najbolje želje. Vidimo se trećeg!" Spustim poklopac mobitela i skočim natrag na stol, gdje me Laura pozdravi čudnim izrazom lica.

"Što je?" upitam, ubacujući mobitel natrag u džep.

"Kate, poslala si *mail* Ujedinjenim narodima." Ona namjesti svoju kapu i navuče plavu vunu na uši. "Jake je samo instrument."

"Da, znam. Znam." Duboko udahnem aromu rastopljenog cimeta. "Ironija je u tome da što više njega doživljavam kao instrument, to cijeli slučaj postaje sve uvredljiviji i frustrirajući. Samo se želim vratiti dva dana unatrag. Prije dva dana bila sam *super*. Bila sam na rubu nekakvog promaknuća i počela izlaziti s nekim tko bi mogao biti nekakav dečko—"

"Onaj građevinac?"

"Iznenađujuće dobar prvi sudar." U glavi mi bljesne sjećanje na njegove ispitujuće usne na mojima.

"Izvrsno." Ona nakratko odškrine poklopac svoje šalice da pusti paru.

"Uglavnom sam živjela u dvije tisuće petoj i to mi se sviđalo. A sad sam najedanput nekakva šašava baba."

"Jer *on to čini*. Pretvara normalne ljude u mahnitajuće turbine nesmiljenog bijesa." Laura stisne slobodnu ruku u šaku. "Moja će djeca odrasti, i u gradu ove veličine neizbježno će doznati što je Jake ukrao njihovu ocu pa će onda *oni* postati sljedeći gnjevni naraštaj. Naprosto…"

"Osim ako ga ne prisilimo da to ispravi." Gurimo se nad svojim šalicama i gledamo kako Keith i Mick čeprkaju po snijegu oko hrpe drva u potrazi za grančicama da bi ukrasili svojeg prijatelja. Ili si pročeprkali po očnim dupljama.

"Micky?" Laura zazove tobože ležerno. Micky se okrene u dnu travnjaka, zabacivši glavicu da je vidi ispod kapuljače. "Je li Keith od snijega?"

Mick svrne zakukuljeni pogled na brata. "Molim?"

"Ima li ruke i noge?"

Keith makne crvenu kapuljaču da pogleda u rukavice. "Imam ruke i noge!"

"A rastopi li se kad uđe i stane ispred kamina?"

"Ne rastopi se!" Mick zahihoće.

"Onda znači da nije snjegović", zaključi Laura.

"Nisam snjegović!"

"Što znači da mu nisu potrebne nove uši i oči."

Njih se dvojica zagledaju u nju, sjajnih nosova, zbunjeni. Ona polako objasni: "Te grančice i kamenje idu *na snjegovića i samo na snjegovića.*" Oni se vrate prekapanju po ceradom pokrivenoj hrpi drva.

"Barem je ova beba zbrinuta." Nasmiješim se i potapšem je po trbuhu.

"Preljubazna si."

"No, jesam li snjegović?"

Ona zahihoće.

"Lor?"

"Da?"

"Je li ovo u redu?" Stežem svoju šalicu i ne mogu je pogledati u oči.

"Što?"

"Smijem li ovo činiti?" Cupkam na mjestimice zaleđenoj klupi. "U našim godinama? Ima li Jeanine pravo? Nisam li trebala prijeći na neku alternativnu zenovsku razinu?"

"Draga moja, osim nimalo nevažne činjenice da je tvoju obiteljsku tragediju pretvorio u melodiju u 4/8-skom taktu", ona nagne glavu na njezin plavi konjski rep šibne joj preko ramena. "Usto te drpao za sise, napisao pjesmu o tome i dobio Grammyja. Što se mene tiče, imaš moju neograničenu punomoć."

"Hvala." Naslonim glavu na njezino podstavljeno rame pa se ponovno usredotočimo na ulicu.

"Slatkog krumpira?" upita tata preko stola. "Mislio sam da će nas jesti troje, ali sam očistio krumpira za tridesetero." A zapravo nas je dvoje i nijedno ne jede jer oboje osluškujemo zvuk automobila na kolnom prilazu. Piljim u obilnu i urednu hrpu prokulica koje žive u svom besprijekorno sređenom svijetu promjera dvadeset milimetara.

"Hvala." Uzmem nekoliko ružmarinom ukrašenih pohanih polica krumpira i dodam ih svojem netaknutom tanjuru. Uto se napokon začuje očekivani zvuk, a nakon toga i gerijatrijska škripa podizanja garažnih vrata koja nadglasa zvuk klasične glazbe s radija. Tatin pogled uperen je u bočni ulaz.

"Bok svima." Ona uđe, revno na otiraču zatopta svojim bucama, odloži torbicu i kaput na drvenu klupicu. "Eto i mene. Dakle, došla sam do nekih spoznaja. Kate, što god da se dogodilo s tim dečkom, potrebno ti je nekakvo razrješenje. To razumijem. I zaslužuješ ga. I mi bismo te trebali u tome podržati. Ali onda da bude svršeno s time." Nadlanicom odmakne kosu s čela, priđe nam u svojim iznošenim golferskim čarapama, pogledavajući čas u muža, čas u mene, iščekujućeg izraza lica. Naškubljenih usta, tata lupne vilicom po pilećim prsima koja se hlade.

"Hvala", uspijem se povratiti od iznenađenosti. "Jako mi je drago to čuti." Ustanem da joj natočim vino u čašu. "Tata je ispekao svoj pileći specijalitet, ako još nisi jela."

"Hvala ti." Ona otpije gutljaj vina, kao da je oprala ruke od objave svojeg otkrivenja. Kad je sjela i poslužila se piletinom, tata ne pita kamo je otišla po svoje otkrivenje. "Simone, ovo izgleda slasno." Tata odgurne stolac od stola. "Simone?" No on nam je okrenuo leđa ispred kuhinjskih elemenata i ne odgovara. "Simone?" ona ponovi.

"Izgubio sam volju za jelom." Ubrusa još rastreseno stegnutog u šaci, on se okrene držeći u ruci kutiju krekera. "Ali bi ti, Kate, trebala nešto pojesti."

"Da sam u Charlestonu, sad bih žlicom klopala ledenu kremu, a vi nikad ne biste doznali", kažem ja veselo, pokušavajući mu pomoći.

"Da si u Charlestonu, krenuli bismo na put koji smo uplatili. Dvaput", promrmlja on u kutiju krekera.

Pretrnem. "Istina. Tata, raščistit ću ovo s Jakeom do sutra ujutro kad vi trebate krenuti." Ili neću. Pa ću morati ostatak života moliti Boga da ga nadživim kako bih mu se mogla popišati po grobu.

"Tako je." Mama kimne glavom kad je zarezala piletinu. "Lijepo ćemo proslaviti Božić i nastaviti sa svojim životima. S Kate će sve biti u redu—"

"Ali, Claire, s njom *nije* sve u redu!" Tata kresne žutom kutijom krekera po radnoj ploči i krekeri se razlete. "Sjedi ovdje i čeka da je Jake Sharpe nazove kao da ima trinaest godina!"

"Tata", polako ću ja, pokušavajući ga smiriti. "Dobro sam. Hoću reći, naravno da ne želim sjediti ovdje i iščekivati Jakea Sharpea. Ne želim ni misliti o tome kako Jake Sharpe misli kako sjedim ovdje i iščekujem ga. A *osobito* ne želim da *vi* gledate kako *ja* sjedim *ovdje* i mislim kako Jake Sharpe misli kako ja ovdje sjedim i iščekujem ga." Pogledam u mamu. "Doista želim da se ovo završi. Za-vr-ši. Pa vas molim, večerajmo i ja ću smisliti neki novi plan akcije, možda nešto s motornim sanjkama i prskalicama…"

"Claire, kako si mogla samo tako otići i ne *nazvati* nas?" Otac se zajapuri. "A onda deset sati kasnije tek tako ušetati u kuću pomirena s *gadostima* koje je taj prdonja našvrljao o našoj kćeri?

O *tebi?"* Prestanem disati na sam spomen Jakeovih pjesama. Sad se i mama zajapuri i ponikne pogledom. "Možda ste vas dvije voljne organizirati Jakeu svečani mimohod, ali meni se on gadi. Njemu se ne može, *ne smije* vjerovati." Vibracije njegova uzdrhtalog tijela nastave se brundanjem tri tisuće sedamsto i četrdeset drugog automobila. Strelovito okrenem glavu od njihovih napaćenih lica kad prednja svjetla iznenada preplave kuhinju, a crni kvadrat iznad sudopera bljesne bijelo u zrcalu iznad tatine prazne stolice.

Zahrđala truba astmatično zableji, ja jurnem prema bočnim vratima i zazebem na studenom zraku. *"Ovo* ti podrazumijevaš pod sutra!" dreknem staroj Corvetti čija me prednja svjetla štipaju za oči. "Ti umišljeni narcisoidni govnaru!"

Suvozački se prozor cvileći spusti. "Bok, Hollisova."

"Sam?" Stanem. "Bok!" Potrčim k njemu, a on iskoči iz auta i podigne me u medvjeđi zagrljaj od kojeg se probiju zapreke na ničijoj zemlji koje su zadržavale sve ovo na podnošljivoj distanci. Prije nego što sam se uspjela rasplakati, odmaknem se i obrišem oči. "Vidjela sam dečke – Bože, predivni su. Sve su ti sličniji." Šmrcajući, rukom mu promrsim plavu grivu. "Baš mi je drago vidjeti te."

"Dobro si?" Zabrinut, on pogne glavu da bi mi zavirio u oči. Vjetrom i suncem opaljeni obrazi istočkani su mu pjegama.

Prignem se njegovu uhu. "On je u autu, zar ne?"

"Ovo će ti se svidjeti." Sam pljasne čaškama svojih dlanova u rukavicama pa koža rukavica proizvede šuplji zvuk. "Poziva nas sve na jezero."

"Jezero." Obujmim se rukama protiv hladnoće. "Šali li se on?"

"On te čuje." Jake se podigne i sjedne na rub svojeg otvorenog prozora. Na glavi više nema krepanog dabra, a i ne pokušava više oponašati drvosječu; ima na sebi tanku crnu majicu. "Pomislih, mogli bismo na klizanje, nas petero."

"Ti se to zezaš?" ponovim. "Pojaviš se nakon trinaest godina i želiš me povesti na jezero?"

"Želi da odemo na klizanje", Sam zabije potpeticu čizme u snijeg koji je ralica odgurala uz rub kolnog prilaza. "S bendom."

"Što fali klizanju? Više ne stižem otići na klizanje. Mislio sam da bi moglo biti zabavno."

"Zabavno", ponovim ja poput jeke, a Sam me obgrli toplom rukom i protrlja mi drhtava ramena.

"Ma dajte, narode, obožavamo ići tamo! U toj nam je vikendici znalo biti super."

"*Super?*" Ja srnem iz Samova naručja. "*Stvarno,* Jake?"

"Sam pristaje, zar ne, Sam?"

Pogledam u Samovo lice, a on svrne pogled na kolni prilaz kuće preko puta.

"U redu, shvaćam, svi ste nadrkani. Keith i Mick su na snijegu grančicama napisali *Jake je posranac—*"

"Aha, to su čuli od Laure."

"Neka sam posranac. Ali sam ovdje. Usto sam puno razmišljao i jednostavno sam... trebali bismo se svi..." On izdahne, pogleda u Sama pa u mene. "Vi odlučite." Uvuče se natrag kroz prozor i podigne ga.

"Ona te pustila da sjedneš u taj auto s njim?" upitam Sama s nevjericom dok ispušni plinovi brekću iz Corvette i rasplinjavaju se iznad pločnika.

"Ako je potrebno igrati se četvrtog srednje da bi nam on prepisao naš dio tantijema, natapirat ću si kosu i otpjevati 'Free bird' Lynyrd Skynyrda."

"U redu", uzdahnem. "Shvatila sam."

Krenem natrag u kuću po kaput.

Jake se zaustavi preko puta Toddove kuće. Božićni je tulum napunio ulicu vozilima ogrezlima u sol. "Da odeš po njega?"

"Ja?" Sam se ustručava. "Nismo si baš dobri."

"Ne mogu mu pozvoniti na vrata ako ima tulum. To će izazvati ulične nerede," umorno će Jake, "a onda se nećemo uspjeti družiti." Koje li travestije!

"U redu." Sam se ispentra iz auta i probije do svjetlucave kuće kroz mehanizirane vrtne ukrase. Pritisne zvono. Todd ih uskoro otvori. Luster u ulaznom predvorju obasja njegovu dramatično proriječenu kosu.

"Ajme", šapnem. Sam rukom pokaže na nas. Todd prekorači prag i zaškilji, a lice mu se ozari kad je spazio Corvettu.

"Mislio sam da ćeš se osjetiti polaskana", Jake promumlja s prednjeg sjedišta.

"Nešto si rekao?" uzbunjeno se trgnem.

"Mislio sam da ćeš se osjetiti polaskana."

"Mislio si da ću se osjetiti *polaskana?*" nagnem se naprijed. Todd je zatvorio ulazna vrata svoje kuće i Sam se doklati niz kolni prilaz. "Misliš da su seljaci u mongolskim stepama bili polaskani?"

"Kako molim?" On se okrene prema meni.

"Kad ih je Atila Bič Božji silovao i pljačkao, misliš da su se oni osjetili *polaskani?*"

Sam otvori vrata, preklopi suvozačko mjesto i ugura se pokraj mene. "Rekao je da parkiraš iza ugla."

"Kako vi kažete." Skrenemo iza ugla baš u trenutku kad je Todd izletio kroz bočna vrata, pognut. Jakna mu u trku vijori, što nameće nezgodnu usporedbu s divljom patkom. Baci se na za njega ispražnjeno suvozačko mjesto čvrsto stežući klizaljke u rukama.

"Vozi. *Vozi!*"

Jake se grohotom nasmije, ubaci u brzinu i mi jurnemo na kolnik. "Zaboga, čovječe, zar je ovo bijeg iz Alcatraza?" Pruži ruku i potapša Todda po ćeli.

"Katie, bok!" Todd se okrene na sjedištu, Jakeova ruka još je na njegovoj ljeskajućoj ćeli i opruge zacvile.

"Bok." Nasmiješim se smeteno, ne želeći ispasti nelojalna Samu. "Dobro si?"

"Michelle ne zna da sam otišao."

"Ne mogu vjerovati da si upecao Michelle Walker." Jake se zasmijulji pa vrati ruku na upravljač dok prelazimo preko rijeke.

"Upecao je. Oženio. Dobio dvoje djece s njom." Glas mu je pun ponosa. Sam i ja se pogledamo, prisjetivši se Michelleina maturalnog trijumfa koji se dogodio kad je imala deset godina i pedeset kilograma manje. Todd se ponovno okrene k nama. "Katie, izvrsno izgledaš."

"Hvala. I ti."

Njegovo golo tjeme porumeni. "Michelle me prisilila da krenem na Atkinsovu dijetu."

Sam se okrene k meni. "Mi smo bili na dijeti za smanjeni unos ugljikohidrata dok Laura nije zatrudnjela. Trudnica s niskim unosom ugljikohidrata nije ugodno društvo."

"Moja nutricionistica spravlja mliječne napitke s morskim algama", zapoji Jake, naglo skrene ulijevo i ja se navalim na Sama. "Navodno su prenatalno—"

"Prigodno", upadnem mu ja u riječ, a Sam se veselo nasmiješi.

"Kao da piješ vodu od pranja suđa", nastavi on. "Ali su superhranjivi. Hej! Mogao bih je zamoliti da nekoliko boca pošalje Lauri."

"Hvala, ali mi se čini da je od pomisli na moju trudnu ženu na dijeti bez ugljikohidrata užasnija još jedino pomisao na moju trudnu ženu koja cucla morske alge." Ili na njegovu trudnu ženu koja očekuje zakašnjeli ček na sedmeroznamenkaste tantijeme, a koja umjesto toga odmota poklon-košaru nutricionistice Jakea Sharpea.

Todd se ponovno okrene poput vadičepa na svojem sjedištu. "Vidjeli smo tvoje starce na rođendanskoj proslavi naših klinaca, rekli su mi da se baviš okolišem?"

"Aha." Kimnem glavom. "Konzultantica za održivi razvoj."

"Kako molim?" upita Todd.

"Ukratko, to kako proizvođači globalno iz planeta iskorištavaju više resursa nego što mu ih vraćaju", objasnim. "Radim s tvrtkom koja pokazuje kako biti okolišno svjestan – samoodrživ."

"A oni se tome pokoravaju?" sumnjičavo će Todd.

"Porezne olakšice."

Sam frkne. "Mislio sam si."

"Razbijanje korporativnog obruča oko našeg planeta bit će svjetski rat ovog stoljeća", ustvrdi Jake kao da čita s blesimetra. A istodobno i sablasno slično pamfletu koji sam mu ja dala u drugom srednje.

"Rekao si to na Video Music Awardsu", klikne Todd. "Prošle godine kad si dobio onu ekološku nagradu za promicanje… što si ono promicao?"

"Recikliranje u srednjim školama."

Todd skine kaput, a onda i vestu s ukrasnom šarom jelena. "Jake, to je fantastično." A Oscara za najvećeg ulizicu u autu dobio je… "Možeš li mi nešto potpisati da izložim u svom salonu za aute?"

"Vjerojatno najprije mora dobiti odobrenje od svojih *federalesa*", zabrunda Sam. Naša prednja svjetla u prolazu osvijetle grupu tinejdžera koji drže kamere i mobitele na gotovs, ali pogrešno okrenute na suprotnu stranu, prema kući Sharpeovih.

"Ma ne moram." Jake pogleda Sama u retrovizor.

"Izvrsno. A i nešto za moju devetogodišnjakinju. Raspametila bi se. Pričam joj ja o našem bendu, ali mi se čini da mi ne vjeruje." Todd se pogladi po trbuhu istim onim lažno skromnim izrazom kojim je uvijek gledao Jakea.

"Što, ne prepoznaje mršavka s fotografija?" upita Sam.

Todd se ogluši na to. "Ali držim svoju staru bas-gitaru u vitrini u salonu. Naštimanu."

"Sad smo nadomak skretanja za Benjyjevu kuću, je l'?" Jake zatraži potvrdu.

Todd se uspravi. "Da, ali—"

"Produži", dometne Sam.

Jake ih ne posluša nego skrene. Zaustavimo se ispred derutne rančerske kuće. "Čovječe, kako mi godi voziti."

"Još živi ovdje?" zaškiljim preko mračnog dvorišta. Kuća je blagdanski neukrašena i jedini znak života u njoj je slaba svjetiljka iza prednje zavjese.

"Tako sam čuo", potvrdi Jake.

Sam pogleda u mene. "Cijele dane gugla", našalim se ja.

"Pa moja mama još živi u ovom gradu", frkne Jake, osporavajući svoj autsajderski status.

"Ako pod onim *živi*, misliš skuplja kazne za vožnju pod utjecajem", šapne mi Sam.

"Dućan Benova tate propao je kad se otvorio Home Depot", glasno doda Todd i nadglasa Samov pakosni, premda istinit, promrmljani komentar.

Jake zatrubi. Odjek tog zvuka zamre u muku koji je remetilo jedino pućkanje automobilskog motora. Promatramo nepomičnu kuću i očekujemo reakciju. Naposljetku netko iznutra odmakne krpu na prednjem prozoru… pa je pusti. Ona se svjetiljka utrne.

"Dodaš mi jaknu?" Jake pruži ruku iza sebe.

Sam izvuče smeđu podstavljenu jaknu od antilopa prignječenu između nas i pruži mu je. Očigledno rasterećen brige da će izazvati ulične nerede, Jake ugasi motor i izađe iz auta.

Todd lupne po upravljačkoj ploči. "Ne mogu vjerovati da ova stvarca još vozi."

"Prvi automobil Jakea Sharpea?" porugljivo će Sam. "Njegova ga majka vjerojatno drži umotanog u pelene u grijanoj garaži. Jesi li već bila u njihovu bunkeru?"

"Nakratko", priznam. "Izgledao mi je isto. Osim, naravno, reflektora."

Gledamo kako Jake skakuće uza stube na naheareni trijem.

"Zapravo," kaže Todd milujuću smeđecrvenu umjetnu kožu svoje jakne, "nakon što je Jakeov stari odmaglio – kad ono? – devedeset treće?"

"Odmah nakon maturalne proslave", odgovori Sam.

"Tako je, e pa nekoliko godina nakon toga počela je kupovati okolne kuće, pokupovala ih sve do jedne, ostavila samo vanjske zidove i svaku preuredila za neku drugu ludost, konjušnice, kinodvoranu, natkriti bazen. Priča se da se ljeti po imanju od jedne kuće do druge vozika autićem za golf."

"Luda je, jebote." Sam zavrti glavom.

"Baš žalosno."

"Što to?" Sam se okrene k meni.

"Nikad nije željela živjeti ovdje. Susan. Jakeov ju je tata dovukao iz Bostona radi posla, a onda na poslovnim putovanjima provodio devet mjeseci u godini i ostavljao je samu samcatu. I nakon svega on otperja, a ona nekako… zaglavi. Ne znam. Žalosno."

"Katie, bili smo u toj kući koliko i ti. Ta je žena gadura."

"Ma ne kažem da nije gadura. Samo kažem da je to žalosno."

Gledamo kako je Jake prestao kucati pa prstom polegao na zvono.

"Ovo uopće nije neugodnjak." Uvučem šake u rukave.

Sam mi da svoje rukavice i ja zahvalno zavučem ruke u njih. "E pa, ovaj je put barem došao osobno, a nije poslao pismo nekog svog odvjetnika. I to je nekakav početak."

"Još to pokušavate istjerati?" upita Todd ponovno navlačeći pulover.

"Da," odgovori Sam, "još to pokušavamo *istjerati*. Ali ne i zahvaljujući tebi, pizdek jedan."

Todd se munjevito okrene: "Vlasnik sam najuspješnijeg lanca salona automobila u državi. U cijeloj državi. Tako da, istina, ne namjeravam tužiti gradskog heroja."

"Jer više zaradiš govoreći svima da si mu ti još najbolji prijatelj. Ovaj ti izletić vjerojatno dođe nešto kao treći stup mirovinskog, ha?"

"Sam, nikad nećeš dobiti taj sud", Todd ponovno progovori svojim odmjerenim tonom prodavača. "Ta njegovi odvjetnici imaju odvjetnike! Okani se ćorava posla."

"Taj novac pripada mojim klincima", prasne Sam.

"Benjy!" Jake drekne na trijemu, a dah mu se zamagli. "Dovuci to svoje jadno dupe iz te kuće! Idemo na jezero!"

Ulazna se vrata širom otvore i Ben, samo u boksericama i čarapama, grune kroz njih. U jednoj ruci drži papirnati tanjur s *pizzom*, a u drugoj limenku piva. Nekadašnja bubnjarska ruka zamahne—

"Koji kurac?!" Jake odskoči, a na njegovu umakom poprskanom licu zrcali se krajnja nevjerica. Ben kao da se nakratko zamislio nad Jakeovim pitanjem... a onda ga zalije pivom.

"Jebiga", Sam i ja kažemo zadovoljno jednoglasno kad je limenka odskakutala niz trijem, a smeđa se tekućina počela izlijevati u lokvu u snijegu.

"Čovječe!" Jake zafrflja uzmičući niza stube i otirući pjenom poprskane hračke kobasica i sira sa sebe. Ben se bijesno maši pošte pod svojim nogama. "Čovječe! Benjy, nemoj!" Ali Ben, tijela drhtava od bijesa, krene za Jakeom niza stube usput ga gađajući svime što mu dođe pod ruku – otirač, kantica za zalijevanje cvijeća, boce za recikliranje povezane špagom.

"Da zaključamo vrata?" zlurado će Sam.

Jake uskoči u auto baš kad je velika kanta za smeće tresnula o stražnji prozor. Odjurimo kao da nam gori pod gumama, a stolica s Benjyjeva trijema raskoli se na asfaltu iza nas.

Zadihan, Jake se zaustavi kod prvog znaka obvezatnog zaustavljanja. "Isuse Kriste." Počne brisati antilop svoje jakne. "Ima li tko salvetu?" Todd mu ponudi papirnate maramice. "Hvala." Todd izvuče komad zelene salate iz Jakeove kose. "Hoću reći, koji ga to kurac—"

"Nemoj dovršiti to pitanje", prekinem ga.

On žmirne, ali ne kaže ništa, već ponovno pokrene automobil.

Naizgled ojađena poput ljudi koji se voze na njezinu stražnjem sjedištu, Corvetta počne prosvjedovati kad je Jake skrenuo na jezerski odvojak i nadglasa Toddovo brbljanje zlokobnim roštanjem. Kilometar i pol potom zahvalno zadrhtavši zaustavi se ispod siluete orijaških hrastova. Kad je Jake ugasio motor, obavije nas duboka tišina. Ne želim biti ovdje, ne želim izaći iz auta. Todd cvileći otvori svoja vrata i protegne ukočene udove. Sam se izvuče iz auta za njim, ali ja kao da se ne mogu pomaknuti.

"Hladno da ti muda poplave", promrmlja Sam. Jake dohvati jaknu s vozačkog sjedišta pa ga onda spusti. Pruži mi ruku gole podlaktice. Kosu mu mrsi vjetar koji šiba kroz otvorena vrata pa iznenada izgleda kao da mu je sedamnaest godina – a tako se i ja osjećam. Kao da me netko zavitlao u prošlost. "Dođi, Lumenice, pomoći ću ti."

Nakašljem se, otkližem od njega i izađem kroz suvozačka vrata. "Zaboravila sam da u autima nema grijanja", kažem tobože srčano i stupanjem pokušavam oživjeti noge.

"Ili prozora koji se zatvaraju do kraja", doda Sam.

"Mamine maze", Jake odbrusi toplo se smiješeći. "Malo spartanskog života ne škodi."

Samov se prsni koš nadme a Jake potrči, probijajući se kroz snijeg do koljena. Pakovanje od šest piva tutnuo je pod pazuho da bi otključao vrata vikendice. "Hej! Skupite malo drva. Naložit ćemo vatru da grmi", vikne on s vrata i upali fenjer na trijemu.

"Na zapovijed!" vikne Todd i Sam krene za njim do ostataka hrpe drva ispod nadstrešnice.

Ja se naslonim na topli poklopac auta i zagledam u kućicu ispod čijeg sam krova, koji sad stenje pod snijegom, u jednom trenutku potražila utočište.

Samu uspije milom iz zaleđenih cjepanica iskamčiti dimeći plamen, a onda se pridruži Toddu na dvije niske platnene ležaljke ispod prašnjave vunene deke. Odnekud se stvori i boca viskija. Uz cvilež rasklopim i sebi zahrđalu ležaljku i legnem u nju, ali me pozdravi studeni vjetrić koji je propuhivao kroz loše složene podne daske. Posegnem za smeđom bocom viskija. Jake sjedne ispred kamina i stavi klizaljke pokraj sebe. "Ajoj." Ponovno skoči na noge i pruži se preko mene. Okrenem glavu: pritiskao je nesusretljivi prekidač na paučinom opletenoj prenosivoj liniji. Konačno se upali i on pritisne tipku PLAY. Začuje se krčanje, a onda—

"I'm hot, sticky sweet, from my head—"

"To my feet, yeah!" vikne Jake, a tri se glave istog trenutka pognu pa podignu.

"Pour some suggggggggggrgghgphm." Kaseta zaršta i zaustavi se, izobličivši Jakeov glas koji poprimi sotonski prizvuk. A onda kasetofon škljocne.

Uzmem viski iz Toddove ruke i progutam vrući gutljaj.

"Dakle, nakon što se prašina od žbuke slegla, shvatim da je sve otišlo u materinu." Nacvrcan, Sam svojom limenkom piva opiše široki krug. "Doslovce. U zidu gdje bi trebao biti prozor sad zjapi rupetina!"

"Ne mogu vjerovati da mi to nikad nije ispričala." Pokušavam se utopliti ispod grube vunene deke čvrsto navučene sve do brade.

"Prva tri mjeseca života blizanci su spavali ispod golemih vreća za smeće zalijepljenih za zid—"

"Hvala Bogu da su rođeni u srpnju", nasmijem se.

"Znam. Možeš li to zamisliti? Svakog bismo ih jutra morali otkopavati ispod snijega kao auto!"

"Nakon promaknuća, odlučila sam odriješiti kesu i ugraditi si ležeću kadu." Zakolutam očima prisjetivši se toga pa pružim ruku ispod deke uzeti bocu. Vatra pucketa. "Dakle, ostavim vodoinstalatere da rade svoj posao i krenem na posao. Vratim se kući, a zahodska školjka stoji nasred dnevnog boravka." Sam i Todd prasnu u smijeh, a bore oko očiju im se prodube. "Kad sam ih upitala kako se to dogodilo, rekli su mi da za školjku više nema 'mjesta', ali da nema problema, mogu se služiti mojim 'drugim' zahodom dok ne nađu manju školjku. A ja kažem: Ne znam kako da vam to priopćim, ali vrata onog tamo ormara ne vode u Narniju. Ovo je cijeli stan. Nema drugog zahoda."

"Bed", frkne Sam. "Što si učinila?"

"Mjesec dana sam više-manje živjela u uredu. I smanjila unos tekućine na naaajmanju moguću mjeru."

"Dok su mi uređivali stan u L. A.-u," Jake se oglasi prvi put nakon dobrih sat vremena pa naslonim glavu na metalnu prečku ležaljke da pogledam u njega, "dizajner je ugradio ribnjak s *koi*-šaranima koji otječe ravno u moj studio jer je to navodno dobro za moju kreativnu energiju." Nakon tema kao što su višestruko povećanje premija autoosiguranja, skorašnji financijski teret skrbi za ostarjele roditelje i rizici Uradi sam, on se naposljetku uključio u razgovor. "Dakle, kad su ga završili, napune ribnjak vodom, ubace šarane i sve izgleda super, pozovemo ljude, svi se dive, i odemo na večeru. Jasno?" Kimnemo glavom. Shvatili smo – večera. I mi večeramo. "Dakle, vratim se kući oko četiri ujutro i... ne znam, negdje je procurilo, problem s odvodom... uglavnom vode gotovo da nema, a šarani se praćakaju i zijevaju na suhom." On izvije gornji dio tijela oponašajući *koi* šarane u samrtnom hropcu. "Dakle, pijan kao letva jurim po stanu pokušavajući naći zdjele, ali ne znam gdje ih drže, pa jurim amo--tamo po stanu, u krug, pokušavam naći kupaonicu u prizemlju. Možda nekakvu s kadom. Ali je ne mogu naći. Tad me već hvata panika. Pokušavam telefonom nazvati svoju pomoćnicu. Uvjeren sam da čujem kako se ribe guše. A onda prođem pokraj zida krcatog tim, ne znam – tim golemim antiknim orijentalnim kontejnerima i počnem ih trkom nositi u ured i u njih trpati ribe. Na kraju sam ih naslagao najmanje pedeset, punih najzahvalnijih riba na svijetu."

Vatra je na izdisaju i mi sjedimo gotovo u tami. Propuh obnovi snagu cijedeći se između dasaka zidova i podova i studen ponovno objavi svoju prevlast.

"Ranojapanski grijači ruku", objavi Todd.

"Što?" upita Jake, ispruži noge i otare traperice.

"Stavio si ribe u svoje brončane grijače ruku iz 19. stoljeća", objasni Todd guleći naljepnicu s boce viskija. "Imaš najveću privatnu kolekciju u Sjedinjenim Državama."

"Stvarno?"

"Architectural Digest." Todd dlanovima zarola ljepljivi papir u čvrsti svitak.

Sam s nevjericom blene u Todda.

"Michelle je pretplaćena." Todd slegne ramenima.

"Sigurno ih je kupila Eden." Jake se povrati od šoka. "Stalno nešto kupuje, a meni ništa ne kaže. Znate već kako to ide."

"Aha, mrzim kad Lauru pošaljem u supermarket po neke sitnice, a ona se vrati gepeka punog japanskih grijača za ruke." Sam baci svoju limenku na posljednje anemične plamenove i mi poslušamo kako cvrči. Zbunjen, Jake se zagleda u sivi dim. Todd lupkanjem ugura svitak etikete u grlić ispražnjene boce.

"Vrijeme je za klizanje!" Jake odjednom dohvati posljednju limenku s poda i širom otvori drvena vrata pa se sjuri niz stube i preko snijega. Dok se mi polako pridižemo, gledamo kroz vrata kako on visoko dižući noge skače kroz pršić do mjesta gdje se travnjak počinje spuštati, pa postrance trčkara niz obalu do ruba ledenog jezerskog pokrivača i sjeda na stari mol da si navuče klizaljke. Otisne se na zaleđenu površinu i noge ga odnesu dalje od nas. Ne zastavši, otvori limenku i luk pjene plane plavom bojom na mjesečini. Zaciči od veselja, raširi ruke, zavrti se, lica podignuta prema crnom nebu.

"Prekrasno je!" ustvrdi on.

Todd posluša sirenski zov, otklipše do auta uzeti klizaljke s prednjeg sjedala pa se strči niz padinu. Sam ponovno svrne pozornost na neurednu hrpetinu vikendaške opreme u kutu i nevoljko s poda podigne napola ispuhanu unutrašnju gumu. Ja potegnem mali lanac u podnožju obližnjeg fenjera čija lokvica svjetlosti prebraja napukla vesla kanua i ostavljene kupaće kostime. Sam podigne jednu od nebrojenih zgnječenih bočica Coppertonea i protrese je.

"Tu su", kažem i pokažem u kut gdje je Jake ostavio podignut poklopac okrhnute škrinje. Maknem paučinu pa mu dam muške klizaljke.

"Zašto ne? Kupio sam ulaznicu pa zašto da je ne iskoristim?" Sam se pomiri sa sudbinom i baci plastičnu bocu Coppertonea u kanu. "Dobro si?" upita on s vrata.

"Fantastično. A ti?" Pogledamo se poput dva daleka rođaka na pogrebu koji ne znaju što bi si rekli.

"Vidimo se dolje?" on naposljetku upita i kucne o dovratak. Kimnem glavom, a on se blijedo nasmiješi i krene.

Vratim se škrinji. Vadila sam klizaljke, buce i visoke ribičke gumene čizme. A onda na dnu ugledam ne samo manje klizaljke nego na njima i izblijedjelim crvenim flomasterom sa strane piše KATIE.

U nekoliko minuta koliko mi je trebalo da ih obujem, dečki su već ispresijecali zaleđenu površinu jezera. Tjelesna aktivnost i pivo podmazuju njihovu teško savladivu mušku želju za dobrom zabavom, da sve bude dobro, da se vrate u vrijeme kad nam je jedina želja bila biti zajedno.

Oprezno izađem iz kuće na klecavim gležnjevima pa postupno povratim sigurnost. A onda počnem glatko klizati po srebrnastom ledu i polako mi se vraća kako se to radi. Smrači se i podignem pogled: tusti je oblak prekrio mjesec. Zateturam – i tad mi se oko bokova sklope ruke.

16

Četvrti srednje

"Sam, to ide na krilo." Unoseći jušnik u blagovaonicu, Laura rukom signalizira što bi vjerojatno trebala biti sama po sebi razumljiva uputa kamo s ubrusima koje smo ona i ja mukotrpno slagale u mamine kristalne vinske čaše.

Sam slegne ramenima i skine platneni ubrus s glave pa njime teatralnom kretnjom pokrije krilo. Jake se nasmije, izvuče ubrus iz svoje čaše i pljasne njime Sama po nosu, a onda ga omota oko svojih glasnica.

"Dečki." Laura položi posudu na stol, zagladi svoju etno--suknju ispod sebe, pa sjedne.

"Umirem od gladi." Jake pogledom prelazi po gozbi zbog čije smo pripreme ona i ja cijeli dan provele utaborene u mojoj kuhinji.

"Glazba!" Odgurnem stolac i otplovim do linije u dnevnom boravku. Preberem po tatinim pločama, nađem onu Milesa Davisa i spretno je istresem iz omota. Spori bas ispuni kuću – ovog vikenda *moju* kuću.

"Lijepo." Jake lagano kima glavom dok se ja vraćam za stol i usput zavrćem potenciometar lustera da ne blješti toliko. Osjećam se kao otmjena domaćica do posljednjeg atoma svojeg bića.

"Ako imaš šezdeset godina." Sam uzme pecivo iz košarice.

"Nazdravila bih." Laura podigne svoju čašu vrhom punu sladnog sirupa. I mi podignemo svoje čaše. "Našoj dragoj domaćici. Vikendu njezinih staraca u Engleskoj. Završnom razredu srednje. Bedastoći zvanoj fakultet i—"

"Da ga razvalimo." Jake se kucne svojom čašom o naše.

"I da se povalimo." Samova čaša pruži se za našima koje uzmiču.

"Sam", Laura zastenje kako bi ga podsjetila da se samo jedan par za ovim stolom sprema zaploviti tim vodama. Želudac mi se okrene i izbjegavam Jakeov pogled.

"Juha je dobra." Jake žlicom miješa krem-juhu.

"Uf, nije", kažem ja.

"Nije?" Laura svoju žlicu utopi u svojoj zdjelici.

"Preslana!" Mašim se svoje čaše i strusim sadržaj u juhu, ali uzalud.

Laurine se usne naškube. "Trebala sam staviti četiri jušne žlice?"

"Četiri *čajne* žličice." Odgurnem svoju juhu.

"Sranje." Laura potegne iz svoje čaše.

"Četiri čajne žličice govna?" Sam objavi neuvijeno. "Cure, na sunce s receptom da ga dam mami." Jake krepava od smijeha.

"Piletina će skoro", kažem, premda više nisam gladna jer mi se zbog duge noći bez roditeljskog nadzora želudac svezao u čvor.

"I nije nadjevena govnom", dometne Laura. Smijem se s njima i zavidno gledam u Lauru, koja točno zna što joj donose idući sati.

Ubacim posljednji tanjur u perilicu suđa i uhvatim se za radnu ploču dok podižem i zatvaram njezina vrata. Nakratko zaplešem ispred nje, a zbog topline pripitosti glazba, kao da izvire iz mene. Sklopljenih očiju čujem kako se Laura i Sam smiju u stražnjem dvorištu i ne mogu zamisliti ništa bolje – ili više – od ovoga.

"Zbog čega se smiješiš?" Na zvuk njegova glasa oči mi se polako otvore na slaboj svjetlosti nape. Jake se veselo smiješi kod bočnih vrata. "Došao sam vidjeti hoćeš li pušiti s nama, ali se čini da si prilično..."

"Savršena." Doklatim se do njega, rastvorim mu jaknu i omotam je oko sebe. On pogne glavu, a vjeđe mu se spuste do širine seksi proreza.

"I jesi."

To mi je dovoljno da isprepletem prste s njegovima i da ga, kao što sam vidjela u svim filmovima, povedem u ulazno predvorje pa na kat, pa u svoju sobu, ne dopuštajući da tri naraštaja obiteljskih fotografija poremete taj prizor. Gurnem vrata i zaustavim se ispred kreveta okrenuta mu leđima. Punom visinom. Topla od glave do pete. Svjetiljka iz hodnika prolijeva reflektorski trokut žute svjetlosti. Jake je iza mene. Ruke su mu na rubu moje haljine, čvrsto su ga uhvatile, podižu ga mojom punom visinom. Podignem ruke i nema ljepšeg osjećaja dok haljina klizi naviše i pamuk mi naposljetku okrzne nokte. Začujem kako mu se oteo uzdah kad je shvatio da stojim pred njim samo u bijelim samostojećim čarapama koje smo Laura i ja jučer pomno odabrale u butiku *Victoria's Secret*.

Jedan dio mene odcijepi se i strči u prizemlje da Lauri kaže da su čarape savršene, da sam ja savršena, da je sve savršeno. Drugi moj dio okrenuo je Jake, zagrijan od glave do pete, a ima ruku više nego hobotnica krakova. A onda smo na krevetu, trljamo se tijelima dok nas nisu počele žuljati kosti. Potežem njegov remen, cif i gaćice da nađem, da dođem do... On se uspravi, još u jakni, razrogačenih očiju dok petlja s kvadratičnom ambalažom prezervativa, a iznad gornje usne izbija mu niska znoja.

A onda smo bliže od najbližeg.

"Bok", kažem ja dok trepćemo jedno drugome. On me stisne i drugi me put umota svojom jaknom. Osjetim kako je otvorio usta na mojoj kosi. Neki automobil u prolazu svojim prednjim svjetlima iscrta luk na stropu.

"Što?" Odmaknem glavu da mu se zagledam u lice, njegovo prelijepo lice. Ima ozbiljan izraz lica, sprema se objaviti... što? "Što je?" ponovim.

A onda me pogodi zid bljuvotine.

Stojim pod tušem i zurim u zavjesu, sad nemoguće trijezna. Ovaj prizor nikad ne prikažu u filmovima – svježe deflorirana Julia Roberts ispire bljuvotinu iz samostojećih čarapa. Koji bi sad bio savršen potez? Mogu li se ušuljati i probuditi Lauru? Koji su izgledi da je i Laura zalivena bljuvotinom? Da je to dio seksa o kojem nitko ne govori? Ostat ću ovdje dok ne smislim što da kažem. Na primjer: A da se, jebote, makneš s posteljine da mogu oprati sadržaj tvojeg želuca prije nego što budem morala spavati na njoj?

Mašim se ručnika za lice i vrisnem kad pod rukom osjetim Jakeovu jaknu. Odmaknem zastor i provirim.

"Oprosti! Oprosti." Još potpuno odjeven, on nesigurno ustukne korak.

"Cijelo vrijeme ovdje stojiš?"

Jake ne miče oči sa stropa kao da želi da ga strop pretvori u prah. "Namjeravao sam otići, ali ne znam je li to... A onda sam zaključio da bih trebao ostati. A onda sam ušao ovamo da ti kažem... ne znam što."

"U redu!" Ohrabrujuće kimnem glavom, a kapi vode sliju mi se s lica.

"Ovo..."

"Želiš da ispari?" upitam, oblizujući kapi vode jer su mi obje ruke zauzete grčevitim držanjem zavjese poput okvira oko moje glave.

"Aha, tako je." On kimne glavom prema stropu.

"Čuj, nije kraj svijeta."

"Nije kraj svijeta? Vodili smo ljubav, a onda sam se pobljuvao po tebi."

"Vodili ljubav?" ponovim.

"Aha", uzdahne on, skutrivši se u svojoj jakni. "A ja se zbljuvao."

"Pa što? Pobljuvao si se." Slegnem ramenima.

"Znači, tu si već oko sat vremena."

"Nisam znala što bih", kažem iskreno.

"Ni ja." Lice mu se zgrči. "Sranje, još osjećam miris."

"Imaš ga na košulji." Zavjesom pokažem u skoreni flanel njegove košulje.

"Želiš da odem i više nikad te ne gnjavim?" On pogne glavu.

"Hoćeš reći da se ubiješ?"

"Ili to."

"Ne, Jake Sharpe, ne želim da se ubiješ." Smiješak rascijepi njegovo napeto lice. "Mogao bi i ući pod tuš i oprati se dok ja prokljuvim kako ovo razriješiti."

"Pokušavaš me prokljuviti?" On se pipkavo razodjene i pobaca odjeću na hrpu u kut.

"Već godinama." Uzmaknem korak pod vodeni mlaz.

"I što si zaključila?" On razgrne zavjesu i uđe pa je povuče za sobom. Stajao je poput otužnog dobitnika brončane medalje, potuljen.

"Još sam ovdje, zar ne?" Dam mu znak da stane pod vodeni mlaz pa zamijenimo strane. "Sapun?"

"Ovo je uvrnuto", kaže on uzimajući sapun.

"Ti si uvrnut", kažem ja i naslonim se na hladne pločice.

"Začepi", nasmije se on.

"Ili ćeš učiniti što?" Zahihoćem, opuštenija. "Povratiti po meni?"

❄

"U čemu je fora s tim kućicama za ptice?" pita Jake uprijevši prstom u red veselo obojenih ptičjih ljetnikovaca na našem trijemu punih sjemenja.

Posveta

"Tata ih je počeo izrađivati nakon što su zatvorili njegov istraživački centar. Osigurale su mu ono što moja mama naziva produktivni odušak. Pridrži mi ovo", kažem Jakeu i pružim mu hrpu pošte dok petljam s ključevima na trijemu. "Pogledaj je li stigao moj upisni obrazac od Dartmoutha."

On prelista kataloge pa izvadi jednu omotnicu. "Nije, ali je stiglo nešto od University of Virginia." Gurnem ulazna vrata u predvorje hladno kao da si vani i stupanjem skinemo snijeg s čizama. Iz stražnjeg dijela kuće pozdravi nas ćurlikanje suca Wapnera iz "TV-sudnice". Okrenem termostat čak na dvadeset stupnjeva. "Kladim se da je u mom podrumu sad krasno toplo. Kladim se da je ugodno zagrijan."

"Daj šuti." Nasmijem se. "Jedno popodne ovdje neće nas ubiti." Odvežemo čizme, ritanjem ih zbacimo s nogu na otirač pokraj vrata. Jake ode objesiti naše kapute na vješalice i podlegne rutinskom iskušenju da na lice stavi moju venecijansku masku iz šestog razreda.

"Faaaaaantom iz opere je tu", zagrmi on, ugrize me za vrat i ja zacičim. Pljasnem ga, odložim neželjenu poštu, uključujući i pismo s UVA-e, na stolić u predvorju. "Priznaj, nedostajala ti je maska."

Jake odgovori tako da me obgrli rukama i privuče u poljubac.

Nevoljko se odlijepim od njega. "Idemo se samo na brzaka pozdraviti, a onda možemo na kat učiti." Sugestivno podignem obrve, a vrh jezika gurnem između zuba.

On tiho zareži dok ulazi za mnom kroz salunska vrata u praznu kuhinju. "Tata?" zazovem. Veliki lonac od inoksa za kuhanje tjestenine balansira na plinskom štednjaku, a dno mu se smudi na plamenu. Isključim plin, dohvatim kuhinjsku krpu da podignem poklopac, iz lonca pokulja para i shvatim da je voda isparila. Otvoreni paket tjestenine za lazanje leži rasut na debeloj drvenoj dasci za rezanje mesa pokraj ljepljivog crvenog prstena umaka gdje je tata skinuo poklopac konzerve. Dohvatim spužvicu da s otvorenih bočica obrišem zelene mrlje začina. "Tata!" zazovem ponovno.

Jake ostane na vratima, stisnutih šaka. "Podrum?"

Jurnem pokraj njega za zvukom televizora. Tata sjedi raskrečen u naslonjaču, kao da nije ni prstom maknuo nakon mog odlaska u školu.

"Tata?"

On okrene glavu i pogleda u mene, crvenih očiju.

Nešto me stegne u želucu. "Tata, voda je isparila."

"Što?" tupo će on.

"Voda", ponovim ja, pokušavajući dokučiti što to ne dopire do njega, moje riječi ili moja nazočnost.

"O." Na trenutak pogleda zbunjeno, a onda iznucani pleteni pokrivač s naslona za ruke navuče preko svojih samterica. Dohvati daljinski upravljač i pojača ton, ali promaši rub stola dok je vraćao daljinski pa upravljač zaklopara po podu. Iskoči stražnji plastični poklopac i baterije se otkotrljaju po podu do mojih mokasinki.

"Peh", uzdahne on.

Srdito pokupim baterije i slomljeni daljinski upravljač. Postavim se ispred televizora. "Tata, mama se vraća za desetak minuta."

On polako sklopi oči.

"Dobro onda, Jake i ja ćemo samo... eto." Ostavim ga s gromoglasnim televizorom i vratim se u kuhinju gdje me dočeka smrad osmuđenog čelika.

"Je li on dobro?" Jake još neodlučno stoji na vratima.

"Ne znam. Nije." Odem do prozora iznad sudopera i otvorim ga. "Ne shvaćam. Kako netko može biti dobro, biti OK osoba, a onda... A da ti odeš doma, večeras baš i nije—"

"Mogu pomoći." Jake trkne do prozora pokraj ostave, podigne ga dva centimetra i dohvati me propuh. "Pa ne propuštam večeru u kući Cosbyjevih."

"Istina", kažem, ne želeći da moj otac bude razlog da on jede sam. "U redu." Otvorim hladnjak i dobacim mu rajčicu.

On je uhvati poput loptice, a ja izvadim pregršt namirnica za spravljanje salate.

"Što da ja radim?"

Pogledam u uru na štednjaku pa mu gurnem plastičnu kuhinjsku dasku i nož. "Sjeckaj kao da ti život ovisi o tome."

Istovarujem špagete u cjediljku kad se vrata garaže počnu predući otvarati. Vratim lonac na štednjak pa otrčim i gurnem glavu kroz podrumska vrata. "Tata." Nepokretan ispod pokrivača, on ničim ne pokazuje je li čuo njezin auto ili mene. Priđem televizoru i isključim ga. "Tata! *Ona je stigla.*"

"Halo!" zacvrkuće mama. "Nešto divno miriše." Ja zaobiđem dovratak. Mama u ruci drži svoju vunenu kapu. Ukipila se u obliku čajnika ugledavši Jakea u njezinoj pregači kod štednjaka. "Bok, Jake. Gdje je Simon?"

"Ovdje sam", odgovori tata iza mene, popevši se teškim korakom u svojim kožnim papučama.

Majka povuče smičak na svojem kaputu. Gledam kako pogledom prelazi po busenju očevih čekinja, zgužvanoj košulji koju je na sebi imao i jučer, do mrlja pekmeza na hlačama. Bez ceremonija, on priđe stolu i skljoka se u svoj stolac.

"Večera samo što nije, gospođo Hollis", kaže Jake klizeći kuhačom oko ruba plave posude od lijevanog željeza tako razdragano da sam odmah dobila volju udati se za njega.

"I, kako je bilo na sastanku u Amherstu?" pita ona uzimajući sa stalka bocu vina zajedno s vadičepom.

"Pa", počnem ja, ali ona priđe stolu, s muklim treskom postavi bocu pred oca i pruži mu vadičep. "Sam fakultet zvučao je super, ali—" Otac se i ne pomakne. Pogledam u Jakea.

"Ali kad je prodekanica za nastavu završila s govorom," uskoči Jake, "zvučalo je kao da svih dvanaestero studenata svake večeri svrate k njoj na večeru i gledati *Izazov.*"

"Mali je." Noseći drvenu zdjelu salate na stol, izvadim komad mrkve i dam joj ga. Ona ubaci narančasti kolut u usta, blijedo mi se nasmiješi u znak zahvalnosti na toj gesti, a onda se lati one boce Chiantija.

"Izvrsno!" objavi Jake. "Gotovo je." Počne umakom zalijevati tjesteninu i prenositi tanjure na stol.

Sjedajući, mama umoči prst u svoju zdjelicu. "Mmm. Jake, mama te dobro naučila."

"Zapravo, moja mama baš i nije neka kuharica." On slegne ramenima, odveže pregaču pa sjedne. "Ali naša čistačica – Jackie – ovo je jedan od njezinih standardnih recepata." Jake se zavuče za stol i mi navalimo na klopu: dodajemo si salatu, kruh i sir. Tatine ruke ostanu mlitave u njegovu krilu. On zuri preda se, što me potakne da rastegnem priču o mom prijamnom testu iz biologije u petominutnu anegdotu, dramatiziram svako začkoljasto pitanje. Jake, slijedeći moj primjer, odglumi kako je Sam izazvao kratki spoj pokušavajući pripremiti pozornicu za prošlotjednu proslavu šesnaestog rođendana u ladanjskom klubu.

"Simone, a što si ti danas radio?" Mama prekine Jakea u pola rečenice.

"Stavio još nekoliko mišolovki na tavan", kaže on, još zagledan ni u što, pa ubrusom obriše čista usta. "A nakon ručka mi je palo na pamet da već cijelu vječnost nisam gledao *Čovjeka koji je želio biti kralj* pa sam ga posudio."

"O, baš bih ga rado ponovno pogledala." Mama se blijedo nasmiješi i gucne vina. "Katie, ako si završila s učenjem, ti i Jake biste ga trebali pogledati s nama. Klasik."

"Naravno, naučimo li sve."

"Odgledao sam ga danas popodne."

"O", kaže mama i usuče obraze.

"Dakle", žurno ću ja. "Regionalno debatno prvenstvo je odmah nakon božićnih praznika i imam dozvolu—"

"Je li te danas netko nazvao?" upita ona kao da ja nisam ništa rekla i ponovno jagodicama prstiju uhvati rub svoje čaše.

Otac ustane zagrebavši stolicom po podu i ode od stola vukući noge.

"Simone?"

"Nije." On prekopa po kuhinjskom elementu i izvadi kutiju zobenih krekera.

"A čovjek koji ti je rekao da ga nazoveš ovaj tjedan?"

"Tek je srijeda." On se ponovno svali na svoj stolac, izvadi okrugli kreker i pedantno ga razlomi popola pa na četiri dijela. "Rekao je *sredinom* tjedna. Ne želim ispasti očajan."

"Danas sam čula da u knjižnici ima slobodno radno mjesto nakon Desalvova odlaska", nastavlja mama pokušavajući – neuspješno – zvučati ležerno. "Ne bi li ti to odgovaralo?"

On smrvi jednu četvrtinu krekera. "Ja sam pedagog. *Možda* bih se mogao vratiti u nastavu. Ja *nisam* knjižničar."

"Dakle", uskočim. "Debatno natjecanje traje dva dana, subotu i nedjelju, a doći će najbolji natjecatelji s sjeveroistoka zemlje. Jako sam nervozna." Prekopam po mozgu u potrazi za kakvom zabavnom ali opširnom pričicom iz debatnog kluba kojom ćemo dobiti na vremenu toliko da završimo s jelom i maknemo se od ovog stola. "Pričala sam ti kako smo Denise i ja vježbale s… ajoj, ovo je smiješno, smijat ćete se, mi smo—"

"Koliko će to koštati?" upita mama, još gledajući u tatu.

"Što? Ne znam. Za sobu, grijanje, kotizaciju i hranu, mislim stotka sve skupa?" odgovorim ja.

"Mogu ti reći tek nakon praznika." Mama, sva jadna, nabada salatu. "Morat ćemo vidjeti možemo li to financijski podnijeti."

"Ali", zamucam, "plasiramo li se na svedržavno prvenstvo, ja neću moći sudjelovati. Ovo mi je zadnja godina."

"Ja ti mogu dati novac", tiho će Jake, kao da želi da to bude samo za moje uši.

"Vidiš, Simone?" Mamino se lice dodatno skiseli. "Vidiš što se događa?"

"Jake se samo šali", trudim se ja. "Bože, Jake, u redu je. Narode, sve je u redu. Ne moram otići. Možemo li o tome poslije?" preklinjem.

Sjedimo u neugodnoj tišini dok tata gnječenjem utiskuje mrvice u tkanje svojeg podmetača, pa ih jednu po jednu ubacuje u svoj ubrus. Jake pogleda na sat. "Gospodine Hollins, hokej počinje za pet minuta. Gleda vam se?"

"Hvala, rado bih pogledao", kaže otac, neočekivano se trgnuvši iz letargije.

"Izvrsno, donijet ću vam desert", podupren ja prijedlog kad je Jake napola ustao, a tata uzeo kutiju krekera da je ponese u podrum. "Uživajte u utakmici! *Hvala ti*", nijemo oblikujem usnama kad je Jake pošao za njim noseći svoju čašu mlijeka.

Kad sam se okrenula, niz mamino lice klize dvije tanke pruge suza.

"Mama?"

"On se mora trgnuti." Duboko udahne pa ubrusom obriše obraze. "A tvoja školarina dogodine... ne znam, Katie, ne znam *kako.*" Položi čelo na izgužvani ubrus. Ja primaknem stolac i položim joj ruku na rame. Ona se nasloni na moju ruku. Mekana joj kosa sklizne preko mojeg zapešća.

"Ponovno ću otići gospođi Hotchkiss i reći joj da mi je stipendija najvažnija."

Ona se usekne. "Želim da možeš otići kamo god želiš."

Uspijem se nasmiješiti. "Želim biti plavuša – ne možemo svi imati što želimo, zar ne?"

Ona se nakratko nasmije prije nego što joj smiješak iščezne s lica. Dva radosna pokliča začuju se iz podruma kad je prvi udarac palice o pak označio početak utakmice.

Tako grogi da bih lako mogla pasti u komu samo kad bih mogla položiti glavu na klupu od iverice, oteturam s dosadnog predavanja iz povijesti u sklopu priprema za upis na fakultet. Monotonost kojom taj čovac melje o kolonijalnim zakonima o žitu tolika je da bih od tog predavanja imala manje samo kad bi mi nataknuli slušalice na moje komatozno tijelo. Dok okrećem kombinaciju za otvaranje garderobnog ormarića, računam: od četrdeset minuta učenja u čitaonici trideset minuta otpada na pisanje referata, tri minute da naučim španjolski do kraja te punih sedam minuta da smuljam izvješće o kemijskim eksperimentima. Fantastično!

"Dobro. Ne moraš me ni pozdraviti."

Okrenem se na peti i ugledam Laurina odlazeća leđa.

"Hej!" Potrčim da je sustignem, ali se ona i ne trudi pričekati me. "Crknuta sam."

"Priredit ću tulum sažaljenja za tebe." Ona ubrza i polukaubojskim čizmama zagrebe po linoleumu.

"Hej, što ti je?" Zgrabim je za rame.

"Ništa." Ona istrgne rame, a ruksak joj poleti naprijed.

"Ništa?"

"Mrzim te gnjaviti."

"Stojim pred tobom i pitam te." Stiješnjene smo u sendviču drugih učenika.

Ona skine vlas s pulovera. Izbjegava pogledati mi u oči. "Zakasnit ću na tjelesni."

"Otkad je tebi stalo hoćeš li zakasniti na tjelesni?"

"Kao da bi ti primijetila."

"Što ti je?"

Ona napući usta. "Ništa. Premda je tebi svejedno, upravo sam bila na razgovoru s gospođom Hotchkiss."

"I..."

"O, prošlo je super! Aha, ona misli da bih ja trebala biti *realna* glede svojih očekivanja." Suze se sliju preko ruba njezinih teških trepavica i ona žmirne. Zazvoni i jedna se nogometaška mrcina progura između nas da naglavce uleti u učionicu. "Jebiga." Ona očajno podigne ruke u zrak. Same smo u hodniku.

"Dođi." Uhvatim je za mišku. Ona se svojski rasplače. *"Dođi."* Ja vučem, a ona me poslušno slijedi; žurimo se kroz prazne

školske hodnike, a naši se teški ruksaci klate poput utega. Brzamo kroz hodnik koji povezuje zgradu osnovne i srednje škole do prvog skrovitijeg mjesta školskog kompleksa: stuba koje vode na galeriju bazena. Na odmorištu sjednem na cementni pod i odguram se u nišu, pa povučem nju da i ona sjedne. Nekoliko trenutaka sjedimo i duboko dišemo da dođemo do daha, a onda ona iznova brizne u plač i nasloni mi glavu na rame.

Stisnem je za ruku. "Sve je u redu."

"Ne, Katie, nije. Ti si praktički udana za Jakea, vas dvoje ste sad kao dvije srodne duše, vjerojatno ćete otići na neko usrano elitno sveučilište, a Sam trkelja samo o tome kako će se proslaviti s tom glupom demo-vrpcom koju šalju naokolo i sve same idiotarije. Za to vrijeme ja moram biti *realna* jer su moje ocjene – citiram – *osrednje,* a moj popis aktivnosti je – citiram – *iskreno rečeno* osrednji. Pozdrav!" Ona se pokuša našaliti kroz suze. "Laura Heller, vaša iskreno rečeno osrednja kandidatkinja!" Slobodnom rukom kao gudalom povuče ispod svog curećeg nosa.

"Laura, ti nisi osrednja! Upast će na sve faksove! Ostavljaš izvrstan dojam na intervjuima! A ocjene su ti prilično dobre—"

"U prijevodu: osrednje."

"U usporedbi s čijima? Dane Dunkman? Ne daj da te Hotchkissova ubije u pojam. Nakon razgovora s njom, svi se osjećaju posrano. To joj je titula: savjetnica-seratorica. Ona i moja mama udružile su se da me otpreme na Duke ili UVA-u, nekakav blesavi južnjački—"

"Već si bila na razgovoru s njom?" Ona makne ruku s moje.

"U utorak. Izbrisala sam to iz sjećanja. Sjećam se samo toga o jugu jer je to bio vrhunac njezina ludila."

Laura pilji pokraj mene u polukrug prašnih fikusa. "Zašto ja ne znam da si ti bila kod nje?"

"Kako to misliš? Pa nije to vojna tajna."

"Kladim se da Jake zna. Kladim se da je znao nakon tri sekunde."

Moram razmisliti o ovome. "Vjerojatno..."

"Što nam se događa?"

"Ništa."

"Jebi se." Ona dohvati svoj ruksak, a ja, tako umorna od svega, iznenada prštim u klorirani zrak.

"Laura! Moram obaviti milijun stvari, eto što se događa! Osim toga što puno radno vrijeme pazim da mi se starci ne počupaju, učim od jutra do sutra, u debatnom sam klubu, idem na intervjue, skupljam upisne formulare i pokušavam pohvatati konce svega toga, ali zapravo sve to radim reda radi jer mi je najvažnije to što sam se najzad dočepala Jakea, ali mi iznenada sa svih strana poručuju da bih trebala tek tako otići pjevajući na koledž, u svijetlu budućnost i zaboraviti na to—"

"Ali to i jest tako, Katie", turobno me prekine Laura.

"Znam."

"Hoću reći, u ovo vrijeme dogodine svi ćemo biti—"

"Znam", prekinem je.

"I ti i ja."

"To je nešto drugo."

Ona vrti prsten s motivom srca koji drže dvije ruke i s krunom iznad, irskim simbolom ljubavi, prijateljstva i odanosti, a koji joj je Sam poklonio za rođendan. "Nije."

"Najbolje smo prijateljice! Nije to kao da smo par pa ćemo izlaziti s drugima, udati se za druge. Ništa neće promijeniti činjenicu da si mi najbolja prijateljica od onog dana kad nam se dupe smrzavalo u bazenu." Usne joj se rastegnu u slabašni smiješak. "Ma što, iz ovih ću se stopa skinuti i u spomen na taj dan preplivati bazen ako ti je potreban dokaz."

"Molim te, nemoj."

"Onda prestani, može?" Ona kimne glavom u moje rame. "Gdje god sve ovo završilo, ti i ja smo tim." Zavučem ruku u torbu i izvadim maramicu.

Laura se nasmije i usekne nos. "Sigurno mi nisu sve na broju kad mislim da će Jake Sharpe upasti na neko elitno sveučilište. Kao da ostatak života neće svirati u stražnjem dijelu nekog bara sretan kao prase."

"Kao i Sam." Iznenadi me kako sam brzo stala u Jakeovu obranu.

"Trebale bismo postati biljarske fufe", kaže ona; vratio joj se smisao za humor.

"To bi u svakom slučaju održalo obitelj na okupu."

"Klinci bi mogli raditi kao barmeni", frkne ona.

"Ja sam za." Prekopam po ruksaku i nađem još jednu maramicu. Laura obriše lice, a ja naslonim glavu na pločice. Kad bih bar već sad znala što nosi budućnost.

❄

"Tata", šapnem. Čučim pokraj njegova kreveta. *"Tata!"*

"Aha." On se probudi uz roktaj. "Katie. Što je sad?"

"Kad si dobio državljanstvo? Koje godine?" Pokušavam bradom bateriju držati mirno kako bih na prijavnom obrascu mogla pisati što urednije.

"Isuse." Tatino se disanje uspori.

"Tata! No, reci. Kad si prestao biti Britanac?"

"Šezdeset osme." Mamin glas zasiječe tamu s druge strane kreveta. "Kako to da ovo službeno radiš u zadnji čas?"

"Super, budna si – što ono imaš iz pedagogije?"

"Nemam *ono*," ispravi me ona, "nego magisterij."

Kemijska mi je spremna. "Što?"

"Magisterij! Magistrica sam pedagogije, Kathryn! Do kad to mora biti poslano?"

"Uh", pišem *magistar znanosti.* "Večeras. Ali ovo je zadnje. Baš sam krenula u fotokopirnicu kad sam spazila cijelu grupu pitanja na stražnjoj stranici prijave za Swarthmore. Dakle, tata govori koliko ono jezika?"

Tajac. Izvadim bateriju ispod brade i uperim snop u mamino bijesno lice. Ruke je čvrsto prekrižila na pokrivaču žakard uzorka pa njihova ukočena tijela čine polarizirane rubove kreveta.

"Mama? Tata?!" Gurnem ga koljenom. "Tata!"

"Ha? Što je?"

"Koliko jezika govoriš?"

"Tri, za Boga miloga!"

"Super. Hvala vam. Super. Izvrsno!" Prelistam zaklamane listove. "...I nismo agnostici." Upišem kvačicu u kućicu. "...A mama nikad nije bila u vojsci." Ponovno upišem kvačicu.

"Bogami hoću, propustiš li ovaj rok."

Sklopim formular i uguram ga u svoj ruksak, ubacim bateriju povrh njega jer više nemam vremena da je spustim na pod. "Jako dobro! Izvrsno! Hvala. Pa... laku noć. Vraćam se čim ubacim ovo u sandučić." Odjurim.

"I kopiraš!"

"Mama, znam!"

"Nisam impresionirana!" vikne ona dok ja trčim niza stube.

"Dobro da ne radiš na Swathmoreu!" doviknem pa zalupim vrata za sobom.

U punoj brzini i cvileći gumama skrenem na parkiralište i zaustavim se iza kolone automobila ispred pošte. 10:57. Sasvim dovoljno vremena. Tri fotokopije od svega i gotovo. Ugasim motor, uzmem ruksak, dupetom zalupim vrata, cijelo vrijeme pogledom prelazeći po nečemu što izgleda kao da krdo maturanata znojnih lica opsjeda dvije kopirke. Jebeš sve.

Zurim u fluorescentno osvijetljeni metež. Staklena se vrata zanjišu i otvore i izađe Jennifer Druga, navlačeći na glavu kapu.

"Čisti užas?" upitam je kad mi je prišla.

"Komedija." Umorno kimne glavom. "A druga se kopirka upravo pokvarila. Pa... sva sreća da sam došla u devet."

"Ovdje si od devet sati?"

"Aha. Došla sam odmah nakon Jakea." Ona izvuče ključeve svojeg auta i zazvecka njima.

"Jake je unutra?"

"Eno ga tamo." Kimne glavom prema njegovoj Corvetti, parkiranoj sa strane, još upaljenih prednjih svjetala. "Vidimo se." Ona otključa svoju Hondu i svali se za upravljač, a Tone Bloc zatrešti kad je krenula u rikverc. Maknem joj se s puta i tad spazim Jakea kako sjedi na pločniku ispred svojeg auta.

Priđem mu zakopčavajući kaput. "Jake?" Ugledam formulare poslagane po poklopcu auta, nepomične na noći bez vjetra. On prstima lupka po pločniku na kojem sjedi prekriženih nogu, bejzbolske kapice nisko natučene na čelo. "Jake." Čučnem, ali on ne podigne glavu. "Što radiš tu?"

Njegovo je predivno lice bezizražajno dok kima glavom u ritmu neke melodije koju jedino on čuje. "Ništa."

"Sjediš ovdje od devet?"

On nastavi ravnomjerno kimati glavom, prazna pogleda. Ponovno ustanem, pogledam u prijamne formulare i prepoznam Susanin rukopis na svima.

"Mama ti je ovo sve ispunila?" Podignem jedan formular. "Znači da ih samo moraš ubaciti u sandučić, je li?" On ne odgovori. "Gdje ti je sastav?" Prelistam formulare, ali ne nađem prilog. "Jake, mislila sam da si cijeli mjesec radio na tome!" Sad sam moja majka. Zadignem rukav da pogledam na sat. "Jake, daj reci nešto. Znaš, i meni je frka."

"Nisam mogao." Riječi mu izlaze u oblačićima.

Čučnem da ga čujem. "Što kažeš?"

"Nisam mogao." On me pogleda u oči. "Ne želim. Nisam mogao."

"Moram kopirati svoje formulare." Bože, ne daj da se ovo doista događa.

"Idi", kaže on.

"Ali, Jake—"

"Idi."

Zamalo razderem smičak na ruksaku u kojem strpljivo čekaju moji smotuljci prijamnih formulara. Okrenem se i pogledam u red. Jebote, koliki je. Pograbim hrpu Jakeovih formulara s poklopca, izvadim svoj blok, otvorim čistu stranicu i istodobno širom otvorim suvozačka vrata. "Upadaj."

"Katie."

"Jake Sharpe, petsto te riječi dijeli od cilja. Zašto bi ti bio gori od ostalih? Imamo pedeset osam minuta, deset riječi po minuti, znači ti govoriš, ja pišem, ali kunem se Bogom da ću te osobno pregaziti ne uđeš li odmah u auto da mi se prsti ne smrznu! Pokret!" Lupnem ga blokom po glavi i on se odgurne i ustane, zavuče se u auto pa se prebaci preko mjenjača na vozačko sjedalo. Ja se ugnijezdim pokraj njega i zalupim vrata pred prvim pahuljama novog snijega. "U redu! Krećemo." Prelistam njegove formulare u potrazi za temom sastavka. "Osoba ili doživljaj koji su najviše utjecali na tebe i zašto."

Jake ugasi prednja svjetla i zagleda se u upravljač.

"Jake, gukni." Predam mu pitanja i lupnem po bloku kemijskom. "Osoba ili doživljaj?" On zine... pa ponovno zatvori usta. "U redu, skijanje. Što kažeš na skijanje? Ili gušteri? Onaj izlet u Arizonu? Ili bend? Bend dobro zvuči. Piši o bendu—"

"Ti", Jake tiho ubaci.

"Što?"

"Ti." On se okrene na sjedalu. "Si najutjecajnija osoba ili doživljaj u mom životu."

Osupnuta, nagnem se i poljubim greben njegovih zglobova koji su počivali na mjenjaču. "Hvala ti", dahnem, pa se prisilim vratiti zadaći naše stvarnosti. "Ali, Jake, ne možeš pisati o tome, oni ne žele slušati o meni."

"E pa, to je ono što ja imam reći." Uzme mi kemijsku iz ruke i počne pisati izravno na formular. Sjedim pokraj njega, ne mogu izaći i stati u red za kopiranje, pogurati cijeli ovaj proces prema njegovu završetku. *"Srednja* Amerika, je li tako?" provjeri on nesigurno pogledavši u mene.

"Da." Nasmiješim se.

"Ona me naučila da moraš stati na klupu i boriti se za svoja uvjerenja..." On mahnito švrlja. "Katie?" On podigne pogled.

"Da."

On se nagne i usne nam se spoje. "Hvala."

Denise Dunkman skrene svojim Nissanom na naš kolni prilaz i ja se mašim pojasa. "Izvrsno!" kažem odvezujući se.

"Ne znam kako se to dogodilo", kaže ona tristoti put nakon što smo jutros stigli na prazno parkiralište srednje škole Smithton, promašivši Regionalno debatno natjecanje cijeli tjedan.

"Denise, *stvarno* je sve u redu, Denise", ponovim ja. "Ponavljam: sretna sam da noćas ne moram spavati u onom jezivom motelu."

"Ali zapisala sam si datum u rokovnik, dvaput pročitala materijale", nastavi ona ponovnu reviziju svojeg pogrešnog plana. Protekla tri sata na autocesti očigledno joj nisu osigurala zadovoljavajuće odgovore.

"Vjerujem ti."

"Naprosto ne znam kako se ovo dogodilo."

"Ovo će nam biti kao generalna proba, u redu?" Nakratko je zagrlim pa uhvatim za kvaku vrata, jedva čekajući da se izvučem iz ovog beckettovskog vrzinog kola. Ona nastavi kimati glavom, a ja zakoračim na sniježom pokriveni pločnik. Tišina naše ulice dobrodošli je predah od njezine kasete Edie Brickell – kasete koja mi je jutros u sedam bila prilično draga. Uzmem torbu sa stvarima sa stražnjeg sjedala i prebacim je preko ramena. Kad sam se uspravila da zalupim vrata, osjetim ukočenost od šestosatne vožnje.

"Zapisala sam u svoj rokovnik! Dvaput pročitala materijale!" Denise vikne iz hermetički zatvorenog vozila i ja se nasmiješim i kimnem glavom. Mahnem joj na odlasku dok prolazim ispred njezinih prednjih svjetala koja se udaljavaju. Ona još vrti glavom, kao što će činiti i u ponedjeljak, a kladim se i dok budemo prevaljivali isti put sljedeći vikend. Moram se sjetiti ponijeti kasete. Ili malj.

Klipšući prema trijemu, ugledam nečiji automobil ispred garaže. Uh, gosti. Natjecateljski adrenalin koji me držao prvu polovicu dana potpuno se iscijedio iz mene pa sam preumorna za srdačnost.

Okrenem kvaku i navalim se na vrata, ali se ona ne otvaraju. Tata je otišao posjetiti ujaka Daschlea u Dorsetu. Je li mama izašla s prijateljicom i zaključala vrata? Kvragu. Krenem natraške niza stube nadajući se da sam ponijela ključ, i zagledam se u prozore na katu da provjerim vidi li se svjetlo. Vidi se. Pozvonim baš kad su se vrata otvorila prema unutra, a na pragu se pojavila raščupana mama, podvrnutog ovratnika haljine. "Katie." Žmirne.

"Bok." Spustim torbu na trijem i protegnem se. "Natjecanje je tek drugi vikend." Ali se ona ne odmakne da me propusti. Usto je i bosa, nema ni papuče na nogama.

"Ovaj..." Zavirim preko njezina ramena i ugledam kako netko silazi niza stube. Meni nepoznati muškarac. Oduzmem se. Ne bih trebala biti ovdje – ne bih trebala ovo vidjeti – znati. "Katie", ponovi ona, s mukom, ali i dalje se ne miče.

"Samo sam htjela uzeti auto", kažem ja. Odjednom mi je potreban izgovor da uđem u vlastitu kuću. Oni oboje netremice gledaju u mene, ona na vratima, on na pola stuba, a u rukama mu mlitavo visi kravata. Zanemarim kravatu, još ga pokušavam proglasiti vodoinstalaterom, tamaniteljem gamadi, nekime tko ima neki drugi razlog biti na katu osim... osim—

"Ovo je—" ona zausti da nas upozna, ali se ja progruram pokraj nje i sagnuta odskočim u stranu kad me pokušala dodirnuti.

"Uzet ću tvoje ključeve." Dohvatim ih sa stolića i njihov mi hladni metal popuni šaku.

"Katie", kaže ona lažno mirno. "Ovo je Steve Kirchner, nastavnik, i svratio je—"

"Uzet ću ključeve", ponovim, jer je to jedino što mi pada na um a što nije potrebno odobriti ili potvrditi. Odglavinjam kroz kuhinju prema garaži čija vrata zvrjanjem ožive kad sam upalila motor i žurno ubacila mjenjač u rikverc. Ali ne mogu. Ne mogu otići jer se njegov automobil isprječio nasred kolnog prilaza. Ubacim u prazni hod, ostavim auto upaljen, otvorim bočna vrata i drhtavim glasom viknem u kuću: "Možete li, molim vas, maknuti svoj auto?" Petljajući podignem plastični poklopac kante za smeće pa povratim ručak pojeden na odmorištu.

"Naravno. Da. Svakako." On brzo prođe pokraj mene i njegova mi kolonjska ispuni nosnice dok brišem usta rukavom tatine sveučilišne jakne. Učas je njegov auto krenuo natraške; dok čeka, iz ispušne cijevi pumpa sivu paru ispod ulične svjetiljke. Čeka i ne odlazi.

Potjeram majčin auto natraške dok se nije našao ispred njegova i ubacim u prvu da krenem. Tek tad ona siđe niza stube trijema i zazove me. Ona niska napuštenih kućica za ptice stoji joj pod bosim nogama. Ne okrenem se da vidim što će njegov auto učiniti.

Kucam na ulazna vrata Sharpeovih. Promatram ravnomjerno kretanje moje ruke naprijed-natrag, slično onim stvarcama na navijanje kakve se stavlja djeci iznad krevetića da ih zabave. *Kuc, kuc, kuc.* A onda Jake otvori vrata i ja mu se bacim u naručje; koljena mi kleknu dok pokušavam opisati što se upravo dogodilo: da će sve što je u mojem životu bilo prije njega sada biti prije *ovog,* i da proživljavam prve minute onoga nakon. Moje prvo sjećanje iz onoga nakon bit će upravo ovaj trenutak ispod žutog žara ulaznih fenjera Susan Sharpe.

"Šššš, Katie", nježno mrmlja Jake. Sagnuo se da me pridrži, pa me podigne i prigrli najjače što je mogao. Zarijem lice u njegovu majicu, pokušavam mu se stopiti s kostima, plačem razjapljenih usta iz kojih jedva da izlazi kakav zvuk jer sopćem. "Sve je u redu. U redu je, Katie."

Podignem bradu i pogledam u njega, pokušavam prorovati u njegove zabrinute oči. "Moja mama", plačem. "Moja mama…" On me ljulja na hladnoj cigli trijema, a ja jecam i pokušavam sročiti rečenicu koja će opisati ovo.

Probudim se na Jakeovim prsima. Oboje smo umotani u sve deke koje je on uspio naći u svojoj vikendici. Pogled mojih podbuhlih očiju se razbistri i ugledam žeravicu u kaminu, a onda me zaslijepi slika moje mame na našim ulaznim vratima, kako se ne miče. Ponovno se izliju vruće suze, spuznu mi niz obraz pa na Jakeovu golu kožu, skliznu mu oko rebara. On duboko udahne i jače me stisne. "Pozdravljena budi", promrmlja on. "Ponovno budna, ha?"

"Bok", kažem ja i jezikom priječem po mokrom obrubu suza oko usta. Jake me miluje po kosi. Podignem glavu i pogledam ga u oči; i njegove su podbuhle na svjetlosti vatre. Dotaknem slane pruge na jagodici njegova lica. "Dobro si?" upitam.

"Aha", kaže on i otrese mi ruku. "Samo sam žalostan. To je tako žalosno." Priječe mi rukom po tijelu.

"Ne shvaćam kako smo upali u to." Žmirnem u strop, a od sjećanja na to kako mama ljubi tatu za njegov rođendan prošlog kolovoza stegne me oko srca. "Cijeli moj život ona trubi o čvrstini i odanosti, a sve je to kenjaža, sve što zastupa je sranje. Tata mi je nekoliko mjeseci u bedu, a ona lijepo digne ruke."

"Šššš", kaže on blago iako mu u oči naviru suze, i shvatim da držim govor nad otvorenim grobom njegove razbježale obitelji, ali ne mogu prestati.

"Kako da nakon ovoga vjerujem u bilo što?" Suze naviru sve brže. "Kako mogu vjerovati *išta* što kažu ili učine? Jake, zašto se to moralo dogoditi?"

"Ne znam." On mi protrlja leđa kroz deku. "Zašto je moja mama kakva jest? Zašto je moj tata stalno na putu? Ne znam."

"Ne znam ni ja." Prevrnem se na bok prema njemu u pregib njegove ruke, on položi ruku na moj bok, privuče me i poljubi u čelo.

"Jer su posranci?" Jake izjavi.

"Aha." Uspijem se nasmijati pa tek onda ugristi za usnu. "Što si učinio kad ti se mama zabubala u ono stablo? Gdje si to potisnuo?"

"Ne znam. Ona je jednostavno... samo sam cijelu noć sjedio na podu pokraj njezina kreveta i osjećao se usrano, a onda, ne znam... Ne drži te to dugo. Samo je u početku loše."

"Stvarno?" upitam. Želim da je siguran, zaključim da jest.

"Stvarno." On me pogleda i komadići naših slomljenih srca složno zatrepere. "Samo što si trenutačno na podu u podnožju njezina kreveta, to je sve, Lumenice. Zora će ipak svanuti."

"Ali toliko patim." Obgrlim se rukama. "Boli me cijelo tijelo." On obzirno podigne moje prste i pogne glavu. Osjećam njegove tople usne na mom boku, rebrima. Usnama prijeđe po mojoj koži, vratu, do mojih usana.

"Ne mora biti tako. Ne želim da te boli", kaže on, lica iznad mojeg. Poljubi me u jagodičnu kost, hrbat nosa, oko očiju. Zatvorim ih i zavučem prste u njegovu kosu.

Probudi me zvuk gašenja automobilskog motora. Drvenjara je puna plave svjetlosti svanuća. Oblije me mučnina i odlijepim Jakeove ruke, ustanem i prekoračim preko njega da zavirim kroz prozor: tatin auto stoji na vrhu ceste. Prednja se svjetla ugase. Drhtavo navučem zgužvane široke hlače i uguram stopala u mokasinke, ogrnem se u tatin sveučilišni blejzer. Oblačić mirisa dima noćašnje kaminske vatre digne se iz nje. Ja odmaknem zasun na vratima.

Kad me ugledala, mama izađe iz automobila, a ja zatvorim vrata brvnare za sobom, bešumno vrativši zasun na mjesto.

Još je u onoj haljini, obgrlila se rukama, pa je iznenađujuće mala ispod orijaških hrastova. Siđem niza stube i mokasinkama zaškripim na bijelom pršiću. Ne mogu... ne želim vidjeti ovu nju. Nju nakon.

Njezin dah ispunjava prostor između nas vidljivim oblakom. "Katie." Promukla glasa, podbuhla i crvena u licu. Želim da me hladnoća ispuni i ne ostavi prostora za osjećaje. "Laura mi je rekla za vikendicu. Nisam mogla podnijeti pomisao na tebe izvan kuće, da se vozikaš s ovim..." Ona brizne u plač za koji ne smijem osjetiti suosjećanje. "Katie, on odbija razgovarati sa mnom, ne dopušta mi da mu pomognem. Ne znam kako mu pomoći da ozdravi. Ne znam kako ga zaposliti. Ne znam. Dala sam molbu za posao u Burlingtonu, čak i Bostonu, gdje god, što god on želi, ali on odbija išta *učiniti*. Ovih posljednjih nekoliko mjeseci trudim se, nemaš pojma koliko se trudim." Napnem cijelo tijelo da joj se ne bacim u naručje, da joj ne dopustim da ovo lakše pregrmi, jer bliska mi je, najbliža od svega na svijetu. "Tako da je bilo dovoljno već to da zbog nekog osjetim želju da se smijem, jednostavno..."

Pogledi nam se sretnu. "Moraš mu reći."

Ona pruži ruke prema meni, ali ja uzmaknem. Pogled joj odbludi i ja se okrenem. Jake stoji naslonjen na dovratak zaogrnut dekom, zabrinuta izraza lica. "Ne vraćam se dok to ne učiniš", kažem i natraške krenem u vikendicu, stajući u tragove koje sam ostavila u dolasku.

"Katie", mama kaže glasom vlažnim od suza. *"Katie."*

Olovnih nogu popnem se uza stube i klonem u Jakeovo naručje.

17

23. prosinca 2005.

Iznenada se poklopac oblaka podigne i mjesec poput privjeska ponovno osvijetli naše sudarajuće i razilazeće putanje po ledu. Jakeove ruke skliznu s mene.

Zaustavim se zasjekavši led i podigavši prštavi luk pahulja, preplavljena slavnim stihovima o majčinu dolasku tog dalekog jutra, stihovima kojima uporno ne dopuštam da ih se prisjetim. *U štitu očeve jakne, koja ti zasijeca kožu, silaziš niza stube, ali ne dopuštaš majci da ti priđe, onoj koja te stvorila, i unesrećila—*

"Idemo na vrh!" Sam vikne, podigne klizaljke i počne se penjati uza bijeli sprud.

"Možda bi bilo bolje da se vratimo!" vikne Todd s klupice, zaveže klizaljke i krene za njim. Ja položim ruke na bedra da dođem k sebi. Jake podigne palac prema brežuljku; vikendica na vrhu u kojoj sam se danima skrivala blijedi u usporedbi sa Jakeovim stihovima kojima ju je on učinio besmrtnom.

"Spremna?" Prozuji pokraj mene prema molu. Ja se otisnem brzo polukružno u vjetar, pa kao da nogama pletem vijenac, krenem uz rub jezera nad koji su se nadvijale grane. Svakim režućim korakom prebacivala sam gnjev koji su izazvale prebolne slike tog Jakeova albuma na njegova autora.

Zaustavimo se ispred Toddove kuće, iza šačice preostalih vozila. Netko je svjetlećem snjegoviću nataknuo vunenu kapu. "Katie, baš mi je drago što sam te vidio." On se okrene, pruži ruku i lupne me po koljenu.

"I meni tebe", kažem.

"Sam", Todd ga pozdravi.

"Todd", Sam umorno kimne glavom.

"Reći ću nekome od svojih da ti pošalje one fotografije", Jake obeća kad ga je Todd uhvatio u medvjeđi zagrljaj i dlanovima mu zatoptao po antilopu jakne.

"Hvala ti, stari." Žaruljice upravljačke ploče osvijetle Toddov ozareni profil kad je otvorio vrata i spustio suvozačko sjedište da bi se Sam mogao prebaciti na nj. "Sretan Božić svima."

Jake se zaustavi uz snježni nanos ispred Samove kuće. Kuća je u mraku, osim što se kroz kuhinjski prozor slabo svjetlo slijeva na garažu. Prozirni najlonski zidovi djelomice dovršene dogradnje iznad garaže nadižu se na povjetarcu. Jake ponovno ugasi motor.

"OK." Sam širom otvori vrata. "Trknut ću u kuću po papire."

"Sam", Jake ga uhvati za zapešće. "Čovječe, znaš da ne mogu. Da barem mogu. Ali diskografska kuća je vlasnik mojih pjesama—"

"Jebi se", bijesno će Sam, istrgne ruku, a onda dugo izdahne. "Odnosno zajebi mene, je li, Jake? Jer sam pomislio da će te igrokaz s ponovnim okupljanjem nekako potaknuti da poravnaš račune."

"Nije to bio igrokaz."

"Rekao si da si puno razmišljao."

"I jesam – *godinama!* Nedostajali ste mi, ljudi! Osjećam se kao govno zbog toga što sam izgubio vezu s vama. Ne mogu vjerovati da tvoji dečki imaju već tri godine – pljunuti ti. To je predivno, ti i Laura – naprosto predivno."

"I to… mi imaš reći?" Sam pilji u njega čvrsto stisnute čeljusti.

Jake ponikne pogledom u krilo. "Nedostaješ mi, čovječe."

Sam se strelovito okrene prema meni; ja na licu imam istovjetan izraz nevjerice. "E pa, Jake, jako mi je žao", kaže Sam polako i kimajući glavom. "Sigurno te to žderalo." Još jedan duboki udah, smiješak nevjerice. "Nevjerojatno, ali cijelo sam vrijeme bio ovdje. Imam jednu od onih telefonskih stvarčica. A i letim avionom, nećeš vjerovati. Tako da... aha." On njihajem spusti noge na kolni prilaz. "Sigurno je teško. Biti gdje jesi."

"A to bi bilo?" Jake tiho upita Samova leđa.

"Gdje god si odlučio nama onemogućiti da budemo tamo s tobom." Sam tako jako zalupi vratima da su prozori zazvečali. Dok je on pogruženo hodao niz kolni prilaz, Jake iznenada jurne. Ja se lamatajući rukama zalijepim za stražnje sjedalo, a prazna limenka piva strmoglavi se na pod uz šuplji zvuk. Poduprem se o strop kad smo projurili pokraj znaka obveznog zaustavljanja.

"Jake!" vrisnem.

On se uz cvilež guma zaustavi uz rub. "Sjedaj naprijed."

"Ovdje otraga je sigurnije, hvala."

"Majku mu!" On tresne po volanu. "Nije to baš tako jednostavno. Ti znaš da to nije baš jednostavno, zar ne?"

Uvučem obraze, a obrve mi se podignu.

On se bijesno okrene i zaviri iza naslona za glavu. "Priznati im autorska prava u ovom trenutku jednostavno *nije* moguće. Odvjetnici moje diskografske kuće rekli su da ne dolazi u obzir."

"Molim te", prekinem ga, a bijes zakuha u meni. "Kako možeš mirno sjediti ovdje i misliti da ne duguješ—"

"Što?! Što ja kome dugujem?" On zdvojno podigne ruke u zrak. *"Moj* je glas doveo ovamo lovca na talente. Pogledati neki bezvezni demo-bend."

"Taj ti je bezvezni demo-bend, jebote, pomogao napisati prilično fantastičnu glazbu", žrtvujem objavu svojeg mišljenja da bih istaknula bitno.

"Nitko od vas nema pojma kako je u tom svijetu. Nikad ne bi uspjeli, zajebali bi si život."

Gledam ga u oči. "Nevjerojatne li nesebičnosti. Izbavio si ih od slave, bogatstva i njihovih vlastitih ribnjaka s *koi* šaranima."

On na trenutak sklopi oči, isključi se da me ne čuje. "Nije htio njih", kaže on činjenično.

"Tko?"

"Lovac na talente. Samo mene, solo. Ili ništa od posla. Nisam znao kako da im to kažem, pa sam samo…"

"Zbrisao. S *njihovim* rifovima i bubnjarskim dionicama."

"Jebiga!" On se okrene. "Da im sad kažem? Žao mi je, dečki, ali zapravo vas nisu htjeli. Nije li bolje ostaviti im njihov san? Da *ja* budem onaj koji je onemogućio njegovo ostvarenje? A zašto to tebe ždere? Ti nisi bila u bendu. Tebi nisam ništa ukrao—"

"Osim života!"

"Kako?" On žmirne u retrovizor, iskreno zbunjen.

"Život si mi ukrao? *Život!*" Zavitlam mu onu limenku piva u glavu.

On se sagne. "Nisam ti ukrao život!" Pljasne se rukom po srcu. "Ono su *moja* sjećanja!"

"O *meni!*" Kresnem nogom o naslon njegova sjedala. "O *mojoj* majci! *Mojem* tijelu! *Mojoj* sobi! Madežu na *mojem* vratu!"

On se ponovno okrene prema meni, zaprepaštena izraza lica. "Želio sam da čuješ te pjesme i da znaš da nikad nisam prestao misliti na tebe."

"I *to* bih trebala misliti?"

"A zar nije tako?"

"Dakako. Čim shvatim da ostali kupci u supermarketu slušaju poetski i potanki opis mojeg umijeća oralnog seksa, najčešće istog trenutka ostavim kolica i izjurim vrišteći iz trgovine zaboravljajući lisnicu, a cijelo mi to vrijeme prolazi kroz moza: *O, nikad nije prestao misliti na mene.*"

"*Tu* pjesmu ne puštaju u supermarketima", poklopi me on.

"Ne", nasmiješim se ultrabezbrižno. "Ali je puštaju u puno barova." Pogledam ga nehajno i nagnem glavu. "Uživaš biti na svim mojim sudarima? Je li o tome riječ, Jake?"

On se okrene naprijed.

"Kad počnem pisati neku pjesmu," on uzdahne, "gdje god da počne, naposljetku vidim... tebe. Nekako te to... ne znam... približi."

"Jake, nisam mrtva!" vrisnem njegovu zatiljku. "Nisam bila u ilegali sve ovo vrijeme – mogao si doći i naći me kad god ti je palo na pamet!"

"Posljednjih deset godina sam na turneji!" on vikne u strop pa se ponovno okrene prema meni. "A dok si na turneji, nema renoviranja dječjih soba, kvartovskih roštiljada, božićnih proslava." Gleda me kao na stubištu svoje majke onog prvog popodneva. "To nije nikakav život. Nisi ništa propustila."

Kao da mi je netko željeznim obručem stegnuo prsni koš. "Osim tvog lica ujutro." Oči me zapeku. "Osim maturalne zabave. Osim da si me pogledao u oči, jebote, i rekao da odlaziš."

Gledamo se.

Iznenada se on okrene prema naprijed i zavrti ključ u bravici motora auta. "Maturalnu zabavu mogu odraditi."

18

Četvrti srednje

Na putu za Georgetown zavučem ruku u vrećicu McDonald'sa zaguranu između mojeg kaputa i mjenjača da vidim ima li možda još koji štapić pomfrita, pa ih presavinem i ubacim u usta pretvarajući se da su vrući. A i pretvaram se da se vozim k Jakeu. I da pokraj mene spava Laura. Mrvicu pojačam radio jer slušam "Jakeovu vrpcu za Katie". Auto naleti na grmeću rešetku čija je svrha probuditi drijemajuće kamiondžije.

"Prestani petljati po radiju." Mama otvori jedno oko. *"Molim te."*

"U redu. Ali ništa ne čujem."

"Nađi NPR", promrmlja ona i vjeđe joj se sklope.

"Nema NPR-a. Nalazimo se Bogu iza nogu, u gluho doba noći", prmrmljam ja njoj, zureći u crna brda jedva vidljiva na pozadini neba.

"NPR se čuje svugdje. Samo ga moraš naći."

Majka podigne svoje sjedalo i zavrti puce za glasnoću, pa nas zgrome Poguesi. *"Volim tvoje grudi, volim tvoja bedra, je-je—"*

Mama pritisne tipku za izbacivanje i kaseta zaklopara na podu. Prezrivo vrteći glavom, ona počne sustavno okretati kazaljku kroz šumove.

"Mama." Zavučem ruku ispod sjedala da napipam odbačenu kasetu, jedinu moju vezu sa zdravim razumom. Automobil ponovno skrene na gromoglasnu rešetku.

"Kathryn! Usredotoči se na vožnju!"

"Ne mogu se usredotočiti na vožnju dok ti to radiš!" Iz radija se naizmjence čuje krčanje i mumljanje, a onda se na mahove počne probijati muški glas.

"Eto." Ona se zavali i sklopi ruke u krilu. Krčanje i dalje podcrtava svaku drugu riječ.

"To nije stanica."

"A onda, budete li se pridržavali naših uputa—"

"To je kontakt-progam, bit će zabavno", procijedi mama.

"Isus će se pojaviti i pravednici će vas prigrliti. A na nebu se nećete morati baktati s tim kolačima."

Mama ugasi radio. Prođemo pokraj putokaza i prednjim svjetlima pometemo njegovo zeleno lice. "Još dva sata do Littletona. Izdržat ćeš?"

"Hoću." Položim obraz na slobodni dlan. Boljele su me oči, ali sve je bolje nego sjediti na suvozačkom mjestu i majci dati volan u ruke dok mi misli sustižu jedna drugu, a putokazi promiču pokraj nas.

"Dakle, Mount Holyoke", umorno počne ona.

"Aha."

"Bio je nekako…"

"Uvrnut?" dopunim ja.

"Da!" ona se okrene k meni. "Nitko se nije smiješio. Nitko! Ni studenti, ni profesori. Čak je i žena u suvernirnici bila smrknuta. Čudno, a tako lijepo studentsko naselje."

"Doista je bilo čudno", složim se ja. Već sam ga u glavi izbrisala s popisa šest fakulteta koji se otimaju za mene.

"Gladna sam kao vuk. Ima li još pomfrita?"

"Nažalost, nema."

Ona opipa ispod svojeg sjedala. "Mislim da mi je prošli tjedan na putu do posla sok pao pod sjedalo." Nastavi rovati. "Barem sam našla tvoju kasetu." Podigne kasetu.

"Nije moja." Na mojoj je moj dečko nacrtao guštera.

"O." Ona podigne bež plastiku prema zelenoj svjetlosti radija. "O, Bože moj, *Chrous Line*. Sjećaš se kako si to nekad obožavala?" Ja se ukočim. Premda smo u protekla tri mjeseca daleko dogurale – tata se odselio, a nije mi ostavio drugu opciju – svejedno ne mogu s njom prepričavati uspomene. Ona ubaci kasetu i veselo se nasmiješi, pa pojača ton i zapjeva. *"Stvarno mi treba ovaj posao",* zacvrkuće. "Kupila sam ovu kasetu kad sam dala molbu za prvi nastavnički posao. Da mi podiže moral kao apsolventici. Znaš li da su me s Burlingtona pustili da čekam tri mjeseca da me obavijeste da su me primili." Ona namjesti svoje češljeve od kornjačevine.

"Nisam znala."

"Užasno razdoblje. Ali si ti sjedila na stražnjem sjedalu i pjevala iz sveg glasa zajedno sa mnom." Ona se nasmiješi na rubu mojeg vidnog polja. "To je bilo super. Ti si bila super."

"Hvala."

"Stvarno, Katie, bila si." Osjećam kako mi proučava lice, a suze u njezinim očima svjetlucaju na žaruljicama upravljačke ploče kad se zavalila na sjedalu. Pojačam ton i prisjetim se, no teže mi se sjetiti vremena kad mi je jedina dužnost bila pjevati punim srcem na stražnjem sjedalu.

"I hodamo… hodamo…" Poslušno klipšemo već treći dan u trećem čoporu učenika trećih razreda srednje škole koji su predali molbe za upis, maturanata čije su molbe već prihvaćene i roditelja, potencijalnih podmiritelja školarina. Treća alarmantno vrckava plavuša okretno korača natraške preko trećeg središnjeg sveučilišnog travnjaka. "I stajemo." Ukopamo se na mjestu pa jedni drugima gazimo po petama i prstima. "Ovo je središnja zgrada Rodinova sveučilišta, poznata i kao Harteov centar, po Jamesu Harteu, rektoru od 1817. do 1842. Rado kažemo da je ova zgrada srce našeg veleučilišta ili *vena cava*[10], ako vam je tako milije. Žila kucavica, shvaćate?" Roditelji potencijalnih studenata pokušavaju se nasmijati u slučaju da ih se iz potaje ocjenjuje iz toga koliko zabavnom smatraju našu vodičicu. No ostatak moje kohorte, koja se vjerojatno neće upisati na medicinski fakultet, zadrži kameni izraz lica.

"U redu! Idemo dalje!" Stacey i dalje odvažno grabi natraške, a mi za njom poput nezgrapnog ribljeg jata koje usisava struja njezina kretanja. Mama iskrivi lice i zastane da nogom spusti stražnji dio svojih novih bež salonki.

"Mogle smo odgledati kasete u udobnosti našeg doma", podsjetim je. "Da si se isprsila i kupila novi video, budući da je tata odnio stari."

"Ali bi tad propustila priliku da se sprijateljiš sa Stacey." Mama se nasmiješi i gurne me ramenom da se pokrenem.

"I hoćeš li? Ikad kupiti novi?" Ne skidam pogled s naše vodičice jer zapravo nije riječ o videorekorderu.

"Vjerojatno hoću. Zašto nema nikog vani?" upita ona druželjubivo, ponovno skrenuvši razgovor s teme triju života koje je uništila. "Zašto se nitko ne igra na travnjaku? Čudno. Dan je predivan. Gdje su svi?"

"Može pitanje?" jedna majka digne ruku. Njezina torbica, replika tigraste mačke u stvarnoj veličini, njihala se u pokušaju da održi korak s našom vodičicom.

"Da?" Stacey dodatno živne.

"Moja kći, Jessica, ponekad zaboravi popiti svoje vitamine. Može li je netko podsjetiti da to učini?"

Ispratim mamin pogled da ustanovim kako se takva kćerka uopće uspjela upisati na ovaj faks. Ali osim što na sebi ima cipele Buster Brown, Jessica ničime ne odaje da bi joj bio potreban batler za vitamine.

---

10   Šuplja vena.

"Izvrsno pitanje! Svaki paviljon za studente prve godine ima dežurnu osobu i sigurna sam da će se Jessica i dežurna osoba iz njezina paviljona uspjeti nešto dogovoriti."

Mama me pogleda raširenih očiju i mi blenemo u majku i njezin mačkoliki modni detalj. Ona shvaća da Jessica napušta roditeljski dom, zar ne? Da bi Jessica mogla odlučiti da će, recimo, popušiti onu stvar cijeloj hokejaškoj momčadi i da će Jessicin manjak vitamina B12 biti najmanja gospođina briga? Mama navuče pristojniji izraz lica kad se tigrasta mačka okrenula prema nama.

"A ovo je Pilgrim Building gdje se održava većina pradavanja za studente prve godine."

"Auuuu", sa strahopoštovanjem šapne mama. *"Ruglo."*

"Ova je zgrada dar generacije 1973.", objavi Stacey.

"A nitko nije sačuvao račun." Mama pokuša ponovno razgaliti nazočne, no nasmije samo tim otac-kćerka iza nas. Staceyno se lice ozari zbog te povratne reakcije.

"Da! Dakle, svi brucoši moraju dolaziti ovamo na sastanke na kojima će jedanput tjedno s drugima podijeliti svoje osjeća-*je* i svoje osjeća-*nje*. A ovo je brucoška kantina!"

Zavirimo kroz žućkasta stakla u prostoriju koja izgleda poput scenografije za produkciju *Olivera* iz sedamdesetih godina prošlog stoljeća. Dekor izrađen od imitacije drva oker boje senfa i s inkrustracijama krhotina zrcala poručuje "štosno", ali kolektivni izraz studentskih lica poručuje: "Bljutavo".

"Imamo više od dvadeset vrsta žitnih pahuljica i smrznutih savijača za tri obroka dnevno!"

Jessicina majka zadrhti.

Gledam u zbunjenog studenta kako visoko podiže žlicu iznad svoje zdjelice i pušta da njezin sadržaj prskajući pada natrag u obliku žućkastih grudica. Pokušavam se zamisliti kako stojim u dugačkom redu s pladnjem u rukama i jedem ispod oglasa za VAGINALNU OSVIJEŠTENOST ili kako stojim u jednako dugačkom redu da bih si ugrijala smrznuti štrudl i nešto me stegne u grlu. Nema nijedne Laure. Prijeđem pogledom po masnim licima. A ni Jakea. Ni blizu.

"Izvrsno! Odvest ću vas natrag u prijamnu zgradu gdje neki od vas imaju grupni intervju u tri sata. Čestitke već primljenima. Upamtite: zovem se Stacey i moja su vam vrata uvijek otvorena!"

Šutke klipšemo preko nepreglednog travnjaka. Proljetni vjetar propuhuje me kroz kaput. Gledam u lica klinaca koji se pripremaju za svoj intervju u tri sata: jednome se vjeđa vidljivo trza od nervoze. U učionicama pokraj kojih prolazimo studenti sjede i glupo bleje u profesore skrivene od mog pogleda koji im nešto diktiraju. Čemu? Još testova, još ocjena, još profesora, nekakav glupi posao, a onda što? Uspijemo li Jake i ja ikad sve to zajedno prebroditi, onda bismo mogli – što? Imati djecu da oni iznova prolaze sve te bedastoće? I usput im slomimo srce podnošenjem zahtjeva za razvod? Sve to izgleda tako... tako—

"Tvoja vrata neće uvijek biti otvorena, je li? To ne zvuči sigurno."

"Mama!"

Ona se navali na vrata suvenirnice i odgura ih, a kopča remena njezina balonera kucne po staklu. "Katie, trebamo porazgovarati o tome kako ćeš se zaštititi kad—"

"Maaaaaaaaaama!" Promjena intonacije na svakom "a" poručuje da ne mogu ni zamisliti razgovor o svojoj sigurnosti na faksu koji ne mogu ni zamisliti da pohađam, a budući da se usto ne mogu zamisliti nigdje drugdje, uključujući i moj *nekadašnji* roditeljski dom, mogla bih doživjeti živčani slom sad odmah, ovdje pokraj zida na kojem vise ljubičasti frizbiji, šalice za kavu, privjesci za ključeve i nogometne kacige, pa zato lijepo molim da me se ostavi na miru.

"U redu", ona shvati poruku. Uzme mongoloidnog medvjedića i nabije mi ga na nos. Othrvam se želji da ga zavitlam na drugu stranu krcate trgovine.

"Trebam, recimo, pet minuta."

"Da nazoveš Jakea", upinje se to izreći a da ne zareži.

"Ne. Samo da... se prošećem ili nešto takvo."

"Kathryn, moraš procijeniti svoje potrebe a da pritom ne uzimaš uvijek u obzir Jakeove." Ona me stisne za podlakticu. "Drago mi je što je bio uz tebe ovih nekoliko teških mjeseci, ali se brinem da postaješ preovisna o njemu i da ćeš u svemu tome izgubiti sebe."

"Ajme meni! Pa idem se samo malo prošetati!"

Mama mi se zagleda u lice. "Časna riječ?"

Jebi. Se. "Da." Ustuknem od njezina prodornog pogleda. "Želim reći da *trebam* biti malo *sama*. Ne u grupi sluđenih klinaca i roditelja, ni u autu s tobom."

"U redu." Ona se smrkne.

"U redu." Izađem iz trgovine u predvorje upravne zgrade gdje se bez riječi razdvojimo. Ona nastavi prema parkiralištu, a ja ostanem u paviljonu. Sama. Duboko udahnem i izdahnem, ne znajući kamo da krenem. Ne želim natrag na središnji travnjak prostran poput prerije. Ne želim se ni zadržavati ovdje. Poslušno prođem pokraj telefonskih govornica mozgajući o svojim potrebama pa produžim do WC-a. Pogledam na sat. Jake sad ionako vježba.

U zahodu ugledam Jessicu u novoj fakultetskoj majici sagnutu nad umivaonik. Lijevom rukom drži kosu da joj ne pada na lice. Ugledavši me u zrcalu, ona se uspravi. U desnoj ruci drži kratku slamku.

"Još imaš cijenu." Pokažem na njezin zatiljak gdje se klati ceduljica s logom Championa.

"Hvala." Ona se nasmiješi, a njezine srebrne naušnice u obliku škotskog terijera zasvjetlucaju u odrazu. "Ovaj faks izgleda mrak", kaže ona pa prstom prijeđe po pudrijeri, a onda po desnima, polizavši posljednje čestice praha.

Izašavši iz knjižare Virginijskog sveučilišta, zaškiljim na jakom suncu. Da sam barem ponijela Jakeove rejbanice, ali kako sam mogla znati da će ovdje biti proljeće, pravo proljeće – sve u cvatu, u zraku se osjeća ljeto – a ne mizerno travanjsko kišno proljeće kao kod nas, zbog kojeg se osjećaš kao pokisla kokoš? Zastanem u podnožju stuba, neodlučna kamo da krenem – u knjižnicu, kantinu, još jednu dražesnu zgradu od cigle. Odjednom se ponovno nad mene nadvije onaj oblak boli zbog kojeg mi se grče pluća još od veljače. I to ovdje, ispod magličastog sunca, okružena kričavozelenom travom i zasitnim mirisom cvijeća veličanstvenih vrtova! Pukne mi pred očima kroz mrežu tkiva u prsima u kojima me tišti. Kao da me netko upravo premlatio. Samo što nije riječ o "upravo". Bez mamina čavrljanja kojim želi zabašuriti sve probleme ili Jakea kao tople droge koji mi osigurava razbibrigu, iznova sam, mučno, svjesna što se dogodilo, što je izgubljeno: utješnost onoga što je naše zajedništvo predstavljalo.

Skrenem sa šetnice na potez travnjaka koji vodi do rotonde. Poput svega ovdje, i ona je bolno prekrasna. A prostor ispred nje, poput prizora iz *Alise u zemlji čuda,* prošarale su stolice za ljuljanje. Zbacim mokasinke s nogu i svalim se u najbližu stolicu, puštajući da mi zemlja hladi stopala.

"Hej, gdje da doznam radi li danas Treehouse?"

Zaškiljim u tipa koji mi prilazi žurnim korakom i čija plava kosa vijori na vjetru. "Oprosti, samo sam u obilasku", kažem.

"Ne studiraš ovdje?"

"Neodlučna sam." Pokažem u vrećicu iz knjižnice.

"E pa, izgledala si mi udomaćeno." On se veselo nasmiješi. Nisam navikla da mi se veselo smiješi itko osim Jakea. Dečki iz moje škole znaju da se ne isplati gubiti vrijeme.

"Je li to dobro?"

"Moglo bi biti." On svojom japankom šaljivo lupne po mojoj goloj potkoljenici.

"Hej, Jay! Prestani se upucavati komadima i pođimo!" Jay pogleda preko moje glave i ja zavirim kroz letvice stolice u grupu frajera koji ga rukom pozivaju da se vrati na šetnicu.

"Oprosti, Neodlučna, moja pratnja. Sretno – odnosno, vjerojatno sretno nama oboma."

"Hvala!" Gledam za njim kako trči i shvatim da se smiješim. I očijukam. I – barem na trenutak – zaboravljam.

※

"… Tu neopisivo žalosnu situaciju dodatno pogoršava", zbori britanski glas s televizora u Motelu 6, *"to što slonovsko mladunče ne može ostaviti majčino tijelo nakon što lovci odsijeku kljove. Ostat će pokraj nje i plakati dok i ono ne ugine od žeđi i gladi."*

Mama sjedi na svom bračnom krevetu, pregledava nastavne programe svojih nastavnika i pije Frescu. Spusti naočale i upitno me pogleda. Mrzim je. Njezin izgled. Naočale. Njezine nastavne programe. Mrzim čak i njezinu Frescu.

"Da, mama, ubiju li te lovci zbog tvojih dragocjenih srebrnih kuglastih naušnica, ostat ću pokraj tebe cvileći dok i ja ne umrem od žeđi i gladi."

"Dobro." Ona se ponovno posveti hrpi fascikala u krilu. Ni ona ni ja ne razgovaramo o današnjem danu ili o mojoj neodlučnosti. Ili činjenici da je mrzim. Mrzim je.

"Slonovaču se potom prokrijumčari preko granice…" Svrnem pogled s ekrana na svoj ruksak koji visi na stolcu. Njegov bočni džepić krcat je kovanicama.

"U devet se prebacujemo na *Beverly Hills 90210,* dogovoreno?"

Ona kemijskom načini crvenu kvačicu na papiru. "Želim vidjeti kako će ovo završiti."

"Slonovi nestanu s lica zemlje i pamtimo ih samo po nekoliko stripova o sloniću Babaru i po knjizi doktora Suessa *Slonić Horton sjedi na jajetu.*"

Mama na trenutak prekine svoje uhodano ocjenjivanje. "To je bila divna knjiga. Tad smo ti kupili gospodina Salona." Ona se nasmiješi. "Nisi mogla reći slon."

Grupa muškaraca s pilama za metal u rukama okruži ubijenu životinju. "Mama, ozbiljno ti kažem, ovo me baca u komu."

"Svijest. Namjera emisije jest da ti probudi svijest."

"Tako da kad završim šmrčući kokain s Jessicom u jednakim uskim puloverima, pomislit ću: Hej, to ne valja, ali me barem nitko ne pokušava ubiti zbog mojih očnjaka?"

"Točno tako." Ona našvrlja komentar na posljednjoj stranici i odloži papir ne gledajući u mene. "Znači li to da si još neodlučna?" To znači da moram nazvati svog dečka, jebote! "Čujem da je ljudožderstvo u Swarthmoreu uobičajena pojava. Što i ne čudi, s obzirom na mirise koji dopiru iz one blagovaonice." Ona otpije još jedan gutljaj Fresce.

"Zar ti se sok već nije smlačio?" upitam i skočim s izblijedjelog cvjetnog pokrivača.

"Donekle." Ona lagano zavrti limenku soka pa je gurne na stol.

"Donijet ću leda."

"E nećeš." Ona me svojom crvenom kemijskom olovkom zaustavi jer sam ja već prebacila ruksak preko ramena. "Ovdje ljudi odu i više ih nitko nikad ne vidi."

"Šališ se?"

"Vjerojatno smo jedine gošće u ovom objektu" – ona crvenom kemijskom načini krug u zraku – "koje u prtljažniku nemaju zavezanog tinejdžera."

Podignem plastičnu kanticu za led sa stola pokraj prozora i izvučem lanac s vrata. "Dogodine ću na fakultet."

"A ja pomislih da smo na krstarenju."

"Hoću reći, snalazit ću se ovdje sama", glas mi poprimi oštrinu i ojađeno rukom pokažem prema svijetu iza navučenih zavjesa.

"Sama? Ili uz pomoć *leda* koji ćeš donijeti?" Prsti joj poskoče gore-dolje u obliku okrutnih navodnika.

"*Sama.*" Čvrsto se uhvatim za vrata. "A ti si *profućkala* svoje pravo da brineš – pardon – pravo da uopće imaš ikakvo mišljenje. Pa zato prestani, može? Prestani se pretvarati da si mi još mama, jer mi je zlo." Napokon izgovorim rečenicu koja mi odjekuje u glavi od trenutka kad se njezin automobil zaustavio ispred Jakeove kuće. "Zlo mi je od tebe."

Ruksak me lupka po slabini dok jurim niz betonsku stazu i niz stube u predvorje. "Budidomabudidomabudidoma", popratim svaki svoj užurbani korak tim dvjema riječima. Povučem staklena vrata krcate prostorije i lakne mi: telefonska je govornica prazna.

"Mogu pomoći?" Šef recepcije proviri iz svojeg ureda i iznutra začujem najavnu špicu reprizne epizode serije *Muškarac u kući.*

"Samo trebam telefonirati."

"O. U redu. Samo nemoj dugo. Za to služi telefon u boravku", zagunđa on i povuče se u ured.

Spustim ruksak na dvosjed presvučen izlizanom kariranom tkaninom i izvadim pregršt kovanica. Držeći slušalicu – masnu od gela za kosu i znoja kamiondžija – prislonjenu na uho, tipke pritišćem pažljivo i dovoljno jako kao da će zbog toga Jake biti kod kuće.

Telefon zvoni unedogled. "Budidomabudidomabudidoma." I zvoni. Pričekam da odzvoni osam, šesnaest, pa dvadeset četiri puta. Naposljetku telefon zašuti.

"Sranje."

Glava šefa recepcije ponovno proviri.

"Oprostite!" Želite izviđački keks?

"Hm", zagunđa on.

Ponovno ubacim kovanice i ponovno nazovem. Netko digne slušalicu nakon drugog zvona.

"Halo?" Susanin glas zasikće s drugog kraja.

"Bok! Ovdje Katie. Je li Jake doma?"

"Jake, jesi doma?" upita ona podmuklo. "Tu je", kaže ona mlako.

"Bok." Dovoljan je jedan duboki slog da napeti sati, obilasci, ozbiljne radijske emisije, brza hrana, pljesnive tuš-kade, budu kao rukom odnesene. "Pričekaj, preuzet ću poziv u svojoj sobi, može?"

"Naravno", odgovorim nesigurno i izvadim posljednji pregršt kovanica. Bubnjam prstima po izgrebenoj lamperiji i ubacujem novu kovanicu od dvadeset pet centi svaki put kad u telefonu zapišti.

"Još si tu?" njegov glas, dubok i privlačno promukao, najzad doplovi s druge strane.

"Jesam", kažem i okrenem se prema telefonu kao da bi ovaj mogao oviti ruke oko mene.

"Kako ide?"

"Sedamdeset dva sata u autu s mamom – ima li što bolje?"

"Ali još malo pa gotovo, zar ne?" upita on ohrabrujuće.

"Aha, vraćamo se u nedjelju kasno navečer."

"A onda eto i mene, bacit ću ti Lumena u prozor."

Smiješim se, a kutovi usta iznenada mi zadrhte dok pokušavam zamisliti da ga ne viđam mjesecima, da se naš zajednički život zbiva isključivo putem umašćenih telefona.

"Drago mi je što si nazvala", kaže on.

Progutam slinu i pokušam otkočiti grlo. "Već sam zvala, ali se nitko nije javio."

"O, to si bila ti? Aha, svađali smo se."

"Zbog čega?"

"Uvijek isto. Zapravo," reče on pa pošuti, "i ne baš. Upao sam na Vermontsko sveučilište."

"Jake!" pokušavam veselo kliknuti, ali mi se grlo stisne oko zraka koji pokušavam istisnuti iz grla. "Pa to je divno! Vaša će škvadra biti na okupu."

"Aha, Sam već izviđa postoji li mogućnost da budemo cimeri, a Laura smišlja kako da dijelimo auto", nasmije se on, ali mu glas ne zvuči veselije od mojeg.

"To je… super. Čestitam." Tu posljednju riječ protisnem kroz suze.

"Hej, nemoj se žalostiti."

"Ali ostavljam sve vas", grcam. "Vi ćete biti svi zajedno, stjecati zajedničke studentske uspomene, a ja ću biti... Jake, Virginijsko sveučilište puno je ljepše od ostalih, iako je do njega šesnaest sati vožnje. Raja izgleda simpatično i opušteno, ali ne i preležerno, i smiješe se, ali ne fanatično. Nemaš osjećaj da će šmrkati vitamine iz pudrijera—"

"Molim?"

"Ništa." Zavučem ruku u ruksak i izvadim šaku papirnatih ubrusa. "Ne, ovo je super," ponovim, "doista. Tako mi je drago zbog tebe."

"Volim te, Katie."

Sad sam ja na redu da kažem "Molim?" i useknem se.

"Volim te. I nikakva udaljenost nikad to neće promijeniti. Čuješ li me?"

"Da", potvrdim.

"Ne. Slušaj. Ja-te-volim." Njegov glas uspori, kao da pokušava uklesati te riječi u mene. "I *nikakva* udaljenost nikad to neće promijeniti. Upamtit ćeš to? Obećaj."

"Znači li to... što bih trebala učiniti?"

Telefon zableji i brzo proguta moje posljednje kovanice. Šef recepcije ponovno proviri, sumnjičava i kivna pogleda.

"Katie? Katie?" Jakeovi vapaji dopiru s druge strane. "Obećavaš?"

"Jake?!"

❄

Čvrsto prekriženih ruku zlovoljno se gurim na suvozačkom sjedištu i upinjem se držati oči sklopljene. Usta su mi suha nakon proplakane noći, lakše mi je pretvarati se da spavam nego priznati da sam budna i izložiti se opasnosti od još jedne runde prepirki. Naš automobil ritmično muklo prelazi preko spojeva betonskih ploča na autocesti. Podignem vjeđu da virnem dok prelazimo preko mosta, no zaslijepe me odbljesci sunca s površine vode. Jebiga. Zatrepćem i "probudim" se. Majka grčevito uhvati volan, lica napeta i blijeda.

"Ne pokušavam te učiniti savršenom", ona će tiho, promukla glasa. Zagledam se kroz prozor u maslačke koji su prošarali prostor uz cestu ispod natpisa koji me obavještavao da održavanje tekuće cestovne milje plaća Bette Midler. "Ne ciljam na savršenstvo i nikad i nisam. A ni tvoj otac."

Stisnem usta na to njezino zaklinjanje. "Znam to, mama."

"Uzela sam tjedan dana godišnjeg radi ovog—"

"Jer se tata upravo zaposlio u knjižnici."

"Jer želim da vidiš koje su ti opcije, koliko je svijet velik. Ti, Katie, misliš da sam profućkala svoje pravo da ti dijelim savjete, ali *trebaš* vidjeti—" Ona mahne rukom. "Kako život može biti velik."

"Znam. A i ne želim podstanariti iznad nekog minimarketa u Burlingtonu i raditi kao konobarica."

"Samo želim reći ako si uvjerena da ti se život vrti oko Jakea Sharpea, u tom bi nam slučaju bilo draže da pauziraš semestar i *stvarno* vidiš kako je to kad ti je Jake jedini prioritet."

"Mi?" Ugrizem se za unutrašnju stranu obraza. "U redu, *nisam* uvjerena." Raširim ruke. "Ni u što! A kako bih i mogla biti? Znam da si ti proživjela sve to, znam, ali ti nisi ja, ti si ti." Udahnem duboko, poput hropca, jer me boli to što sam je izgubila. "A nisi ni imala Jakea."

"Ne, sa sedamnaest godina nisam."

"Što znači da ni ti ne znaš ništa ni o čemu." Prekopam po ruksaku u potrazi za maramicama, ali odustanem od potrage pa lice obrišem puloverom. "Ali me ždere to da jedino u što sam sad sigurna – *jedino* – jest da ga volim i da on voli mene, i to je stvarno dobro. I odlučiti to ostaviti je kao da je riječ o kutiji starih igračaka samo zato što bih trebala krenuti ovim putem, a što se *pukim slučajem* događa u rujnu čini mi se tako... *lakoumno. Lakoumno,* mama. Vi ste mi oduvijek trubili da su u životu važni ljudi i sad trebam donijeti odluku, a vi sumnjate u moje prioritete i ja... ja..." Prsa mi podrhtavaju od jecaja. Osjetim njezinu toplu ruku na svojoj glavi, zbog čega se samo još jače rasplačem. "Kvragu, mama, zašto mi niste dali da se prijavim na UVM?"

Budući da nisam čula nikakav odgovor, pogledam u nju. Niz lice joj cure suze i ona se zaustavi uz rub ceste. Zgurena nad volanom, utisne njegovu kožnu oblogu u čelo i stisne oči.

"Mama?" Ona okrene glavu na drugu stranu; ramena joj podrhtavaju. Automobili nam u prolazu glasno trube. "Mama, a da uključimo signalna svjetla?"

Ona podigne glavu kao našpranjena i upali žmigavce pa usput rukom obriše nos. "Nemaš više onih glupih maramica?"

Ponovno prekopam po ruksaku. "Nemam više onih glupih maramica."

"Dakle, Kathryn, evo kako stoje stvari. Ne znam što bih trebala učiniti u vezi s tim. A ne zna ni tata. Nedostaje mi. Uprskala sam stvar. Ali sam ti još roditelj. Eto." Suze joj se kotrljaju niz obraze i ona se zagleda u daljinu.

"U redu", kažem. Pomislila sam da će mi laknuti zbog tog njezina priznanja, ali osjetim tek dublju mučninu zbog naizgled bezdanih otkrića njihove pogrešivosti.

"Htjeli smo ti prirediti veliku maturalnu zabavu u stražnjem dvorištu i poslati te u izvanrednu pustolovinu na neko divno i novo mjesto po tvojem izboru. Umjesto toga, u svakom razgovoru koji vodimo o nekom tvojem novom životnom koraku čuje se samo JakeJakeJake. Kathryn, on ne može biti temelj tvojih životnih planova. Znam da ti je bio izvanredan prijatelj sve ovo... ovo vrijeme, ali ne može ti muškarac biti kamen temeljac životnih planova."

Osjetim bol još jednog niskog udarca. "Kažeš to kao da sam si upropastila život."

"Nisi. Nisi si upropastila život." Nije dodala *još*. "Super si cura."

"Mama, odlučujem za sebe, a ne zbog Jakea ili gospođe Hotchkiss."

"Samo to tražim."

"Stvarno?" upitam zajedljivo. "Jer nekako imam osjećaj da ćeš kad se vratimo kući, ti spavati u mojoj sobi i hodati za mnom."

"I hoću!" kaže ona, isključi žmigavce i pogleda preko ramena kako da se ponovno ubaci u vozni trak. "Svi bi trebali. Jako si privlačna, osobito nakon što si za doručak pojela čips od krumpira s vrhnjem i lukom."

"Suzdržavaš se, svaka čast."

"'Puštam te s uzde', sjećaš se? Bože, baš bi nam dobro došle one maramice." Ona šmrcne.

"I nešto za grickanje." Odškrinem prozor i pustim da mi jureći zrak osuši lice.

"I haljina za maturalni ples!" Ona kićenim pokretom uključi žmigavac pa kimne glavom prema reklamnom panou za trgovački centar. "Misliš da u *outletu* s haljinama Jessice McClintock imaju obiteljskog savjetnika?" I ona nas poveze na izlazni odvojak.

19

23. prosinca 2005.

Jake nas odvede pred ladanjski klub Croton Fallsa, proveze nas punom dužinom praznog parkirališta pa iza zgrade, odakle kapaju posljednji kuhari koji se gure zbog vjetra i grabe prema svojim službenim parkirnim mjestima u dnu parkirališta.

"Ovuda", kaže Jake, skoči s prednjeg sjedala, obiđe auto i priđe mojim vratima. Otvori ih i pruži mi ruku.

Nepomična, prekriženih ruku, zurim u vjetrom i kišom išibane kabine za presvlačenje. "Jake, zatvoren je."

"Ma samo ti dođi." On se dražesno nasmiješi. "Prosim lijepo?"

Pogledam na sat. "Zar ne bismo mogli lijepo sjediti u toploj zalogajnici i razgovarati, kao što čine svi normalni ljudi u dva sata noću?"

"Ne ako ne želiš da to prikažu na televiziji u trideset dvije zemlje."

"Zašto ovdje?" Pokažem u mračnu zgradu od cigle.

"Priredit ćemo si maturalni ples. Ako – jebote – prosim lijepo izađeš iz auta."

Zakolutam očima, ali se svejedno iskobeljam iz auta i uhvatim korak s njim preko nedavno ralicom očišćenog parkirališta. Kad su posljednja dva kuhara zamakla za ugao, Jake pokaže na ulaz za osoblje još podbočen ciglom. "Vidiš? Praktički nas pozivaju da uđemo."

Pogledam u njega pokušavajući suspregnuti smiješak.

"Dođi."

Kimnem glavom, sagnem se i pođem za njim. On zavijuga kroz kuhinju i u neosvijetljeni stražnji hodnik koji vonja po filetima od lososa i tartar-umaku. "Ovuda."

"Kako znaš?" šapnem.

"Svirali smo ovdje valjda tisuću puta."

"Imaš pravo", sjetim se dok žurno koračamo niz mračni hodnik. "Tvoja izvedba 'Osjećaja' svaki put bi ih podigla na noge."

"E *to* je podcijenjena pjesma."

"Stvarno?"

"Ne." On gurne salunska vrata koja su vodila u restoran i mi zastanemo na ulazu. Ogoljenost okruglih stolova na razvlačenje koji sad nisu pokriveni uštirkanim stolnjacima ublažavaju odbljesci mjesečine od snježnog pokrivača terena za golf, što restoran ispunjava mliječnom svjetlošću.

Premda nakon četvrtog srednje nisam narasla ni centimetra, prostorija izgleda pomalo nestvarno, predvidljivo manja i nevjerojatno manje glamurozna: zidovi s prstenom vjenčića od umjetne božikovine, na pozornici stoji malo božićno drvce ukrašeno rezancima aluminijske folije. Jake se natraške hodajući udaljuje od mene preko parketa podija, pruženih ruku. "Onda? Kako je bilo?"

"Kako je bilo?" ponovim poput jeke.

On stane nasred podija. "Aha. Opiši mi."

"Dakle…" Osvrnem se, a prostorija se u mojem sjećanju ispuni šljokičastim satenom i unajmljenim smokinzima, ushićenim parovima, stolovima, visokim frizurama i iznevjerenim curama, neskrivenim razočaranjem i skrivenim ploskicama. "Moraš znati da sam sve vidjela kroz neprozirni veo suza."

On kimne glavom i to mu priznanje osigura obilazak s vodičem.

"Dakle, tema maturalnog plesa bila je 'Pod sretnom zvijezdom' pa je po cijelom stropu bilo balona u obliku zvijezda." Pokažem u vatrootporne stropne ploče. "Što zvuči ogavno, ali se meni činilo kao iz videa 'Modern Lovea' i svidjelo mi se." Jake podigne obrve. "Bilo je *kontroverzno*. Dakle, sve je bilo srebrno i svjetlucavo. Michelle i njezino društvo jako su se potrudili i... pa to je bio maturalni ples." Slegnem ramenima. "Mislim da su stolovi s pićima bili postavljeni ovdje... i ovdje."

Jake gleda u moje gestikulirajuće ruke. Svako mjesto koje pokažem kao da se ponovno materijalizira. Ozareno me gleda.

"Sam, Todd, Benjy – oni su svirali. Sam je pjevao."

"A u današnjoj verziji, i ja sam na pozornici."

On lako skoči na pozornicu i stane ispred neuključenog mikrofona. "Što si imala na sebi?"

"Nabranu minicu Jessice McClintock od ružičastog satena." Pokretom ruku dočaram naboranost.

"Seksi."

"Donna Martin je nosila jako sličnu."

Jake se nasmiješi i zapjeva: *"Is it getting better, or do you feel the same?"*[11] njegov glas ispuni prostoriju u izvedbi pjesme "One"[12], koju bi uvijek posvetio meni. Vidovito. "Odsvirali bismo jedan blok, a onda bi preuzeo DJ da bismo mi mogli zaplesati sa svojim curama." Siđe s pozornice. "Smijem li zamoliti za ples?"

"Ja—" usprotivim se, ali Jake – i dalje pjevušeći – isprepleteě svoje prste s mojima, podigne mi ruke na svoj zatiljak gdje se one smire na njegovoj toploj koži. Rukama me uhvati za bokove i počnemo plesati. Prožme me taj divan osjećaj dok se zibamo na sugestivnu glazbu čije su vibracije zaplovile eterom prije deset godina. Duboko udahnem miris njegove kože ispod kolonjske vode koju rabi prema sponzorskom ugovoru, taj poznati miris koji sam oduvijek povezivala s mirisom svježeg slatkog kukuruza.

On mi šapne u uho. "Maturalni ples... Obavljeno. Što još želiš?"

---

11 Postaje li bolje, ili se osjećaš isto?
12 Jedina/Jedini.

Tad mi sine. Smognem snage da ovu fantaziju stavim na poček kako bih dobila ono po što sam došla. Odmaknem se od njega i pogledam ga u oči. "Želim da prekineš sa mnom."

On ponikne pogledom.

"Trebam to čuti."

"U reeeedu." On podigne trepavice i zagleda mi se u lice. "Um... pretpostavljam da bih ti to rekao—"

"Ne." Odmahnem glavom. "Ne 'bih rekao.'"

On kimne glavom, polako shvaćajući što želim reći. "Katie?"

"Da?"

"Nešto ti već dugo želim reći, samo pokušavam... smisliti kako. Znaš kad je onaj lovac na talente došao i vidio nas kako sviramo i... dakle, on želi da dođem u L. A. Misli da mi može srediti ugovor." Protrlja bradu i ponovno je sedamnaestogodišnjak.

"Pa to je divno", kažem, osjetivši neočekivani treptaj iskrene radosti.

"Pomislio sam da bi ti mogla poći sa mnom. Mozgao sam o tome puno, ali..."

"Ali?" Škiljim u njega, u očajnoj želji da ovo nemoguće pitanje naposljetku dobije odgovor.

"Ti si se upisala na faks, a ja nemam pojma kako će mi biti u L. A.-u i... i... sve je u tvom životu sad tako osjetljivo." On zavuče ruku u moju kosu bolna izraza lica. "Ako to ne uspije, ne bih si mogao oprostiti što sam te odvukao sa sobom. Znam da ćeš mi nedostajati tako jako da neću moći disati. Znam da ću se svakog jutra probuditi... *svakog* jutra... i upitati se jesam li užasno pogriješio... ali moram otići. Moram, Katie."

"Znam", kažem ja. Naposljetku sam izgovorila taj dugo uskraćivani blagoslov.

"Stvarno?"

"Da. Jake, sve to što si postigao, ja sam željela da ti se ostvari."

"Žao mi je."

"Stvarno?" Ponovno se nakostriješim. "Zbog čega?"

"Što sam te ostavio." On se sagne i usne nam se spoje, utonemo jedno u drugo, ruke nam se zavuku ispod vune, pronađu golu put. Okus njegovih poljubaca je isti. Sasvim isti.

"Okus ti je isti", promrmljam mu u kosu dok mi on ljubi vrat. Koljena nam klecnu i klonemo na ogrebeni parket, a ruke nam pronađu poznate staze. A onda on otkopča remen i iz džepa izvadi prezervativ.

"Ne, ne. O, Bože, ne, prestani." Sjednem. "Ne možemo." Spustim majicu.

"Da. Da, možemo." On se maši za moj remen.

"Pa, naravno, tjelesno smo kadri. Ali ti imaš zaručnicu. Ovdje. I sada. 2005. A i tri prijatelja kojima ipak duguješ. Da, Jake, *duguješ* tantijeme i prava. *Moraš* to srediti."

"Ali potratili smo—"

Prostrijelim ga pogledom.

"Potratio sam previše vremena." On ponovno zavuče ruku oko mojih bokova.

"Jake." Izvučem se iz njegova stiska. "Ovo je… Ne znam što je ovo. Vremeplov. Talog mladenačkih hormona." Ustanem i zakopčam grudnjak. Dolazim k sebi.

"Ma daj, već smo to radili pa se ne računa."

"To je najplići argument koji sam ikad čula."

On se podboči na laktove. "Želim reći da više nemamo drugih grijeha za ispovijedanje. Pa zato dođi."

Gledam u njega. On polako ustane, priđe mi tako blizu da nam se lica ponovno gotovo dodiruju. "Isuse, Katie, želiš li mi reći da ti to ne osjećaš?"

Trepnem i priberem se. Pokušavam se uživjeti u svaku minutu koju sam nakon svoje dvadesete godine provela bjesneći na nekom parkiralištu ispred nekog koncerta koji mi je upravo pokvarila njegova zvučna kulisa… dok se kunem svime na svijetu pruži li mi se ikad prilika… Izvlačim riječi iz poluupamćenih govora koji su mi nekoć grmeći prolazili glavom u dugim jutarnjim seansama: "Želim ti reći da ne zaslužuješ. Da, ovo je bila maturalna zabava i zaribao si je. Da, između nas ima kemije. *Silne* kemije. Višestruko platinaste kemije. Da, propustio si sve te godine. Ali si otišao, Jake. Otišao si. A ja sam izgradila cijeli jedan život koji s tobom nema nikakve veze. A koji, da budem više nego jasna, nije tebi na raspolaganju kao izvor kreativnog materijala. Kao ni životi sporednih likova u njemu, bez obzira na to kako ti se poetičnima njihovi postupci možda učinili. I tako, premda cijenim tvoju ispriku, cijenila bih još i više kad bi me odveo kući da konačno mogu nastaviti živjeti taj svoj život."

20

UVA

Izađem iz klimatizirane svježine na popodnevno sunce i odložim ruksak na pod pokraj nogu da skinem vestu na stubama Cabellova paviljona.

"Vidimo se u utorak!"

Podignem glavu s veste koju guram u ruksak. "Aha!" uzvratim smiješak Ljepušanu u dresu za lakros. "Uživaj u filmu."

"Zamalo sam zaboravio!" On se lupne po čelu. "Vidimo se u knjižnici." On načini nekoliko koraka natraške mašući mi, a onda se okrene i stopi s poletnom povorkom preplanulih lica.

Prebacim ruksak preko sad golog ramena i veselo se nasmiješim nebu prošaranom grudastim bijelim oblacima. Obožavam Charlottesville u državi Virginiji! Obožavam to što mi je osigurao popis zadataka koji ne uključuje 'Nađi neki usrani ljetni posao i plači u pregaču s logom restorana brze hrane.' Obožavam to što je pun ljudi koji pojma nemaju o spomenutom ridanju. Obožavam to što će – kamo god pošla, u koje god doba dana – minimalno jedan džoger sopćući protrčati pokraj mene u potrazi za zdravljem i lucidnošću poput barjaktara, pogleda uprta preda se. O-B-O-Ž--A-V-A-M ga toliko da to želim otisnuti na majicu ili razglednicu, bilježnice oblijepiti naljepnicama s tom porukom.

Nataknem naočale i odskakutam niz ciglene stube u bujicu studenata odjevenih u otmjenu sportsku odjeću. Mjerkam komada koji nosi nogometnu loptu. Mjerkam zgodnog frajera u društvu drugih zgodnih frajera. Smiješim se zgodnom frajeru koji prolazi pokraj mene. A negdje među svim tim nesmiljenim tamnoplavo-narančastim mogućnostima[13] čeka me Jay u japankama. Kojeg ću naći i u njega se zaljubiti, makar morala izaći sa svim ovdašnjim zgodnim frajerima da bi se to dogodilo.

❈

"*Mrzim* je", objavi moja cimerica Beth strelovito okrenuvši glavu prema meni, očiju razrogačenih od čuđenja zbog vlastite žučljivosti dok u nedjeljno jutro u kantini pužemo u žalosnom mamurnom redu.

"Koga?" Pogledom potražim dušmanku.

"Nju", Beth mi nijemo poruči usnama i trzne glavom prema sportski i ekološki osviješteno odjevenoj plavuši ispred nas.

"Zašto?"

"Ne znam", usplahireno šapne Beth, lica iskrivljena u grimasi zbunjenosti. "Prvi put je vidim. Ali njezin miris, njezin glas... Čini mi se da bih je mogla odalamiti po glavi ovim pladnjem." Njezine fine ručice grčevito stežu plastiku boje breskve.

Pogledam pokraj Beth u njezinu bezobzirnu mučiteljicu koja hihoće s prijateljicama dok prebire po gnjecavim i masnim pljeskavicama od ribanog krumpira i koja je nesvjesna potencijalno preuranjene pogibije koja joj prijeti od metar pedeset visoke, neispavane, dehidrirane crvenokose brucošice koja stoji u redu iza nje.

"Kad si prestala uzimati pilule?" upitam i uzmem pregršt isparavajućeg i mokrog pribora za jelo.

"Um... prije neka tri tjedna, čim sam prekinula s Mikeom, zašto?"

"PMS", objavim. "Pravi PMS. Prirodni adrenalin."

---

13 Boje Sveučilišta Virginija.

"Stvarno?" Beth je užasnuta.

"Dobro nam došla! I još bolje te našla!" Kucnemo se vilicama.

"Mislila sam da je to možda zbog kiše." Ona zavrti glavom, dohvati mlitavu voćnu torticu i zagrize u nju. "Ili me netko zaliven s tolikom količinom njezina parfema istukao u najosjetljivijoj fazi djetinjstva, a ja sam to sjećanje potisnula."

"A ni ova kiša ne pomaže", uzdahnem, gledajući kroz zamagljene prozore. Prođe neki gnusni tip u blatnjavom donjem dijelu trenirke. Još gnusniji tip loče mlijeko sa svojim još gnusnijim prijateljima i pljucka ga po sebi dok se smiju gnusnim smijehom. Prođe najgnusniji tip i podrigujući pozdravi cijeli red. Sve u svemu, more blijede, masne, krvlju podlivene i po pivu bazdeće gnusobe.

Šest mjeseci studiram na UVA-i, a još ni traga Jayu. Ni zgodnim frajerima. Kao da je hladnoća zaledila njihovu dražest i sad se klesanjem razotkrila njihova gnusna srž.

"Kako mrzim Charlottesville u državi Virginiji."

"Gdje!" Bethine oči zaiskre.

"Što?"

"O", ona splasne. "Mislila sam da si to vidjela na nekoj majici. U obje sveučilišne boje, molim."

Gurnem šalicu pod slavinu za kavu, gledam kako se diže razina sapunaste vode i samo si na trenutak dopustim zamisliti dodir Jakeove flanelske košulje na mojoj ključnoj kosti.

"Nisam ovo ovako zamišljala", kaže Beth iznad ruba plastične čaše piva velike gotovo koliko i njezino lice.

"Očekivala si kristal?" pitam promatrajući Lauru u razgovoru s grupicom cura iz kluba Phi Mu: prvi se put iskreno opušteno nasmiješila nakon što je danas popodne sišla s autobusa.

"Kad je tvoja prijateljica opisivala kako će nam biti zabavno. Pokušavala sam zamisliti nešto neklišejizirano, ali kako je moguće da onaj tamo tip u togi *doslovce* cuga iz lijevka?"

"Nazdravimo onome 'onaj tamo'", napomenem, a Beth se nagne da se kucnemo plastikom. Pjenasta jantarna tekućina prolije mi se po zapešću i namoči rukav mojeg posuđenog trikoa. Gledam kako Laura kruži oko bačvice piva s ostatkom Phi Muica i stručno cucla kapavu slavinu. Nakon što su je uhvatili za noge i podigli ih u zrak, Beth i ja odlučimo nastaviti srkati pivo iz naših donekle higijenskih šalica, zajedno s ostatkom krcate prostorije, željno očekujući navodni efekt "pivskih naočala" kroz koje – nadamo se – više nećemo vidjeti desetak godina stare slojeve nečisti na zidovima.

"Slušaj!" Stavim ruku na Bethinu podlakticu obloženu tkaninom leopardova uzorka kad sam prepoznala prve taktove "Freedom '90" Georgea Michaela. Ona razrogači oči pa i ona mene zgrabi za ruku. Brzo se probijemo među druga tijela koja se drmusaju na piljevinom posutom podu između stola za stolni tenis i kauča. Iznenada me Laura drži za ruku i dobacuje mi stihove pjesme u lice. Dignemo ruke i zapjevamo zajedno s Georgeom, jer bez obzira na rupu koju je Jake ostavio u mom srcu, imam ovo. Mogu činiti što god hoću s kim god hoću. Zatvorim oči i zavrtim bokovima, pa se nasmiješim kad sam se okrenula i ugledala kako djevojački kadar oko mene, krug koji je na trenutak zatvorila Laura, blažene čine isto.

Budući da ne mogu zaspati jer me kao i svaki put rano u zoru hvata poznati grč u želucu, proučavam stropne štukature. Laura grcavo udahne. "Laura", šapnem. Ona još nekoliko puta hrakavo udahne. "Laura", pokušam opet. Laura se raskrečila na sagu između Bethina i mog kreveta, desne ruke još ovijene oko plastičnog koša. Sjednem na krevet i nogom gurnem njezino opruženo tijelo. "Laura!"

Ona zaškilji pa pogleda u mene. "Ha?"

"Bok."

"Bok." Vjeđe joj zatrepere pa se sklope, disanje joj se uspori i nastavi jačati po razini čujnosti. Podvučem koljena pod majicu i zagledam se u iverak vanjskog svijeta vidljiv između rolete i prozorske daske. Bol u grudima širi mi se u udove pa zebem. Ogrnem se pokrivačem. "Gdje je on?"

"Ha?" Laura gurne lijevu ruku pod jastuk.

"*Gdje* je on? *Gdje* je on, Laura?" Izvitoperim se preko ruba kreveta. "Kamo je otišao?"

"Nemoj", kaže ona tiho i hrapavo od urlanja tekstova pjesama, pušenja i povraćanja. "Spa-vaj." Otkotrlja se od mene.

"Ne mogu."

Ona opipa oko sebe u potrazi za drugim jastukom i pokrije se njime po glavi mrmljajući: "Sam ti nije spominjao tu usranu razglednicu—"

"Što?!" Spustim se na sag, a pokrivač mi sklizne s ramena kad sam strgnula jastuk s njezine glave. *"Kakva razglednica?"*

"Nije ti rekao jer je—"

"Što? Jer je što?"

Laura se podigne na laktove, duboko udahne, a pogled joj se razbistri. "Veliko ništa. 'Hej, što ima? Nadam se da je na faksu dobro. Fališ mi, čovječe.' Veliko – ništa", dovrši ona zgađeno.

"Poslana iz?"

"L. A.-a, ali nikakve koristi od nje." Ona se ponovno svali na leđa. "Premda je Sam dao da uzmu otiske s nje."

"Ima li je još? Mogu li je vidjeti?"

"O, Bože moj! Nisam sjedila u busu trinaest sati da bih pričala o Jakeu Sharpeu jer bih to mogla raditi i iz vlastitog kreveta!" Iznenada se podigne i klekne, nagne nad onaj koš kao da će povratiti i ja pružim ruku da joj odmaknem zavjesu kose s lica. Kad ju je minuo napad mučnine, ona položi znojno čelo na ruku koju je položila na plastični rub koša. "Poslije osam mjeseci – poslije osam *godina!* – on je i dalje pizdek na kvadrat." Rezonantna kutija koša pojačala joj je glas. "To su bile vijesti iz Vermonta, možemo li sad nastaviti spavati?" Kimajući glavom, pružim joj čašu vode, a ona obriše usta. *Hej, što ima? Nadam se da je na faksu dobro. Fališ mi, čovječe.* Ja mu ne nedostajem.

❄

"Mislim da ću ja natrag u sobu", kažem Beth dok hodamo po stazi od opeke sestrinstva Delta Zeta.

"Ne znam", mozga ona. "Nakon dvije godine nekako mi je srcu priraslo." Redovi *a capella* raspjevanih sestara u odjeći Laure Ashley sirenskim zborskim pjevom mame brucošice koje hodaju niz Dekansku ulicu. "Premda ne tvrdim da nije trunčicu stepfordski."

"Trunčicu." Kimnem glavom. "Iako mi pomisao na sav onaj besplatni sladoled zvuči primamljivo. Ali ti samo idi. Prikazuju *Ralje,* a Lindsey kreira sestrinsku bombonijeru."

Brzo se zagrlimo i ja presiječem iza ćurlikavih kuća na Ragbijevsku cestu; bratstva kao da su osmislila malo suptilniji način novačenja pa glas Davea Matthewsa plovi preko travnjaka prošaranih kaučima koji se izležavaju blizu lijeno dimećih roštilja. Sunce se odmakne i zapadne za krovove nekad velebnih vila dok ja hodam po pločniku ispred njih.

Frizbi mi se dokotrlja pod noge.

"Hej, ružičasta suknjo!" Pogledam u travnjak pa pokažem u sebe. Nešto visoko i plavokoso veselo mi se smiješi. "Da mi ga baciš?" Podignem narančasti disk i vješto mu ga zafijučem, jedva se suzdržavši da ne puhnem u šake. "Nije loše." Majicom zataknutom u pasicu bermuda on obriše ljeskavi premaz znoja s torza. Slegnem ramenima i krenem dalje, *moleći se Bogu—*

"Hej!"

Da?

Okrenem se. On me gleda i lupka frizbijem o donji dio zapešća.

"Da?"

"Hot dog?" dovikne on i vrati frizbi u igru. "Roštiljamo. Hoćeš hot dog?"

Posveta

"Naravno." Slegnem ramenima.

"Super." On otrči natraške po travi i mahne mi da pođem za njim do majušnog roštilja nad kojim se preznojava ne baš majušni student. "Cord, nabaci curi jednu hrenovčicu", naredi on. Cord, koji je ispijao pivo, drugom rukom dohvati jednu od hrenovki stiješnjenih poput sardina na hrpetini bijelog ugljevlja i ubaci je u pecivo. Štrcne na nju priloge i pruži mi je.

"Hvala, Cord." Uzmem papirnati tanjur s hrenovkom, a Cord mi kimne glavom pa obriše čelo bucmastom nadlanicom. Odgrizem zalogaj i žmirnem.

"Au, vruće je. Pričekaj malo." On jurne do ulubljene kante za smeće u podnožju ulaznih stuba i izvadi pivo dok ja pušem da ohladim jezik. Cord otvori limenku i ja otpijem blažeći gutljaj kroz pjeneći otvor; silno mi je laknulo što nisam morala pribjeći pljuvanju.

"Hvala."

"Nema na čemu, ružičasta suknjo."

"Katie." Obrišem usta nadlanicom.

"Drew." On prekriži svoje mišićave ruke na pristalom torzu. Pokraj nas još kulja dim iz Cordova improviziranog japanskog roštilja.

"Ovo je izvrsno." Odvažim se na drugi zalogaj.

On se veselo nasmiješi. "Lažljivice."

"Ne, stvarno!"

Cord baci hrenovku u zrak i pokuša je uhvatiti iza leđa tako da sama uskoči u pecivo. Gledam rastuću hrpu zagorjelih promašaja pod njegovim nogama.

"Nisam uspio smisliti neki drugi način da te dovučem ovamo", kaže Drew pa mi vrućina iz usta preplavi obraze. "Morao sam smisliti nešto u hodu."

Pogledam u njegove japanke. A ni noge na kojima se nalaze nisu uopće loše. "S hot dogom ne možeš fulati."

"Aha, novačenje brucoša temelji se na zavođenju. Počnemo s mesom na žaru pa prijeđemo na puding."

"Prava umjetnost." Ovo se zove zeka-peka. Zekamo se. Otpijem gutljaj piva pa se nasmiješim paru koji se izvalio na kauču pokraj nas. Pjevaju s Daveom.

"Dakle, Katie?" Drew naglo zavije gornjim dijelom tijela ulijevo da izbjegne lebdeći frizbi. "Brucošica si?"

Otpijem pivo i odmahnem glavom.

"Druga godina?" upita on, ponovno izvuče majicu iz bermuda i ovije je oko vrata poput ručnika.

"Kriva sam, časni sude." Otpijem još piva. "A ti?"

"Po svim točkama optužnice." Nasmiješimo se. Drew, gdje si dovraga dosad bio?! "Jesi li već postala golać?" upita on.

O! "Lagala bih kad bih rekla da jesam."

"Dvojica noćas planiraju protrčati goli." On me hrabro uhvati za obje nadlaktice da me makne s puta dima zagorjelih hrenovki. "Mogli bismo i mi otići."

"I ti—"

"Ma ne!" Rumen mu se počne širiti od čeljusti naviše. Nervozan je. Činim ovog dečka nervoznim. "Onda, nađemo se na uglu oko deset, odemo negdje na piće i onda dalje?"

"Aha, može." Drew mi uzme limenku iz ruke i pritom se očešemo prstima. Drugu ruku pruži da preuzme moj iskorišteni ubrus.

"Potpuna usluga", kažem ja, zahvalno mu pružajući ubrus.

On se ponovno nasmiješi. "Znači u deset na Uglu?"

"Aha."

"Čekat ću te, Katie."

❆

Ali ne čeka on, nego ja. Ponovno. Uvijek. Dovijeka. Moj nadgrobni natpis glasit će: Katie Hollis, koja je čekala. Uvučem zadnji dim nažicane cigarete i zgnječim opušak na ciglenom zidu. Jebeš ovo. Jebeš njega, nikad više, ni za svu preplanulu vitkost svijeta. Otići ću na sladoled i naći se s curama. Zbacim s nogu posuđene pletene sandale-japanke i krenem prema kafiću.

"Ružičasta suknjo! Hej, Katie, čekaj me!" Zavrtim se na peti. Drew stoji presavinut i drži se za koljena. Pogleda u mene i pokuša se veselo nasmiješiti kroz soptanje. "Trčao sam cijelim putem. Tuš-kada se začepila, a htio sam se istuširati i presvući, a i soba mi je u neredu." Broj otkucaja mi poskoči zbog podteksta njegovih riječi, kao i zbog znoja koji mu puzi niz čeljust u izrez polo-majice na kojoj se još vide nabori od preklapanja.

"U redu", kažem, stojeći na mjestu.

On se uspravi i rukom obriše čelo. "Užas. Srdiš se."

"Ne podnosim čekanje."

"Pokušaj očistiti začepljeni odvod koji dijele petorica studenata." On se optimistično nasmiješi. Dopustim si smiješak i pokušam otjerati svoj neprimjereni gnjev. "Onda, tvoje su cipele modni detalj ili nešto takvo?" Pokaže glavom prema mojim sandalama koje držim ispod pazuha prekriženih ruku.

Sad ja pocrvenim. "Ne, one su— baš sam namjeravala—"

"Nositi ih kao torbicu?"

"Za pripadnika studentskog bratstva, prilično si dobro upoznat sa ženskom modom."

"Dvije starije sestre." On slegne ramenima, padne na koljena kaki hlača i pruži ruke. Ja mu dam sandale i on ih postavi na pločnik ispred mojih nožnih prstiju.

"Dobro su te istrenirale", promrmljam i vratim stopala u sandale.

Naslonjena na rebrasti stup na rubu travnjaka nekoliko sati potom, osjećam trnce toplog žarenja mnogih džin-tonika i prvorazredne zeke. Drew bodri tamne obrise studenata koji pijano glavinjaju u sjeni rotonde. Juška, a vibracije njegovih uzvika šire mi se po slabini jer je ruku ovlašno položio na moje bedro kao da godinama hodamo. Sjećanja se uskovitlaju i ja ih odagnam zagledavši se u obrise stolca za ljuljanje negdje na sredini prostranog travnjaka. I dok promatram odbljeske mjesečine s njegova laka, osjetim kako se veselo smiješim. Uspjela sam.

"Sranje!" Drew poskoči. Dva golaća naglo skrenu prema Cordovu opruženom tijelu. Spolovila im se klate dok ga uspravljaju. Cord na trenutak stoji ošamućen, a onda pobjedonosno podigne ruke u zrak. Drew se presavine od smijeha. "To sigurno boli."

Ustala sam i ja i gledam Drewa. Smijeh golaća zamire u dnu travnjaka, a odmičuće stražnjice im blijede. "Dođi." Oči mu se nakratko rašire, a onda zavuče ruku u moju. Širokom kretnjom dohvati moje sandale sa zemlje i krenemo kroz vrtove pune pjeva cvrčaka. Crvena svjetla pristižućeg sveučilišnog osiguranja odbijaju se od starog ciglenog zida. Drew me vijugavo vodi prema 14. ulici, a ja lebdim na oblacima sretnog iščekivanja – narkotik koji nisam osjetila tako dugo da osjećam mišićni zamor. Stojim centimetar iza njega dok on peca ključeve u džepu i osjećam mu toplinu kroz majicu.

On upali stolnu svjetiljku u svojoj sobi. "Cimera nema."

Osvrnem se po pospremljenoj sobi: rublje proviruje ispod kreveta. Pogled mi padne na fotografiju selotejpom pričvršćenom iznad radnog stola: četiri plavokosa klinca skaču u bazen. Dvije cure, dva dečka, jedan od njih— "Je li to Jay?"

"Poznaješ Jaya?" upita on iznenađeno dok vadi dva piva iz mini-hladnjaka.

"Odakle *ti* znaš Jaya?"

"On mi je brat. Stani malo, da nisi možda iz Newtona?"

"Vermonta." Okrenem leđa stolu. Drew mi priđe, bez boca, i lagano položi obje ruke na moje kojima se pridržavam za stol, a onda se prigne i slatko me i božanstveno poljubi.

"Prokleto si lijepa", promrmlja on pa me ponovno poljubi. Dlanovi mi polete k njegovim obrazima i pritisnu njegovu glavu na moju, predajući Jakeov obris zaboravu. Prsti mu spuznu po mojim golim rukama, a onda me odvuče prema krevetu. Svalimo se na nj smijući se. Drew pruži ruku prema noćnom ormariću ne odvajajući usne od mojih.

"Stani." Dodirnem mu ruku. "Mislim da ne bismo trebali—"

"Ne, samo sam namjeravao—" On upali stereo.

"Ups." Pocrvenim. On se nasmiješi. Vjeđe mu se sklope dok nastavljamo tonuti jedno u drugo. Gubim se u ushitu činjenice da sam ovdje, koliko ovo želim a nisam ni mislila da bih mogla. Oduševljena sam spoznajom da nisam upropaštena. Da me se želi koliko ja želim. Da Drew milo pjevuši dok mi skida traperice. Legnem i sklopim oči – i melodija koju Drew pjevuši procijedi mi se u svijest. Melodija žudnje i... i... boli i—

Uspravim se kao našpranjena i zbacim Drewa sa sebe.

"Koji kurac?" upita on, na koljenima, držeći svoje traperice u ruci.

"Pst!" Napipam regulator jačine zvuka i zavrtim ga do kraja.

"Dobro si?"

"Što je ovo?" Grčevito udahnem, a usta mi se osuše.

"Šlatali smo se."

"Ne! Ova pjesma! Odakle ti?"

"To je s radija. Sveučilišna postaja. Ovaj... neka nova pjesma koju su počeli puštati prije nekoliko dana. Stvarno si me prestrašila."

Na brzinu skupim odjeću i pokrijem se njome. Pokušavam ostati na nogama.

"Moram... moram..."

"U redu." On se odmakne prema zidu.

"Naprosto moram—"

"I'm losing, my eyes on the towering golden gods over our heads. I put my hand on your skin and you tell me to come inside I come inside—"

Napokon uspijem protisnuti glas iz grla dok oduzeta gnječim odjeću i trepćem u potrazi za vratima: "—ići."

21

24. prosinca 2005.

Laurino pjevanje na stubama trgne me iz nemirnog sna. Podignem vjeđe do širine proreza pa zaškiljim na jarkoj sunčanoj svjetlosti kad su se vrata moje sobe širom otvorila. *"On je luuuu—zer jer ti si prva liga!"* urla ona i skakuće podignutih šaka: Rocky u osmom mjesecu trudnoće. Jakna punjena perjem rastvorila joj se iznad ružičaste trudničke majice s kapuljačom. Zamahne desnom rukom u pomamnom luku nepostojeće gitare. "Opa!" Podigne glavu nakon velikog finala svojeg nastupa na Wembleyju i makne kosu s lica. Ja se uspravim u sjedeći položaj. "Ispričaj mi *sve*."

"Laura, bilo je..." Udahnem gledajući u njezin izraz pun iščekivanja, no ne mogu se dosjetiti primjerenog pridjeva. "On je bio tamo. I ja sam bila tamo." Podignem dlanove okrenute jedan prema drugom, raširenih prstiju da bih pokretima dočarala taj trenutak. "I..."

"Okrenula si mu leđa u ključnom trenutku i ostavila ga da žali što se rodio!"

Dohvatim jastuk i pritisnem ga na trbuh. "Mislio je da ću ga povaliti na parketu klupskog restorana."

"Odveo te u golf-klub?!" Prćasti joj se nosić nabere.

"Maturalni ples", objasnim i odjednom živo osjetim njegove usne na svojima. Nagonski zabijem lice u jastuk ponovno se zažarivši od te uspomene, a zatiljak mi uzdrhti od estrogena.

"U redu, nastavi", uporna je Laura. Podignem svoju tešku glavu, a Laura se oprezno spusti na krevet. Sljedeća skorašnja runda majčinstva ležala joj je nisko na bokovima. I doista, ovo nije treći srednje. Ovo je svršetak. "Rekao je da mu je žao", napomenem. "Dvaput." Podignem dva prsta. "A i izgledao je kao da mu je žao. I zvučao kao da mu je žao. Uglavnom sam se naslušala o žaljenju. A onda sam izašla iz njegova auta jer je on sjedio onako pritajeno seksi—"

"Pun žaljenja!"

"Da." Trgnem se. "Pun žaljenja, ali ni prstom da makne. Pa sam… izašla iz auta." Svalim se natrag na krevet, sad potpuno budna i potpuno nesigurna. "Izašla sam iz auta", ponovim. Jer je to istina. Žmirnem u Keanua. "Stani malo! To se sve dogodilo nakon što smo Sama odbacili do kuće. Kako si znala?" Naglo se uspravim, a Laura, ozarena lica, iz džepa izvadi preklopljeni papir.

"Izbačena?" čita Laura. Okrene papir i ugledam ispis internetske stranice.

"Ti čitaš *E!Online?"*

Ona šmrcne. "Počela sam dok sam dojila. Opušta me i povećava lučenje mlijeka."

Podignem dlan. "Oprostila sam ti čim sam čula 'dojenje'."

"Poslušaj, ovo je naslovna stranica. *Jesu li Jake Sharpe i Eden prekinuli? Samo nekoliko sati prije zajedničkog nastupa uživo u specijalnoj božićnoj emisiji MTV-ja, Eden i njezina svita pokupili su krpice—'"*

"Pokupili krpice?" ponovim.

"'*Pokupili krpice'",* Laura ponovi važno *"'Iz palače Sharpeovih gdje je Eden trebala provesti blagdane umiljavajući se roditeljima—'"*

"U toj obitelji nema umiljavanja", proturječim ja.

Laura me prostrijeli pogledom i nastavi. *"'Izvor blizak paru rekao je da se Jake noćas vratio kući oko dva ujutro, nakon čega se',* citiram, *'s drugog kata začula svađa i histeriziranje.'"*

"Svađa i histeriziranje?" Stegne me u želucu.

"Laura uspori i lupne po papiru da bi podcrtala nastavak teksta. *'Bez obzira na to je li posrijedi ljubavna svađa ili raskid, to najvjerojatnije znači da će se Edenin dijamantni prsten vratiti pod bor, a MTV možda glumiti Grincha kad je riječ o promociji Jakeova novoga albuma.'"* Laura prigrli papir kao da je riječ o čestitki za Valentinovo. "Ovo je puno više no što smo se ikad mogle nadati, sanjati, moliti! Puno bolje od žaljenja!"

"Ali zašto bi on— kad je on?" Mucam zapanjeno. "Zajedno su već—"

"Dvije godine", dopuni me Laura i položi mi svoje otečene prste na koljeno. "Što mjereno glazbeničkim godinama znači *dvadeset.*"

Gurnem jastuk s krila. "Ali zašto bi on—"

"Jer si ga pošteno uzdrmala! Sad je navodno prekinuo prvu ozbiljniju vezu koju je imao nakon cijele vječnosti, Eden mu je vjerojatno bila idealna partija i sad će on utonuti u jad i samoću, nikad više neće napisati nijednu pjesmu, bankrotirat će *a la* Michael Jackson sve dok ga ne optuže za nedolično ponašanje u nekom javnom zahodu i—"

"Kathryn! Možeš li sići *odmah?"* Obje pogledamo u vrata.

"Kathryn?" ponovi Laura. "Još se userem od straha kad čujem tvoju mamu."

"Koliko je sati?" Spustim noge na pod.

"Pola devet."

"Još ne kasnim." Uzmem papir od Laure i preletim ga pogledom. "Čini se da sam stvarno pobijedila", promrmljam.

"Pobijedila? Šališ se? Možeš sve *ove* pospremiti u ormar." Ona zamigolji prstima prema zlatnim debatnim pokalima iznad uzglavlja. "I umjesto njih objesi *ovo!"* Lupne po papiru u mojim rukama.

"Kathryn! ODMAH!"

"Dolazim!" Gurnem svoju *E!Online* diplomu u džep maminog kućnog ogrtača. Laura siđe u prizemlje meni za petama, ali uspori kad smo shvatile što nas čeka.

Mama i tata stoje ispred otvorenih ulaznih vrata pokraj svojih spakiranih kovčega i usplahireno gledaju na trijem na kojemu stoji dotjerana plavuša na pragu pedesetih. Zbog mobitelskog instrumentarija za razgovaranje bez ruku u koju nešto mumlja i masivnog bloka veličine atlasa iz kojeg čita, izgleda kao da s našeg travnjaka koordinira lansiranje svemirskog šatla. Munjevito okrene glavu kad nas je čula. "Jebeš sve", zaštekće u mikrofon kad smo Laura i ja sišle. "Trudna je. Tad, treba mi medicinski tim, trebaju mi pretrage. Pronto."

Mama se okrene k meni. Napet izraz njezina lica brzojavljuje mi da je počelo jednominutno odbrojavanje do preobrazbe u ravnateljicu Hollis. Brzo joj se pridružim na kućnom pragu. "Oprostite, tko ste vi?"

"Jocelyn Weir." Tata mi zgađeno proslijedi crvenu posjetnicu. "Radim za Jakea." Stežući onaj blok na prsima, uvuče prste u rukave svilenog Chanel ogrtača.

"A sudeći po vašem ponašanju, pretpostavljam da ste mu i u rodu?" Ovo bješe više majčina konstatacija negoli pitanje.

"Nemaš *pojma* kakvo mi je *govno* jutros palo u krilo— što?! Ne! Ne! PRESTANI! Ne slike u gaćama, nego seks video, Kriste premili!"

Mama čvršće uhvati okruglu kvaku. Tata čvršće uhvati mamu. Jocely Weir čvršće uhvati žicu koja joj je visjela iz uha i primakne je ustima. "Tad, reci Edeninim ljudima da i ne pokušavaju tamo otići ili ćemo u podne pustiti video na Times Squareu." Ona pogleda u Lauru. "Katie, trebam čašu vode, filtriranu, bez leda, s limunom ako imaš, ali samo ako je iz organskog uzgoja."

"Ja sam Kate Hollis." Izađem na trijem i zavučem ruke u rukave.

Jocelynino se lice na trenutak smekša od olakšanja. "O Bože, fantastično! Tad, otkaži medicinski tim." Makne busen kose da joj ne zaklanja vidik. "Dakle, Katie, evo kako stoje stvari. Ti si cura iz njegovih pjesama, bla-bla-bla. Iz toga mogu iscijediti, i to *možda,* jednodnevnu senzaciju, maksimalno— što? Ista stvar, Tad! Ne mislim na Francusku, jebote, nego na domaću scenu! Isuse." Ona zavrti glavom kao da pogledom od mene traži profesionalno suosjećanje, ali ga ne dobije. "Eden je priča koja se traži, osigurava *višegodišnji* materijal: *InStyle* vjenčanje, MTV serijal, usvojena djeca iz siromašnih zemalja, zajednički albumi, specijalne božićne emisije. Shvaćaš?"

"Ne."

Laura se nestrpljivo progura između mojih roditelja i pridruži nam se na trijemu. "Je li mu slabo? Je li doslovce zelen od mučnine? Opišite nam zorno."

Jocelyn namjesti mikrofon.

"Je li?" upitam. "Zelen?"

"Katie."

"Zovite me Kate."

Ona se zagleda u mene. "U redu, Kate, evo poruke za tebe", reče ona i pošuti radi dramskog efekta. "Ništa od tebe i Jakea."

Zanijemjela sam. "Poslao vas je da mi *to* kažete? *Ja* sam odbila *njega",* odvratim i ustuknem korak, izvan dohvata njezine nakostriješenosti. "Noćas, eto što se dogodilo." Okrenem se roditeljima. Laura zdušno kima glavom. *"Ja* sam izašla iz auta."

Mama cvjeta od ponosa.

"Svaka čast, zekasta." Tata mi položi ruku na rame.

"To je fantastično!" Jocelyn se nasmiješi do krajnjih granica do kojih joj njezin dermatolog dopušta. "Znači ponavljam, Kate, ništa od tebe i Jakea."

Licem mi se prevuče gađenje. "Doista vas je poslao ovamo da me nogirate, da bi se on mogao od-nogirati, da bi njegovo nogiranje moglo biti posljednje?"

"Nikakvih odnosa", uporno će Jocelyn.

"Nikakvih", potvrdim ja. "Ovo je patetično. Kad ga vidite, recite mu da mislim da je patetičan."

Jednom rukom stežući u kožu uvezani debeli blok, Jocelyn odlučno mahne slobodnom rukom. "Nemate ni-ka-kve budućnosti."

Iznenada shvatim da su ovo zapravo pregovori. "U redu, Jocelyn, prijeđimo na stvar. Potpisat ću vaš ugovor o neodavanju tajni ili što već, ali tek *nakon* što on mojim prijateljima isplati tantijeme."

Laura šakom probode zrak. "To!"

Jocelynina se usta iskrive i ona reče hladno: "Ništa ne trebaš potpisati, a ono drugo nije uopće predmet razgovora."

Okrenem se Lauri koja od nevjerice vrti glavom. "Ako nije riječ o neodavanju, *što* onda želite? Uokvirenu fotografiju na kojoj cvilim slomljena srca?"

Jocely iz džepa izvadi preklopljeni list papira s crtama. "Osobno sam morala izvesti neke stvari na čistac jer Jake zna biti kratkovidan, a moj je posao uvijek ga vraćati dugoročnim prioritetima. Pomogla si mi u tome i na tome ti zahvaljujem. Ovdje sam jer mi je dao u zadatak da ti predam ovo, što ćeš pročitati i odmah mi vratiti kako za pet minuta ne bi osvanulo na eBayu. Jasno?" Njezini se manikirani prsti pruže prema meni.

Zgrabim papir. "Mama, imala si pravo, vjerojatno neka pjesma. Još jedna usrana pjesma. U kojoj izlazim iz auta, ali mi se za cipelu zalijepio zahodski papir." Svi gledaju kako se ja nestrpljivo bacam na pregibe papira, kao da očekujem da će se Jake glavom i bradom uspraviti iz njih i sve povući, svoju ispriku, svoju želju—

"A da nikad nisam otišao? Nađimo se po danu. J."

Laura mi istrgne papir iz prstiju i pročita što na njemu piše, a onda papir priječe u mamine pa u tatine ruke. "Hvala." Jocelyn čupne papir iz očeve ruke i zapali ga upaljačem. Ubaci plamteći okrajak u očevu kavu. "Izvrsno. S ovim je gotovo. Znači, ja nisam bila ovdje. Ovo se nije dogodilo. Slobodna si." Jocelyn zagrabi niza stube baš u trenutku kad se ispred kuće zaustavi bijeli kombi kojemu kričava slova na boku objavljuju da su s AMERICAN EAGLE AIRLINESA dovezli moju izgubljenu prtljagu.

"Savršeno tempiranje." Mama krene od otvorenih vrata prema stubištu, tata odloži svoju onečišćenu kavu na ogradu stubišta i podigne putne torbe pokraj svojih čizama. "Kate, odlazimo za *pola* sata", kaže on noseći ih pokraj rupe koju sam izrovala u gredici s cinijama.

"Na radnoj ploči ti je tost, a bilo bi super kad bi skinula posteljinu", mama vikne preko ramena. "Sretan Božić, Laura!"

"Sretan Božić, gospođo Hollis", Laura vikne uza stube. "Sretan put i dobar provod!"

"Stanite", šapnem. U glavi mi odzvanja Jakeovo pitanje. Iz kombija izađe čovjek s mojom prtljagom i blokom. Ali nitko ne stane. Tata potpiše dostavnicu i ubaci moj kovčežić s kotačićima u prtljažnik. "Stanite", kažem. "Stanite!"

Jocelyn se zaustavi ispred vrata svojeg automobila, ali se ne okrene.

"Mislim da se trebam naći s njim", viknem.

"Ne", jekne Laura. Tata zalupi poklopac prtljažnika. Dostavni kombi odjuri. Mama se sjuri natrag niza stube.

Držim podignuti napeti dlan dok mi ona prilazi. "Već sam smislila protuargument, hvala."

"Sve smo si već rekle." Jocelyn srdito grabi po kolnom prilazu. Tata je slijedi u stopu. "Shvatila si svoju ulogu."

"Ne ideš?" Tata zastane.

Mama izađe na trijem. "Pristala si, krećemo na aerodrom."

Jocelyn iz uha iščupa slušalicu. "Poslušaj majku."

Zabacim glavu jer nisam mogla gledati u njihova smućena, uvrijeđena lica. "Čujte me, svi, cijenim to što ste se toliko angažirali u cijelom ovom slučaju, ali ne mogu samo tako..."

"O, itekako možeš *samo tako",* drekne Laura. "Upravo samo tako! Naravno da se *sada* on želi naći s tobom! Naravno da si *sada* važna samo ti! Ali, Katie, izašla si iz auta! *Ti si izašla iz auta!"*

"To je dobro", Jocelyn zagrabi prema meni. "To mi se sviđa. Da, to nije tvoj auto. Dalje od auta!" Njezine zlatne narukvice neugodno zazveckaju kad je mahnula prema Lauri. "Dobro. Da čujem, što još imaš?"

"Stvarno sam izašla iz njegova auta." Pogledom prelazim s mamina, tatina i Laurina usplahirena lica na gnjevno Jocelynino. "Ja... ne znam. Katkad, ne često, možda jedanput godišnje, nakon nekog glupog spoja, ili nečeg takvog, ili nečega što se činilo kao da će biti važno a ispostavilo se nevažnim, vozim se kući i kasno je." Pokušam duboko udahnuti plućima koja kao da su stegnuta obručem. "Upalim radio i potražim njega." Pogled svrnem na rukohvat trijema i zadržim ga tamo. "I dopustim si da se pretvaram, samo minutu, da on pjeva meni. Samo meni. I pitam se hoću li se *ikad* ponovno tako osjećati." Okrene mi se u želucu kad sam ugledala kako su Laurini od trudnoće rumeni obrazi problijedjeli.

"*Kako* možeš biti tako lakovjerna?" kaže tata prigušenim glasom.

"Stojiš ovdje i romantiziraš tog luđaka poput kakve naivne šiparice." Mamina se glava vrti od nevjerice. "Zar nisi *ništa* naučila? Ne znam, Simone, ne znam što bismo trebali učiniti. Kad je riječ o tom dečku, očito joj se pomuti pamet i potpuno zaboravi na samoodržanje."

"On nije dečko", uspijem protisnuti. "A ja nemam *sedamnaest godina*."

"Ma nemoj mi reći!" Mama prođe pokraj tate i unese mi se u lice. "Zvučiš kao kakvo zacopano, cmizdravo derište, i to glupo."

Odmaknem se od njezina izobličena lica. "A ti mrziš Jakea jer je imao muda napisati pjesmu u kojoj te proglasio lošom majkom i lošom suprugom."

"Katie, nemoj", prasne tata.

"Ne, Simone, neka joj bude. U redu, Kathryn, mrzi ti mene. Mrzi i svog oca. Omotaj i nas tim kužnim parama prezira kojima sebe uvijek okružuješ." Glas joj se utanji od očaja. "Ali *nemoj* nasjesti na to, ne nakon što si tako daleko dospjela – pisamce koje ti je uručila nekakva *agentica,* kao da je Jake pučkoškolac—"

"O jako daleko, da ne bi!" Uzmaknem od nje spotičući se po stubama. "Stojim na trijemu u *tvojoj* spavaćici! Ali sad mi se naposljetku ukazuje šansa da odem odavde, *potpuno*. Zašto mi to ne dopustiš?"

"Jer evo kako to izgleda, Katie. Sjedneš u onaj auto." Ona pruži ruku duž kolnog prilaza i zadrži je u tom položaju dok govori, prodorno me gledajući. "Odeš k njemu, spavaš s njim, ispričaš mu najintimnije pojedinosti o godinama svojeg normalnog života, a onda, kao grom iz vedra neba, njemu je dosta i nogira te usred neke turneje. Ti u čudu gledaš dok si trljaš dupe negdje na pisti u Pekingu ili Moskvi. Samo što on sad ima cijelu hrpu novog materijala, tako da kad nam ponovno baneš na kućni prag—" usne joj podrhtavaju – "a mi moramo svoju jedinicu smjestiti na psihijatriju, možemo se radovati da ćemo čuti lascivne detalje njezina intimnog života preko razglasa u svakom američkom šoping-centru!"

Prekrižim ruke kao štit od njezine otrovne prognoze. "Moj život, je li? Tako izgleda? *Ja* sam slučaj za psihijatra?"

Majka spusti ruku i usuče se. "Odeš li k njemu."

"Odem li k njemu, imat ću priliku razgovarati s njim. Razgovarati, mama, izbaciti iz sebe svu tu bol, pomutnju i jad. Razgovarat ćemo, vidati rane. Proći to, a ne *prijeći* preko toga, kao što ti činiš. Tako da kad stigneš na Floridu i zatekneš tatu kako plače na kauču cvjetnog uzorka nakon što tjedan dana neće uzimati lijekove jer on tvrdi da mu lijekovi ne trebaju—" Okrenem se prema tati, tvrdoglavo bespomoćnom usred oluje. "A trebaju ti lijekovi, tata, žao mi je, ali je tako. Premda mama nema hrabrosti to priznati. Pa će *umjesto toga* problem riješiti tako da otperja i poševi se s nekim, s nekime koga poznaš, recimo čistačem bazena ili susjedom. Ali stanite malo, zaboravih! To nije važno, sve je to dobro! Ne moramo to ni raspraviti. I zato, tata, uživaj u depresiji. A ti, mama, poševi se s nekim, u vašem stanu na Floridi, tata se može iseliti pa se vratiti nakon pola godine, nema veze! Svejedno ćemo sjediti zajedno na Božić kao da se ništa nije dogodilo. Sve je to divno i krasno! Mi smo divni i krasni! Drago mi je što je Jake napisao onu pjesmu. Zahvalna sam mu na tome. Makar mi nikad ne oprostila. Odakle vam *oboma* pravo da govorite da se mora učiti od prošlosti?" Bijesno piljim u mamu koja stoji na stubama trijema, tim stubama bijede. "Znate što? Baš dobro da mi se niste udostojili reći da prodajete kuću, jer je što se mene tiče možete i zapaliti." Okrenem se k Jocelyn. "Vodite me k njemu."

22

Laurino vjenčanje

Čvrsto držim slap cvijeća za njihove vrpcom povezane stapke i liznem suzu koja mi je spuznula niz obraz do usne. *Ne smijem dopustiti da mi se šminka razmaže. Moram izgledati bolje nego ikad.* Pogledam pokraj sedam punđi koji me dijele od Laure pa u Sama, lica ozarena od čuvstva, dok ponavlja za svećenikom. Laura i Sam se poljube, orgulje glasno zasviraju i Laura se caklećih očiju okrene prema svatovima koji plješću. Meni se oči ispune suzama radosnicama zbog njih dvoje – nestvarnost njihove odraslosti prerasta nestvarnost onoga što slijedi. Duboko udahnem, isprsim se i... okret.

Pogled mi istog trenutka padne na prazno mjesto pokraj Benjyja.

Benjy pogleda u mene, zavrti glavom, naškubi usta. Pogledam u Sama koji je zapazio što i ja, pa u Lauru koja nakratko zbunjeno pogleda u Sama, a onda ga uhvati ispod ruke i lica im ponovno zasjaju od sreće, pa krenu niz crkveni prolaz praćeni klicanjem.

Žice steznika gornjeg dijela haljine drže me uspravnom dok se vučem za sučlanicama Laurina fakultetskog sestrinstva i silazim na sumračnu svjetlost ispred crkve. Svi naglo skrenu da se skupe ispred fotografa, a jedino ja odem do rinzola i pogledam lijevo pa desno: nema nikakve limuzine, ni svite, ni *paparazza*.

"Djeveruše neka se okupe oko mladenke!" Fotograf mi mahne slobodnom rukom i ja stanem gdje mi je rečeno dok nepoznate cure petljaju oko Laurina vela i pažljivo rasprostiru bijelu koprenu iza nje.

"Nije došao", promrmljam, ne mogavši se suzdržati. Laurin se smiješak smrači, a jako našminkane oči uvrijeđeno bljesnu.

"Pogled u mene! Veseli smiješak!"

Kad je na podiju u stražnjem dvorištu zasvirala sljedeća pjesma, tata nešto šapne mami. Ona kimne glavom u znak pristanka, nasmiješi se i dotakne mu rever manikiranim prstima. Manikiranje je bila jedna od stavki u sklopu Dana dotjerivanja koji sam joj predložila kako bih je psihički pripremila na to da će večer provesti sa sto osoba koje su vjerojatno dosad već zaključile da je ona sebična flundra koja trenutačno stoluje na vrhu Billboardove top-liste. Oni se probiju do svojeg stola za kojim sam se utaborila ja s trećom kriškom torte i sedmim koktelom, koljena podignutih između dva stolca koja sam složila u ležaljku tvrdog naslona.

"Mislim da su me nažuljale", kaže ona i podigne petu iz grimizne salonke da pogleda.

Tata potapše po džepovima svog lanenog sakoa. "Mislim da je vrijeme da se odem pozdraviti. Nađemo se ispred?" Mi kimnemo glavom, a on ode potražiti Hellerove.

"Imala si pravo, Katie," kaže ona, pripito vrteći gležnjem "crvene cipele stvarno djeluju stimulativno."

"Nisam to rekla ja, nego Sigourney Weaver." Prstom prijeđem po tanjuru pozlaćenog ruba oblizati posljednje mrvice ledene kreme. "Pročitala sam da ona uvijek obuje crvene cipele kad mora učiniti nešto od čega je hvata nervoza."

"Znaš," majka ispije ostatak pjenušca, "čini se da sam se bezrazložno bojala ovog izlaska. Hoćeš li me otpratiti do auta?" Uzme posljednji keks s tanjura.

"Claire?" Punija plavuša u večernjoj haljini boje morske pjene došušlja pred nas. Nadlakticom na slabini gnječi torbicu slične boje. "Marjorie. Laurina teta, Janeina sestra", predstavi se ona, snažno prodrma maminu ruku, a latice njezine kitice oko zapešća lepršajući padnu na travu. "Ogranak Hellereovih iz Minnesote."

"Jako mi je drago", kaže mama. Gledam kako Laurina sestrična iz Dubuquea komada cvjetni aranžman. "Laura je bila prelijepa mlada. Bila mi je prava čast gledati kako ta djevojka stasa u ženu."

Marjorie ne pušta majčinu ruku, a po znatiželjnom izrazu njezina lica vidi se da nije čula ništa što joj je mama upravo rekla. "Rekoh si, ukaže li mi se prilika da vas upoznam, nadam se da mi nećete zamjeriti... Jane mi je ispričala sve o vašoj užasnoj situaciji i samo sam vam željela reći kako sam se zgrozila i da mislim kako je cijeli taj slučaj prava *grozota.*"

Mamine se oči razrogače. Budući da sam ja naviknutija na pakosna zadiranja u privatnost, upadnem joj u riječ. "Hvala vam. Baš ljubazno od vas. Upravo smo na odlasku."

"Tog je dečka trebalo postaviti pred zid i strijeljati. Ne mogu ni zamisliti kako ste se osjećali proteklih godinu dana. Svaki put kad začujem tu pjesmu, pomislim: *Kad biste samo znali,* da samo *znate* kako je taj dečko *užasna* osoba, ne biste zvali i tražili da puste tu pjesmu." Izverglavši svoj govor potpore, ona sad stoji bezidejno i samo mami kima glavom.

"Hvala vam", kaže mama, polumrtva, usiljena smiješka, pa izvuče ruku iz Marjorienih. Kimaju si, a Marjorie gleda u mamu s iščekivanjem.

"Pa..." Prekapam po svojem koktelima mariniranom mozgu u potrazi za nekom umjesnijom rečenicom koja će nas izvući iz ove neugodne situacije.

"Ispričajte me," mama dometne, "ali muž me čeka u autu."

"Divno što ste sve to pregrmjeli. Vaš muž je sigurno pun razumijevanja."

Mamin smiješak naposljetku zgasne, a meni se stisne želudac. "I jest." Mama bijesno grabi svoju torbicu sa stola.

"Bilo mi je drago!" dovikne ona za nama, a ja joj mahnem.

Pružim ruku da ću je zavući ispod majčine, ali se ona odmakne korak u stranu. Na žaru okruglih svjećica kojima je obrubljena staza koja vodi do kuće vidim kako se smrknula.

"Mama?" upitam. Ona gleda lijevo-desno po ulici krcatoj automobilima jer ne može pogledati u mene. "Mama."

Ona se okrene na peti i pljusne me. Ja zaglavinjam natraške.

Tata se zaustavi ispred nas i mama se uvuče u auto pokraj njega. Ja stojim nepomična. Zaprepaštena. "Zabavljaj se!" vikne tata krenuvši niz tamnu ulicu.

"Baš zabavno", uspijem reći odlazećim stražnjim svjetlima njihova auta i opustiti donju čeljust. Utučena, umorna od svega, izvučem noge iz sandala od remenčića i bez puno pompe ubacim ih u kantu za smeće uz rub pločnika pa polako krenem natrag prema kući. Udišem sparni lipanjski noćni zrak i dopuštam da mi hladi vrući obraz, pa krenem duž susjedove živice po mekanom travnjaku. Zrikavci zriču i svojim pjevom prožimaju zrak oko mene. Glave teške od pjenušca prepipam si haljinu, smišljenu da Jake požali što se rodio, zategnutu preko svake moje obline, i poželim ga još više. Ovdje na raskošnoj vrućini vermontskog ljeta. Ovdje na poklopcu onog auta—

"Hollisova."

Neka me ruka ščepa kad sam se spotakla o glomazne crne cipele. Svrnem pogled na travnjak na kojem Benjy sjedi s cigaretom u zubima i škilji od dima. Drugom me rukom drži da ne padnem.

"Bu", promrmljam i skliznem pokraj njega u podnožje brijesta.

"Hoćeš dim?"

On se maši svojeg sakoa ostavljenog na travi. Kimnem glavom, uzmem mu upaljenu cigaretu iz usta i duboko uvučem dim. On se veselo nasmiješi.

"Hvala", izbacim dim iz pluća. Osjećam kako se vlaga iz zemlje uvlači u saten moje haljine. "Veselo vjenčanje." Vratim mu cigaretu.

"Aha." On položi zapešća na koljena i na trenutak dovoljno sliči Jakeu iz mog sjećanja da mu se nagnem i zaklopim oči. Usne nam se dodirnu, a okus duhana zavrtloži se između nas kad smo se odmaknuli.

Ništa.

Benjy se zagleda u pločnik ispred nas. "Trebao bih potražiti svoju pratilju. Jen će me tražiti."

Kimnem glavom i utrpam ovo poniženje u stočni vagon poniženja ovog vikenda. "Ja sam…" Tragam za riječima. "Pomislila sam da ću večeras konačno—"

"Aha." Benjy se uspravi na nesigurnim nogama, podigne sako i prebaci ga preko ramena. "A ja sam mislio da će mi tatin dućan osigurati školarinu za faks. Trebao sam znati da će bankrotirati. Trtaroš. Oduvijek je bio kukavica." Pogleda prema kući koja svijetli iznad živice. "Pođi sa mnom. Ne bi ti bilo pametno da ovdje padneš u nesvijest."

"Ne znam", promrmljam. "To bi bila lijepa točka na i cijelog ovog dana."

On me podigne i ja se naslonim na njega punom težinom. Obiđemo kuću i prijeđemo preko puta dvojici konobara koji su balansirali pladnjevima punima praznih čaša. Držeći me oko struka, Benjy nas zaustavi pokraj metalnih prečki šatora. Zagledamo se u curicu koja je bila zadužena bacati latice pred mladence, a koja je u nekom trenutku ostala bez bijelih lakiranih cipelica pa se sad vrti poput derviša na ulaštenom parketu.

"Lijepi ruž." Jen bane pred nas. Ruka mi poleti prema ustima. "Ne tvoj, gaduro."

Odmaknem se od Benjyja i zaškiljim u mrlju svojeg ruža na njegovim ustima.

"Katie." Okrenemo se i ugledamo Lauru na vratima. Jen se progura pokraj nje, utrči u kuću i potrči uza neosvijetljeno stubište. Benjy pogruženo krene za njom. "Hvatala si se s njim?" Laurino se lice iskrivi od zgađene nevjerice.

Zaglavinjam u pokušaju da se ustabilim sad kad moram sama održavati ravnotežu. "Samo smo se poljubili, ništa nije bilo."

"Ne mogu vjerovati da si—" Prekine je glasno krčanje gitare iz zvučnika. Obje se okrenemo: grupa djevera stoji oko stola gdje Sam miluje svoj stari Fender i Jakeovi akordi probijaju se kroz ulomke razgovora. Laura nemilo svrne pogled s njih na mene, zajapurena u licu. "Ne shvaćam."

"Što to?"

"Kako ga možeš *još*... nakon *svega*—" Ona zašuti i popravi svoje biserne ukrasne češljiće za kosu.

"Željeti?"

"Da!" vikne ona kao da je napokon uspjela nešto objasniti tvrdoglavom djetetu.

"Naravno da ne shvaćaš", prezrivo frknem, a razočaranje posljednja dva dana nabuja mi u prsima.

"Naravno da ne shvaćam?!" Laura drekne i zaleti se na mene. "Slušala sam svaku tvoju *riječ*, *nadu*, *san* i *maštariju* o Jakeu Sharpeu."

"Ne shvaćaš!" Preplavi me gnjev na nju i njezinu hladnu svitu zaručenih prijateljica iz sestrinstva Phi Mu. *"Što* si ti *ikad* morala željeti?! Uživaš potpunu odanost svoje srodne duše od *trećeg srednje! Upravo se tobom oženio! Ja* sam djeveruša."

"U haljini u koju sam morala ugurati i svoje četiri prsatije frendice kako bi ti mogla izgledati nezaboravno za povratak rokerske zvijezde koja *neće doći*. Čuješ li to, Sam?" vikne ona preko travnjaka natkritog šatorom. *"Neće doći!"* Gosti utihnu. "Jedva čekam da ispričam našoj djeci koji su vjenčani motiv mama i tata odabrali: 'Jake neće doći'! A morat ćemo im nešto reći, zar ne, kad im potrošimo školarine za studij da bismo otplatili vjenčanje jer tantijeme sigurno neće pokriti troškove." Rukama pritisne sljepoočnice i zaškilji.

"Laura." Promrmljam.

"Katie, koliko te još puta mora izigrati?"

Posveta

"Ne ponosim se ovime", kažem pogrbljujući se.

"Ali bi mu se svejedno bacila oko vrata kad bi mogla. Kad bi se večeras pojavio. S dokumentima na potpis ili *bez* njih i pripadajućim čekovima. Večeras bi stanovitoj osobi sve oprostila samo da ponovno možeš biti u njezinu društvu. A i ti bi to učinio." Ona mršavom rukom priprijeti Samu iz čijeg se lica iscijedila posljednja kap rumeni. "Ovo je bio moj dan. Jedan jedini dan. I to je sve što mi imaš reći nakon svih tih godina, moja najbolja prijateljica koja me nikad ne posjeti – da on neće doći? Slomit ćete mi srce. Oboje." Koraknem prema njoj kad je utonula u vjenčanicu, ali se Sam progura pokraj mene, zagrli je i usprkos njezinim prosvjedima, nježno je povede u kuću.

23

24. prosinca 2005.

Izbjegavajući barikadu napasnih gomila *paparazza* ispred dveri Sharpeovih, moj rentani auto – "Dodge Daytona!" Jocelyn viče u svoj mobitel na prednjem sjedalu. "Znam! Nije li to dražesno?" – zaustavi se kilometar niže, vijugajući pokraj kostura staja iz nekog drugog vremena, koje nagriza zub vremena na snijegom pokrivenim oranicama. Moj kovčeg leži otvoren pokraj mene na stražnjem sjedalu. Trenutačno na sebi imam samo grudnjak. Navučem majicu s kapuljačom od fine vune i povučem smičak, izvadim četku za kosu, pokušam usporiti pluća, srca, mozak, pokušavam se ne obazirati na njezinu bujicu uvreda – "Vermont! U Vermontu, jebote!" – i koristim tih posljednjih nekoliko trenutaka da promozgam je li ovo silna pogreška. Odlučno bacim maminu zgužvanu spavaćicu kroz prozor, pritisnem puce za podizanje prozora, a onda s praskom potegnem rub nogavica traperica preko čizama tankih potpetica.

Automobil se polako zaustavi uz rub neasfaltirane ceste.

"Ovdje?" Jocelyn upita vozača. On joj preda novi list papira s Jakeovim uputama i iskoči iz auta da mi otvori vrata.

"O, u redu, hvala", kažem. Nema mi druge nego izaći iz toplog vozila. Mekana koža mojih čizama utone u duboki snijeg. *"Sigurni* ste da smo na pravom mjestu?"

"Hej! Ovdje sam!" oglasi se Jake i ja se okrenem na peti, žmirnem i ugledam ga: sjedi i puši klateći nogama na rubu natrule kućice na stablu. Usred polja, usred zime. Mahne. "Dobro jutro."

Dodge iznenada zaturira, stražnji mu kotači razruju snijeg u obliku pršića i ode, a nas dvoje ostavi u spokoju punom ptičjeg pjeva. Zaklanjajući oči od blještećeg sunca, pogledam u Jakeove viseće čizme koje sliče Kermitovim nogama. "Naravno, gdje bi ti bio nego na drvetu."

"Pogled je stvarno divan!" vikne on s visine. "Obećaj!"

"U redu…" Gacam kroz pršić i počnem se penjati po grubo otesanim daskama pribijenima za deblo. Njegova se ruka pruži da me sigurno podigne na platformu.

"Izgubila si kaput?" upita on i raskopča svoju jaknu.

Ja je navučem i osjetim kako isijava toplinom njegova tijela. "Nije bilo vremena da skoknem do Exodusa." Zavrtim se i pustim da mi se noge zaklate pokraj njegovih. Pogled je doista predivan: hektari grana ispletenih u crnu rešetku na pozadini boje bjelokosti, a kuća Sharpeovih čuči u daljini kao na pladnju za torte.

"Cigaretu?"

"Prestala nakon faksa. Pomislila bih da s tvojim glasom…"

On pogleda u opušak svoje cigarete. "Glazbena industrija održava duhansku na životu. Iza kulisa na dodjelama Grammyja svi u jednoj ruci drže koktel, a u drugoj kutiju Marlbora. Ja se pokušavam ograničiti na kasne noćne sate ili kad sam… malo nervozan. Inače mi moj tim sjedne za vrat."

"Imaš tim?" upitam i podbočim se rukama o drveni pod.

"Ma znaš, tipa za grlo, tipa za *fitness*, agenticu—"

"Da, skompale smo se. Zar nisi uspio angažirati *pravog* zbačenog diktatora?"

On se nasmije. "Znam, opaka je, zar ne? Ali mi je blizina takve osobe nasušna potreba. Mislim da si ti udarila jak temelj toj tradiciji." On ugasi cigaretu u polukrugu pepela, a opušak frkne na zemlju. "Uđimo, mislim da je unutra malo toplije."

"Je li ova kućica zapravo sauna?"

"Molim?" On zavrti noge i zavuče se u skučeni prostor kućice u kojoj osim deke i termosice nema ničeg.

"Todd je rekao da je tvoja mama srušila pregradne zidove u svim zgradama na vašem posjedu pa nešto ugradila, košarkaška igrališta i slično."

Jake se nasmije, a ja dopuzim do njega. "Iza garaže je zatvoreni bazen, ali to je sve. No ideja nije loša. Izvoli." On odmota deku i pokrije mi noge teškom vunom.

"Hvala. Zašto nisam bila ovdje?"

"Ne znam, čini se da sam već prerastao ovu kućicu kad smo počeli hodati. Ti si prva cura koju sam ovamo doveo."

Protrljam dlanove koji mi trnu od hladnoće. "Reci sljedećoj da ponese naušnjake."

"Ne želim da bude sljedeće." Položi mi ruku na bedro.

"Jake." Ja mu maknem ruku.

"Nisam trebao postaviti ono pitanje?" upita on.

"Ne. Da. Trebali smo najprije razgovarati."

"I jesmo."

"Želim nešto reći o velikim promjenama. O nanošenju zla drugima. Dirnuta sam, jesam. Ali naši su životi tako različiti—"

"Dirnuta si?"

"Da, ali—"

"Slušaj, učinio sam što jesam jer to želim." Uzme moje pothlađene ruke u svoje i zagleda mi se u oči. "Dugujem to i tebi i meni, reći jasno i glasno."

"Ali, Jake, postoji problem." Izvučem se iz njegova stiska da bih mogla gestikulirati. "Trebala bih pritom napomenuti da je riječ o problemu broj sto tri od oko četrdeset dvije tisuće.

Ne poznajem te. Hoću reći, da, jasno je da se još palimo jedno na drugo. Ali ne znam tko si sad."

"Za početak: ovo je moja kućica na stablu." On je predstavi polukružnim pokretom ruke. "Kućice na stablu, ovo je Katie."

"Sad sam Kate. Imam trideset godina."

"Oprosti, kućice – ovo je Kate – pa molim te izbaci *i* s njezinih gostinskih ručnika."

"Vidiš?" Drhturim. "I ne znam da imaš ovu kućicu, a postojala je još prije mene."

Jake odvrne poklopac termosice. "A evo kako je to bilo. Nakon što se počeo prikazivati *Povratak Jedija* izluđivao sam tatu jer sam želio imati vlastito selo Ewoka. Hoćeš grog?"

Kimnem glavom i gurnem ruke u džepove njegove jakne.

"Gnjavio sam ga dan i noć." On mi natoči čašicu. "A kad me otpilio, počeo sam zabadati odvijače u drveće, zajedno s onim klincem koji je imao naočale kao pivske boce—"

"Onaj s lijenim okom?"

"Da, tad smo bili najbolji frendovi. Dakle, tri stabla uvenu, mama šizne."

"Mogu si misliti", nasmijem se i podignem metalnu čašicu.

"Živjeli." On se obzirno kucne termosicom. "I tako moj tata dovede nekog iz tvornice da sagradi ovu kućicu. Bila je prilično fora, premda nije izdubljena u deblu." On potegne iz termosice.

Ja strusim čašicu, tekućina mi obloži grlo i žežući mi preplavi prsni koš. Pripremam se za veliki obračun. "Jake", gledam u čašicu i palcem opisujem njezin rub. "To da si pisao o meni, o nama, to razumijem. Jasno mi je da je naša veza bila i tvoja. Ali da napišeš pjesmu o mojoj mami..." Pogledam ga.

"Ta pjesma govori o tome kako si potražila utočište u meni, tad sam osjećao najveću bliskost s tobom, nikad nismo bili prisniji."

"Ali se vraćati temi njezine nevjere iz albuma u album, iskreno ne znam mogu li ikad—"

"Ne radi se o tvojoj obitelji." Lupne dnom termosice o rub platforme i iskrivi usta. "Nego o mom tati."

"Molim?"

"Imao je drugu ženu u Denveru. Sad imaju dvoje djece i prestao je putovati, eto."

"O Bože, Jake, nisam imala—"

"Ni ja." On stisne lijevu ruku u šaku i počne sustavno pritiskati zglobove i pucketati njima. "Mama je doznala moje prve godine u L. A.-u. Kad se žalila na podjelu imovine, njezin je odvjetnik iskopao tu ženu."

"Jake, jako mi je žao."

"Aha, prilično bolesno. Razvod se razvukao cijelu vječnost, a kakvi su sve detalji isplivali na površinu!" On iskrivi lice pa počne gnječiti drugu ruku. "Recimo suveniri koje je donosio s putovanja—"

"Oni sapuni, sjećam se."

"Aha, ispostavilo se da su mu ljudi s posla donosili te sapune sa *svojih* egzotičnih putovanja – on je cijelo vrijeme bio u Denveru. Ne razgovaramo. I tako—" on se usiljeno nasmije. "To je to."

To je to. Zbrojivši sate, godine, desetljeće potraćenog gnjeva, vratim mu šalicu-poklopac i gledam kako si u nju ponovno natače grog. Moja se zlovolja pretoči u olakšanje i zagledam se u njegovo lice ovako izbliza na iskricama odsjaja dnevne svjetlosti, u sjenu čekinja njegove brade koje prije tamo nije bilo, u mali vodoskok bora koji mu šiklja iz kuta očiju, u grozd blijedih pjega koje kamere retuširaju. "Stani malo! Nije li Kristi Lehman u ovoj kućici zaradila ljubavni ugriz na vratu? Tako je!"

"Bože, imaš pravo! Potpuno sam to izbrisao iz glave."

"Znači da nisam prva cura koju si doveo ovamo!" Pljasnem ga po koljenu.

"Ti si prva žena koju sam doveo ovamo, gospodična Tridesetogodišnja. Isuse, što misliš da Kristi Lehman sad radi?"

"Sjetno si trlja ugriženo mjesto na vratu i moli se Bogu da napišeš pjesmu o tome." Otpijem još jedan gutljaj. Ovaj put mi se grog lakše slije niz grlo. "Zapravo, Sam ju je sreo. Vodi mini-market u Fayvilleu. Puno bi ti se više isplatilo da si sad ovdje s njom."

"Nema teorije. Bilo je užasno nezgodno, a i našpranjio sam se u pokušaju da joj skinem grudnjak." On se leđima ispruži na kvrgavi pod. Ja se podbočim rukom i pogledam u njega: kosa mu pada od isklesanog lica pod kutom tako prisnim da je pogled na njega još na neki način povlastica.

"Dođi." On me privuče k sebi, zagrli, i glava mi počine ispod njegove brade. Ležim tako s njim i dišemo usklađeno; osjećam se poput odbačene igračke koje se netko ponovno prisjetio i vratio na povlašteno mjesto na polici. Sinoćnji maskirni Guccijev miris više se ne osjeća pa me slatki miris njegove kože smućuje i izaziva u mene želju da podignem lice i poljubim se s njim. Duboko udahnem i dopustim da me studeni zrak osvijesti i podsjeti me na moju zadaću. Uspravim se i sjednem.

"Jake, to što se dogodilo između nas, dobro, o tome se da raspravljati. Ali je neoprostivo to što tim dečkima nikad nisi odao priznanje. Neoprostivo."

Jake se pokrije dekom po glavi. "Znam."

"Nemoj se sprdati." Povučem deku čija mu je težina spljoštila kosu. "To je uvjet."

On uzdahne. "Rekoh ti, silno je komplicirano."

Odgurnem se od njega. "A ovo nije?"

On prebaci deku preko moje glave i pokrije nas oboje, pa me privuče k sebi. "Molim te kao Boga, nemojmo o poslu. Družimo se. Kako si ti ono to nazvala?"

"Upoznavanje tebe."

"Da, to."

Zalomim rukama i zbacim deku sa sebe, odmaknem se i zagledam u njegovo smeteno lice, odlučna. "Ne odužiš li se mojim prijateljima, nema 'tebe' kojeg želim upoznati. Je li to jasno?"

On se podigne u sjedeći položaj, a ona se koketna dječačka energija raspline. Pogleda me u oči. "Jasno."

"Stvarno? Reći ćeš Jocelyn i svojim odvjetnicima? Potpisat ćeš papire?"

"Da." Preplavi me nekakva lakoća kad mi je on rukama obujmio lice. "Trebam te... Kate", naglasi on moje odraslo ime. "Mislim da uporno pišem pjesme o tebi samo zato da ti čujem glas u svojoj glavi."

"Ja sam tvoj Pinnochijev raspjevani cvrčak?"

On se nasmije. *"Ti* si najbolje što mi se ikad dogodilo."

"Mogu li tvoji odvjetnici sastaviti kakvu potvrdu u tom smislu?" Nasmijem se s njim. Naposljetku si mogu dopustiti da osjetim ushićenje toga što sam tu gdje sam.

On me nježno poljubi. "Ne mogu dopustiti da se ponovno razdvojimo."

"Upravo ti je vraćen jedan zaručnički prsten", promijenim ja temu, premda njegove riječi nadmašuju moje najnevjerojatnije maštarije.

"Ne, slušaj, imam tjedan dana slobodno u New Yorku prije početka azijske turneje. Provedi ga sa mnom."

"Jake, ne znam jesmo li spremni..." Ograđujem se.

On prstom prođe po mojoj čeljusnoj kosti. "Obećao sam da ću Badnjak provesti s mamom. Jesi li raspoložena za blagdanske svečanosti u obitelji Sharpe?"

"U sklopu kojih nju polijemo šerijem i zapalimo?"

Jake se nasmije. "Bit će pristojna, obećavam. A imamo predivan bor." On se nagne i poljubi me, umiljato i čvrsto. "Sutra ranom zorom letimo u New York. Provest ćemo fenomenalnih tjedan dana i dubinski se upoznati. A onda ćemo vidjeti, *ti* ćeš vidjeti da smo ti i ja... da smo čekali trinaest godina da počnemo uistinu

Posveta

živjeti—" Usred rečenice prekine ga glasni prasak loma grane. Okrenemo se prema tom zvuku i izgrebenom plastičnom prozoru kućice. Oko nas grune jarka svjetlost, višestruko blještavija od sunčane svjetlosti koja se kroza nj cijedila trenutak prije.

❄

"Slikaju koledare." Susan pusti svilenu sivosmeđu zavjesu. "Kakav to nečovječni poslodavac sili svoje fotografe da rade na Badnjak?"

Spustim svoju čašu pjenušca na stolić za kavu i poželim da je puna viskija. "Zapravo mislim da su oni svi slobodnjaci pa su tamo, recimo, vlastitom voljom."

"Uvijek dolazim u napast da otvorim vrata i dopustim im da slikaju pa da mogu kući", kaže Jake s vrha ljestava gdje popravlja anđela. Završni refren pjesme "O Tannenbaum" utihne kad su se koledari premjestili pred kuću koja nije pod opsadom. "Ali to ne ide tako."

"Da, dušo, sad je puno bolje", Susan s odobravanjem kimne glavom s brokatom presvučenog trosjeda i Jake se rastopi, pa popravi još i vjenčiće i žaruljice. "Od te sam nahrenosti već dobila morsku bolest. Malo dimljenog lososa?" Ona lagano gurne srebrni pladanj netaknutih trokutastih kanapea prema meni.

"Ne, hvala", kažem jer mi želudac još nije kadar probaviti svečani blagdanski objed nakon jurnjave preko polja s bulumentom teleobjektiva za petama. "Vidim, sve su vratili na svoje mjesto", osvrnem se po sobi, pokušavajući nekako ispraviti to što sam odbila njezine kanapee. Muk koji vežem uz ovu kuću ponovno me guši. "Kad smo već kod božićnih pjesama, da poslušamo koju?" upitam.

"O." Njezino se naborano lice snužd. "Ovo mi je prvi Božić u ovoj kući nakon mnogih godina. Nisam bila sigurna ni imamo li još ukrase. Inače se nalazim s Jakeom i bratovom obitelji u Vailu. Da vidim imamo li božićne pjesme." Odgurne se od brokata i krene, prilično ravno, prema policama za knjige gdje red CD-ova čami između okvira za slike i nekoliko u kožu uvezanih knjiga o Admiralu. Odmota naočale sa zlatnog lanca oko vrata i počne pregledavati natpise. "Bečki dječaci", objavi nakon nekoliko trenutaka. "To će zvučati blagdanski." Ubaci disk u uređaj i zvuci "Exultate Jubilate" ispune prostoriju. Nije baš pučka veselica, ali je bolje od zaglušujućeg ničeg.

"Gospođo?" Žena u uštirkanoj sivoj uniformi gurne vrata. "Pečenje će biti gotovo za nekoliko minuta ako želite sjesti za stol. *Bisque* od jastoga je poslužen."

"Hvala vam, Mary."

"Tko želi svoje darove?" upita Jake skočivši s ljestava.

"Jake, *bisque* je poslužen." Susan zagladi svoju suknju od tvida.

"Znam, ali ne mogu čekati. Vas dvije sjednite za stol. Evo mene začas." On potrči uza stube i ostavi nas same.

"Imate tako lijepu kuću", kažem joj ja na pragu francuskih vrata koja vode u blagovaonicu.

Ona se osvrne, a pogled joj padne na drvenu oplatu koju su izrezbarili djelatnici MTV-ja. Naškubi usne i crveni se ruž paperjasto raširi u duboke pušačke bore. "Nemaš pojma koliko je muke trebalo da se ovdje sve uredi kako treba. Cijeli tim majstora iz Bostona radio je non-stop."

"Uvijek je bila lijepa", kažem i sjednem nasuprot njoj za veličanstveni stol. Sjedimo u tišini ispod kristalnog lustera koji baca pruge po tapetama od smeđeg žakarda. "I dok sam išla u srednju školu. Pamtim kako je sve u njoj uvijek bilo ukusno namješteno." Ona si dopusti blijedi smiješak.

Obje podignemo glavu na zvuk topota Jakeovih nogu koji u silasku preskače po dvije stube odjedanput. Uleti u blagovaonicu, dobaci mi kutijicu pastelnoplave boje crvendaćevih jaja, obiđe stol i pruži majci veliku sjajnu smeđu kutiju na čijem poklopcu piše J. MENDEL. Privuče stolac najbliži njoj, a ona iskapi pjenušac i maši se boce crnog vina.

"Onda?" Prelazi pogledom s nje na mene. "Otvorite ih!" Poskoči stolcem tri centimetra bliže majci.

Zatečena, pogledam u kutijicu veličine one za prsten. "Jake? Kako si uspio?"

"Poslao sam jednog svog čovjeka da bude tamo u deset ujutro čim su otvorili i da u deset i petnaest već bude u autu na putu ovamo." Sjaji od sreće. Budući da se Susan ne miče, ja odvežem crvenu vrpcu i podignem poklopac. Unutra se nalazi baršunasta kutijica iste pastelno plave boje. Pogledam ga upitno. On mi uzvrati smiješak, ali budući da nije skočio sa stolca da klekne, ja izdahnem i odškrinem poklopac. Unutra je četvrtasti safir veličine pločice za *scrabble* uokviren s dva dijamantna pravokutnika.

"Jake", kažem, zaprepaštena. "O, Bože moj."

Susan popije vino nadušak.

"Sviđa ti se?" upita on.

"Predivan je." Nagnem kutijicu prema svjetlu. "Ali ga ne mogu prihvatiti."

"To je samo zavjetni prsten. Za tvoju desnu ruku. Mislim da sam za danas tražio već dovoljno pristanaka od tebe. Ali želim da ga zadržiš. Neka ti to bude umjesto maturalne kitice cvijeća, trinaest rođendanskih poklona, trinaest božićnih darova, tri maturalna dara – u jednom."

"U redu", nasmijem se, nataknem tešku platinu na prst i osjetim čvrstoću njezine hladne težine. "Kad je tako, a gdje su naušnice?"

"Mama?" Jake podsjeti majku, nagnuvši se prema njoj.

"Tko želi predvoditi molitvu?"

"Mama?" ponovi Jake i raširi laktove u obliku svijenih krila kad se uhvatio za naslone za ruke.

"O dušo, naravno. Kad ti kažeš." Susan povuče smeđe-bijelu mrežastu vrpcu i ona se odmota. Podigne poklopac, pa odmota smeđe-bijeli papir. Jake napeto gleda u nju. Oboje smo prestali disati i gledamo kako ona vadi predivan pulover od vodoravno spojenih kožica nerčeva.

"Predivan je", kažem ja, budući da od Susan nema nikakve reakcije. "Vrlo Audrey Hepburn."

"Catherine Zeta-Jones je nosila takav pa sam se raspitao gdje ga je nabavila. Mama, sviđa ti se?"

"Lijep je, dušo. Hvala ti." Ona usnama očeše njegov ponuđeni obraz. "A da sjedneš pa da počnemo jesti? Mlačni *bisque* nije baš poslastica."

Jake ustane, odmakne stolicu koju je dogurao, i preseli se na svoje mjesto dijagonalno od nje. "Ako ti veličina ne bude odgovarala, možeš je zamijeniti sljedeći put kad dođeš u New York."

"Ne, u redu je. Premda ne znam gdje ću ga nositi…" Ona utopi žlicu u ružičastoj juhi.

"Pa… kad ponovno odeš u Vail", pokušava Jake hrabro. "Ili kad odeš u posjet prijateljima u Boston i Pariz – izgledat će super u Parizu."

"Imam tako puno odjeće koju uopće ne stignem obući." Ona zagrabi još jednu žlicu. "Ali sam sigurna da će se ukazati prilika. Uvijek je mogu dati u Caritas."

Jakeovo se lice objesi i on uzme komad kruha skriven ispod damastnog ubrusa koji je prekrivao srebrnu rešetkastu zdjelicu za kruh.

"Jako mi se sviđa ovaj prsten, Jake", žurno ću ja. "Čaroban je."

"Stvarno?" On se nasmiješi. "Ja sam ga odabrao. Nisam osobno otišao po njega, ali sam ga odabrao na internetu."

"Prelijep je."

Jakeov telefon zazvoni i on ga izvuče iz džepa da pogleda tko ga zove. "Isuse", promrmlja. "Moram se javiti. U Tokiju nije Božić." On se odgurne od stola i ustane. "Aha. Da čujem", kaže on odlazeći u dnevni boravak. Zagledam se pokraj njega u božićno drvce čije mi golo podnožje tek sad upadne u oči.

"Juha je izvrsna", kažem.

"Maryn recept." Ona makinalno dotakne svoj baršunasti povez za kosu. "Prenijet ću joj tvoje komplimente."

"Jeste li što kupili Jakeu?" upitam.

"Molim?"

"Za Božić? Jeste li mu što kupili?"

"O", cokne ona, prstima prebirući po lančiću od naočala. "Čovjeku koji ima sve? Što bi mu moglo faliti?"

Zamislim kako ju je moja žlica čvrknula po čelu i ostavila kremasti ružičasti krug iznad njezina zaprepaštenog lica.

Jake proviri u blagovaonicu, još na telefonu, i poklopi ga rukom. "Mama, čini se da još večeras moramo natrag", šapne on. Meni odlane pa poticajno zakimam glavom. Jake se ponovno povuče u dnevni boravak.

Gledajući me u oči, Susan vilicom kucne po svojoj kristalnoj čaši.

Vrata se širom otvore. "Izvolite, gospođo?"

"Mary, možete odnijeti tanjure."

"Hvala, gospođo."

Dok Mary kruži oko stola, vlada muk koji čak ni Bečki dječaci ni Jakeovo tiho potvrdno mrmoljenje iz druge sobe ne mogu ispuniti. Susan zuri u mene tako netremično da je počela gledati u križ. Naposljetku ponikne pogledom na svoj pozlaćeni tanjurić i prozbori: "Ja imam prelijepu kuću. A ti prelijepi prsten."

Odmaknem se da bi Mary mogla uzeti moj tanjur. "Oprostite?"

"Jakeov je otac bio u Saskatchewanu dok sam ja rađala. Dobro, nije bio u Aziji. Ali svejedno, nije bio sa mnom."

"Ne shvaćam—"

"Upitaj se, gdje je on na moj rođendan? Ili na djetetov rođendan?" Ona otpije još jedan gutljaj. "A onda se divi svom prelijepom prstenu."

❄

Jake se pruži preko mene i pritisne tipku za zadnji kat na ploči od inoksa. Stišće mi ruku dok se dizalo slično tvorničkom polako klizeći penje kroz betonsko okno. Kroz lakirane letvice vide se zaključana vrata svih stanova pokraj kojih prolazimo. "Bože, što je kasno. Hvala ti na ovome", kaže on tisućiti put otkad smo sjeli u auto i krenuli na aerodrom. "Mrziš me? Naprosto nisam mogao..." zašuti on.

"Jake, sve je u najboljem *redu*", ponovim. "Pomisao da ću noć provesti pod istim krovom s tvojom majkom nije ni mene oduševila. Sve je u redu. Doista, iskreno, stvarno to mislim."

"Dobro." On se smiješi. Moja uvjeravanja su mu čini se najzad doprla do mozga. Naše dizalo uspori, vrpce svjetlosti pometu nas iz prvih otvorenih vrata. Vrata dizala se rastvore.

"Ovdje mi izlazimo." On mi veselim smiješkom poželi srdačnu dobrodošlicu i uvede me u golemi stan optočen spektakularnim svjetlucavim panoramama Tribece i obale New Jerseyja iza nje. "Nije loše, ha?"

"Nimalo." Izvučem ruku iz njegove i odem do prozora. Položim čelo na mrazna okna. Pogledam dolje u ljupku ulicu popločenu kaldrmom, rubova pokrivenih s nekoliko dana starim hrpama snijega koje odavde izgledaju poput pjene kapučina posipane kakaom. Podignem pogled prema aveniji i prepoznam nadstrešnicu restorana u koji me jesenas onaj tip izveo za našeg romantičnog vikenda tijekom kojeg se ispostavilo da baš i nismo jedno za drugo. Da sam, dok sam trpjela njegovo popovanje o prednostima poreznih olakšica za gornjih jedan posto stanovnika, slutila da je ovakvo što moguće samo nekoliko metara, nekoliko katova dalje, uzverala bih se po pročelju zgrade.

Osjećam Jakea iza sebe. Zavuče mi ruke ispod majice i raširi se poput lepeze preko mojih leđa. "Prošla je ponoć", šapne. "Sretan Božić."

"Sretan Božić." Okrenem glavu i usne nam se spoje, a prsti mu skliznu do mojih dojki.

Posveta

"Želim da ti se ovdje sviđa."

"I sviđa mi se", kažem, misleći na njegov dodir. On me ponovno uhvati za ruku i povede pokraj sjajnih kipova Davida Smitha u kojima se mutno ogleda kolaž Eamesova i kolonijalnog američkog pokućstva, pa niz hodnik koji kao da se pruža kroz cijelu četvrt.

"Stigli smo." Jake se nasmiješi otvorivši posljednja vrata. Ugledam sobu s hrđavo crvenim poliranim pokućstvom. Oboje pogledamo u krevet zamamno presvučen raskošnim sivim flanelom i crnom svilom. Jake uzme daljinski upravljač s noćnog stolića i uperi ga u zidnu ploču pa u zavjese koje se počnu trzavo razmicati i navlačiti nadglasavši zvrjanje vrtnje CD-a.

"Bez glazbe", preduhitrim ga.

"Sigurna si?" upita on, držeći daljinski na gotovs.

"Čak ni 'Radujte se narodi'."

Jake ponovno pritisne tipku na daljinskom i ušutka zidnu ploču, a ja obilazim sobu, zavirujem u osobne predmete na policama za knjige i na polici iznad kamina: polarni medvjedić od steatita, mozaična posuda, suvenirska čašica iz Pertha.

"Dajte više", Jake preklinje pobunjene zavjese.

Prignem se da bolje pogledam donju razinu najbliže police gdje nekoliko uokvirenih fotografija čuči u sjenama: sepija na kojoj Jakeov otac hrani ozarenu Susan svadbenom tortom, Jake u kaubojskom šeširu i napuhanih obraza gasi topeće tri svijeće na torti većoj od sebe, vitki Jake kao iz topa skače s mola, a onda, uguranu na sigurno iza svih njih – okvirić u obliku srca koji sam odabrala s Laurom. Na slici sam ja u njegovu podrumu, grohotom sam se nasmijala nečemu sa Samom točno u trenutku kad nas je Jake uslikao.

"Hvala vam", kaže on i ja podignem pogled. Zavjese su se naposljetku sklopile zadovoljno uzdahnuvši.

Priđem mu, uhvatim ga za lice i poljubim duboko, bez trunke ustručavanja.

24

Četvrti srednje

"Da, podigla sam ih – izgledaju *mrak* – ali je tip rekao da ih moramo *odmah* skinuti počne li kiša jer će nam se stopala pretvoriti u puževe i žvakaću", kažem ja i prekrižim *cipele* s popisa.

"Počne li kiša," objavi Laura, "ubit ću se. Tako da će smežurana i ljigava stopala biti zgodan detalj za otvoreni lijes."

Uvijam zavojitu žicu. "Upali svijeću, zapleši, zavjetuj se da ćeš se odreći seksa."

"Iz ovih stopa. Pusa, bok."

Držeći slušalicu u obliku divlje patke za glavu, spustim je u ležište. Okrenem se na zelenom kauču i pogledam u Jakea koji ugađa svoju gitaru na zrakama popodnevnog sunca koje se slijevaju kroz podrumski prozor Sharpeovih. "Laura kaže da je Sam odnio pologe za vaše smokinge pa ih samo trebaš podići sutra do tri sata. On će te tamo čekati. Tako ćete imati dovoljno vremena da odete do Harriman'sa i pripremite sve za svirku prije no što se odete kući presvući."

"Super", kaže on ne podigavši pogled.

"Sjetit ćeš se? Jer Laura i ja u dva imamo frizera i manikiranje pa nećemo biti kod kuće da te nazovemo i podsjetimo."

"Ne, upamtio sam", kaže on, gledajući u žice po kojima prebire u neuspješnoj potrazi za savršenom intonacijom.

"Laura je zaključila da ipak želimo ići na predmaturalnu proslavu kod Michelle pa ćete vi, dečki, doći po nas u sedam. Obje ćemo biti kod Laure jer je moja mama htjela da tata dođe kući za predmaturalno fotografiranje, ali se sve počelo pretvarati u veliku dramu i ja to nisam mogla istrpjeti, a ona se rasplakala pa sam odlučila da ne želim najdeprimantnije predmaturalne slike na svijetu nego da ću preskočiti cijelu stvar i stati među Hellerove."

"Super."

"Jake?"

"Ne, stvarno je super." On naposljetku prestane ugađati gitaru i podigne glavu, tjeskobna izraza lica.

"Što je?" Glas mi se zabrinuto snizi za oktavu. On tupo zuri u mene. "Jake? Je li sve u redu, je li s tvojom mamom sve okej?" Odjednom mi od napregnutosti njegova pogleda zastane dah. "Jake, što je?" Ali on samo usredotočeno gleda u mene kao da vidi jako, jako daleko i ja ne znam što slijedi.

On se nakašlje, ne skidajući pogled s mene dok spušta gitaru na pod. "Dođi." Lupne po perilici. "Skokni gore."

"U redu..." Pustim da mi ruksak klizne na pod, ustanem i odem na njegovu stranu podruma. Strepeći, doskočim na hladan bijeli metal uz potmuli udar. On se okrene k meni i ja raširim koljena kako bi on mogao stati između njih. Ponovno taj tjeskobni izraz, ali samo nakratko jer se onda on pruži pokraj mene, ja okrenem glavu da pogledam, ali samo začujem škljocaj i osjetim vibracije u bedrima kad se perilica uključila.

On se odmakne, pritisne moja usta svojima i mi utonemo u strasni poljubac. On usnama prieđe niz moj vrat... prsnu kost... dojke... pa rukama punom dužinom mojih bedara. Podrumom se prevuče sjena... sunce se odmaklo iz njihova dvorišta... njegova brada na mom trbuhu... gleda me u oči... skida gaćice s mene... podbočim se na laktove... njegova kestenjasta kosa iščezava mi ispod suknje... njegov jezik... i nikad... nikad... nikad nisam... glava mi klone unatrag... on mi podigne bokove... utisne me u komešajući metal... prsti skliznu u mene, a njegova usta njegova usta njegova usta i ja... i ja... i ja želim... želim... želim... želim da život uvijek... da... uvijek... da uvijek... bude... ovo.

25

26.-31. prosinca 2005.

Podignem jedan od crnih četvrtastih jastuka s poda, nabacim ga na zaglavnu krevetnu dasku i podbočim se svijenih koljena. Jack pregledava svoju DVD-teku i ponovno priteže donji dio pidžame. "Spremna za sljedeći?" On ubaci treći nastavak *Kuma* u plazmu iznad kamina.

Zataknem prednje krajeve njegove flanelske košulje među gole noge i upitam: "Ne bismo li ipak danas trebali izaći iz ove sobe? Ili barem ovog kreveta?" Pogledam van u snježne pahulje koje prše na koraljnom žaru zalazećeg sunca.

"Zar imaš potrebu ne biti zadovoljena?" On se baci na madrac, a tuhica punjena perjem nadigne se oko njega. Jake me ugrize za bedro. "Što bi htjela?" Nagne se preko mene otvoriti minihladnjak ispod svojeg noćnog stolića.

"Imamo li još svježeg soka?" Uspužem na njegova leđa i poljubim milu slanoću njegova vrata, gledajući usput u sve manju zalihu boca prirodne vode Fiji plavih čepova.

"Nemamo. Ne brini se, proroštat ću po kuhinji." On se okrene i poljubi me, prstima prođe ispod moje košulje, moji zauzvrat priječu niz njegovo tijelo, i počinjemo propuštati još jedan poprilična komad Coppolina opusa. Jakeov mobitel na poliranom stoliću zadrhti deset put u sat vremena.

"Zar se ne bi trebao javiti?" Upitam i prekrižim ruke na njegovim prsima.

On se odlijepi s mene i sklizne na pod pa ustane i nasmiješeno zagleda u mene, držeći ruke na mojim stopalima.

"Što je?" upitam od nelagode.

"Ništa. Izgledaš baš kako treba, krevetno raščupana i krevetno izmučena, prelijepo." Mobitel nastavi drndati po stolu. Jake mi potapše stopala. "Nek se nose znaš kamo." Krene prema vratima. "Tri mjeseca nisam imao ni dan počinka. Neka se snađu bez mene nekoliko dana." Na pragu se okrene i nagne glavu u stranu. "Zar ne uživaš?"

"Uživam." Obgrlim golemi jastuk i zagledam se u to kako suton natapa zidove toplim žarom. "Samo ne želim da zbog mene dobiješ otkaz."

"Ali *ja* dajem otkaze." On kucne po polici za knjige kojom su vrata bila uokvirena. "I roštam po kuhinji, pa zato ne idi nikamo."

"Nešto hrskavo!" viknem za njim ustajući sa zgužvane svile da iz vitrine uzmem nekakav lakši praznični film. Preskočim strane filmove, japanske animirane filmove i širok izbor dokumentaraca u potrazi za kakvom komedijom ili možda filmom na temu Božića. Odagnam iz glave sliku svojih roditelja koji vjerojatno u ovom trenutku poput dva goluba gledaju *Nježno srce* i uto spazim Jakeovo ime i uzmem DVD s police.

"Snimke tvojih koncerata", pročitam s naljepnice kad se on vratio ruku punih vrećica kokica; između prstiju nosi boce i čaše.

"Ajoj, da." Prigne se spustiti sokove i baciti vrećice od folije na krevet. "To ne bi trebalo biti tamo. Pokušavam sve što je vezano uz posao držati strogo u granicama ureda. To je negativni *feng shui*."

"Želim vidjeti tvoj ured."

Jake me sumnjičavo pogleda dok odvrće poklopac i ulijeva gustu smjesu s mirisom banane u originalne čaše Happy Meal iz McDonald'sa. "U redu, a zašto?"

"Tek tako."

Jake mi pruži punu čašu pa se kucnemo, a onda on strusi sok, udari praznom čašom o stol kao da je riječ o praznoj pivskoj krigli i obliže tanki žuti premaz s gornje usne. "U tom slučaju, vodim te u razgled." Pokaže u vrata uz portirski polunaklon. "Poslije tebe. Skreni lijevo."

Odložim čašu i krenem niz dugi hodnik. Bosa mi se stopala kvrče u želji da izbjegnu dodir s hladnim cementom.

"Treća vrata desno."

Okrenem okruglu kvaku i uđem u nešto što sam – pogrešno – očekivala u kući Susan Sharpe: Jakeov hram. Dijelom finom lamperijom obložen ured, dijelom stvaralačko gnijezdo posuto jastucima, svaka površina vrišti od njegovih fotografija i postignuća. Odem do zida nasuprot radnom stolu gdje šest višestruko platinastih albuma visi iznad uokvirenih naslovnica, plakata turneja i fotografija sa svim i svakim, od Leonarda Cohena do Jay-Z-ja. Iznad secesijskog radnog stola vijugavih linija visi plakat za film Gusa Van Santa u kojem je Jake imao *cameo* ulogu i za koji je napisao glazbu.

"A, da, to." Zamašem glavom prema plakatu.

"Da? Što s tim?"

"To je *trebao* biti sramotni fijasko. *Mjesecima* sam s veseljem očekivala sramotni fijasko. A istodobno i nisam."

"Rekoh ti— ovdje nema ničeg zanimljivog." Uhvati me za ruku i pokuša izvući iz ureda, tako da sam počela skakutati na jednoj nozi preko tibetanskog saga.

"Ne, čekaj." Povratim ravnotežu migoljeći se u njegovu stisku. Na jednoj polici od tikovine stoji red DVD-ova. "Pogledajmo neki od ovih", kažem ja izvukavši prvi, kolekcionarsku kompilaciju svih njegovih glazbenih videa.

"Joj ne", nasmije se on. "Da gledam kakvu sam užasnu frizuru imao? I odjeću kakva se nosila sredinom devedesetih? U jednom videu imam na sebi kožne hlače. Kožne hlače! Ajoj!"

"Ma daj", molim ga. "Bit će zabavno." Priljubim se uz njega onako polugola. "Godinama sam sustavno sve to izbjegavala. Možeš me utopiti u svoj opus."

"Pokazat ću ja tebi što želim utopiti u tebe." Podigne me i odbaci na stol. Ja zacičim kad me poklopio, odguravši još svojih memorabilija na pod dok migolji sa mnom po eboniziranoj površini stola. Ukliže u mene i ja se uprem tabanima o nareckani rub, da mu ne bježim. Odjednom on prestane i zapilji se u mene. "Ali ne zato što ti se nisu sviđale?"

"Što?" upitam soptavo.

"Nisi izbjegavala moje pjesme jer misliš da ništa ne valjaju?" Lice mu preplavi povrijeđenost koju sam očekivala ugledati – ali nisam – za blagdanske večere u kući njegove majke.

Podignem se i podbočim laktovima, s njim još u sebi. "Jake, naravno da ne, obožavam tvoju glazbu."

"Ne moraš to reći", zajedljivo će on kao da sam upravo izrekla laž. "Možda nije po tvom ukusu. Neil Strauss je rekao da je moj posljednji album redukcijski i atonalan."

"Tko?" Upitam, sad već jako daleko od orgazma.

"Iz *Timesa*."

"O." Oštro udahnem u pokušaju da ponovno uhvatim ritam. "Ali je bio veliki hit. Pa koga briga za njega?"

On je nekako uspio zadržati erekciju. "Ovdje nije riječ o Neilu Straussu", cinično će on. "Ovdje je riječ o tebi i o tome sviđaju li ti se moje pjesme."

"O Bože", teškom si mukom pokušavam iz glasa izbrisati očajavanje. "Obožavam tvoju glazbu. Što želiš da kažem? Da je slušam svaki dan? Ne slušam je jer si otišao."

On se iznenada opusti. Ponovno počne micati bokovima. "Ali sam zato sad tu."

❉

Polagano se žmirkajući budim i počnem iznova gnijezditi svoje golo tijelo uz Jakeovo, no postanem svjesna da me nešto probudilo, svjesna kretanja u mračnoj sobi. "Jake?" Odjedanput se začuje glasni tresak. Strelovito se uspravim i pritisnem pokrivač na grudi. Ali čovjek u trenirci koji skida Damiena Hirsta sa suprotnog zida ne obazire se.

"Koji kurac?!" Jake skoči iz kreveta. *"Joss!"*

Ona se pojavi na vratima. Vidi se samo njezin obris jer je osvijetljena s leđa sunčanom svjetlošću koja se slijeva niz hodnik. Kad je zagrabila krupnim koracima u sobu, a ja počela razaznavati pojedinosti, shvatih da ona zapravo nije Joss, premda je slična Joss kao jaje jajetu, čak i po Chanelovim narukvicama. Prozračna bluza vijori za njom. Preko svog kožnog fascikla spusti pogled ispod Jakeova struka. "Hm, Eden nema baš za čime žaliti, zar ne?"

Nimalo zbunjen, Jake se postavi pred nju. "Što ti radiš ovdje?"

Jocelyn usplahireno doleprša kroz vrata. "Gwen, *čemu* tolika strka?" Zagrabi prema svojoj dvojnici. "Eden je doživjela antikvitetsku traumu? Ne može ni tjedan dana preživjeti bez svojih Chippendale drangulija?"

"Ne namjerava ostaviti svoju neprocjenjivu zbirku u rukama ovog ovdje seljačine i njegove diskontne fifice." Gwen pogleda u mene, koja laktovima čvrsto stišćem onu vestu od kašmira oko svog obnaženog torza. "Opa, znači *ipak* ste stigli i do mekanije[14] strane Searsa."

"Svi van!" zagrmi Jocelyn iz svog od bijesa ukočenog tijela. *"Odmah!"* Otprati Gwen i njezine slugane u narančastim trenirkama do vrata, odakle preko ramena ubojitim pogledom ošine Jakeovu golotinju. "Kad nazovem, javi se. I navuci hlače. Nije ti ovo koncert."

Primjereno ukoren i potuljen, Jake navuče traperice i maši se kimona koji je visio s unutrašnje strane vrata ormara. "Sredit ću ovo. Uzmi." On baci izvezenu svilu prema krevetu pa pođe za njima, zaboravivši zatvoriti vrata za sobom.

"O." Ostanem sjediti trenutak razmišljajući o svom sljedećem potezu dok nekoliko metara dalje muškarci u trenirkama prenose

---

14   Jedan od reklamnih slogana poznate američke robne kuće.

sanduke. Držeći vestu na prsima, pružim se do suprotnog kuta madraca, noktima dohvatim vrh petlje remena kimona i dovučem ga k sebi. Njihajem se okrenem prema zavjesama i jednim brzim pokretom ubacim u preveliki kimono.

"Je l' se ona to *zajebava?*" Jakeov me jad vodi niz hodnik, pokraj povorke crno-bijelih Meiselovih fotografija aktova u Rajskom vrtu u prirodnoj veličini, koja se zaputila prema izlazu iz stana: kao da muškarci u trenirkama maršriraju u znak prosvjeda protiv golih mršavih osoba.

"Jake?" upitam podigavši dugačke pravokutne rukave da se zaklonim od odsjaja izlazećeg sunca s rijeke Hudson koji obasjavaju dnevni boravak preobražen u kaotični labirint sanduka i slame. Zidovi su goli, kauča nema. Radnik zagrabi pokraj mene noseći metalnu šipku.

"Je li to—"

"Edenino." Jocelyn kimne glavom. "Hoćeš je?"

"Uh, ne… hvala."

Jocelyn ponovno operno zagrmi: "GWEN, NEMOJ ZABORAVITI STRIPTIZ ŠTANGU SVOJE ŠTAJGERICE!" Okrene se Jakeu koji se sve više izbezumljuje kako mu dom pretvaraju u role puckalica veličine bala sijena. "Jake," ona reče tiše, "sve ću ja ovo srediti." Sagne se i unese mu se u lice. "Sve ću ja ovo srediti." Jedna njezina pjegava ruka stisne ga za mišku. "Izbacit ću ih odavde za nekoliko sati, nazvat ću Richarda McGeehana i on će ovaj stan ponovno urediti do savršenstva dok ti budeš u Aziji. Obećavam ti."

Te dvije riječi umire Jakea. "Oprosti što se nisam javljao na telefon – to se više neće dogoditi." Pogne glavu i tjemenom protrlja njezino rame. "Pobrini se da ništa od moje zbirke moderne s polovice stoljeća ne zaluta u njihove sanduke. Pravi si anđeo."

"A ti vražićak." Ona se nakesi i pomiluje ga po kosi.

Budući da mu je sve oprošteno, Jakeu odlane. "Doručak?" Okrene se i pruži mi ruku, a Joss u svoj mikrofon vikne "HALO?" Pođem za njegovim golim leđima jedva čekajući da se maknem od njihova malog igrokaza u stilu *Mandžurijskog kandidata* – i horde neznanaca koji su preplavili naše utočište.

No umjesto toga uđem za njim u kuhinju očigledno predviđenu za kejtering tuluma. Tuluma na kvadrat. Dva Vikingova plinska štednjaka, dva golema hladnjaka sa zamrzivačem, tri sudopera – sve od inoksa, sve ulašteno i sve napučeno. Muškarac u kuharskoj uniformi vadi pladanj vrućih kroasana iz pećnice što dvije žene koje si toče kavu u šalice iz masivnog vrča poprate mljaskanjem i gugutanjem. Kod sudopera, žena u uniformi riba posljednje komade posuđa ne prekidajući razgovor o snijegu s čovjekom u trenirci koji čita novine iznad tanjura poširane ribe u nekoj vrsti postmoderne niše za doručak. Shvatim da je moje utočište zapravo njihovo.

"Bok svima, ovo je Kate." Mahnem zboru pozdrava.

"Ugodni blagdani?" Jake pozdravi kuhara u prolazu. "Čovječe, zar nemamo *kimchija*?"[15] on upita glave zagurane u hladnjak prije nego što je kuhar uspio odgovoriti na prvo pitanje.

"Treća polica", odgovori kuhar, a ja uzmičem prema velikoj neoprenom tapeciranoj klupici jer akutno osjećam to da na sebi nemam gaćice.

"Pazi." Okrenem se i zabodem nos u muškarca s mohikankom u crnim tajicama uskim poput tajica iz Capezija.

"Oprostite."

On se prigne obrisati snježnobijeli vrh svojih crnih Conversica iako sam ja bosa. "Bok, Jake. Jaaako dobar potez, čovječe. Bio si glavni za Božić. Bolja gledanost od Djeda Mraza."

"Hvala, stari!" Jake se veselo nasmiješi i otpije iz staklene boce. "Kate, hoćeš pasiranog *kimchija*?"

Rukom mahnem da hvala ne bih. Jocelyn uplovi kroz vrata; mikrofon joj uokviruje lice poput labuđeg perja. "Upravo je nazvao Jann s odmora na Maldivima. *Rolling Stone* želi naslovnicu—"

---

15 Kimchi je popularni korejski pikantni kiseli umak od kelja, luka i katkad ribe, začinjen češnjakom, hrenom, crvenom paprikom i đumbirom.

"Izvrsno."

"S Katie."

"Kate", podsjeti je Jake.

"Snimit će je Annie Leibovitz... planira nešto bizantinsko kao komentar na suvremenu ikonografiju američke kulture – možda će vas uparaditi kao Justinijana i Teodoru."

"E sad, mislim da je vrijeme da i ja nešto kažem", zaustim kad je Jake posegnuo za pladnjem pogačica. "Mislim da za moju karijeru ne bi—"

"U TOME IMA ŠKROBA!" drekne čovjek u trenirci.

Jake vrati zli uštipak na pladanj, a kuhar gurne nekakvu aromatičnu gužvaru od riba/algi na stol pokraj šarene lepeze današnjih tiskovina. Jake me stisne za zatiljak, a onda obiđe stol da sjedne na svoje mjesto.

"Samo malo", neka mi žena gurka ruku da dohvati *Post*.

"Oprostite." Čvršće se omotam kimonom. "Dakle, kao što sam počela govoriti—"

Ali prije nego što sam uspjela dovršiti litaniju svojih nedoumica, Jake odmota jedan ubrus i usekne se u nj. Gledam kako ga je potom rastvorio poput molitvenika. "Joss?"

"Da, dušo."

"Možeš li mi nazvati Elizabeth? Reci joj da još ima lagani zelenkasti preljev – stani malo, je li ovo zeleno?" Užasnuta gledam kako se Mohikanac nagnuo nad rastvoreni ubrus i kimnuo glavom. "A znoj mi je imao nekako limenkasti miris." Joss sve to zapisuje. Zapravo, cijela je kuhinja zatravljena. "Reci joj da više nemam formule."

"Elizabeth ti je liječnica?" upitam, iznenada prestravljena mogućnošću da je skrivao od mene nekakvu užasnu bolest koja ga živog izjeda.

"Moja herbalistica. Fenomenalna je. Budući da sam stalno u avionu, moram paziti na imunološki sustav. Ona živi u L. A.-u, ali bi ti trebala dogovoriti telefonsku seansu s njom."

"Dakle!" Jocelyn se nasloni na radnu ploču i prekriži ruke. "Budući da pretpostavljam da nisi preslušavao poruke dok si se igrao *Plave lagune,* oni s MTV-ja živu me hoće požderati zbog otkazivanja dueta s Eden. Prijete otkazivanjem svih promotivnih aktivnosti vezanih uz tvoj novi album pa sam im rekla da ćeš u ponoć, kad se spusti kugla na Times Squareu, otpjevati "Katie" u društvu cure kojoj je pjesma posvećena. Mogu to emitirati u 'Best of' do sljedećeg tisućljeća. Fantastično, ha?" Ona pljesne rukama.

"Pohani kruh bez glutena?" upita me tiho kuhar.

"Zapravo," okrenem se osupnuta a i nemalo zgađena, "idem se obući."

"Ne idi nikamo još samo pet minuta, može?" Jocelyn mi u ruku tutne zdravo pecivo. "Današnji raspored: teretana, sastanak s budžama iz Japana, koji su sinoć, samo da se zna, jedan drugome šetali kožicu oko tvog potpisanog ugovora. A onda proba."

Jake podigne palce dok u sebe kao lopatom ubacuje svoj makrobiotički doručak. "Super", kažem. "Ja idem u Met."

"Ne ideš." Jocelyn s praskom zaklopi svoj rokovnik i posveti pozornost meni, koja se borim protiv nagona da prekrižim svoje u kimono odjevene ruke ispred lica poput Wonder Woman. "Sve što je američka javnost dosad vidjela od tebe jest postsnošajni šok, tvoju sliku kako silaziš niz drvo pokrivena dekom i jednu *jezivu* fotografiju iz školskog godišnjaka—"

"Nije bilo postsnošajno jer nije bilo snošajnog." Spustim pecivo. "A u to su vrijeme svi imali obrve poput Julie Roberts."

"A-ha. Dakle, danas kreiramo imidž. Da Amerika vidi tko je Katie."

"Kate", ponovno je podsjeti Jake, lica skrivena iza *Spina*.

"Hvala, ali, Jake, slušaš li ti?" Kucnem po sjajnom papiru naslovnice. "Jer stvarno ne želim—"

Uto zajapurena plavuša od četrdeset i nešto godina odlučnim koracima uđe u kuhinju i zbaci sa sebe naslage sivog ovčjeg krzna čija je donja strana od antilopa hrapavo komplementarna ulaštenom inoksu. Jagodicama prstiju dotakne svoje napućene usne i raširi ih u poljupcu. "Mili, hvala ti na Maseratiju. Moj je muž već odmaglio s njim."

Jake spusti časopis. "Drago mi je da mu se svidio." Koketno se nagne preko tanjura i podigne svoje neobrijano lice prema njoj. "Nikad me više nećeš ostaviti?" molećivo će on. "Kirsten, oni s MTV-ja nabili su mi na glavu wookiejevsku kapicu." Nasmiješi se i namigne mi. "Izgledao sam *kretenski*."

"Dušo, moraš naučiti reći ne." Ona skine bundu, zavrti je i baci na radnu ploču. Ispod nje je imala skupu crnu vestu od čiste runske vune i crne baršunaste traperice.

"Nisam želio da se razljute na mene." Jake otvori još jednu bocu *kimchija* koju je kuhar postavio između nas i podigne *Times*.

"Kirsten se brine za Jakeov medijski identitet", obavijesti me Jocelyn, a Kirsten ugrabi kroasan i otkine mu vrh. "A sad je došla osmisliti tvoj."

"Dragomije."

Zinem u pokušaju da formuliram odgovor, ali sam dosad već najmanje dvanaest odgovora u zaostatku. Nakratko nekako uspijem podignuti kutove usta kao odgovor na Kirstinin pozdrav. "Ne treba mi medijski identitet."

Jocelyn s treskom sklopi svoj rokovnik. "U tom se slučaju vrati u staju i nađi si drugog dečka."

"Joss..." Jake pošalje signal upozorenja iza zida tiska.

Kirsten prostrijeli Jocelyn pogledom. "Katie."

"Kate", ispravim je ja i preklinjući zurim u poslovne stranice. "Jake?"

"Kate", nastavi ona. "Javnost je trenutačno malo prezainteresirana, najprije novi album, a onda božićni raskid—"

"Pa to što gotovo deset godina svi novopečeni bračni parovi gaze jedni drugima po papcima na pjesmu o tebi."

Kirsten ponovno ubojitim pogledom ušutka Jocelyn. Čini mi se kao da je riječ o igrokazu u stilu dobar murjak/zao murjak. Kirsten se nagne k meni da me uljuljka milozvučnim tonovima. "Danas je izvanredna prilika da se predstaviš američkom narodu u najboljem svjetlu."

Čvršće se omotam kimonom. "Samo što, iskreno rečeno, američki narod već zna puno više no što bi trebao. Predstavljanje je bilo već prije deset godina. Imaju šest albuma o meni. I to je sve što ću im dati."

Čovjek u trenirci preklopi posljednji novinski prilog i ustane, usisavajući alge sa svojih kutnjaka. "Spreman?"

Jake skoči s klupice, ostavi ribu da bi obišao stol i poljubio me. "Lijepo se zabavi", šapne mi u uho. "Nadoknadit ćemo propušteno za nekoliko sati." Ode tapkajući bosim nogama.

"Jake, možeš li ostati barem da završimo ovaj razgovor?"

"Stvarno ne mogu, ali ne brini se, to je ono najvažnije. Ne moraš se uopće brinuti. Ne moraš čak o tome ni misliti. Svi će ovdje fenomenalno voditi brigu o tebi." Cmokne me.

"Ne treba nitko o meni voditi brigu!" viknem za njim kad je mahnuo s vrata. Ali Jocelyn i Kirsten već me odmjeravaju. "Ne treba nitko voditi brigu o meni."

"Što treba rekonstruirati?" Jocelyn se zamisli. "Cura nije Eden, to je jasno."

"Doista nije. Pa ću to iskoristiti i istaknuti kontrast. Kako si mladolika. Zračiš... mladošću. I zato od ovog trenutka nema pušenja, nema Red Bulla, nikakvih dijetnih pilula, i što god radila, *molim te kao Boga,* kad izlaziš iz auta *skupi koljena.* Dakle, najprije ćemo te ubaciti u neki fantastični kompletić Stelle McCartney i poslati te da otrčiš nekoliko krugova oko rezervoara u Central Parku, neka *paparazzi* trče za tobom. Džogerica si, je li tako? Nema veze – adrenalin će ti dati krila. A onda ćemo sve tri provesti dan u kupovanju organske hrane, vegetarijanskim obrocima, pentranju po umjetnoj litici, klistiranju. Na kraju dana svi će časopisi imati predivne fotografije mladolike, zdrave djevojke."

"Hm... ne. Ne, ne i ne, nikako ne, samo preko mene mrtve."

Jocelyn tresne svojim rokovnikom po mramornoj radnoj ploči. "Dakle, slušaj, Yadna Ono, evo kako stvari stoje: kompilacijski album izlazi za manje od dva tjedna. Jakeova obnovljena veza s davno izgubljenom ljubavi osigurat će mi točno jedan medijski ciklus. Jedan! I zato trebamo iz tebe izvući maksimalni potencijal." Ona pošuti. "A da zatrudniš?"

"Ne."

"Eto, sad se ponašaš kao glupača."

"Sad se ponašam kao žena u kimonu kojoj u nepoznatoj kuhinji govore da se mora uhvatiti u kolo s američkim narodom dok šmrklje njezina dečka podvrgnu laboratorijskim pretragama."

"Ali Jake je nešto više od dečka, zar ne?" Jocelyn nagne glavu. "Voliš ga. Želiš mu najbolje. I odlučila si postati dio njegova života."

Gledam joj u oči, dopuštam da mi to dopre do mozga. "Dobro. Dajem vam jedan dan. Jedan." Pogledam u Kirsten. "Odreći ću se cigareta i Red Bulla. Ali neće biti klistiranja ni trčanja i neće biti – a kad kažem neće, onda to i najozbiljnije mislim – nikakvog djeteta. Svakako ne u *ovom* medijskom ciklusu."

Jocelyn pogleda u svoj rokovnik. "U redu. Danas si na večeri s Chrisom i Gwynnie."

"Paltrow?"

"Ispred restorana će dežurati *paparazzi* pa molim te pripazi – samo zdrava hrana!"

❄

U ponoć naposljetku pritisnem POŠALJI na *mea culpa* poruci elektroničke pošte šefu za čije sam pisanje u New Yorku četiri dana skupljala hrabrost. Prozorčić boje maslaca iznikne u dnu monitora: *Bežična mreža nedostupna*. Ojađena, ustanem s Jakeova kreveta sa svjetlećim laptopom u rukama i kružim po tamnoj sobi pokušavajući iznova uhvatiti nestali signal. "Daj više", mrmljam jer jedva čekam da šef primi moj vatreni pledoaje zašto ne bi trebao otpustiti mene, tabloidsku flundru.

Otvorim vrata i krenem zastajkujući niz neosvijetljen hodnik u očekivanju nekakvog signala povezanosti, moleći se Bogu da mi baterija ne crkne. A onda se na pola hodnika otvore vrata i bace trapezoid svjetlosti na crni cement. "Halo?" zazovem.

"Bok", kaže jedna službenica kad sam ušla. Podiže ovratnik svog kaputa i isključuje računala.

"Bok, nisam znala da još nekog ima."

"O da", kaže ona ubacujući hrpu fascikala u svoju poštarsku torbu od bijele lakirane kože. Kanarinski žute narukvice oko njezina zapešća lupkaju. "U finišu smo." Kad je ekran njezina Maca zapucketao i pocrnio, ona pruži ruku iza sebe da sa zida skine znamenku 5 veličine plakata; ispod nje se ukaže znamenka 4.

"O, broj dana do početka njegove azijske turneje", shvatim.

"Ne." Ona izvuče konjski rep iz gumice i gurne je u zube. "Zapravo, donekle i jest. Ali to je *naše*—" Ona načini krug laktom da obuhvati cijeli ured. "Odbrojavanje do povratka normalnom životu." Izvuče gumicu i ponovno poveže konjski rep. "Hoću reći, posao je opojno uzbudljiv, ali kad je on u gradu, traje non-stop. Čovjek ima puritansku radnu etiku."

"Stvarno?" upitam. "Mislila sam da ovaj ritam diktira njegova diskografska kuća."

"Ma ne." Ona utrne stolne svjetiljke. "Kad nije u studiju, onda je na turneji. Dok je na turneji, čita scenarije, dok snima film, pregledava ugovore, dok promovira album, istražuje sve svjetske probleme pod kapom nebeskom. I usput luđački vodi brigu o sebi, luđački." Zavrti glavom poput roditelja koji gleda djecu na školskom igralištu. "Ne zna stati. I tako…" Ona otpuhne šiške. "Tri će mjeseca ekipa koja vodi turneju morati misliti kako održati korak s njim, pa se mi možemo pošteno naspavati i oprati veš. Ali nam nedostaje."

"Da, vjerojatno tako izgleda kad si netko kao on", kažem pokušavajući pomiriti tu novu sliku o Jakeu s onom starom. Da je sa sedamnaest godina raspolagao neograničenim sredstvima da roditeljsku kuću napuni svojom svitom, Susanini surogati ne bi izgledali ovako.

"Ma kakvi." Ona teškom mukom prebaci svoju torbu na rame. "Nije to tako. Mi smo skupljeni iz raznih agencija, ali nitko od nas nije doživio takvo što. Osim Sadie koja je odradila dvije godine s Madonnom. Mislim da Jake nije uzeo godišnji odmor otkad radim za njega."

"Zar?" Idila koju sam neko vrijeme zamišljala, kako Jake i ja šetamo s našom dječicom prema obali noseći kantice za pijesak, polako blijedi.

"Aha. Da ti pomognem s ovim?" upita ona pokazujući laptop dok me gura natraške kroz vrata i usput oko vrata omata rubac kojim mete pod.

"Ma samo pokušavam poslati neke poruke na posao, znaš, objasniti debakl s kućicom na stablu, ali sam izgubila vezu."

"Izvoli." Ona iz torbe izvadi fascikl i pruži mi ga. "Tvoji novinski izresci."

Otvorim ga u pregibu laptopa i prelistam fotografije na kojima sam prikazana sračunato rumenih obraza, oreda ispod naslova koji variraju na temu *Jakeova Katie – zašto volimo novu američku curu iz susjedstva*. "Au", kažem ja dok ona gleda kako ja gledam sebe u obilasku New Yorka; Kirsten i Jocelyn vire iz prikrajka na svakoj fotografiji. "Vi se odlučite za temu 'zdravlja' i onda oni… i ove. Au." Zaprepaštena, vratim joj fascikl.

"Dobro si?" upita ona ubacujući fascikl u torbu.

"Naravno da jesam. Hoću reći, fotografije su pristojne, a to je jedino važno. Mislim da moja karijera može to preživjeti", kažem ja, moleći se Bogu da sam u pravu i da zbog svega ovoga moj magisterij neće vrijediti koliko i komad zahodskog papira.

"Pokušaj iz saune. Nikad nije stavljena u pogon, ali iz nekog razloga u njoj je signal vrlo jak."

"U redu…"

"Četvrta vrata lijevo. Kod salona za masažu."

"Super. Hvala ti." Ona mi mahne i krene prema dizalu, a ja zaronim dublje u Jakeov stan da vidim može li neaktivna sauna barem otvoriti moj program, ako već ne može moje pore.

Pregladnjela, jer je odavno prošlo vrijeme za kasnu večeru na koju me Jake trebao odvesti, ponovno prekrižim noge na superdugačkom otomanu na kojem se gurim u sad uglavnom praznom dnevnom boravku. Pokušala sam sjediti na podu, ali me od cementa počelo zepsti u križima. Na mutnoj svjetlosti obližnjih nebodera zurim u sjene obrisa praznih prostora koji su ostali nakon Edenina odlaska i pokušavam zamisliti kako ih popunjavaju moja jeftina stolica ili rabljeni radni stol. No rezultat je tako komičan da sam se vratila igri kojom sam kratila vrijeme proteklih sat vremena: zamišljala djecu kako se igraju ovdje nakon škole, valjaju se po golom cementu, nude slatkišima s pladnja bez ikakve umjetničke vrijednosti, prstićima masnima od čipsa prljaju krznom presvučeni naslonjač-ležaljku. A gdje sam ja? Što ću ja raditi?

"Čekati", promrmljam i ispružim se dohvatiti bocu mineralne vode Pellegrino koju mi je kuhar ostavio prije nego što je otišao kući na počinak. Maknem krišku limete s ruba boce i iscijedim je. Začujem ugodni šum kad je sok limete poprskao vodu i zbog gustoće vode ostao zarobljen u mjehurićima. Otpijem gutljaj pa stisnem usta kad se pokrenulo dizalo čije kabele vidim kroz otvorena vrata na drugoj strani sobe. *Klak, klak, zvrrr.* Ponovno počnem disati, moj srčani motor uskladi se s radom motora dizala. Dizalo se uz drhtaj zaustavi, rešetke rastvore. Jake se protegne u raskopčanom kaputu, vrhovima prstiju uhvati se za dovratak i nagne naprijed. "Čudesno je zateći te ovdje—"

"Kako čekam."

"Mene." On zagrabi preko sobe kao da je korakom od sedam metara prevalio udaljenost između nas. "Samo sam na tebe mislio", kaže mi on u vrat.

Izmigoljim ispod njega i odložim čašu na pod. "Onda, je li to palilo tebe i Eden?"

"Molim?"

Zavrtim bokovima da se nađem licem u lice s njim. "Pa tako, ti bi proveo dan, mjesec ili godinu sa svojom ekipom, a onda ona sa svojom, i za to bi vrijeme stalno mislili jedno na drugo. Je li to bila nekakva predigra?"

"Što te ždere?"

"Ždere me to da sam posljednja tri dana provela... ne sa svojim dečkom—"

"Ja sam ti više od dečka—"

Podignem dlan da ga ušutkam. "Protekla tri dana dadiljali su me Luciferovi sluganii dok se me progonili – doslovce *progonili* – paparazzi. *Meni* se Nicole Kidman sažalno nasmiješila kad smo obje pokušale izaći iz hotela Mercer – samo što su oni slijedili *mene.*"

Jake skine kaput i položi ga pokraj sebe. "Išla si u Mercer? Je li ti Joss kupila njihov *mojito* od crvene naranče, izvanredan je."

"Jake, zaboga!"

On ustane. "Ne mogu razgovarati s tobom dok si ovakva", kaže on obranaški, što me dodatno razjari.

"Kakva to? Ojađena?"

"Nisam ja kriv", on podigne glas. "Uporno mi predbacuješ kao da sam ja za to kriv. Prestani okrivljavati mene."

Ustanem, dajući sve od sebe da obuzdam bijes. "Ne okrivljujem tebe. Samo si—" Riječi mi zastanu u grlu kad sam ugledala njegov iznenada jadan izraz, zametak panike koji moram sasjeći u korijenu. "Samo si mi nedostajao. Ovdje sam da budem s tobom."

Na to me on privuče k sebi, snažno zagrli, glasa ponovno dubokog i mirnog. "Znam. Današnji je dan bio pravi užas. Sve se otegnulo. Bio sam tako jadan." Prolazi mi prstima kroz kosu na način koji obožavam, na koji mi nitko drugi nije znao prolaziti kroz kosu, premda izgleda tako lako, pa koji je vrag dečkima? Obgrlim ga i zavučem mu ruke ispod majice. "Sutra ćemo provesti dan zajedno. Imamo još tri dana do Nove godine i bit će fantastični. Obećavam. Popravit ću stvar. Samo izdrži preko Nove godine." On povuče ruku i prsten mu zapne za moju kosu.

Podignem ruke da mu pomognem otpetljati me, ali je sad previše ruku. "Skini ga", kažem ja očiju suznih od oštrog bola.

"Molim?" On cimne.

"Au! Prestani! Skini prsten, ja ću ga otpetljati."

Trenutak-dva i prsten padne s njegove ruke pa mi glava prevagne na jednu stranu. Uhvatim platinastu lubanju prstena, okrenem glavu naprijed da vidim pramenove uhvaćene u bodljikavu žicu njezinih očiju od rubina.

"Gladan sam kao vuk." Jake se podboči laktovima na otomanu, lješkareći na njegovu dlakavu prostranstvu. "A ti?"

"Da." Otkvačim kosu i zagladim je iza ramena. "Zapravo ne. Bila sam gladna kao vuk prije tri sata. Sad sam samo umorna." Skutrim se na podu do njegovih čizama, zagledana u kvrgavu srebrnastu lubanju prstena koju natičem na palac.

"Znači, ja sam ti dečko, je li?" On mi rubom potplata gurne bedro.

"Reklo bi se." Dobacim mu prsten i on se protegne da ga uhvati pa ga ponovno natakne na prst.

"Netko se duri."

"Ne durim se." Namrštim se i podvučem noge. "Samo sam nekako..."

"Da?"

"Što je ovo, Jake? Kako ovo funkcionira?"

"Funkcionira... lijepo." Gleda me tupo.

"Ne, hoću reći, ovo je tvoj život. Ja imam svoj. Kako ih uskladiti? Mislila sam da bismo mogli kupiti kuću u Charlestonu, nešto prelijepo na vodi, i ti bi si tamo mogao urediti studio, recimo da ti bude baza kako bih ja mogla nastaviti—"

On podigne obrvu. "Već imam tri kuće."

"U redu. Onda možemo odabrati jednu od njih. Hoću reći, mogla bih raditi od kuće. Ne znam. Još ne znam kako će se sve ovo odraziti na moj posao."

On me uhvati za ruku koja stenje pod teretom zavjetnog prstena. "Proveo sam dovoljno vremena odvojen od tebe. Želim da pođeš sa mnom na turneju. Želim ti vidjeti lice ujutro, kao što si rekla. Svakog jutra."

Povučem ruku. "Jake, moja djeca neće odrastati u avionu."

"Djeca?" On podigne glas.

"Zar ih ne želiš?" Moj glas odgovori istom mjerom, a ja se munjevito okrenem prema njemu.

"Jednog dana..." On kimne glavom u pod, a rukom se počeše po bradi.

"Kad bi taj dan otprilike mogao svanuti?"

On slegne ramenima.

"Jake?"

"Ne znam, Kate."

"Dobro, ali to je nešto o čemu se moramo dogovoriti." Na rubu sam plača.

On odmahne glavom i tiho se nasmije. "Reći ću ti nešto."

"Što?"

"Rado bih ih pravio, to znam." On se sagne, uhvati me za nadlaktice i povuče na sebe na glatko krzno pa se maši mojeg smička. "Hollisova, koliko ti razmišljaš!" promrmlja on nježno mi grickajući vrat. "Uvijek mozgaš. Dopusti." Usta mu pronađu moja. "Dopusti da ti pokažem kako da odmoriš mozak."

"NITKO NI MAKAC! PREGORIO JE OSIGURAČ!"

Uspravim se u krevetu.

"NAZOVITE DOMARA!" zareve Joss, a moj se mobitel prodere na noćnom stoliću. Ljudi joj dovikuju odgovore i jure kao muhe bez glave ispred vrata, a ja dohvatim mobitel.

Ugledavši šefov broj, duboko udahnem i javim se. "Lucas, hvala što si mi se javio."

"Bok, Kate, i sretna ti Nova."

"Još trinaest sati", kažem ja i oprezno spustim noge na pod. Ispred vrata hodnikom protutnji bulumenta koraka.

"Onda, Kate, jesi li se lijepo provela za praznike?" upita on nervozno, što je puno bolje od gnjeva za koji sam se pripremila. "Bilo mi je drago čuti da ti je majka dobro."

"Lucas, molim te, nemoj me otpustiti. *Obećavam*, sva će se ova prašina slegnuti nakon jednog medijskog ciklusa pa ću se moći povući u pozadinu zajedno s Trudi Styler i Ali Hewson[16] i nitko neće ni znati—"

"Kate—"

"Lucas, znam da je ovo nezgodno, ali znaj da nemam namjeru da se moje ime javno, a još manje profesionalno, veže uz Jakeovo. Moj je posao moj posao, a njegov posao—"

"Ali ga možeš pozvati, zar ne?"

"Kako to misliš?"

"Otići će s tobom u Argentinu, obići tvornice s tobom i s još nekoliko fotografa, to bi moglo biti jako dobro za nas."

Mašim se traperica. "Uh, nisam uopće pomislila—"

"E pa pomisli. Zamisli koliku bi pozornost Jake mogao privući na održivi razvoj. Kako će odjeknuti uspiješ li kanalizirati pozornost njegovih obožavatelja. Možeš mi ugovoriti telefonski razgovor s njim?"

"Ovaj... upravo se sprema na turneju..."

"Kate, samo kratkih pet minuta da pokrenem stvari."

---

16 Trudie Styler je Stingova, a Ali Hewson Bonova supruga.

"Vidjet ću što mogu, ali—"

"Fantastično. Ovo je fantastično. Nazovi me."

"U redu." Prekinem vezu. Znači, dobra je vijest da me posao još čeka. Loša je da se taj posao sad sastoji u tome da šefu sredim fotografiranje s mojim dečkom. Smuči mi se. Posegnem za još jednom novom običnom crnom dolčevitom s hrpe koju mi je Kirsten ostavila.

Na pola puta do dnevnog boravka začujem Jossin urlik: "SVE U REDU! SREĐENO! PROBAJTE SAD!" i *poltergeistovska* svjetlost preplavi mračni hodnik.

"JE LI ITKO VIDIO DIORA?"

Oprezno kročim u prostoriju krcatu plesačicama i plesačima koji se izvijaju i istežu ispred svake površine dok čekaju na red za jednu od brojnih garderobnih postaja sa zrcalom i pripadajućim šminkerima koji vitlaju četkicama i frizerima koji vitlaju sušilima za kosu. "KATE, NASTUPAŠ ZA PET MINUTA!" dovikne mi s druge strane tog meteža nemoguće vitak mladić u štiklama.

"Jake?" Složim tuljac ispred usta i viknem izravno njemu.

"Šampanjac?" Mohikanac mi priđe i ponudi usku čašu crnog stalka. Kukmicu mu je prignječila staklena novogodišnja tijara.

"Ne, hvala. Gdje je Jake?"

"Kako hoćeš, samo znaj da je ova noć radna, pa ti je možda bolje da sad proslaviš Novu godinu", kaže on i popije svoj pjenušac na eks.

"Kate?"

"Jake!"

"Tu sam, curo", on mi da znak s druge strane toaletnog dvostranog zrcala.

Prekoračim preko njegova podnožja obloženog vrećama pijeska. Jake sjedi u redateljevoj stolici, zgodna djevojka podvrgava mu lice akupunkturi, dok on i neki čovjek u bejzbolskoj kapici gledaju snimku probe na malom ekranu zaguranom između staklenki guste šminke. Usto, Jake je gol. Vidi mu se ona stvar. Dakle, gol. "Uh, Jake…"

Posveta

"Aha, curo, mogla bi mi donijeti kolač od riže sa stola s klopom."

"I ogrtač?" upitam dok falanga plesačica prolazi da im pribadačama pritegnu kostime.

"Molim? Ma ne, danas je golaćki dan!" On podigne ruke, a akupunkturne igle zadrhte. "A da usput staviš malo maslaca od badema na kolač? Hvala ti."

Okrenem se, očiju suznih od zaprepaštenosti. Spazim Joss kod stola s hranom kako lista svoj rokovnik. "Joss." Zgrabim je za ruku. *"Koji je ono kurac?"*

Ona odmakne moje prste sa svojega Chanel kaputića s motivom srebrnastih mrlja. "Problem?"

"Zašto je Jake gol?"

"Jer je golaćki dan", kaže ona, ali bez Jakeove zanesenosti.

"U ovoj prostoriji ima barem dvadeset cura koje u najboljem slučaju imaju osamnaest godina. U najboljem! Natjeraj ga da se ogrne."

"Kao prvo, curka, ja ga *ne mogu* natjerati ni na što. A večeras nastupa za pet milijuna ljudi. Kao i ti. Pa zato idi gospođici Thomas da te uzme u postupak." Ona zamigolji prstima prema dečku u visokim petama.

Jake se stvori pokraj mene. Igle na njegovu licu još poigravaju. "Jake, daj se ogrni, jebote."

"Kate, večeras moram na pozornicu, ogoljeti dušu. Žao mi je ako te ovo vrijeđa, ali meni je baš to potrebno da se ufuram u ranjivost koju oni očekuju." Posegne preko mene da uzme kolač od riže i odgrize komad veselo se smiješeći pa krene natrag u metež.

"Kako to nije zakonski kažnjivo?"

Jocelyn s treskom sklopi blok. "Nemaš pojma kako sam dobra", objavi ona. "Prije Jakea imala sam klijenta koji je na grijalu u bolničkoj sobi skuhao ženinu posteljicu i pojeo je pred očima najmanje osam svjedoka. A nitko nikad nije doznao. Toliko sam dobra." Ja ne mogu zatvoriti usta. Ona slegne ramenima, očigledno nije oduševljena, ali joj je grižnju savjesti ublažio platni odrezak. "Prije nastupa potrebna mu je komunikacija—"

"Što znači da dok je na turneji…" Dođe mi do mozga.

"Svaki dan. Ali ne sekiraj se, sve su površine u busu obložene najlonom."

"Izvrsno. Super", kliknem ja mahnito zajedljivo. "Zapravo, laknulo mi je."

"GOSPOĐICE KATE!"

Mahnem gospođici Thomas koji lupka po svojem dlanu zlatnim valjkom laka za kosu i kimnem glavom da odmah dolazim. "Na MTV-ju nastupamo tek za dvanaest sati", molim Joss. "Neću cijeli dan provesti u kostimu lasvegaške plesačice."

Joss ponovno gleda u svoj ratni plan i objavi: "Žele ti staviti ekstenzije u kosu, a to traje satima. Idi tamo."

"U redu." Prije nego što je ponovno podigla pogled, šmugnem u hodnik. U glavi mi šumi od gungule i činjenice da ljubav mojeg života osjeća potrebu – potrebu – da usred svega toga bude gol. Gurnem najbliža vrata i nađem se u mrkloj tami pa opipam po zidu u potrazi za prekidačem. Žmirnem kad mi nešto ogrebe donji dio zapešća. Pokušam ponovno, ali ovaj put pažljivije i naposljetku obzirno jagodicama očešem prekidač. Pritisnem ga i osvijetlim prostoriju. Shvatim da je potenciometar izgubio poklopac pa iz njega strši neizolirani oštar centimetar metala. Osvrnem se i shvatim da sam u ispražnjenoj garderobi koja me istog trenutka podsjeti na spavaće sobe tinejdžerica čiji su roditelji uložili previše novca i emocija u njihovo uređenje, pa su posteri heavy-metalaca zalijepljeni povrh prethodnih zidnih slikarija jednoroga i vila.

U ovoj garderobi ukrasni motiv su delfini: pridržavaju toaletni stolić, svjetlucaju u draguljčićima na spojištu podnih keramičkih pločica, izvode ludorije na stropnim slikarijama, izvijaju se u luku preko tirkiznih svilenih zavjesa. A negdje u primozgu mi se upali lampica da je cura s kojom je Jake bio prije, Eden, imala hit

"Anđeo mora". Ulašteni travertin prekriven je slojevima Edeninih uradaka – fotografije iz lokalnih časopisa s američkog jugozapada zbrda-zdola zalijepljene seltejpom po zidovima i zrcalima, kravlja lubanja na kutiji s nakitom, i stihovi na svakom zidu – napisani tintom, ružem, tušem za oči – stihovi koje prepoznajem jer su ubačeni u njezine pjesme, metri stihova tako ogoljelih, tako osobnih da ne mogu zamisliti da bi ih itko s pozornice podijelio s drugim ljudima.

Premda neodlučna je li čitanje zidova isto što i čitanje dnevnika, svejedno upijam svaku riječ, fascinirana. Piše o turnejama, o hrvanju s ovisnošću, o majci, i o sinu kojeg uvijek želi štititi. Zar je rodila? Još u Arizoni? Nastavim čitati, hvatam konce kroz metafore, njegovo je srce sjajna ptica, njegov smiješak neravna crta koju se ona ne usuđuje prijeći, njegov glas šušanj pepela, let maslačka, kolut dima. O! Riječ je o Jakeu.

Nekakva mi studen prožme noge od kamenog poda pa sjednem ispred toaletnog stolića i podignem noge. No za zrcalo je zalijepljena tablica plodnih dana, Edenina bazalna temperatura zapisana u kutu svakog dana: 36,4, 36,4, 36,4. Nakon što dosegne maksimalnu vrijednost od 36,6 sljedeća tri dana zaokružena su velikim uskličnicama. A iznad toga je tušem za oči napisala *Jake nek se nosi u materinu. I njegov Madrid.* Zaključujem da se nije vratio do njezine ovulacije.

Začuje se odlučno kucanje. "Kate?" upita muški glas.

"Otvoreno je!" viknem, iznenada željna društva, makar mi to društvo samo želi staviti umetke za kosu.

Mohikanac se zavuče u sobu, naherene tijare. "Za tebe." Pruži mi poštanski paket.

"Za mene?"

"Tako mi rekoše." On doplovi i stavi paket na stol ispred mene, a onda pogledom svojih očiju uokvirenih crnom olovkom preleti po zidovima. "Bože, fenomenalna je."

"Nije luda?"

"Ma kakvi." Podboči se rukom o svoj mršavi kuk. "Umjetnica je, prava. Ali po mom mišljenju to je jedan umjetnik previše u braku." Pogleda u zrcalo iznad moje glave i ponovno si nastre kukmicu.

"Možda dva umjetnika previše?" upitam.

Nacvrcan, on slegne ramenima, i ne upusti se u matematičke operacije. "I nemoj se predugo ovdje zadržavati. Gospođica Thomas trči naokolo s tvojom kosom u rukama kao da je nekoga skalpirala."

"Hvala", kažem dok on zatvara vrata usisavši gungulu Jakeova cirkusa za sobom. Ostanem u tapeciranoj tišini Edenina utočišta. Želudac mi se stisne kad na naljepnici paketa s adresom prepoznam nagib tatina rukopisa. A to! Oni. Odnesem paket do navučenih zavjesa i razvučem njihova svilena krila. Jako prosinačko sunce razlije se kroz francuski prozor i priguši kolaž oko mene svojom bjelinom.

Okrenem leđa njezinoj sobi i sjednem na pod. Odlučivši panoramu crvene cigle pred sobom iskoristiti da ne klonem duhom, sumnjičavo priđem prstima po vrpci kojom je paket zalijepljen. Dohvatim kaubojsku čizmu zaboravljenu ispod komode i njezinim mjedenim špicom razrežem vrpcu. Zaklopci kartonske kutije istog se trenutak podignu i rastvore. Odložim čizmu od svijetlosmeđe krokodilske kože i izvadim kugle zgužvanih kuhinjskih ubrusa pa napipam mamin stari diktafon ljepljivom vrpcom pričvršćen za karton na kojem piše 1. Uhvatim crnu plastičnu ciglu, prstima priđem po patuljastom žutom post-itu na kojemu strelica pokazuje tipku PLAY gdje je mama napisala jednostavno "Molim te". Dugo izdahnem. Ne želim. Ne želi ih uslišati. Želim ih ostaviti na trijemu naše bivše kuće i izbrisati roditeljsku povijest. Želim da to sve završi.

Pritisnem PLAY.

"Je li uključen?" Tatin glas dahne. Palcem prignječim kotačić za glasnoću i zavrnem ga do daske.

"Mislim. Pokušaj testirati", mama kaže kao da stoji pokraj mene. Kliznem palcem natrag.

"Testiram", kaže tata. "Čini mi se da bih trebao nešto otpjevati."

"Mjesečina u Vermontu", zacvrkuće mama. Obrazi mi se podignu u neizvjesnom smiješku.

"Budi ozbiljna."

Mama se nakašlje. "Da." Udahne. "Kate, bok."

"Bok", pridruži se tata.

"Dakle, Božić je. Otvorili smo darove, a tvoj je tata na roštilju ispekao škampe. Nedostajala si nam. Proveli smo dan... ovaj..."

"Samo što se nismo počupali."

"Da, svađali smo se i razgovarali i svašta smo si rekli. I evo što smo... stvarno nam je užasno..."

"Žao", kaže tata i ta riječ zazvuči potpuno čudnovato ovako nezaogrnuta u šalu.

"Žao mi je zbog mog preljuba", mama nastavi uporno, a mene oblijeva vrućina sve do korijena kose na čelu. "I da si ti morala na to naići, nositi se sama s time."

"Žao mi je što sam prolupao i svima zagorčao život", tata kaže tako jasno da sam drhtavim prstima zaustavila vrpcu, premotala je natrag sekundu-dvije i ponovno pustila da se vrti.

"Prolupao i svima zagorčao život. I kažem to javno da bi mogla preslušati koliko god puta želiš."

Jagodicama prstiju pritisnem usta kad je mama čujno udahnula. "A nakon što se tata vratio, nikad o tome nismo s tobom razgovarali jer smo ti što brže pokušali vratiti sretnu obitelj. Nismo te željeli opterećivati, odugovlačiti s time. Ali to očito nije... nije..."

"To je vraški pogrešna taktika. Dakle, Kate, evo kako stvari stoje. Sad ćemo ti ispričati sve, baš sve. Od zatvaranja istraživačkog centra do mog povratka. Ispričat ćemo ti sve što bi mogla poželjeti znati o tim mjesecima, a ti možeš odslušati koliko želiš, puno ili malo."

"Načinili smo si pun vrč piña colade", kaže mama i ja se veselo nasmiješim zamišljajući kako je podigla ramena. "A i počastili smo se hrenovkama u pecivu iz Publixa u tvoje zdravlje."

"Imamo čak i one suncobrančiće", doda tata. "Još nešto, prije no što počnemo, želio bih da znaš da sam prestao uzimati lijekove, ali pod liječničkim nadzorom. Nerado o tome raspravljam s tobom, Katie, jer to nije roditeljska vrlina kojom se mogu podičiti..." Glas mu je sad toliko tih da moram pritisnuti diktafon na uho. "Pekmezavost navodno traje samo nekoliko tjedana."

"Ali su ti jutros suze navrle na oči dok su ona djeca mahala božićnim zvoncima."

"Claire, doktor je rekao da ću biti normalan, a ne android", frkne tata. "A one male anđeoske haljinice i zvona veća od njihovih glavica, nisam imun."

"Nek ti bude." Čujem kako se mama smiješi. I da je nervozna. "Prijeđimo na stvar."

"Da. Dakle, koliko se sjećam, jednog sam se jutra probudila s osjećajem kao da nisam uopće spavala, olovno umorna—"

Pritisnem tipku STOP, poimajući veličinu njihove geste, shvaćajući da mi nije potrebno čuti detalje sad kad mi ih se tako nesuzdržano daje na uvid. Trebalo mi je samo da znam da su izrečeni i prebrođeni. Zatvorim oči i pustim da mi bljeskavo sunce progori vjeđe i preplavi vidokrug toplim ružičastilom, pa pritisnem diktafon na srce.

Treptanjem tjerajući suze, zavučem ruku u kutiju, napipam smotuljak i izvadim ga. Bio je pričvršćen za karton označen brojkom 2. Ogulim reciklirani vrpcu kojom je bio vezan, odmotam papir za zamatanje zlatne boje iz robne kuće Nieman Marcus u koji sam prošle godine zamotala majčine papuče, pa izvadim školjku koju je utaknula u nj. Odložim je pokraj sebe i šuškajući podignem papir s poznatog iznošenog vunenog predmeta. Podignem blejzer i shvatim da je gotovo svaki centimetar materijala pokriven našim starim fotografijama pričvršćenima pribadačama: metalne su igle pažljivo probile izblijedjele fotografije crotonske osnovne i srednje škole, zimskog zborskog koncerta, obiteljskih rođendanskih proslava, debatnih natjecanja, kazališne predstave iz sedmog razreda, svake postaje mojeg puberteta, a iznad srca, gdje je nekoć bio grb tatinog sveučilišta, fotografija Maple Lane 34 i nas troje ispred nje, snimljena na dan useljenja.

Vlažnih obraza, navučem blejzer na sebe, gledajući sve što sam u životu postigla u brižljivo pribodenoj veličanstvenosti blejzera, sve što su priželjkivali da mi se dogodi, i kad su bili klinički depresivni i preljubnički raspoloženi. Spazim telefon na ležaljci i privučem ga, pa podignem slušalicu i nazovem.

"Halo?"

"Tata?"

"Kate?"

"Sretna ti Nova." Obrišem svoje mokro lice.

"Zar to nije sutra?" upita on veselo, ali mu u glasu čujem olakšanje.

"Mislila sam kad sam već propustila Božić—"

"Želiš reći bitku kod Sarasote?"

"Tako gadno?" nasmiješim se.

"Bilo je samo pitanje vremena… nismo se pošteno počupali već godinama. Osim toga, kad ti se majka osjeća pokajnički, peče svoje glasovite pogačice s marmeladom."

"A što ti tad radiš?"

"Plešem step u šlapama." Čujem mu prštavo veselje u glasu.

"A ja pobjegnem s nekom rokerskom zvijezdom."

"Kako se snalaziš? Imaš već tetovažu?"

"Tata?"

"Da?"

"Hvala ti." Sklopim dlan oko one glatke školjke i umotam se jače u blejzer. "Za blejzer i snimku i sve—"

"Ako je Jake kao naš zet dio tvojeg života, naučit ću ga iznova zavoljeti."

"Stvarno?"

"Bio je dobro dijete. Pričekaj, mama obigrava oko mene, želi te čuti. Sretna ti Nova, dušo. Volim te."

"Kathryn?" upita majka potiho.

"Divno."

"Nisi je spalila?"

"Nisam." Smiješim se.

"Ali možeš ako želiš, izbor prepuštam tebi. Predmet broj tri."

"Naravno da je ne namjeravam spaliti", kažem i nagnem paket prema sebi. Ugledam kako se po dnu sad prazne kutije kotrlja valjak velikih šibica za paljenje kamina. "Oprosti što sam se onako glupo ponijela."

"Ma ne znam, na neki je način godilo ponovno imati tinejdžericu u kući."

"Misliš na mene?" Majka se nasmije, a ja zaškiljim u Edenine grafite koji se roje po površinama oko mene. "Što vas dvoje radite?"

"Ja… slažem slagalicu."

"Naravno."

"A tvoj će otac na roštilju ispeći kojeg sabljana i malo povrća za ručak—"

"Nedostajete mi", izlanem sa žarom jer me svladao taj izgubljeni osjećaj, i to koliko je prošlo otkad sam ga posljednji put osjetila. Muk. "Mama?"

"Tu sam."

"Ne znam je li ovo… ne znam kako bih trebala… kako da ovo učinim stvarnim."

"Ne bi trebala ništa *učiniti*. Ta to je svrha ove probe, zar ne?"

"To je proba?"

"Tako je, isprobavaš, da vidiš kako ide."

"Kako si ti znala za tatu?" Još se jače ogrnem vestom. "Kako si znala da trebaš ostati uz njega?"

"Kako da ti to objasnim?" Ona pošuti trenutak. "Jer je on ostao uz mene, Katie. Uz mene stvarnu, a ne uz ideju mene, ne uz apstrakciju. A i imamo nešto zajedničko. Ne samo proteklih trideset pet godina, nego i tebe. On mi je partner – na svoj napržit, ćaknuti, pametan način."

Nasmiješim se njezinom krokiju oca, njihova braka. "Mama, doznala sam da se u svim Jakeovim pjesmama nakon 'Jezerske priče' radi o njegovu ocu."

Muk na drugoj strani. "E pa, žao mi je što to čujem, zbog njega."

"Lijepo od tebe."

"Znam." Ona se nasmije pa uzdahne. "Ajme!" Osjećam kako joj dolazi do mozga što sam joj upravo rekla. "O, otac ti ima problema s roštiljem—"

"Da, idi."

"Volim te."

"I ja tebe."

Vrata se odškrinu i Jakeov glas zagrmi *"Kaaa-tie"* kroz nastali otvor i ja se trgnem.

"Da?" ustanem i problijedim kad je on ušetao u sobu, potpuno našminkan, potpuno obnaženog visuljka, uokviren ispisanim vratima koja je zatvorio za sobom. Pruži ruke i zamigolji prstima da priđem. "Je li to školski blejzer Crotona?"

"Roditelji su to poslali kao lulu mira. To je moja—" On me uhvati za lice i utješno mi se zagleda u oči. "Bok", tiho ću ja. On zarije svoje našminkano lice u moj vrat. "Jake." Odgurnem se od njega. "Prestani."

"Ne mogu", zastenje on. Grašci znoja izbili su mu kroz šminku. "Imam samo pet minuta, a onda moram ponovno ponoviti redoslijed." Povuče me za dolčevitu, ja izgubim ravnotežu pa sam se morala uhvatiti za ležaljku kad sam pala na nju. "Oprosti. Skini se. Okrenut ću se."

"Jake?" netko drekne ispred vrata prije nego što sam uspjela odgovoriti.

"Da?" On otrči do vrata. Bose su mu noge mljaskale po kamenu.

"Poziv iz Tokija."

Jake se zavrti na peti, a tabani mu pritom zacvile. "Imam sljedeću pauzu za pola sata. Presvuci se i nađemo se... o—" Snuždi se. "Ne ovdje, u redu? Loša vibra. U spavaćoj. U *onome.* Volim te." On otvori vrata i iščezne pjevajući: *Kaaa-tie, fukat ću te!*

Ja se uspravim i sjednem, dodirnem mrlju njegove šminke na svijetloj vuni, pogled mi padne na fotografiju koju je mama pričvrstila ispod desnog rukava blejzera. Na njoj, ušuškan među ostale najvažnije događaje iz mojeg života, u oči bode pladanj za kolače iz Jakeove roditeljske kuće.

Limuzina puzi prema Times Squareu, a ja gledam u ushićeno mnoštvo koje vriskom dočekuje Novu godinu. Jake sjedi pokraj mene zatvorenih očiju, vizualizira svoj nastup, meškolji se neudobno sapet odijelom i pućka Marlboro. Mobitel mi zavibrira. Ugledam Lucasov broj pa pritisnem opciju IGNORIRAJ, prepustivši mu da doda još jednu glasovnu poruku svojoj ropotarnici "razmjenjivanja ideja".

"Tko ti to dosađuje? Trebam li biti ljubomoran?"

"Šef. Zapravo zove zbog tebe." Promeškoljim se da ublažim žuljanje vrpce koja mi osigurava dekolte. "Uvrtio si je u glavu da će od tebe napraviti lice globalnog održivog razvoja."

Jakeove se oči otvore.

"Ne brini se, rekla sam mu da ideš na turneju. Ne moraš se uopće angažirati. Sigurna sam da ću ga uspjeti umilostiviti nekakvom anonimnom donacijom, naravno ako želiš, nije da moraš."

"Anonimnom?" upita Jake.

"Potpuno. Nije problem—"

"O, u redu, shvatio sam." On se uspravi i otpuhne mlaz dima kroz nosnice. "Znači, tvojem se šefu sviđam toliko da bi me načinio licem te kampanje, ali ti... ti, što? Misliš da nisam dovoljno ozbiljan? Da ću te osramotiti?"

"Jake, *ne,* uopće nije tako", kažem neugodno iznenađena. "Samo ti nisam željela govoriti što da radiš sa svojim novcem."

"Ne, shvaćam. Sve mi je jasno." Limuzina se zaustavi ispred crvenog saga gdje Joss čeka s pripadnicima našeg osiguranja. "Spremna?"

Prije no što sam uspjela reći da nisam, vrata se širom otvore. "JAKE! JAKE! JAKE! POGLEDAJ OVAMO, JAKE!" Polako krenemo niz crveni sag između zasljepljujućih bljeskalica i zaglušujuće histerije okupljenog mnoštva. Jake me čvrsto drži za ruku, i ja stajem kad i on, brade nakošene prema dolje kako me Kirsten poučila. *"JAAAAAAAAKE!!!"* Iza falange novinara grupa djevojaka vrišti do promuklosti. Jake se smiješi, maše i uporno ponavlja: "Hedi Slimane za Dior Homme" i dijeli autograme.

Protisnemo se kroz okretna vrata Broadwaya 1515. "Jake. Jake. Jake." Zdrug MTV-jevaca s mikrofonima oko glave stušti se na nas, prsti smeđi od duhana ščepaju Jakea i odvuku ga od mene. Nisam stigla ni do dizala, a na mene su već svi zaboravili.

Kat na kojem se nalazi studio krcat je, svaki je hodnik pun ljudi koji slave i onih koji rade i onih koji slaveći rade. S propusnicom oko vrata vijugam kroz mnoštvo, gušim se od atomske gljive parfema i nikotina koja kulja iz njihove odjeće. "Jake?" zazovem. Višestruko platinasti reper šepureći prođe hodnikom sa svojom svitom i zapahne me miris kanabisa. Izmigoljivši prije nego što me odvuku na pozornicu, uljeznem u čudesno praznu nišu i virim kroz crne pustene zavjese. Onaj reper preuzme mikrofon od kržljavca dovoljno starog da bude djed nejačadi koja vrištanjem iskazuje oduševljenje njegovom serenadom.

Bože, kako su mladi.

Začujem cvrkt mobitela trenutak prije nego što je iz zvučnika grunuo hipnotični ritam. Prinesem torbicu uhu. Prekopam naslijepo i vrisnem od sreće ugledavši kako pokraj ruža svijetli pozivni broj za Vermont. "Laura!" kliknem. "Bok!"

"Sretna ti Nova godina!" vikne ona s druge strane. U pozadini njezini sinovi to ponavljaju za njom.

"Kako si?" Pritisnem prst na drugo uho i stisnem se uza zid.

"Iz-van se-be. Opijena sam, ti izvanredna curo. Sjedim ovdje sa svojim histerično sretnim mužem i svojom novom novcatom torbicom od Chloé. Znaš li uz što ta torbica najbolje pristaje?"

"Ne?"

"Uz moju pidžamu. I moj golemi nabrekli trbuh. Možda ću je poslije ponijeti sa sobom u kupaonicu. Nikad mi ništa u životu nije pričinilo toliko sreće."

"Pa to je divno!" cijučem ja jer je njezina stopostotna radost zarazna.

"Ajme, Kate, ostavili smo klince mojim starcima i proveli romantični vikend u Bostonu! Bilo je fenomenalno – šetali smo se, obišli muzej Isabelle Stewart Gardner, častili se finom klopicom – čak si priuštili i bračnu masažu!" Potom reče tiše: "I ševili se ko zečevi."

"Spremni za nastup?" začujem Jakeov glas iza neke kulise meni slijeva i pokušam se probiti kroz labirint.

"Sranje, moram ići."

"Aha, idi se pripremiti za svoj veliki debi. Gledamo te! Volimo te!"

"Volimo te!" Klinci opet ponove poput jeke.

"I ja vas volim!" Isključim mobitel. "Jake", kažem ugledavši ga kako pije vodu iz prozirne plastične čaše.

"Pst", neki me čovjek prekori i ja tad spazim da on drži nosač mikrofona. Poslušno se ukipim, a Jake odloži čašu na blještavoj svjetlosti reflektora. Voditelj, gostujući VJ za ovu blagdansku emisiju, nekakva najnovija estradna senzacija, kimne glavom da je spreman.

"S nama je Jake Sharpe. Hej, Jake, tvoj sam veliki poklonik!"

"Hvala ti." Jake se nasmiješi. Neutemeljenom bahatošću nedavno proslavljeni VJ pričeka da Jake uzvrati kompliment.

"Dakle, za pukih nekoliko minuta žestokom ćeš nas svirkom ufurati u Novu godinu."

"Jedva čekam." Jake kimne glavom u kameru.

"Aha, mi smo upravo svoje otprašili", VJ pruži Jakeu još jednu priliku.

"Fino."

"Ovo je... je li... razdoblje velikih otkrića za tebe. Ispostavilo se da je muza tvojih hitova tvoja srednjoškolska ljubav... je li... Katie Hollis, koja će ti se za koju minutu pridružiti." On pogleda u kameru. "I zato ostanite s nama. A na tvojem albumu najvećih hitova ti više nećeš biti naveden kao jedini autor pjesama sa svojeg prvog albuma nego i... da vidimo... Samuel Richardson, Todd Rawley i Benjamin Conchlin." Osjetim naše staro zajedništvo i veselo se nasmiješim iza kulisa, zamišljajući ih prikovane za televizijske ekrane. "Zašto sad, Jake?" voditelj postavi pitanje koje nije na blesimetru. "Uoči promotivne turneje svojeg novog albuma, zašto si odabrao baš ovaj trenutak da objaviš da zapravo nisi napisao sve pjesme koje su te proslavile."

Jake trepne u tekst na blesimetru kojeg se više nitko ne pridržava, ali se istog trenutka pribere. "Aha, tako je."

"Reci nam nešto više o tome tko ih je napisao."

"Te su pjesme proizvod suradnje." Jake se promeškolji u stolcu. "S divnim dečkima, mojim najboljim frendovima." On pogleda prema meni i nasmiješimo se jedno drugome: možda bi moglo nešto ispasti iz toga, možda ne najbolji prijatelji, ali pomireni, jaz premošćen. I to je nekakav početak. I ponosim se njime.

"Pa gdje su ti ostali glazbenici? 'Surađivali' su na prilično novatorskoj glazbi, neki bi rekli tvojoj najboljoj." I VJ se pakosno nasmiješi.

"Istina", Jake prođe rukama po bedrima. "Suradnja je nedvojbeno umjetnička forma. Još sam prilično fanatičan u odabiru suradnika, uvijek u lovu na ljude koji izvlače ono najbolje iz mene, poput Mirwaisa, producenta mog najnovijeg albuma.

Želiš najbolju pratnju da bi tvoj talent mogao procvjetati. Emocionalna podrška koju su mi ti dečki pružali dok sam pisao te pjesme—" on se dvaput šakom udari po prsima; ja se zažarim u licu, a osjećam i kako se Laurino lice objesilo, "—nikad to neću zaboraviti. Nikad."

"*Govnaru.*"

Sve se glave okrenu prema meni. Jake pogleda u moje zgađene oči i ja se okrenem prije nego što je to uspjelo kameri i proguram kroz mnoštvo prema izlazu. Laktovima se probijam kroz stisku i pokušavam dočepati prozora s pogledom na Times Square prije no što se kugla za odbrojavanje sekundi spusti. Kad sam stigla do dizala, bubnem po tipkalu pa se okrenem u potrazi za stubištem.

"I otići ćeš samo tako?" Jake bane iza ugla, meni za petama, skidajući mikrofon. "Okrenuti mi leđa?"

"Da."

Ugledam crveni znak za stubište i krenem prema vratima. U prolazu pokušam zaobići Jakea, ali me on uhvati za laktove. "Rekao sam ti da će ovo biti komplicirano. Imam milijune obožavatelja koji žele da sam ja autor tih pjesama. Imam odgovornost – *dužnost.*"

"A i *veliki ego.*"

"Kvragu, Kate!" On mi pusti ruke. "Onaj se klinac ponio pizdunski! Bila si tamo, vidjela si koji je to govnar. Oni su dobili svoj novac. Njihova će imena biti otisnuta u programskim knjižicama. *Što* te muči?"

"Ti. Ti me mučiš." Predomislim se. "Mučio si me. Bio si mi kamen oko vrata cijele moje mladosti, jebote."

"A ti si bila meni i pravo je čudo da smo se našli i da smo u ovome skupa."

"U ovome skupa. Ti bi tako opisao protekli tjedan?"

"Da! Skupa. I oduševljen sam! Što nas veže ta luda neutaživa strast i što te vidim u svom stanu, u svom životu, i što ima žestokog seksa i što se nadopunjujemo i što me ti prizemljuješ. Što je naša veza poput *rollercoastera* – obožavam to."

"*To* se radi sa sedamnaest godina." Odmaknem se kad je grupica klinaca potrčala pokraj nas pušući u kartonske rogove. "Ili s još manje. Bože, kako su oni svi mladi. Klinčadija. Jake, ponašali smo se kao klinci."

"Nisam ja klinac."

Gledam u njega epski, kozmički nedvosmisleno. "Jake, ja ovo ne želim. I samo da znaš, ne zbog tvog rasporeda, tvoje ekipe pa ni zbog Joss. Na to bih se sve mogla naviknuti – jednog dana. Problem je u tebi, Jake, u tome tko si ti. Osoba koja si postao. Odnosno nisi postao." Priđem mu bliže, u doseg njegovih feromona kojima sad lako odolijevam. "Jako mi je drago da smo ovo učinili jer si sad mogu priznati da će neki dio mene *uvijek* biti malčice zaljubljen u tebe, tebe kao sedamnaestogodišnjaka. Kakav si *bio*. I to je u redu. To ne znači da sam opsesivna ili da patim od fiksacije. To samo znači da ću moći s užitkom poslušati 'Gubim' a da ne promijenim stanicu ili izjurim iz supermarketa. Slušat ću je sa smiješkom na licu jer je to divna pjesma." Pokušavam mu proniknuti u misli. "Divna pjesma koja traje točno tri minute i četrdeset osam sekundi."

Lice mu se preslži u ružnu grimasu. "Prestravila si se. Znaš da smo srodne duše i užasavaš se—"

"Zapravo i ne, Jake, sram me. Bila sam na rubu da odbacim posljednjih trinaest godina života za tvoju injekciju adrenalina koja me drži tri minute i četrdeset osam sekundi. Tri minute i četrdeset osam sekundi! Sa sedamnaest godina to mi se činilo dugim poput života. S trideset... to je tek pjesma."

"Jake!" Jocelyn vijori niz prazni hodnik. "Koji je ovo kurac? To *nije* bio tvoj tekst. A zahvaljujući tvom ispadu, Kate, morat ću cijeli vikend pušiti facama iz svih važnijih televizijskih mreža. A sad, pokret – nastupaš!"

Jake zdvojno gleda kako ja posežem za kvakom vrata stubišta i otvaram ih – "Svako dobro, Jake" – i ostavljam ga da ode gdje mu je rečeno.

* * *

U prizemlju se navalim na rotirajuća vrata i usisni šum izbaci me na raščišćeni crveni sag upravo u trenutku kad se novogodišnja kristalna kugla za odbrojavanje počela spuštati. Podignem ruke i pogled mi padne na Jakeov safirski prsten. Krenem da ću ga skinuti, ali se predomislim. Trinaest rođendanskih poklona, trinaest božićnih darova, tri dara za malu i veliku maturu i promociju... sve u svemu, jedan potpuno zarađeni ček od autorskih prava. Napunivši pluća svježim zrakom, pogledam na drugu stranu Broadwaya i ekran visine šest katova: program uživo iz studija osvjetljava okupljeno mnoštvo na ulici. Jakeovo proživljeno pjevanje nailazi na histerično odobravanje njegovih maloljetnih obožavatelja. Da je došao smak svijeta, nitko to ne bi primijetio.

Poželim si nešto u Novoj godini i nasmiješim se u sebi, pa žmirnem kad su konfeti počeli padati s neba. Naposljetku, očvrsnula na hladnoću, odem.

26

Laurina svadba

"Katie?"

Na zvuk Laurina glasa podignem obraz s poda kupaonice. Preklopim ogrtač i podignem se u sjedeći položaj. Pogledam kroz kosu: Laura čuči na vratima. "Jako mi je žao." Zarijem lice u ruke.

Ona me uhvati za mišku. Njezin nov novcat vjenčani prsten bljesne povrh zaručničkog prstena. "Svi smo previše popili. Samovo lice u crkvi, pa tvoje lice, bilo je prestrašno. Ovdje si cijelu noć?" Ona me uhvati za bradu i nježno mi podigne glavu. Kimnem.

"Da. Ali ne zbog…" Odmahnem glavom, a srce mi iznova zabubnja. "Samo… ne mogu… doći do daha. U prsima… me steže… kao da mi netko… stoji na njima."

Laurino se lice zabrinuto namršti. "Idem po tvoju mamu."

"Ne." Slabašno odmahnem rukom. "Molim te."

"U redu… ali barem izađimo iz kupaonice." Ona mi pomogne ustati. Polako odemo u moju sobu i zajedno sjednemo na krevet. "Dišimo zajedno, može?"

Kimnem glavom. Ona dramatično udahne i stisne mi ruku da slijedim njezin primjer. I ja to učinim – udahnem, izdahnem. Pa opet. "Ovo će vječno trajati—"

"Dišemo", strogo me prekori Laura. I mi dišemo. Nekoliko udaha i izdaha i ja joj stisnem ruku i prestanem.

"Ne znam ni kako ovo okončati. Svaki put kad pokušam, čujem neku novu pjesmu—" Kršim ruke. "Ovo je ostatak mog života."

"Hej." Ona me čvrsto uhvati za rame.

"Što je?" Riječi su mi zamućene od suza.

"Moramo čvršće držati uzde svog života, zar ne?"

Odmahnem glavom i presavinem se.

"Hej!" ona mi podigne glavu da pogledam u nju. "Poslušaj me, Elizabeth Kathryn…" Gledam u nju začuđeno.

Tek sad primjećujem da ona na sebi ima kostim. "Ajme, krenula si na aerodrom. Molim te, moraš ići. Ne mogu podnijeti pomisao da ti upropastim i medeni mjesec."

Ona podigne ruku da me ušutka. *Ti* nisi ništa upropastila." Pogled joj padne na odjeću prebačenu preko mojeg stolca i ona skoči s kreveta. "Ovo si namjeravala obući ovaj vikend, je li?"

Kimnem glavom.

"S namjerom da ovo okončaš, je li tako?"

Ja ponovno kimnem glavom i obrišem nos.

Ona objema rukama uhvati haljine s uzorkom leptira i donje rublje i sve to spusti na krevet. "Znači da si spremna."

"Nisam, ako njega—"

"Nema." Ona odlučnim pokretom podigne okruglu platnenu torbu s poda i baci je na krevet, a za njom i moje salonke.

Prigrlim odjeću. "Ne shvaćam…"

Ona izvuče gornju haljinu iz mojeg stiska i pažljivo je složi u torbu. "Već si je spakirala. Život ide dalje, je li tako?" Ona nagne glavu u stranu. "Je li tako?"

"Da."

Izvuče mi sljedeću haljinu iz ruku. "Da. Dakle, ponovno ćeš spakirati ovu torbu, spremiti je, i jednog dana, nekako, on će doći kući."

"Ali što ako—"

"Morat će. Doći će kući i ja ću biti ovdje i nazvat ću te." Ona rukom poklopi moje, ne ispuštajući platformice. "Obećavam ti, Katie, kunem ti se našim prijateljstvom, nazvat ću te."

ZAHVALE

Najljepše zahvaljujemo Suzanne Gluck, Aliciji Gordon, Sari Bottfeld, Eugenie Furniss, Suzanne O'Neill, Judith Curr, Kenu Weinribu, Ericu Brownu, Addieju Szabu, Larryju Heilweilu i svima iz Burton Goldstein & Co. na trajnoj potpori, hrabrenju i savjetima. Nismo mogle imati bolju ekipu.

Emma želi zahvaliti svojoj obitelji na veselju kojim je obasipaju u radu, Shannon i Sari na istome, Christini Ranck, čiji neprocjenjivi rad čini prošlost izvorom nadahnuća, Sarah M., Minnie M. i Ashley E. jer su bile najbolje Laure kojima se neka ženska osoba može u životu nadati, te D. B. H. jer je savršen.

Nicki želi zahvaliti svojoj obitelji na neumornom poletu, Mary Herzog na mudrim savjetima i dušebrižju, Stephanie Urdang na izvanrednoj energiji, fenomenalno pametnom Kevinu Jenningsu jer mi je u svakoj bonaci dao vjetar u leđa, Kristi Molinaro na nadahnuću i jer je svemu uvijek dala zabavnu notu, Patriciji Moreno, guruu životne radosti, te dr. Szulcu, majstoru.

Nakladnik
ALGORITAM d.o.o.
Zagreb, Harambašićeva 19

Za nakladnika
Tihomir Paulik

Glavni urednik
Neven Antičević

Lektura i korektura
Rosanda Kokanović

Grafički urednik
Davor Horvat

Obrada i prijelom
Algoritam DTP
Mario Mikulčić

Tisak
Grafički zavod Hrvatske

Naklada
3000 primjeraka

CIP zapis dostupan u računalnom katalogu
Nacionalne i sveučilišne knjižnice u Zagrebu pod brojem
681344

ISBN 978-953-220-789-7